K. Westerbeck

GUERILLERAS

Sergio Fabulos zweiter Fall

Kriminalroman

Ein neuer Fall für Sergio Fabulos. *Im kolumbianischen Callín, zwischen tropischem Regenwald und Andenhochland ...*

Edwin Gallo, Musterschüler an einer privaten Eliteschule und Sohn von Vorzeigeunternehmerin Maria Gallo wird bestialisch ermordet. Grund für die aufgebrachten Frauen des Dorfes sich zu organisieren und den Aufstand zu proben. Was die Mutter jedoch verleugnet: Edwin war homosexuell.

Nach dem Frieden mit den FARC werden die alten Leitbilder hinterfragt, lang gepflegte Vorurteile kommen auf den Tisch, (politische) Meinungen spalten sich. Dem gegenüber steht die offensichtliche Willkür eines Mörders – und dieser findet schon bald sein nächstes Opfer ...

Glück für Fabulos, dass er in dieser Situation die forsche Jurastudentin Amanda als Assistentin zur Seite bekommt, die mit ihrem Tatendrang zügig die Ermittlungen vorantreibt. Sie entstaubt nicht nur Fabulos Methoden, sondern *befördert* auch die Frauenfrage.

Kerstin Westerbeck, Jahrgang 1968, geboren in Ostwestfalen. Studium der Romanistik, Lateinamerikanistik, Historische Ethnologie, Soziologie und Kulturmanagement in Mainz, Frankfurt am Main, Mexico D.F. und Madrid. Hotelausbildung und Tätigkeit im internationalen Tourismus. Ökotourismus in Chile, Übersetzertätigkeit für Lateinamerikanachrichten und Weiterbildung zur ADM-Lektorin. Die Autorin liebt das Reisen und verfügt über familiäre Verbindungen nach Lateinamerika. Sie arbeitet bei einem Zeitschriftenverlag in Frankfurt am Main und lebt mit ihrer Familie im Main-Kinzig-Kreis.

Weitere Titel der Autorin:

»Wegkreuz in den Anden«
»Joanna im freien Fall«
»Tagebuch der verlorenen Erinnerung«
»Absturz überlebt!«
»Oxossis Farben«

Auch als Ebook
www.kerstin-westerbeck.de

K. Westerbeck

GUERILLERAS

Sergio Fabulos zweiter Fall

Kriminalroman (Kolumbien-Krimi)

Auflage 2019

Bibliografische Information der Deutschen Nationalbibliothek:
Die Deutsche Nationalbibliothek verzeichnet diese Publikation
in der Deutschen Nationalbibliografie; detaillierte
bibliografische Daten sind im Internet über www.dnb.de
abrufbar.

Coverbild
dtiberio/Shotshop.com

© 2019 Kerstin Westerbeck
Herstellung und Verlag:
BoD – Books on Demand, Norderstedt
ISBN 9783748120711

Lektorat
Kerstin Westerbeck
(ADM-Lektorin)

Anmerkung der Autorin

Callín und die anderen Dörfer: Tres Marias, Guajilín und Santa Barbara sind frei erfunden. Ebenso die Handlung, die Menschen und ihre Beziehungen untereinander. Ähnlichkeiten mit der Wirklichkeit sind nur, insofern sie die gegebenen Rahmenbedingungen in Kolumbien betreffen, beabsichtigt.

Ich schreibe aus dem Blickwinkel der Reisenden, interpretiere was ich aus persönlichen Kontakten, familiären Verbindungen, Begegnungen, Literatur, (Lateinamerikanistik-)Studium, Übersetzertätigkeit und Recherche in Erfahrung gebracht habe. Dabei erhebe ich nicht den Anspruch auf vollständige Übereinstimmung mit einer einheimischen Sicht. Die Charaktere mit ihren Eigenarten und Liebenswürdigkeiten sind meine Wahrnehmung der lateinamerikanischen Mentalität.

Dieser zweite Teil des Kolumbien-Krimis entstand kurz nach den Friedensverhandlungen mit den FARC in Havanna vom Sommer 2016.

Ein Glossar befindet sich im Anhang.

Das Blut, das eine halbe Stunde später an Metzger Tozals Schlachtermesser kleben würde, sollte kein tierisches sein. Jemand hatte sich in die Schlachterräume gestohlen, als er gerade einen *tinto* schlürfte und über die vergangene Nacht mit der lustvollen Vero sinnierte. Keine zwanzig Minuten später sollte Ricardo Tozal seine Gedankenlosigkeit verfluchen, und sich lediglich fragen, wo er es hatte liegen lassen. Das aber war zu wenig. Und es war nicht das, was er hätte tun müssen, um den Ausgang dieser Geschichte abzuwenden – die mit einer simplen Unachtsamkeit seinerseits begann …

Die Kaffeeplantage lag im goldenen Licht der Spätnachmittagssonne. Die blutroten Knospen der *Coffea arabica* schaukelten arglos im Wind. Durch das verworrene Geäst der Sträucher schimmerten die Umrisse eines größeren Anwesens. Mit ihren weißen Mauern, bunten Mosaiken und griechischen Säulen, wirkte das schmucke Gebäude wie eine Moschee, inmitten der Tropen. Als ehemaliger Unterschlupf der Drogenbarone blickte es auf eine bewegte Vergangenheit zurück. Rauschhafte Partys mit Schaumwein und leichten Frauen. Lang vorbei waren diese Zeiten, und die Räume vom feinen Staub des Kokainpulvers gesäubert. Die schneeweißen Mauern beherbergten jetzt das Colegio San Antonio de Oviedo. Eine private Oberschule für die Sprösslinge reicher Eltern. Eine Schule, die sich nicht jeder leisten konnte und die bis dato einen exzellenten Ruf genoss.

Bis dato.

»Was ist nur in dich gefahren?!« Geschichtslehrer Rafaelo Alcides schnaufte wie ein Ochse. Sein rechter Arm umspannte ein gut gefülltes Ledertäschchen, während seine linke Hand das klapprige Metallgestell einer Brille den Nasenrücken hochschob.

Mit ihm vor dem Hauptportal der Schule stand Ibrahim Fuentes, Schüler der Oberstufe. Ein hübscher junger Kerl in Hemd und Turnschuhen. Ibrahim starrte verbissen auf den steifen Hemdkragen seines Gegenübers. Er war gerade volljährig geworden und sah sich in der misslichen Lage, sich vor seinem Lehrer erklären zu müssen.

»Wie kommst du auf eine derart absurde Idee?!«, reagierte Alcides auf das, was er gerade gehört hatte.

»Absurd? Ganz und gar nicht«, widersprach der Schüler.

Der Lehrer zog verärgert die Brauen hoch. Dann verschränkte er die Arme, mit dem prallen Täschchen in dessen Mitte. »Du willst mir tatsächlich weismachen, derartiges Verhalten sei normal – bei zwei jungen Männern?!«

9

»Was Ihrer Definition nach normal ist, muss ja nicht meine sein.« Ibrahim sah ihm geradewegs in die Augen. Ihm war bewusst, dass er gerade rebellierte.

»Dann wollen wir hier einen neuen Maßstab ansetzen. Geht es darum, wer das letzte Wort hat? Willst du mir jetzt etwas beibringen?!«

Alcides war noch von der alten Schule. Militärisch führte er den Unterricht, hielt verbissen an althergebrachten Mustern fest. Dabei war er noch nicht alt, eher altbacken. Das Regiment entglitt ihm jedoch regelmäßig, denn er stellte keine wirkliche Autorität dar. Dafür waren seine Persönlichkeit und die damit verknüpften Lebensumstände zu fragil. Die Schüler respektierten ihn dennoch; sie respektierten seine Geschichte.

»Ich spreche von Meinungsfreiheit«, argumentierte Ibrahim sachlich.

»Meinungsfreiheit?« Alcides ließ sich das Wort tatsächlich durch den Kopf gehen, kam dabei jedoch zu einem überraschenden Schluss: »Meinungsfreiheit ist bei *so was* nicht gefragt. Es geht um die elementaren Werte einer Gesellschaft, die du damit in Frage stellst.«

»Ich stelle nichts in Frage. Ich füge etwas hinzu. Ich erweitere das Gesellschaftliche.«

Das war gewagt.

»Willst du hier einen sozialwissenschaftlichen Diskurs halten, Fuentes?« Die Stimme des Lehrers klang spitz.

»Wenn es darauf hinausläuft.« Ibrahim trug sein Anliegen mit fester Stimme vor, durchaus selbstbewusst.

»Du bist also tatsächlich der Ansicht Homosexualität wäre ein normaler Zustand?«

»Ist es für Sie *normal*, wenn ein Mann seine Frau schlägt, sie vergewaltigt und sich frei über ihre Rechte hinwegsetzt? Wenn es keine wirkliche Liebe gibt. Braucht es für Gefühle und Partnerschaft denn immer und ausschließlich Mann und Frau?«

Alcides trat von einem Fuß auf den anderen, als könnte er sich damit den Schweiß vertreten. »Das kann man doch nicht einfach so vergleichen.«

»Genau. Denn der Wert einer Beziehung definiert sich nicht über das Geschlecht.«

Der Lehrer fummelte nervös an seinem Täschchen herum, versuchte den Lederriemen zu finden, um ihn durch die Metallfassung zu ziehen.

»Das sind fruchtlose Ansätze. Wo kämen wir denn hin mit der Gesellschaft?«

»Kinder kann man in jeder geschlechtlichen Kombination großziehen.«

»BITTE?!« Jetzt zog er ein empörtes Gesicht. »Und die Moral?! Schaffen wir die jetzt auch ab? Genauso wie die Ehe? Nein, nein«, grummelte er vor sich hin. Er hatte den Lederriemen endlich gefunden, mit dem er seine Tasche verschließen konnte.

»Also, wir führen das hier besser nicht zu Ende. Geh nach Hause, Fuentes. Überdenke noch mal, was du zu deinen Mitschülern gesagt hast.«

Der Lehrer drehte sich bereits zum Gehen. »Ach und …«, fiel ihm noch etwas ein, »besser wäre es, du entschuldigst dich.«

Ibrahim unterdrückte, was ihm noch auf der Zunge lag.

Im nächsten Augenblick überkam es den Lehrer und er legte ihm kurz die Hand auf die Schulter.

Nur wenig später sah man Alcides über den Schulhof eilen. Seine glatten schwarzblauen Haare flatterten wild in alle Richtungen. Sein Gang glich dem eines Wilderers, der auf Zehenspitzen Hühner stahl.

Ibrahim blieb zurück, sah dem anderen mit gemischten Gefühlen hinterher. Er brauchte etwas Zeit, das soeben im Klassenraum Erlebte zu verdauen. Wie in Trance nahm er anschließend die Stufen zum Schulhof.

Der von Palmen gesäumte weitläufige Platz hatte sich mittlerweile geleert. Das letzte Schultaxi war abgefahren. Der Himmel, der gerade noch milchig-hellgraublau gewesen war, zog sich langsam zu. Wie aus dem Nichts tauchten sie auf: bauschige, düstere Flugobjekte. Was in Kürze aus ihnen Richtung Boden stürzen würde, konnte im schlimmsten Fall sintflutartig ausfallen. Hier oben hatte man schon so einiges erlebt. Erst vor einer

11

Woche wäre bei einem Unwetter beinahe die Hütte des Hausmeisters, der unterhalb der Plantage wohnte, in die Tiefe gerissen worden.

Auch wenn das Wetter gerade eine untergeordnete Rolle spielte, schlug Ibrahim den Pfad außerhalb der Plantage ein. Vorsichtshalber. Es war ein Umweg, der jedoch besser befestigt war als die kürzere Strecke. Weiter vorn ging er in eine wenig befahrene Landstraße über, an der es nach wenigen hundert Metern eine Unterstellgelegenheit gab. Nur für den Fall, dass der Regen vorschnell einsetzte.

Ibrahim war bereits ein ganzes Stück vorangekommen, als die Farbe der düsteren Flugobjekte von Grau in Schwarz überging. Er beschleunigte seine Schritte, sah dabei weder nach rechts noch nach links, starrte nur angestrengt auf seine Füße, die in hellen Turnschuhen steckten. Bald würde sich die rote Erde verflüssigen und in dunkelbraune Schlammmasse übergehen. Dann hätte er schlechte Karten. Das aber bekümmerte ihn nur nebenbei. In Gedanken war er noch immer bei der erlebten Szene vor der Klasse. Jemand hatte ihn in aller Öffentlichkeit bloßgestellt. Selbst Alcides war nicht für ihn eingesprungen. Alcides, der sonst immer …

Ein plötzliches Geräusch im Gebüsch ließ ihn zusammenfahren. Was war das, ein Streuner oder ein Tier? Ibrahim verlangsamte seine Schritte, sah sich im Gehen um. Wer trieb sich hier herum, abseits des üblichen Schulwegs, im Gebüsch, bei diesem Wetter? Der Wind streifte seine Wange, bewegte den Farn und die verzweigten Äste wild gewachsenen Gestrüpps. Roter Staub wirbelte auf, Fetzen von einem abgerissenen Werbeplakat flatterten durch die Luft. Hatte nicht kürzlich erst in der Zeitung gestanden, zwei Männer hätten eine Schülerin auf dem Heimweg überfallen? Zwei. Oder waren es mehr?

Der Schüler blieb stehen, konzentrierte sich auf die Richtung, aus der er das Geräusch gehört hatte. Die Hütte zum Unterstellen befand sich bereits in Sichtweite.

Zügig eilte er weiter, sah sich jedoch noch ein paarmal um. Als die ersten Tropfen auf seine Arme peitschten, nahm er seine Schulmappe auf den Kopf, fing an zu rennen.

Bald erreichte er den Unterstellplatz. Erschöpft und erleichtert darüber, dem Geräusch entkommen zu sein, lehnte er sich gegen die Holzstützen, tauchte in einen dunklen Winkel der Hütte. Der Regen war mittlerweile stärker geworden, stürzte in Bächen auf das Wellblech und floss seitlich wieder herunter. Es roch nach feuchter Erde, modrigem Holz, Moos. Normalerweise mochte Ibrahim diesen Geruch, den er erst hier richtig kennen- und lieben gelernt hatte. In Bogotá, war die Luft eher dünn, staubig und verschmutzt.

Eine Weile verharrte er an einer Stelle, wartete. Ein leichtes Frösteln bemächtigte sich seines Körpers. Er drückte seine Schulmappe an sich, als könnte er so die Windböen abwehren, die den Regen abwechselnd in alle Richtungen trieben.

Allmählich ließ der Schauer nach. Der Himmel hellte sich langsam wieder auf und auch der Wind schwächte ab.

Zögerlich trat Ibrahim aus seinem Unterschlupf, erkundete zunächst die nähere Umgebung. Anschließend watete er wie ein Storch mit seinen Turnschuhen durch den Matsch und das feuchte Gras. Mit etwas größeren Schritten wagte er sich bis zur Mitte der Straße. Weite Teile von ihr waren mit Schotter aufgeschüttet, was sie halbwegs für Autos befahrbar machte, sofern der Regen nicht alles vollständig wegschwemmte.

Ibrahim ging weiter. Nach wenigen Schritten war es plötzlich wieder da, das Geräusch. Wieder kam es aus dem Gebüsch. Er hatte seinen Verfolger also noch nicht abgeschüttelt. Beunruhigt sah der Schüler sich um.

»He! Wer …?!« Als keine Antwort kam, zögerte er nicht lange, legte lieber einen Schritt zu.

Er kam jedoch nicht weit, das Geräusch blieb auf seiner Höhe. *Jemand* war unmittelbar neben ihm.

Wieder blieb er stehen. Die Furcht, die ihn gerade im Ansatz erwischt hatte, verwandelte sich mehr und mehr in Wut: »*Miercoles,* warum verfolgst du mich!? Komm raus! *Cobarde*!«

Er stand an einer Stelle, mitten auf der Straße. Die Wut verrauchte, verwandelte sich wieder in Angst. Wer dort im Gebüsch saß, konnte auch ein Verbrecher sein. Ein Guerillero, ein Flüchtiger – oder auch *Paras*? Ibrahim hoffte plötzlich Lehrer

13

Alcides mochte mit seinem klapprigen Uraltmodell eines Corsa angerattert kommen und ihn aus seiner misslichen Lage befreien. Aber diese Möglichkeit war nahezu ausgeschlossen.

Die Sonne tauchte plötzlich hinter einer Ansammlung von Puderwölkchen auf, nahm ungehindert ihren Weg durchs Geäst, blendete. Zeitgleich trat jemand auf ihn zu.

Ibrahim hielt sich schützend eine Hand vor die Augen. Als er sie wieder wegzog, stand der andere unmittelbar vor ihm.

»*Madre*, du bists!«, entglitt es ihm erleichtert. Er musterte den schmalen, dunkelhaarigen Schüler, der vor ihm stand. »Edwin. Was treibst du hier? Warum sagst du nichts? Ich dachte, du bist abgeholt worden.«

»Ich bin meiner Mutter entwischt. Ich dachte … ich …«

Ibrahim verkniff sich ein Grinsen. »Ja?«

»Ich wollte zu dir. Wie hätte ich das zuhause erklären sollen, jetzt, wo sie *diese Geschichte* verbreiten. Wenn mehr als das herauskommt.«

»Lass doch.« Ibrahim stieß den Schüler weg. Dabei lachte er, zog Grimassen. »Bist ein verdammter Feigling, weißt du.«

»Möglich.«

Edwin schlich sich an Ibrahims Seite. Dieser tat so als würde er den anderen nicht beachten. Eine Weile liefen sie stumm nebeneinander her, tauschten gelegentlich Blicke.

»Du gehst lieber allein spazieren?«, fragte Edwin.

»Und? Das hier ist mein Heimweg.«

»Ein Umweg. Und er ist nicht ungefährlich. Viele Verschwundene und Leichen pro Jahr. Es ist Jagdgebiet der Rebellen, *Paras*, FARC, ELN. Sie entführen, rekrutieren. Schüler allein unterwegs sind leichte Beute«, erklärte Edwin.

»Bist du schon überfallen worden?«

»Ich?« Edwin lachte, ließ seine Stimme dabei tiefer klingen.

Ibrahim lachte mit. »Nein, *du* nicht. Sicher nicht.« Er zwinkerte.

»Na ja, nicht ganz. Die FARC und ich, das ist noch frisch.«

»Frisch?« Ibrahim zog ein interessiertes Gesicht. »Sie verhandeln gerade über den Frieden, da hat sich was mit Freiheitskampf.«

»Meinst du wirklich das hört von heute auf morgen auf. Die sind es seit Jahren gewohnt vom ergiebigen Drogengeschäft zu leben.«

»Und was ist so frisch?«

»*Secreto.*«

»Jetzt komm schon«, bohrte Ibrahim.

Edwin blickte geradeaus. Am Ende der Straße erkannte man bereits den Häuserblock, in dem der Freund wohnte.

»Später. Komm, hol mich ein!«, forderte er ihn spontan auf und rannte plötzlich los.

Ibrahim überlegte nicht lange, kam der Aufforderung nach. Die beiden preschten los – über Schotter, Gras und durch Pfützen. Schlammwasser spritzte hoch. Edwin rannte vorneweg, Ibrahim hinterher.

Keiner von ihnen hatte derweil das Fahrzeug bemerkt, das sich ihnen von hinten näherte.

Atemlos erreichte Edwin als Erster das Gebäude. Ibrahim nur wenige Sekunden später. Der Freund hätte ihn fast noch auf den letzten Metern eingeholt.

Das Gebäude lag eingebettet zwischen Kokospalmen, im Nebeldunst. Es war Freitagnachmittag und die Umgebung wirkte wie ausgestorben. Viele Schüler verbrachten das Wochenende auswärts, bei ihren Familien.

»Und jetzt?«, fragte Ibrahim. »Kommst du mit rauf?«

»Ich weiß nicht. Meine Mutter wird mich vermutlich bald aufspüren.«

»Hier unten passiert das schneller.« Er zog Edwin mit sich durch das Gatter und weiter, geradewegs zum Eingang des Gebäudes.

Sie stiegen über den Innenhof eine Treppe hoch in den ersten Stock. Von dort gelangten sie auf einen langen Flur, der einseitig unter freiem Himmel lag. Mit Blick auf einen bepflanzten Patio. Auch hier schien alles wie ausgestorben. Abgesehen vom Schattenspiel der Palmen, die über die kahlen Wände tanzten, wie tausend durcheinander gestikulierende Hände. Hier und da standen vertrocknete Pflanzen herum. Die bunten Holzbänke vor den Zimmertüren wirkten verlassen. Ebenso die Schuhe, die man kurz vor der Abfahrt noch vergessen hatte.

»Holen dich deine Eltern am Wochenende nicht ab?«, wollte Edwin wissen.

»Sie sind geschäftlich unterwegs. In Bogotá wäre ich allein. Außerdem bin ich volljährig. Ich kann machen, was ich will.«

Vor einer Zimmertür mit einem kunstvoll bemalten Holzschild, blieben sie stehen. »I. Fuentes« stand darauf.

Der Schüler zog einen Schlüssel aus seiner Hosentasche.

Edwin verharrte vor der geöffneten Tür, lehnte sich gegen das gelb lackierte Geländer. »Wollen wir nicht hier draußen?« Er deutete auf seine Schulmappe.

»Du hast was zu rauchen? Stoff? Ed, wenn sie uns erwischen, fliegen wir raus.«

»Wer soll uns denn erwischen, siehst du jemanden?«

Ibrahim überlegte. Er dachte an Alcides und sein kurzes Gespräch mit ihm.

»Also gut.« Edwin pfriemelte bereits ein kleines Tabakpaket aus seiner Schulmappe, fing an zwei Joints zu drehen. »Das ist top Marihuana, bester Stoff.«

Am anderen Ende des Ganges ging das Licht aus.

Es war eigentlich erst halb fünf, aber die Sonne lag bereits tief. Aufgrund der Mauern, die sie umringten, drang nur wenig Tageslicht auf den Gang vor dem Patio.

»Geht das Licht automatisch aus?«, fragte Edwin, der plötzlich doch befürchtete erwischt zu werden.

»Eigentlich nicht. Möglich, dass sie es umgestellt haben. Wir haben noch genug Licht.«

Edwin nahm einen hastigen Zug von seinem Joint. Dabei horchte er auf, stockte. »Aber … dann ist da wer.« Er deutete mit der freien Hand über das Geländer, warf einen Blick nach unten. Die Treppe war nicht vollständig einsehbar.

»Du glaubst, jemand ist uns gefolgt?« Ibrahim dachte schon wieder an den Lehrer. »Wer …?«

»Pssst! Da ist tatsächlich jemand«, flüsterte Edwin und machte dem anderen ein Zeichen still zu sein. Ibrahim zog den jüngeren Schüler erschrocken zur Tür. Dieser kicherte leise, legte seinen

Joint beiseite und nutzte den Moment, um den Freund spontan an sich zu ziehen – und zu küssen. Der Kuss ging in etwas über, was sie die Umstände ihres Kusses und die nähere Umgebung kurzzeitig völlig vergessen ließen. Sie bemerkten die Person nicht, die bereits die Etage erreicht hatte und sich ihnen leise näherte. Nur ein kurzer Windzug kündigte es an.

Edwin und Ibrahim waren mit sich beschäftigt. Die Tür zu Ibrahims Appartement stand offen, bewegte sich sachte im Wind. Edwin flüsterte Ibrahim etwas ins Ohr. Dieser war jedoch abgelenkt, denn die Tür stand mit einem Mal still. Es schien als hätte jemand, der unmittelbar dahinter stand, die Bewegung gestoppt.

Ibrahim starrte wie gebannt an besagte Stelle. Da war doch was, eine Hand.

Vor Schreck wie gelähmt, fixierte er das Gesehene, wollte sich versichern, dass er sich geirrt hatte. Ein Fehler in der Wahrnehmung. Er fühlte sich offenbar verfolgt.

Edwins Arme hingen um seinen Hals, nichts lenkte ihn ab. Er küsste mit voller Hingabe.

Ein Schatten huschte über den Türrahmen.

Erneut packte Ibrahim der Schreck. Es gelang ihm jedoch nicht sich aus Edwins Umarmung zu befreien. Der Schüler klebte an ihm, wie eine Flagge am Mast.

»Ed!«, brüllte er laut, als die Tür mit einem Mal abrupt nach vorn schlug und jemand aus dem Schatten trat. In der Hand ein spitzer, metallisch aufblitzender Gegenstand.

Edwin gab Ibrahim frei. Es war jedoch zu spät. In plötzlicher Todesangst, stieß Ibrahim einen heiseren Schrei aus, der ihm auf halber Strecke in der Kehle stecken blieb, ihn nur noch röcheln ließ. Und noch bevor er reagieren oder die Flucht ergreifen konnte, kippte Edwin bereits nach vorn, fiel in seine Arme.

EINS

Der Himmel war von einem so unglaublichen Blau, als hätte ein eifriger Künstler ihn gerade erst erschaffen. Die Sonne bügelte mit ihren transparenten Strahlen die flirrende Fläche unterhalb der Andenkordillere glatt, zog die Straße optisch in die Breite. Die Landschaft lag da wie eine goldene Wüste.

Nur wenige Schritte hatte er sich von seinem Fahrzeug entfernt, sichtlich gereizt. Völlig unerwartet versagte der rostige Untersatz ihm den Dienst. Undefinierbares Röcheln. Dampf quoll unterhalb der Motorhaube empor. Verdächtig dickflüssig, rußig schwarz und von penetrantem Gestank. Spontan hatte er den Wagen zum Stillstand gebracht, den Zündschlüssel herausgerissen und war wie ein angestochenes Huhn vom Sitz gesprungen.

Sergio Fabulos hasste Momente wie diesen. Momente, in denen er sich hilflos und ausgeliefert fühlte – in diesem Fall der Technik. Er war kein Kfz-Bastler, kein Experte in Sachen Motortechnik. Ganz zu schweigen von seinen handwerklichen Fertigkeiten, die mehr als bescheiden daherkamen.

Barbesitzer Freund Jaime hatte ihm den rostigen Untersatz aufgeschwatzt: *Serg, du musst dich motorisieren. Der Chiva fährt dich nicht zu jeder Leiche. Und dir blüht Ärger, falls du zu spät zum Tatort kommst*, hatte er zu bedenken gegeben. Das saß. Sein Cousin grub ihn anschließend aus; in den dunklen Tiefen seiner Garage. Unter vergilbten Zeitungen, Wellblech und zentimeterdick Staub. Ein alter Audi, Baujahr 98. Farbe, undefinierbar. Aber wenn man sich festlegen müsste, irgendwas zwischen Braun und Schlammmetallicgrün.

Sergios erster prüfender Blick fiel skeptisch aus. Als man jedoch anfing über den Preis zu verhandeln, kam er schnell ins Fiebern. Callín war keine bevorzugte Region für Gebrauchtwagenhändler. Neufahrzeuge mussten bürokratisch kompliziert in Bogotá bestellt werden. Danach durfte man sich in Geduld üben. Geduld aber hatte der Comisario nicht. Genauso wenig wie Geld. Oder Zeit. Die Gelegenheit zum Spontankauf kam daher wie gerufen.

Das Papier bescheinigte Sergio den stolzen Besitz. Endlich gehörte er dem motorisierten Teil der Bevölkerung an. Sergio Francisco Fabulos Aldea, Comisario, *Comandante Principal de Policía de Callín* bekleidete immerhin ein öffentliches Amt. Eins, das in jeder Hinsicht Respekt und vollen Einsatz forderte.

Es konnte ja auch niemand damit rechnen, dass die Technik ihm in den Rücken fiel. Und das ausgerechnet am Wegkreuz! War das eine verschlüsselte Botschaft? *Schleich dich, Fabulos. Wir brauchen dich nicht in Callín …?*

Dabei hatte der Bürgermeister ihm gerade erst ein neues Büro versprochen. Wieder einmal. Diesmal sollte es tatsächlich Realität werden. Die Räumlichkeiten waren bereits besichtigt. Wenn auch nicht ganz offiziell. Jaime gab ihm den Tipp: *Schau dir alles gut an, Serg. Du hast Rechte! PC, Telefon, Kochgelegenheit mit Waschbecken und Kühlschrank müssen sein. Minimum. Eine Liege und eine Assistentin – am besten beides zusammen.* Dem folgte ein überschallendes Lachen. So wie Jaime immer lachte, wenn er einen Witz für besonders gelungen hielt.

Gut soweit. Aber Sergio hatte sich tatsächlich selbst überzeugt, befand alles für akzeptabel. Eine ausklappbare Liege konnte er in der Tat gut brauchen, wenn auch einzig zur Entspannung oder wenn es einmal spät würde. Fürs Erste taten es auch die anderen Dinge.

Javier Santorini war als Bürgermeister noch nicht lange im Amt. Ein halbes Jahr. *Nächste Woche hast du dein Büro*, pflegte er seit diesem halben Jahr zu predigen und dabei beschwichtigend Sergios Schulter zu tätscheln. Als wolle er im gleichen Atemzug sagen: *Warte nur bis dir der Hintern wegschimmelt, du Schafskopf.*

Aber Schwamm drüber. Schließlich sollte es endlich so weit sein.

Sechsunddreißig Jahre jung war Santorini. Familienvater, ambitioniert, rechthaberisch. Wollte man seine wichtigsten Tugenden kurz umreißen, das waren sie. Es gab nicht wesentlich mehr hinzuzufügen. Oder doch, das eine noch: Es musste an seinen griechischen Wurzeln liegen – oder auch nicht –, Santorini sah jedenfalls gut aus. Wirklich auffallend gut. Und das störte in jeder Hinsicht, denn ein Schönling hatte in Callín gerade noch gefehlt.

Auch wenn der blaue Himmel darüber hinwegzutäuschen versuchte, Sergio Fabulos verkannte die missliche Lage nicht, in die er da geraten war. Die Umgebung, die ihm ganz und gar nicht behagte, da sie unschöne Erinnerungen heraufbeschwor. Wie gesagt – ausgerechnet das Wegkreuz! Noch nicht lange war es her, da hatte man ihn hier niedergeschossen und wie eine faule Bananenschale auf einem Leichenwagen entsorgt. Böse war das Erwachen, zwischen Leichen gestapelt wieder zu sich zu kommen. Dabei hatte ein Schutzengel ihn gerettet. Die in Callín verschriene Personifikation des Bösen, Amelie Inés. Der Grund dafür, weshalb man hier nicht in die Kirche ging.

Sergio Fabulos hatte sich dafür eingesetzt, dass die Bänke entstaubt wurden und zumindest von Zeit zu Zeit ein Gottesdienst abgehalten wurde. Großen Andrang gab es bisher nicht. Es brauchte noch seine Zeit. Alles brauchte seine Zeit. So war es nun mal auf dem Dorf.

Das also war die Ausgangslage. Im Allgemeinen ließ man kein gutes Haar an Comisario Fabulos und seiner Arbeit. Sergio war das egal. Ihn kümmerte das Geschwätz nicht. Meistens jedenfalls nicht. Weshalb sich über spitze Zungen aufregen. Schlecht stünde man ohne ihn da, ohne seine natürliche Autorität und seinen Sinn für Gerechtigkeit. Das zumindest war seine unbeirrbare Meinung.

Man durfte durchaus auch anderer Meinung sein.

Ein sanfter Windhauch kitzelte seine Nase.

Plötzlich fest entschlossen sich von Rost und Launen der Technik nicht unterkriegen zu lassen, bereit für die große Schlacht mit dem unsichtbaren Gegner, fuhr er herum.

Deutlich weniger Rauch stieg mittlerweile Richtung Himmel.

Pues, adelante!, feuerte er sich in Gedanken an. Was war das bisschen Blech gegen den unbezwingbaren Willen.

ZWEI

»*Chicha?*!«, ungläubig betrachtete Barbesitzer Jaime den Inhalt seines Glases. »Was soll ich mit *Chicha?!* Das ist peruanisch, bin ich Peruaner oder was?!« Der Wirt schüttelte skeptisch den Kopf.

»Du wirst sehen, die Leute lieben das Zeug. Vor allem die Touristen. Die sind total scharf drauf«, argumentierte der Händler. Ein kleiner Drahtiger mit einem Schnäuzer, wie der des spanischen Malers Salvador Dalí.

»Die Touristen wollen *Aguardiente*. Die wollen das, was wir Kolumbianer trinken und nicht irgend sowas Halbdurchgegorenes.«

»Die Leute lieben die Vielfalt. Die wollen auch mal was Neues ausprobieren. Wettbewerbsvorteil nennt man das. Gerade erst habe ich an eine Bar zwanzig Kisten verkauft. Nur zwei Wochen später rief Pablo, der Besitzer, mich an und wollte gleich nochmal zwanzig Kisten. Es war der Renner. *Increíble!* *Oye*, Jaime, du hast Glück. Weil du´s bist, mache ich dir ein großzügiges Angebot, *amigo mio*. Ich kann dich gut leiden. Und die Leute hier lieben das Macondo. Das ist mir schon zu Ohren gekommen.«

Der Barbesitzer fühlte sich sichtlich geschmeichelt, was das Lob für seine Bar betraf. Verlegen strich er mit der flachen Hand über die Pinienholztheke.

»Du kriegst das Zeug zum halben Preis.«

So weit, so gut. An dieser Stelle aber kam der unerschütterliche Geschäftssinn des Jaime Orgunzallas ins Spiel. Dieser spitzte die Ohren und zog seine Augen zu zwei Schlitzen. Dann nahm er einen erneuten Schluck aus seinem Glas, leerte es mit einem Zug und setzte es wieder ab.

»Ein Drittel.«

»Ein Drittel des Preises? *Andáte!* Das ist zu wenig. Ich liefere dir allerbeste Qualität.«

»Ein Drittel. Ich muss erst testen, ob die Leute das auch kaufen.«

Der andere verschränkte die Arme, lockerte seine Haltung aber gleich wieder. »Sagen wir halber Preis und du kriegst noch drei Flaschen *Aguardiente* dazu.«

»Zehn! Zehn Flaschen Aguardiente.«

Jetzt zog der Händler seine Augen zu Schlitzen, setzte einen konzentrierten Blick auf, rechnete im Kopf. »Also gut«, gab er sich schließlich geschlagen.

Man war gerade dabei per Handschlag das Geschäft zu besiegeln, als wildes Geschrei die Szene unterbrach. Erschrocken fuhren die beiden Männer herum. Das Geschrei kam von der Straße.

Jaime ließ auf der Stelle alles stehen und liegen, hetzte zur Tür und nach draußen. Der Händler folgte ihm mit etwas Abstand.

Ein Rudel von hysterischen Frauen rannte die Straße rauf und direkt auf das Macondo zu. Jaime stellte sich breitbeinig in die Tür, verschränkte die Armen. Was auch immer die Panik ausgelöst hatte, es konnte so schlimm nicht sein, wenn die Frauen den Fluchtweg geradewegs in seine Richtung einschlugen.

»Was ist los?«

Isabella Sanchez Roca war die Erste, die zum Stillstand kann, und genügend Luft schnappen konnte, um eine Antwort auf seine Frage herauszubringen. »Sie haben Edwin gefunden«, hechelte sie und deutete zurück in die Richtung, aus der der Rest der Meute gerannt kam.

Edwin hieß mit richtigem Namen Eduardo Victorio Gallo und war der Sohn von Maria-Frederica und Javier Gallo. Er, ein hoffnungsloser Säufer. Sie, ein ehemaliges Kindermädchen und Ex-Prostituierte. Inzwischen aber leitete sie – halbwegs erfolgreich – einen Partyservice, freute sich über kleine Einnahmen und die zunehmende Unabhängigkeit von ihrem Mann.

Edwin war der einzige Sohn und vor drei Tagen spurlos verschwunden. Man munkelte, er hätte sich den Rebellen angeschlossen. Edwin war immer ein ruhiges, unscheinbares Kind gewesen. Bis etwa zu Beginn der Pubertät hatte er nur gute Noten mit nach Hause gebracht, weder geraucht noch Drogen konsumiert oder auch nur mit dem Fußball eine Fensterscheibe eingeschossen. Geschweige denn ein Mädchen geküsst.

Pflichtbewusst half er seiner Mutter in den Anfängen ihrer Geschäftsgründung.

Dann kam die Wende. Schlagartig. Wie wenn jemand über Nacht plötzlich Pickel bekommt. Niemand konnte sich den Sinneswandel erklären. Edwin rauchte, trieb sich herum. Es hieß sogar, er hätte ein Mädchen belästigt.

Eines Tages nach der Schule blieb er ganz weg. Ohne eine Nachricht, ohne eine Spur. Nur diese eine: Jemand hatte ihn ein paar Tage zuvor mit Ramón Alba gesehen, einem berüchtigten *reclutador*. Ramón machte sich gelegentlich in Callín zu schaffen, rekrutierte Nachwuchs für die Armee des Widerstands, die linksgerichtete Guerilla. Man hatte ihn nicht nur einmal aus dem Dorf gejagt. Bisher stand Callín noch nicht unter der Kontrolle der FARC-Rebellen.

Alba war einer der wenigen, die sich gelegentlich nach Callín wagten. Sollte er für Edwins Verschwinden verantwortlich sein?

Isabella stand jetzt unmittelbar vor Jaime. Sie war puterrot im Gesicht, ihre Haare leicht zerzaust.

»Sie haben ihn gefunden, was heißt das genau?«, fragte Jaime.

»Sie haben das gefunden, was von ihm noch übrig ist.«

Der Wirt starrte fragend drein. Der Händler hinter ihm hielt sich entsetzt die Hand vor den Mund.

Isabella stemmte ihre Fäuste in die Hüften. Die anderen Frauen hatten sie mittlerweile umzingelt. Einige trugen rote Augenränder. Anderen stand das Elend ins Gesicht geschrieben. Einzig Isabella schien noch Worte zu finden.

»Zerstückelt in kleine Teilchen.« Eine Frau hinter ihr schrie auf.

»Zerstückelt und mit ihrem eigenen Partyservice ins Haus geliefert. Adressiert an Maria und Javier Gallo. Ihr Sohn in feinstem Pergamentpapier, zum Verzehr portioniert, blutig.«

»Das ist ein Scherz.«

»Ist es nicht. Und wenn es einer sein soll, ist es ein verdammt schlechter.«

Jaime rieb sich über die Stirn. Du musst mit Sergio sprechen. Ihr dürft das Paket nicht anfassen. Es müssen Spuren gesichert werden.«

»Glaubst du ich bin blöd?«

Jaime trat einen Schritt zur Seite. Geschickterweise ging er nicht auf ihre Frage ein. »Und?«, fragte er stattdessen. »Du glaubst doch nicht im Ernst, dass Fabulos in seinem Büro hockt. Wann ist der mal da, wo man ihn braucht, was ja auch eher selten der Fall ist. Wenn man sich auf einen hier im Ort nicht verlassen kann, dann ist das Sergio Fabulos!«

»Dummes Gerücht. Vorurteilig. Ihr übergeht ihn doch ständig. Wir sitzen hier unmittelbar zwischen den Rebellenlagern. Wenn er nicht wäre, glaubst du, du könntest nachts noch ohne Waffe unterm Kopfkissen schlafen?«

»Willst du mir weismachen, den glücklichen Umstand meiner Unfreiheit, verdanke ich Fabulos – der, anstatt für Ordnung zu sorgen lieber Hurenmuschis lutscht?! Wenn die Rebellen Callín noch nicht vereinnahmt haben, ist das wohl eher unser Verdienst, als der eines versoffenen, korrupten Dorfpolizisten.«

»Wenn du meinst.« Jaime machte Anstalten sich einfach wegzudrehen und sie stehenzulassen.

Hilflos, halb entsetzt, verfolgte der Händler seine Reaktion.

»Wo steckt er?«, donnerte Isabella ungerührt, im herrischen Ton.

Gelassen fuhr der Wirt herum.

»Du weißt doch immer, wo er steckt, Jaime Orgunzallas. Wenn du deinen Ruf nicht ruinieren willst, dann verrätst du uns jetzt auf der Stelle, wo dein lieber Serg steckt.«

Das klang unterschwellig drohend, was Jaime nicht ganz unbeeindruckt zur Kenntnis nahm. Einige der Frauen hatten sich demonstrativ neben Isabella aufgestellt.

»In der Casa Violeta ist er jedenfalls nicht und bei Flora auch nicht«, kam sie ihm zuvor, als er gerade Luft holte.

»So, das habt ihr schon überprüft«, entgegnete er unangenehm berührt bei der Erwähnung des Namens der Dorfhure. In den vergangenen Wochen hatte Sergio tatsächlich wieder häufiger die Dienste Flora Morales in Anspruch genommen. Was Jaime jedoch nicht wusste, tat er es weniger wegen Flora, als vielmehr wegen der jungen Frau, die seit kurzem bei ihr wohnte und eine gewisse Anziehungskraft auf ihn ausübte.

24

»Gut, dann gibt es wohl nur noch diese eine Möglichkeit.«

»Die da wäre?«

»Du startest einen Notruf, der umgehend an Sergio übermittelt wird.«

Isabella sah ihn an, als würde ihr Blick im nächsten Moment eine geballte Ladung Dynamit zur Explosion bringen.

Das zündete. Jaime gab klein bei: »Gut, ich werde sehen, dass ich ihn schnellstens verständige. Du kannst dich auf mein Wort verlassen«, schob er noch hinterher, ehe sie erneut aufbegehren konnte.

DREI

Ein Mann, ein Wort.

Sergio stand neben Jaime in dessen Bar »Macondo«. Die Geschichte vom Auflauf der Frauen prasselte bereits das zweite Mal auf ihn nieder. In Gedanken aber war er noch immer beim Desaster mit der fahruntüchtigen Rostbeule, hörte nicht zu.

»Was sagst du?«, fragte er gedankenverloren, als Jaime eine bedeutungsvolle Schweigepause eingelegt hatte.

»Edwin, zerstückelt.« Das musste an Information reichen.

Erschrocken sprang der Comisario jetzt auf. »WAS?!! WO? Habe ich das gerade richtig verstanden? Und das sagst du erst jetzt?!«

»Marias Partyservice. Die Leichenteile kamen per Kurier. Und wenn du nicht von einem Rudel wild gewordener Frauen niedergemetzelt werden willst, solltest du dich gleich auf den Weg machen.«

Hastig leerte Sergio seinen Aguardiente, den Jaime ihm, angesichts der tragischen Umstände, mehr als zügig eingeschenkt hatte.

»Gut. Dann …«

Die Tür ging bereits, als Jaime aus der Küche zurückkam.

Das Büro zum Partyservice von Maria-Frederica Gallo lag in der *calle* No. 23. Ein gutes Stück von der zentralen *plaza* entfernt, an der sich Jaimes Bar befand. Den Wagen ließ der Comisario lieber an Ort und Stelle. Es konnte sein, dass man zu Fuß doch schneller war.

Völlig außer Atem kam er beim Haus von Maria und Javier Gallo an, vor dem sich bereits eine Gruppe von Menschen angesammelt hatte. Durch die offenstehende Tür sah man ins Innere des angebauten, wintergarten-ähnlichen Büros und erkannte dort die Gestalten der Beteiligten. Stimmen hallten von der Straße nach drinnen, als auch in umgekehrte Richtung.

Es widerstrebte Sergio, aber er war gezwungen sich durch die Menschenmassen zu quetschen. Er musste es riskieren, dass man hinter ihm flüsterte oder irgendeinen unqualifizierten Kommentar abließ.

»*Adelante, por favor!*«, verschaffte er sich Platz.

Als die verheulte Maria ihn erkannte, zog sie ein Gesicht als würde sich bei seinem Anblick ihr Elend verhundertfachen. Nicht gerade eine Motivation. Dennoch fühlte er augenblicklich mit ihr. Er wusste, welchen unfassbaren Schmerz Maria empfinden musste.

Javier Gallo, ausnahmsweise mal nüchtern, vergrub eine Hand in der Hosentasche und nahm – mit der anderen – einen hastigen Zug von seiner Zigarette. Eine dicke Fliege hockte auf seiner Stirn, ernährte sich von seinem Schweiß, während er hastig paffte.

»Was ist hier los?«

Leichenblass deutete die sprachlose Geschäftsfrau auf eine unförmige Kiste am Boden.

»Schau ihn dir nur an!«, herrschte Isabella Sanchez hinter Sergio. »Das haben wir davon, dass wir auf Gott vertrauen und nicht auf die tatkräftige Unterstützung der hiesigen Polizei.«

Sergio ignorierte ihre Worte, mit denen sie unnötig provozierte. Ein einfältiges, ungebildetes Weibsbild.

Er kniete sich nieder, hörte Maria derweil weiter leise schluchzen.

»Was gedenkst du zu unternehmen?«, bohrte Isabella, als hätte sie einen Stachel in der Stimme.

Vorsichtig zog Sergio den Deckel der Kiste ab, betrachte, augenblicklich starr vor Schreck, das Innere der Kiste. Innereien, klein geschnittene Leichenteile und literweise getrocknetes Blut. Ein grausiger Anblick.

»Das haben sie mit ihm gemacht und wir haben nichts unternommen. Gar nichts! Und die Polizei? Nicht mal einen Leichenbeschauer, einen Forensiker haben wir in Callín. Ganz zu schweigen davon, dass die Rebellen sich gleich ihr nächstes Opfer suchen werden«, wetterte Isabella.

Sergio richtete sich auf, sah zu Maria. Ihr Anblick war mindestens ebenso schlimm wie das, was hier vor ihm stand. Ihre Augen wurden überschwemmt von ihren Tränen.

»Jetzt verwesen die Körperteile hier in der Hitze und kein Mensch ...«

»Kannst du nicht endlich mal deine Klappe halten!!«, herrschte Sergio Isabella an. Erschrocken zuckte sie zusammen. Eine Weile herrschte gespenstische Stille. Auch die letzte Stimme aus dem Hintergrund war bei seinen deutlichen Worten verstummt. Betroffen sah man zu der Kiste. Oder mitleidig zu Maria und Javier. Oder einfach nur zu Boden, wo ein halbes Dutzend Ameisen wild durcheinander rannten.

»Wann kam das an?«, fragte Sergio an Maria gerichtet.

»Vor knapp zwei Stunden«, stammelte sie tränenerstickt.

»*Du* hast die Kiste geöffnet?«

Sie schüttelte stumm den Kopf. Ihr Gesicht war nass von ihren Tränen.

Sergio wollte keine weiteren Fragen stellen. Er sah sich außerstande in einer offenen Wunde zu bohren. Für eine Mutter gab es keinen größeren Schmerz als den Verlust eines Kindes. Das wusste Sergio nur zu gut. Unendliches Leid lag vor ihr und sie würde sich kaum retten, wenn sie sich in ihre Arbeit stürzte.

»Ich werde die Kiste abholen und untersuchen lassen.«

Javier legte den Arm um seine Frau.

»Mach dir keine Sorgen, Maria. Wir kriegen ihn«, versuchte der Comisario es mit tröstenden Worten; auch wenn dies nur ein winziger Tropfen auf dem galaktisch heißen Stein war.

Javier stimmte zögerlich mit einer angedeuteten Kopfbewegung zu. Ein Anflug von Vertrauen. Unter Männern musste man zusammenhalten. Welche Wahl hatte man auch sonst.

Steif bahnte sich Sergio erneut den Weg durch die Menge. Diesmal war es weitaus weniger beschwerlich. Die Leute wichen von selbst zurück.

Er hastete die Straße herunter, sein Kopf arbeitete auf Hochtouren. Wer sollte ihm die Kiste bringen? Und das auch noch ohne Spuren zu verwischen?

Seit dem Abzug der deutschen Journalistin Judith Rauschenberg und den letzten Todesfällen, war es ruhig in Callín geworden. Zu ruhig. Santorinis ersten Amtshandlungen waren Haushaltskürzungen gewesen, Personalkürzungen. In banger Erwartung hatte Sergio bereits seine eigene Entlassung vorausgesehen. Man könne ja, im Falle eines Falles, auch auf das Militär zurückgreifen, so Santorini. Dem Militär aber war nicht zu trauen. Die Leute hätten einen Aufstand geprobt. Insbesondere wenn so Frauen wie Isabella Sanchez darunter waren. Also ließ man den Comisario im Dorf. Und zum Abschmettern sämtlicher Gerüchte; um die Wogen zu glätten, kam das Büro ins Spiel. Sergio Fabulos neuer Amtssitz.

Der Comisario hatte die *plaza* bereits erreicht. Die Eindrücke wirkten noch nach, ausgelöst von den grausigen Bildern, die er soeben gesehen und die sich bereits in seine Gedanken gebrannt hatten. Es ging kein Weg daran vorbei, er musste dringend mit Santorini sprechen.

Also bog er in die nächste Straße, erkannte das Gebäude der *municipalidad* bereits von weitem. Es war frisch renoviert und auffallend gepflegt.

Es war *hora de siesta*. Santorini hockte vermutlich noch am Mittagstisch. Was hatte er auch sonst schon Wichtiges zu tun; außer zu essen, Callín die Gelder zu kürzen oder seinen schönen Scheitel zu glätten? Nicht viel.

Sergio stand bereits in der Tür. Er klopfte nicht einmal, trat einfach ein. Die Dringlichkeit erlaubte ihm das.

Im Raum lief irgendwo ein Fernseher. Eine junge Frau hockte nicht weit davon entfernt, an einem auffallend modernen Schreibtisch. Der Computer lief – parallel zur Telenovela. An der Zimmerdecke drehte sich ein Ventilator, pustete Luft durch den Raum, was ihr gelegentlich ein paar Haarsträhnen durcheinander wirbelte.

»Wo ist er?«, fasste er sich kurz.

»Oh … Señor Comisario. Sie wollen zu Señor Alcalde?«, antwortete sie im Sekretärinnenton und blickte gleich wieder auf ihren Bildschirm. Auf welchen der beiden, konnte man fast nicht sagen.

»Setzen Sie sich doch«, gestikulierte sie, nicht sonderlich interessiert, jedoch freundlich-ruhig, da ihr Sergios Erregung nicht entgangen war.

»Dafür ist keine Zeit. Die Sache brennt.« Verärgert über ihren mangelnden Tatendrang, schritt er an ihr vorbei und näherte sich der Tür hinter ihrem Schreibtisch.

»NOOO SENOR!!«, schrie sie plötzlich laut auf.

Anscheinend aber nicht laut genug, denn Sergio hatte den Türgriff schon in der Hand und die Tür öffnete sich, quasi wie von selbst.

Dahinter hatte man die Warnung, in Form ihres lauten Schreis, wohl nicht rechtzeitig gehört, denn ein nackter Hintern bewegte sich im rasanten Tempo vor und zurück. Er lag in den letzten Zügen … Sergio räusperte sich. Dann zog er die Tür geräuschvoll wieder von außen zu, schlenderte gemütlich um ihren Schreibtisch herum und setzte sich auf den Stuhl, auf den er sich eigentlich schon vorher hätte setzen sollen.

»Nun, lassen wir ihm noch etwas Zeit seine Geschäfte zu vollenden.«

Hochrot im Gesicht stand die junge Frau hinter ihrem Schreibtisch, fummelte kurz an ihrem PC herum und griff gleichzeitig zu einem Kugelschreiber, der augenblicklich wie ein eingeklemmter Jungvogel zu flattern begann. Das wirkliche Leben war doch besser als jede Telenovela.

»Möchten Sie Mate?«, fragte sie vorsichtig, nachdem die ersten peinlichen Schweigeminuten überstanden waren.

»Keine Umstände. Wie gesagt, es brennt, und könnte dabei augenblicklich zu einem Großbrand werden. Eine zerstückelte Leiche, ein junger Mann. Er könnte fast dein Verlobter sein. Ist es aber wohl nicht, denn sonst säßest du kaum hier herum. Man hat ihn in einem Paket an seine Mutter geschickt. Das, was von ihm noch übrig ist, Hackfleisch.«

Leichenblass sah sie ihn an. Die Hand mit dem eben noch flatternden Kugelschreiber stand still. Die andere hielt sie sich vor den Mund. Dann richtete sie sich auf, rannte hinaus. Ihr Nervenkostüm war offenbar nicht das robusteste.

Sergio sah aus dem Fenster. Was für ein beschissener Tag, dachte er und konzentrierte sich angestrengt auf die im Wind schaukelnden Wedel der *Quindio*-Wachspalmen. Seine Gedanken kreisten, ließen sich nicht wirklich ablenken. Er fühlte sich wie ferngesteuert.

Irgendwann öffnete sich die Tür und jemand trat hindurch.

Nein, es war nicht Santorini. Und nein, es war auch nicht seine Geliebte. Sergio rieb sich die Augen. Was, *madre de dios*, war das?! Oder besser gesagt: *Wer* war das?!

Es war tatsächlich ein Mann. Ein Geliebter?! Die Rädchen seiner Denkmaschine ratterten. Ein Sehfehler? Oder auch nicht. Konnte das sein, – und war ihm dabei noch nicht zu Ohren gekommen – ein Mann? Santorini war … eine Schwuchtel?!

Der Mann hatte es recht eilig damit die Räumlichkeiten zügig zu durchqueren. Lieber wäre es ihm zweifellos gewesen, spurlos im Erdboden zu versinken. Das aber stand nicht zur Option. Santorini hatte ihn vor die Tür geschickt und hier lief er jetzt Sergio Fabulos direkt in die Arme. Dieser hatte nur wenige Sekunden Zeit ihn von oben bis unten zu mustern. Der Unbekannte verschwand im Null-Komma-nix, als wäre er nie dagewesen.

Sergio sah ihm nach und schüttelte, heimlich hoch amüsiert, den Kopf.

Santorini ließ derweil auf sich warten. Der Comisario rückte um den Schreibtisch herum und schaltete den Fernseher wieder ein. Gerade lief eine Kuss-Szene. Interessiert starrte er auf die beiden aufeinander gedrückten Lippen. Die feuerroten Lippen der Schauspielerin waren aufgepumpt wie ein Schlauchboot.

Die Tür ging und Santorini trat hindurch. Streifenblüschen und Scheitel saßen überkorrekt, was Sergio sofort ins Auge stach. Als hätte die gerade erlebte Szene nie stattgefunden.

»Sergio, schön dich zu sehen! Ich hörte bereits die Neuigkeiten. Schrecklich. Grausam. Einfach unfassbar grausam! Lass uns in mein Büro gehen. Er deutete ihm zu folgen.

Sergio kam der Aufforderung nach und folgte Santorini, wenn auch nicht mit dem gleichen übertriebenen Elan, den der Bürgermeister vorlegte.

Hinter ihm lief der Fernseher unbeachtet weiter. Die Angestellte würde irgendwann zurückkommen. Dann konnte sie das Ende der Episode noch verfolgen.

Santorini schloss die Tür hinter dem Comisario. In der Luft lag der Geruch von herb-blumigem Männerparfüm.

»Und? Wie schätzt du die Lage ein?« Er verschwendete keine Zeit. »*Paras?*«

»Möglich. Vielleicht aber auch nicht.«

»Die Frauen sind wie von Sinnen. Hast du den Auflauf heute früh mitverfolgt? Die Sanchez stachelt alle an. Wir sollten möglichst bald einen Hinweis haben, bevor es weitere Opfer zu beklagen gibt. Und bevor die Leute noch total durchdrehen.«

»Hinweise kommen nicht aus dem Nichts. Die Leichenteile müssen bei Maria abgeholt und obduziert werden. Wir brauchen einen Gerichtsmediziner. Und zwar zügig.«

»Aber ja doch, ja. Ich bin ganz deiner Meinung und kümmere mich darum.« Santorini zog die Stirn in Falten.

»Ich brauche den Gerichtsmediziner HEUTE! Eine verwesende Leiche nützt mir nichts und ist außerdem eine Zumutung für Maria und Javier. Du willst doch keinen Skandal in Callín.«

»*Por supuesto.*«

»Also.« Breitbeinig baute Sergio Fabulos sich vor dem Bürgermeister auf, bereit für Maria in den Kampf zu treten. Santorini sah einem Stier in die Augen.

»Ist ja gut, *relájate*. Dein Büro ist morgen früh bezugsfertig und um die schnelle Obduktion der Leiche kümmere ich mich, wie gesagt, höchstpersönlich. Du hast mein Wort.« Er klopfte Sergio versöhnlich auf die Schulter.

Dieser aber gab nicht viel auf das Wort des Bürgermeisters. Schon gar nicht auf das Wort eines Bürgermeisters in Buntfaltenhosen und gebügelten Streifenblüschen. Ganz zu schweigen von einem Bürgermeister, der es ungeniert während der Mittagszeit in öffentlichen Büroräumen mit seinem Geliebten trieb. Santorini hatte sich und seine Triebe ganz offensichtlich nicht im Griff. Und er schämte sich nicht einmal dafür. Stolz wie ein Hengst, ließ er seinen Liebhaber gar noch durch die Vordertür herausspazieren. Sollte man tatsächlich so tolerant sein und darüber hinwegsehen?!

Santorinis Hand schwebte noch immer in der Luft, damit Sergio einschlug. Dieser aber ignorierte sie.

»Mit deinem Wort steht und fällt hier alles. Und ich habe keine Lust immer den Sündenbock zu spielen. Ich möchte nur in Frieden meine Arbeit machen.«

Santorini zog vorsorglich seine Hand zurück und fuhr sich verlegen damit durchs Haar. Er glättete seinen Scheitel, an dem es eigentlich nichts zu glätten gab. »In Frieden unsere Arbeit machen, das wollen wir alle«, bekräftige er. Seine Stimme wurde dabei piepsig, wie die einer Frau.

»Das sehe ich«, konnte Sergio sich seine bissige Bemerkung nicht verkneifen.

Mit schweren Schritten ging er an Santorini vorbei, ließ ihn einfach stehen. Für seine schlechten Manieren war Sergio Fabulos berüchtigt. Darüber hinaus sah er seine natürliche Autorität durch den mädchenhaften Santorini in keiner Weise bedroht, – denn der befand sich jetzt zweifellos im Klaren darüber, dass der Comisario im Bilde war.

Als Sergio das Empfangszimmer passierte, saß die Angestellte wieder an ihrem Platz vor den beiden Bildschirmen. Sie zog sich gerade die Lippen nach.

Sergio nuschelte ihr ein kaum verständliches *hasta luego* zu und ließ die Tür hinter sich krachend ins Schloss fallen.

VIER

Tatsächlich hatte Santorini Wort gehalten und die Leichenteile wurden noch am selben Nachmittag nach Tres Marias überführt.

Hinter den alten Klostermauern, in einem öffentlichen Gebäude befand sich das ehemalige Leichenschauhaus. Santorini hatte seine Kontakte spielen lassen und kurzfristig einen Gerichtsmediziner aufgetrieben. Dr. Albién befand sich zwar jenseits der Altersgrenze, was aber keine Rolle spielte. Seine Sinne erfreuten sich noch einer bewundernswerten Gesundheit. Mit äußerster Sorgfalt und in aufwändiger Kleinarbeit hatte er die Leichenteile Edwins obduziert. Seinen Bericht überreichte er einer Studentin, in nicht mehr ganz studentischem Alter. Diese tippte die wichtigsten Punkte in ein Tablet, was der Gerichtsmediziner argwöhnisch aus dem Augenwinkel beobachtete.

Amanda Crucello war die Nichte von Bürgermeister Santorini.

Am Morgen des folgenden Vormittags erschien sie mit ihrem Bericht in Sergio Fabulos neuem Büro. Der überwiegende Teil der Möbel stand noch vor dem Haus und versperrte den Gehweg. Einzig einen Schreibtisch mit Stuhl beherbergte der große kahle Raum. Ein bunt gewebter Teppich stellte den eher lächerlichen Versuch dar, dem Büro einen Farbanstrich zu verpassen; er bedeckte einen winzigen Teil des Bodens. Besser gesagt, retouchierte er einen äußerst unschönen Fleck.

Angesichts der Umstände wollte bei Sergio keine richtige Begeisterung aufkommen. Auch wenn Platz genug vorhanden war, von Behaglichkeit konnte nicht die Rede sein.

Sein Gemütszustand aber änderte sich schlagartig, als Amanda zur Tür hereinspazierte.

»*Buenas tardes*, Señor Comisario«, flirtete sie mit einem Lächeln auf ihren bezaubernd herzförmigen Lippen.

Sergio sah ihrem saloppen Gang entgegen und wartete bis sie den Schreibtisch erreicht hatte. Dort angekommen, fummelte sie etwas aus ihrer Tasche und legte es auf den Tisch. Einige zusammengeheftete Seiten Papier. Während sie das Papier ablegte, musterte er sie aus dem Augenwinkel. Amanda war etwa Anfang dreißig. Schwarzes Haar, ein frecher Kurzhaarschnitt mit einem etwas zu lang geratenen Pony, große Rehaugen und eine zierliche Figur.

»Ich komme von Doktor Albién. Amanda Crucello. Das hier ist sein Bericht.«

Sergio betrachtete das Papier argwöhnisch. Nach kurzem Zögern fing er an darin zu blättern, stellte dabei schnell fest, dass es überwiegend das verhasste Fachvokabular enthielt. Das war ihm zu mühselig. »Wie wäre es mit einer Kurzfassung?«

Amanda sah sich um. Es gab keinen Stuhl, auf den sie sich hätte setzen können.

Sergio reagierte nicht.

Sie stemmte eine Faust in die Hüfte und verlagerte das Gewicht auf ihren rechten Fuß. »Kurzfassung? Im Stehen oder was?!«

»Ach …« Ein flüchtiges Lächeln zuckte um seine Mundwinkel. »Der Möbelpacker ist ausgefallen, aber …« Er sprang vom Stuhl, schob ihn in ihre Richtung, damit sie sich setzen konnte.

»*Pues, gracias*. Der Tote«, begann sie auch gleich, als sie saß und Sergio halb stehend, halb sitzend an der Schreibtischkante lehnte, »er ist zerstückelt worden.«

Das war nun nichts Neues.

»Post mortem. Vermutlich mit einem sehr scharfen Messer. Ein Schlachtermesser zum Beispiel. Sein Tod ist vor etwa 42 Stunden eingetreten. Es muss also in den Morgenstunden passiert sein. Es befanden sich Erdrückstände an den Schnittstellen. Keine Fingerspuren, keine verwertbare Fremd-DNA an den Hauptleichenteilen. Der Mörder hat jede Spur sorgfältig beseitigt und ist außerdem mit großer Brutalität vorgegangen. Alles war äußerst blutig.« Sie redete, als würde sie über den Warenwert einer geschlachteten Kuh verhandeln.

»Aha. Dem war mir schon so. Und der Tatort? Irgendwelche Anhaltspunkte?«

»Freies Gelände. Ein Gebäude oder auch ein Schuppen. Vieles kommt in Frage. Es gibt wenige Anhaltspunkte. Die Leichenteile wurden gekühlt gelagert.«

»Nicht sehr ergiebig. Aber es ist sicher, dass es sich um Edwin Gallo handelt?«

»Das ist sicher. Die Mutter hat ihn anhand seiner Finger identifizieren können.«

»Was ist mit dem Kopf?«

»Weitestgehend entstellt.«

Sergio kratzte sich am Kinn. »Man könnte also sagen, der Mörder hatte enorme Wut im Bauch, oder ist ein verdammter Fanatiker, dem es um irgendeine hirnrissige Sache geht. Dann wäre Edwin eventuell ein Zufallsopfer.«

Sie sah ihn an, als folge sie wissbegierig seinen Gedankengängen.

»Die Umstände liefern hier nachhaltige Indizien, würde ich sagen. Die Tatsache, dass man seine Leichenteile per Kurier verschickt. Und dann auch noch an die Eltern des Opfers. Das ist einfach geschmacklos.«

»Fingerspuren an der Verpackung?«

»Keine. Aber finden Sie nicht auch, Señor Comisario, dass das nach einem Racheakt aussieht?«

»Sergio. Sag einfach Sergio.«

Amanda lächelte. »Sergio«, wiederholte sie.

»Racheakt wofür? Dafür, dass Marias Geschäfte einigermaßen liefen? Dafür, dass Edwin sich von den FARC hat rekrutieren lassen wollen – was nicht einmal sicher ist.«

Sie nickte zustimmend. »Dem müsste man nachgehen.«

»Müsste man.« Amandas Blick durchstreifte das Büro. Außer Neugier, lag noch etwas anderes in ihrem Blick.

»Du studierst?«, fragte er.

»Jura.«

»Erstsemester bist du aber nicht mehr?«

»Elftes Semester.«

»So so.« Sergio hatte natürlich keine Ahnung, wie lange man studieren musste, um als Rechtsverdreher zu arbeiten. Sie musste die vorgegebene Zeit weit überschritten haben. Abgesehen davon aber kam sie nicht ungelegen.

»Du studierst in Bógota?«

»Cali. UCC, Universidad Cooperativa. Ich schreibe an meiner Abschlussarbeit. Ich bin schon etwas über die Zeit. Darum habe ich mir dieses Semester für die Prüfungsvorbereitungen freigenommen.«

»Du suchst einen Job?«

»Nicht direkt, aber …«

»Verstehe.« Er rutschte vom Schreibtisch herunter. Jaimes Witz über die Assistentin spukte ihm gerade durch den Kopf. »Du könntest mir gelegentlich zur Hand gehen. Was meinst du, traust du dir das zu?«

»*Por supuesto, Señor Comisario.* Sergio, meine ich.«

»Dann werden wir uns sicher einig.«

Amanda warf erneut einen kritischen Blick durch den weitestgehend unmöblierten Raum.

»Ach, wegen des Arbeitsplatzes, das ist hier nur ein vorübergehender Zustand. Großes Bürgermeisterehrenwort.« Er zwinkerte. »Aber du darfst solange mit meinem Schreibtisch Vorlieb nehmen«, bot er ihr großzügig an. »Ich werde überwiegend auswärts ermitteln.«

Amanda erhob sich von ihrem Stuhl. Zögerlich ging sie um den Schreibtisch herum. Sergio verschränkte die Arme und beobachtete sie, wie sie das Möbelstück betrachtete, als hätte sie niemals zuvor einen derart wuchtigen Schreibtisch gesehen. Schweigend berührte sie die Holzplatte. Dann zog sie ihre zierliche Hand wieder weg.

»Es ist mir eine große Ehre«, sagte sie.

FÜNF

Flora Morales befand sich auf dem Heimweg. Sie war in Eile und zog sich bereits im Gehen die Lippen nach. Der nächste Freier würde in einer Viertelstunde vor ihrer Haustür stehen.

Sie selbst wollte ihn jedoch nicht bedienen. Heute nicht. Seit ein paar Wochen lebte eine junge Frau bei ihr. Amalia. Jung war sie, schön. Sie trieb den Preis in die Höhe. Die Männer rannten Flora seitdem die Tür ein. Sergio Fabulos inklusive. Die Prostituierte hatte damit begonnen im Internet zu inserieren. Ein halbes Dutzend neuer Freier waren auf diesem Weg hinzugewonnen. Die meisten wollten Amalia.

Die beiden Frauen teilten jedoch die Einkünfte. Dafür bot die Ältere der Jüngeren freie Kost und Logis.

Flora hatte die Tür zu ihrem Appartement gerade erreicht und steckte den Schlüssel ins Schloss.

Als sie den Flur betrat, sah sie Amalia vor dem Fenster im Nebenzimmer stehen. Das Zimmer, das sie für die Freier belegten. Die Tür stand offen und Amalia drehte der Älteren den Rücken zu. Wohlwollend registrierte Flora, dass die junge Frau sich bereits zurechtgemacht hatte. Sie trug ihr schwarzes Haar offen. An ihrem Körper schimmerte ein Hauch von Nichts, ein transparentes schwarzes Kleid, das im Rücken tief ausgeschnitten war. Mehr als das trug sie nicht.

Unbemerkt huschte Flora an der geöffneten Tür vorbei, verschwand im Bad, wo sie sich erneut die Lippen nachzog und ihre Wimpern tuschte. Sie trug zwei Spritzer »Fleur Amazone« auf, ein neu erworbener Duft. Dann trat sie in Amalias Zimmer.

»Wunderschön siehst du aus, Liebes.«

Amalia saß jetzt auf dem Bett. Sie lächelte. Flora nahm neben ihr Platz. Die junge Frau hatte manchmal etwas Furchtloses, beinahe Kaltblütiges an sich. Es irritierte Flora, weil sie irgendein Geheimnis dahinter witterte.

Als sie dem Blick der jungen Prostituierten begegnete, geschah aber noch etwas anderes. Flora fühlte sich auf einmal alt.

Alt und verbraucht. Übersättigt von den körperlichen Dingen. Im Bett gelang es ihr immer seltener das gewohnte Feuer zu entfachen.

»Er kommt maskiert«, funkte Amalias Stimme in ihre Gedanken. »Ein Rollenspiel«, verkündete sie unbeeindruckt, beinahe gleichgültig.

»So?«, Flora biss sich auf die Unterlippe.

»Das hat er mir heute Morgen geschrieben. Wer weiß, vielleicht hält er sich für prominent«, mutmaßte sie und lüftete dabei ihr Kleid.

»Prominent? In Callín? Du träumst. Der Prominenteste, den wir hier haben, ist unser lieber Señor *alcalde*. Aber der scheidet als Freier aus. Stockschwul ist der.«

»*No me digas!!*« Amalia hielt sich die Hand vor den Mund, um ihr Lachen, das etwas albern klang, zu verstecken.

»Öffne schon mal den Schaumwein und mach es dir drüben bequem. Ich werde ihn empfangen.«

Amalia kam ihrer Aufforderung nach und verschwand hinter einer Tür, die sie sogleich hinter sich zuzog.

Flora schlüpfte in ihre Glitzerschläppchen und warf einen letzten Blick in den Spiegel. Dabei passierte sie das Fenster, konnte nicht umhin einen Blick auf die Straße zu werfen. Etwas beunruhigte sie.

Auf der Straße war nur wenig los. Um diese Zeit traf man sich an der *plaza*. Oder im Jaimes Bar Macondo.

Sie trat einen Schritt zurück, wandte sich vom Fenster ab. Nervös zupfte sie an ihrem Oberteil, zog es etwas nach unten, damit ihr Dekolleté gut zur Geltung kam.

Ihre Figur war schon lange nicht mehr das, was Männerherzen zum Beben brachte. Alles war etwas aus der Form geraten. Um dieses Defizit auszugleichen, hatte sie sich Amalia ins Haus geholt. Die junge Frau war noch kein Profi, aber sie machte einen guten Job. Und sie hatte eben das, was Flora gerade abhandenkam – Jugend.

Es klingelte an der Haustür. Flora zuckte bei dem schrillen Ton kurz zusammen. Irritiert wurde sie sich dabei ihrer eigenen Anspannung bewusst. Eigentlich war sie Profi, hatte so ziemlich alles durch mit den Herren der Schöpfung. Jede Extravaganz. Oder eben auch das Gegenteil, gähnende Fantasielosigkeit. Im Prinzip spielte es auch keine Rolle, was gewünscht wurde. Es lief letztlich immer auf das Gleiche hinaus.

Gerade deshalb aber beunruhigte sie das Bevorstehende. Die angekündigte Maskerade. Für Flora bedeutete eine Maske: Jemand hatte etwas zu verbergen, – wenn auch nur das eigene Gesicht. Das war verdächtig, denn ein Gesichtsausdruck konnte so manche düstere Absicht enttarnen.

Mittlerweile stand sie vor der Eingangstür. Ihre rechte Hand, mit der sie den Türknauf umfasste, war eiskalt. Sie fror, als sie ihn betätigte, was sie selten tat.

Der Mann war noch auf der Treppe. Sie hörte seine Schritte. Langsam aber kraftvoll setzte er einen Fuß vor den anderen. Er war nicht in Eile. Flora hatte die Tür kaum eine handbreit geöffnet. Skeptisch sah sie seinem Kommen entgegen.

Das Appartement befand sich im dritten Stock. Sollte sie ihm entgegen gehen? Besser nicht, entschied sie aus einem Instinkt heraus. Man konnte nie wissen.

Das Hallen seiner Schritte im Treppenhaus klang wie der Gang eines Totengräbers. Flora fragte sich, warum es ihr eine Gänsehaut bereitete.

Dann endlich durchbrach der Anblick seiner physischen Erscheinung ihre nervöse Ungeduld. Vor ihr tauchte ein riesiger Kopf auf. Der Rest des Körpers war fast nicht relevant, denn seine Gestalt verschwand nahezu vollständig hinter den bunten Federn einer Karnevalsmaske. Halb Mensch, halb Tier, animalisch. Der Kopf eines Geiers, mit übertrieben wulstigen Lippen und einer großen Hakennase. Dahinter verbarg er sein wahres Ich. Wie auch immer dieses aussah. Flora hatte keine Ahnung. Die Maske sollte wohl erheitern. Angesichts der Umstände aber, tat sie das komplette Gegenteil.

Sie biss sich erneut auf die Lippe. Warum nur hatte sie dem zugestimmt und nicht doch in letzter Minute abgesagt. Es war ihr lieber, einem Menschen ins Gesicht zu sehen. Sie besaß eine recht gute Menschenkenntnis und hinter einem Wimpernschlag, einem Lächeln oder einem auffälligen Blick, hatte sie schon so manche absonderliche Gesinnung entlarvt. Schwierig wurde es in diesem Fall.

»Señor *Diego de Almagro*?«, prüfte sie das Codewort, das man über das Internet vereinbart hatte.

»Señora *Inés Yupanqui Huaylas*«, bestätigte er. Oft wurden Namen von historischen Persönlichkeiten verwendet.

Erleichtert atmete sie beim Klang seiner Stimme auf. Er war menschlich, aus Fleisch und Blut. Offensichtlich kein Massenmörder oder Vergewaltiger, so urteilte Flora – vielleicht etwas vorschnell.

Sorgfältig schloss sie die Tür hinter ihm, nachdem er eingetreten war.

»Hier entlang, mein Herr, willkommen im Reich der Sinne. Amalia erwartet dich bereits«, zwitscherte sie, wie sie es gewohnt war, und wies ihm den Weg.

Der Mann schlug die Richtung ein, die man ihm deutete. Seine Schritte waren erneut fest, schwer.

»Wo ist sie, die Baronin?«, kündigte er sein Rollenspiel an.

»Die Baronin pflegt gerade ihr Intimstes. Für dich.«

Sie betraten den vorbereiteten Raum. Das Bett stand in der Mitte. Im Vordergrund thronte ein barock anmutender Lehnsessel, dekoriert mit einem dunkelgrünen Samtkissen. Am Boden lag ein edler Perserteppich. Flora hatte beide Accessoires auf dem Flohmarkt erstanden.

Der Maskierte sah sich nur kurz im Raum um und schritt dann geradewegs auf den Sessel zu. Dabei streifte er sich einen seiner beiden Handschuhe ab. Gerade erst hatte Flora bemerkt, dass er Handschuhe trug. Welchen Zweck diese erfüllten, konnte sie sich nur grob ausmalen.

»Nun, dann bringt mir meine Gespielin«, forderte er.

Flora kam seiner Aufforderung nach, eilte aus dem Raum und trippelte in ihren Glitzerschläppchen zu Amalias Zimmer. Vorsichtig klopfte sie an die Tür. Sie fühlte sich plötzlich unwohl bei der Sache. Dieses Rollenspiel behagte ihr ganz und gar nicht.

»Amalia«, rief sie. »Komm schon Liebes. Man wünscht sich deine Dienste.« Ihre Stimme klang gekünstelt, brüchig.

Kurz darauf erschien die junge Frau in der Tür. Ihre Lippen schimmerten jetzt kaminrot. Unter ihrem transparenten Kleid erkannte man ihre vollkommenen Rundungen.

Stumm deutete Flora ihr, wohin sie gehen sollte. In das andere Zimmer. Sie selbst blieb zurück, verharrte an Ort und Stelle.

Sie hatte Zweifel, Amalia einfach dem Fremden zu überlassen. Daher lugte sie neugierig um die Ecke, beobachtete die junge Frau dabei, wie sie vor den Mann trat und sich an einer Stelle positionierte. Eine Weile geschah nichts. Er schien sie durch die Augenschlitze seiner Maske zu beobachten. Was er dabei dachte, blieb hinter dem monströsen Gefieder verborgen. War Amalia beunruhigt? Wenn ja, merkte man es ihr nicht an. Selbstbewusst trat sie vor ihn. Flora zuckte nervös. Es widerstrebte ihr, die beiden noch weiter zu beobachten. Sie Szene beunruhigte sie auf eine Weise, was sie ihre Beherrschung kostete.

Unbemerkt zog sie sich in den Hintergrund zurück und bekam gerade noch mit wie Amalias Kleid zu Boden fiel.

Woher die Beunruhigung und die unverhältnismäßige Ablehnung kamen, war ihr ein Rätsel. Sie wollte plötzlich weg. Weg von der Szene.

Die Stimme des Mannes, der irgendetwas zu Amalia sagte, verfolgte sie über den Gang. Er wirkte weder vulgär, noch war er herrisch. Aber gerade das war es, was ihn umso unheimlicher machte. Flora schloss die Augen und war in Gedanken sogleich woanders.

»Flora, Liebes«, hörte sie plötzlich ihren Namen. Erschrocken fuhr sie zusammen.

»Liebste Flora. Mein Herr wünscht, dass du uns zusiehst.«

NEIN! Alles nur nicht das!, dachte sie. Sie traute diesem Mann nicht. Und sie verfluchte sich dafür, dass sie ihn in ihre Wohnung gelassen hatte. Nun aber gab es kein Zurück.

»Ich komme gleich«, versuchte sie Zeit zu gewinnen. In ihr tobte ein Sturm.

Auf leisen Sohlen stahl sie sich in Amalias Zimmer. Einen Moment verweilte sie in der Tür, betrachtete den Raum. Das Bett war ordentlich gemacht. Auf dem Schminktischchen stand ein volles Glas Schaumwein. Hastig trat Flora darauf zu, griff nach dem Glas und leerte es in einem Zug. Zittrig fummelte sie an der Schublade herum. Amalia hatte bestimmt irgendwas zum Einwerfen. Beruhigungsmittel, Drogen. Irgendwas. Flora brauchte das jetzt. In einer Ecke der Schublade fand sie tatsächlich ein Pillendöschen. Hektisch pfriemelte sie gleich zwei Pillen heraus, schenkte sich Schaumwein nach und spülte die Pillen mit einem weiteren Schluck herunter.

Es dauerte nur wenige Sekunden, bis die erste Wirkung eintrat. Für den Moment rauschte die Zeit an ihr vorbei. Die Erde drehte sich etwas schneller. Das ganze Elend in ihr war verschwunden. Der Schmerz, die Sorgen flogen einfach davon. Flora taumelte und schaffte es nur wenige Schritte weiter. Sie kam gerade noch bis zum Bett. Der tief befriedigende, erlösende Rausch, der durch ihren Körper fegte, spülte die Angst aus ihrem Kopf. Ihre Lider flatterten. »Oooh«, gab sie sich dem hin. Dann endete der Taumel zwischen flauschigen Kissen und einer nach Rosen duftenden Plüschdecke.

SECHS

Der Mann an der Bar drehte Sergio den Rücken zu. Jaime redete gerade auf ihn ein. Bei einem verspäteten *tinto* und Mate wurde lebhaft diskutiert.

»Serg!«, rief der Wirt in Richtung Tür, wo er den Comisario gerade entdeckt hatte. »Schau wer hier ist!«

Der Erwähnte drehte sich herum.

»Arturo, was für eine Überraschung!«

Die beiden Männer umarmten und begrüßten sich aufs Herzlichste. Arturo hatte Sergio bei seinem letzten Fall unterstützt, nachdem dieser am Wegkreuz angeschossen und kurzzeitig für tot erklärt worden war. Der aus dem uruguayischen Exil zurückgekehrte Journalist hatte den Fall weiter verfolgt, bei dem es sich um seine verschwundene Ex-Frau Judith Rauschenberg gehandelt hatte. Eine deutsche Journalistin. Judith war nach dem Tod ihres zweiten Mannes in ihre Heimat zurückgekehrt.

Arturo und Sergio hatten sich anschließend angefreundet.

»Was treibt dich her? Suchst du einen Job, willst du mir assistieren?«

»Wohl kaum«, lachte Arturo. »Wie ich gerade höre, hast du ohnehin schon eine Assistentin.«

»Amanda Crucello«, bestätigte Jaime. »Sie ist die Nichte vom Bürgermeister.«

»Aha. Und wie ist sie so? Ich meine …«

»Ich weiß schon, was du meinst«, unterbrach Sergio ihn.

»Er hat eine andere«, plauderte Jaime ungeniert aus. »Und *es* ist ihr Job. Je nach Bedarf, macht sie es dir in jeder Variante.«

»*Pues*«, Arturo grinste. Sergio war bei Jaimes Worten halb im Erdboden versunken. »Bist du sicher, Serg. Eine Prostituierte? Hast du das nötig? Du bist ein Mann im besten Alter.«

»Serg liebt das Spiel mit dem Feuer.« Jaime lachte.

»Gut, lassen wir das. Wie geht es Marcel?«, setzte der Comisario dem unangenehmen Thema ein abruptes Ende.

44

»Vermutlich gut. Im Winter will er seine Mutter in Deutschland besuchen.«

»Du lässt ihn nach Deutschland reisen?«

»Marcel ist erwachsen. Er kann selbst bestimmen. Das hat er die meiste Zeit so getan. Ich kann ihn schlecht umkrempeln. Will ich auch nicht. Ich weiß, Jaí, du würdest das anders sehen. Aber auch der Nachwuchs muss eigene Erfahrungen sammeln. Wenn ich Marcel mit meiner Meinung käme, täte es erst recht.«

Sergio schwieg. Er dachte an seine verstorbene Tochter Isabel. Zu wenig Zeit hatte er mit ihr verbracht. Sie war an einer Lungenentzündung gestorben.

»Und Felicia? Seid ihr noch ein Paar?«

»*Pues, claro.*« Arturo lachte, zeigte dabei seine weißen Zähne. Gut sah er aus. Die neue Beziehung mit der emanzipierten Hostalbesitzerin Felicia Ródo tat ihm gut. Er schien ganz das Gegenteil zu Sergio Fabulos. Dieser nagte an seinen Problemen, und das ausgerechnet immer dann, wenn die Pflichten ihn in die Mangel nahmen.

»Wir werden uns verloben. Hiermit seid ihr offiziell eingeladen.«

Auch das noch. Warum durfte der eine sich im Glück suhlen, während der andere …? Sergio zwang sich zu einem freudigen Ausruf:»Felicia und du? Na, das ist ja eine tolle Neuigkeit. Wann soll das große Glück denn beurkundet werden?«

Arturo hatte den verstimmten Unterton herausgehört und klopfte Sergio aufmunternd auf die Schultern.»Hochzeit kommt später. Erst einmal verloben wir uns. Wir sind nicht mehr die Jüngsten. Das bedeutet: langsam angehen, keine Eile. Die Feier ist in drei Wochen. Du hast also noch Zeit, Serg, deine Eva zu finden.«

»Das überlege ich mir noch. Du hast es offenbar vergessen: Frauen bedeuten Ärger. Ständig muss man sie hofieren; ihre Vorstellungen erfüllen; sich in allem mäßigen; immer ein sauberes Beispiel abgeben, damit sie vor ihren Freundinnen angeben kann. Da ist mir mein Verstand lieber.«

Jaime brach in schallendes Gelächter aus. »Dein Verstand? Und den lässt du bei den Prostituierten.«

Das traf ins Schwarze. »Ha-ha«, äffte er Jaimes Lachen nach. »Und was gibt es sonst Neues in Callín?«, vollzog jetzt Arturo diplomatisch den Themenwechsel.

Der Macondo-Wirt warf einen missbilligen Blick auf die Kiste *Chicha* am Boden. Dabei tupfte er sich über die Stirn. »Es ist immer was los.«

»Wir haben eine neue Leiche«, gab Sergio tonlos von sich.

»Ach ja, die Leiche«, erinnerte sich Jaime. »Und? Hast du da schon was, Serg? Das war ja ein Auflauf. Die Frauen! Das hättest du sehen müssen, wie die Sanchez vorneweg gerannt ist. Die stachelt alle an. Wenn du dich nicht beeilst, reißt sie dir noch den Fall aus den Händen.«

Sergio reagierte genervt. »Die Ermittlungen laufen. Da muss man sich schon etwas gedulden«, bemerkte er bissig.

»Die macht einen auf Rebellenführerin«, fuhr der Wirt unbeirrt fort, ergriff dabei den Putzlappen und wischte über die Theke. »*Carajo!* Die hat ja auch nichts anderes zu tun, als ihren Frust auf die Straße zu tragen. Der Mann hat sie sitzenlassen. So eine wie die fasst man besser nur in Kampfausrüstung an.«

»Wer ist denn der Tote?«, fragte Arturo.

»Edwin Gallo, ein Schüler«, erwiderte Sergio. »Seine Leiche wurde brutal zerstückelt.«

»Heilige Maria!«, entfuhr es Arturo. »Das Militär?«

»Es gibt noch nichts. Gar nichts.«

Gerade wurde die Tür zum Macondo geräuschvoll aufgerissen. Die Männer fuhren herum. Instinktiv erwartete man Ärger. Welcher Art auch immer. Wenn jemand derart geräuschvoll auftrat.

Und tatsächlich. Es war Isabella. Allein ihr Gesichtsausdruck glich einem Granatenhagel. Ihre Wangen glühten dunkelrot.

»Ich wusste es!«, donnerte sie auch schon los, noch bevor irgendeiner der Anwesenden etwas sagen konnte. »Ich habe es kommen sehen. Und ihr hockt hier, trinkt in aller Ruhe euren Mate!«

Jaime war der erste, der sich erhob und auf sie zutrat. »Möchtest du dich nicht setzen? Was auch passiert ist, du hast hier ein paar aufmerksame Zuhörer.«

»Aufmerksam …?! Ihr wisst noch gar nicht, dass es eine weitere Leiche gibt?«

»Noch eine Leiche?«, Sergio ließ erschrocken die Hand sinken.

»Die Hure, die bei Flora wohnt.«

»Amalia?«

Dieser Name löste in ihm etwas aus.

»Ein Freier war bei ihr. Der muss ihr was angetan haben. Dort ist Blut. Viel Blut. Drüben, in Floras Appartement. Aber die beiden sind weg, sie und der Freier. Wie vom Erdboden verschluckt.«

Erleichtert ließ Sergio einen leisen Seufzer los. Das war weitaus weniger als eine Leiche. Und Amalia, da war er sich sicher, wusste sich zu wehren. »Seit wann ist Verschwinden gleichzusetzen mit Mord?«

Das war die falsche Frage. Isabella sah bereits nach dem nächsten Ausraster aus.

»Wir sollten nicht gleich vom Schlimmsten ausgehen«, griff Arturo schnell ein. »Für das Blut kann es auch jede andere Erklärung geben. Das sollte erst einmal untersucht werden, bevor unnötig Gerüchte und somit Panik verbreitet werden.«

»Sag das deinem Freund. Fabulos verschwendet seine Zeit lieber mit Rumsitzen«, wetterte sie.

Sergio antwortete nicht. Wortlos erhob er sich und ging zur Tür.

Etwa eine viertel Stunde später betrat der Comisario das Appartement von Flora Morales. Arturo hatte ihn begleitet.

Flora saß auf einem Stuhl in der Küche, als Sergio durch die Tür trat. Sie war in Tränen aufgelöst.

Er nahm sich zunächst die Zeit, sich neben sie zu setzen und beschwichtigend auf sie einzureden.

»Was ist passiert?« fragte er, als sie sich wieder etwas gefangen hatte.

»Ich hatte gleich so ein Gefühl. Dieser Mann war mir nicht geheuer.«

»Von wem redest du?« Arturo zog sich ebenfalls einen Stuhl heran und hockte sich neben die beiden.

Flora erzählte. Nach einer Weile, erhob Sergio sich unauffällig, um einen Blick ins Nebenzimmer zu werfen. Er inspizierte den Blutfleck auf Floras Perserteppich. Was hatte ein derart edles Stück auch in einem Zimmer wie diesem zu suchen? Es musste neu sein.

»Er war maskiert«, berichtete Flora gerade, als Sergio zurückkam. »Dieser neumodische Kram. Mit bunten Federn und so einer auffallenden Nase. Spitz, wie die eines Geiers. Er wollte ein Spielchen. Ein Rollenspiel. Ich konnte sein Gesicht nicht sehen. Nenn mich panisch oder neurotisch, Serg, aber ich kanns nicht leiden, wenn ich einem Menschen nicht in die Augen sehen kann. Wenn ich nicht weiß, wer mir gegenüber sitzt, während ich es ihm besorge – oder eben Amalia ... es ihm besorgt.« Wieder schluchzte sie. »Sie ist gerade mal sechsundzwanzig. Sie könnte meine Tochter sein.«

»Und der Maskierte war *ihr* Freier?«

»Ja, er war eigentlich unser beider Freier, wenn du so willst. Er wollte uns beide. Ich sollte zuschauen. Aber ...«

»Aber?«

»Ich konnte *das* nicht. Wie gesagt, ich konnte sein Gesicht nicht sehen.«

»Du warst misstrauisch«, schlussfolgerte Arturo. »Das ist gut. Vielleicht hat dich das gerettet.«

Sergio warf Arturo einen grimmigen Blick zu. Was wollte er denn damit andeuten?!

»Das Blut auf dem Teppich. Er hat ihr was angetan. Was soll das sonst bedeuten«, schluchzte sie.

»Unsinn. Das wissen wir doch gar nicht«, unterbrach Sergio. »Wir haben keinen einzigen Hinweise dafür. Hast du denn irgendwas gesehen?«

»Nicht viel. Ich bin in Amalias Zimmer, wollte mich frisch machen«, log sie. »Sie hat einen besseren Spiegel als ich. Ich habe ein Glas Schaumwein getrunken und dann ... Ich war ja so schrecklich müde.«

»Müde? Vom Vögeln??!«, rutscht es Sergio mit einem Anflug von Ungeduld heraus.

»Du bist eingeschlafen?«, schlussfolgerte Arturo.

»Ja, so in etwa.«

»Hast du was eingeworfen?«, traf Sergio den Nagel auf den Kopf.

»Ach wo. Wie kommst du denn da drauf! Ich nehm doch keine Drogen.«

»Na ja, von einem Gläschen Schaumwein schläft man nicht gleich ein.«

»Ich habe so viel gearbeitet, Serg. Ein Freier nach dem anderen. Die Geschäfte laufen gut, seitdem wir übers Internet inserieren. Die wollen Amalia. Aber wenn sie nicht frei ist ...«

»... Dann musst du deinen Hintern hinhalten.«

Arturo verkniff sich ein Grinsen.

»Na, der ist nach wie vor noch sehr gefragt«, empörte sie sich.

»Kein Zweifel. Aber du hast nicht bemerkt, was passiert ist? Nichts gehört?«, hakte Arturo nach.

»Nichts. Als ich wieder wach wurde, waren die beiden weg und da war dieser ...«, fahrig deutete sie in der Luft etwas an, »dieser Blutfleck.«

»Hmn.« Sergio kratzte sich am Kinn. Gedankenverloren ertastete er das kleine Fläschchen in seiner Brusttasche. Arturo beobachtete ihn mit verschränkten Armen.

»Lavendelöl«, bemerkte er, während er sich zwei Tropfen hinters Ohr rieb, »hilft gegen die verfluchten Mückenviecher.«

»So so.«

Sergio steckte das Fläschchen wieder weg. »Gut, dann werden wir alles absuchen. Alles. Du gibst mir noch eine Personenbeschreibung. Dann sollten wir ihn bald haben.«

»Personenbeschreibung ...?«, wiederholte Flora verwirrt.

»Na, was auch immer.«

»Du glaubst doch nicht im Ernst, der Freier hätte die Hure entführt?«, fragte Arturo, als sie wieder auf der Straße waren. »Das Blut spricht eindeutig für ein Gewaltverbrechen.«

»Damit ist aber noch nicht sicher, ob es ihres oder sein Blut ist.«

»Seit wann massakrieren Huren ihre Freier? Die Perversen sind eher unter Letzteren zu finden. Wäre doch nicht das erste Mal.«

Sergio ging weiter, ohne auf Arturos Einwände zu reagieren.

»Serg, was ist los?« Arturo war stehengeblieben. »Sie ist es, stimmts? Auf sie hast du es abgesehen!«

»Ach was. Red keinen Blödsinn.«

»Ich habe es doch geahnt. Sie hat dich an der Angel. Ein fetter Fisch für eine Hure, unser Comisario Fabulos. Du weißt schon, dass du eine kleine Berühmtheit bist.«

Sergio warf Arturo einen verächtlichen Blick zu. »Spar dir deine Scherze. Ich konzentriere mich darauf, nicht den Verstand zu verlieren. Frauen sind dabei nicht von Nutzen.«

Arturo wollte noch etwas einwenden, verkniff es sich aber.

Als er am Nachmittag sein neues Büro betrat, zog ihm der Geruch von frisch geröstetem Kaffee in die Nase.

Gedankenverloren und noch immer mit dem gerade Erlebten vor Augen, fiel er erschöpft auf seinen Schreibtischstuhl.

Eine Weile saß er einfach nur stumm da. Zurückgelehnt, mit dem Blick an die Decke. Ein plötzliches Geräusch ließ ihn zusammenfahren. Dann bog sie wie eine flüchtende Gazelle um die Ecke.

»Huch«, stieß sie erschrocken aus, »*disculpa*, ich habe dich gar nicht gehört«, entfuhr es ihr, als sie Sergio an seinem Schreibtisch sitzen sah. In einer Hand trug sie eine Tasse mit dampfendem Kaffee. In der anderen einen Stoß Papiere.

»Ich habe Akten sortiert. Es ist ein heilloses Durcheinander.«

Sergio legte die Hände auf den Schreibtisch und verfolgte wie Amanda den Papierstapel vor ihm absetzte.

»Das kann alles weg. Ich habe ein digitales Archiv angelegt. Papier brauchen wir nur noch im Notfall.«

»Wie bitte?!«

»Es sei denn, du willst das Zeug hier schimmeln lassen. Das zieht die Motten an. Und die Kakerlaken.«

Er rümpfte die Nase, fand keine Worte für eine passende patzige Antwort.

»Also. Möchtest du einen Kaffee?«

Sein Blick fiel auf ihre dampfende Tasse. Er schluckte seinen Kommentar runter. Im Prinzip klang das nicht schlecht. »Hmn, na gut. Was hast du denn so? Welche Bohne, meine ich. Instant?«

»Instant? Wenn schon, trinken wir nur besten Bohnenkaffee.«

Das war noch besser und entlockte ihm ein breites Grinsen.

»Hochlandernte. Cartagena.«

»Klingt hervorragend.«

Sie fischte eine weitere Tasse aus einer Kiste am Boden und verschwand damit im Nebenraum.

Derweil betrachtete Sergio skeptisch den Stapel Papiere vor seiner Nase. Die Aussicht war nicht angenehm, erzeugte noch weniger Begeisterung. Nichts war so lästig, so zermürbend und zeitraubend wie Paper.

Kurz darauf sprintete Amanda erneut um die Ecke, reichte ihm seine Tasse Kaffee. Ein Tempo hatte die drauf, unglaublich.

»Und?«, erkundigte er sich, nachdem sie saß und er einen ersten Schluck genommen hatte. Der Kaffee war noch heiß.

»Hast du schon was rausgefunden?«, fragte er.

»Eine ganze Menge«, gab sie stolz von sich und zückte gleich ihr Tablet. »Marias Geschäft läuft auf Pump. Ihr Mann Javier war mit der Geschäftsgründung nicht einverstanden, hat auch keine Unterschrift geleistet. Sie hat das alles alleine durchgezogen, aber die Geschäfte laufen ganz gut und bald hätte sie ihren Kredit auch schon abbezahlt. Wäre da nicht der Alkoholkonsum ihres Mannes.«

»Das erzählen die Leute.«

Amanda antwortete nicht. Stattdessen tippte sie mit den Fingern auf ihrem Tablet herum. »Ach ja, und Edwin. Ihr Sohn war kein unbeschriebenes Blatt.«

Dieser Punkt erzeugte bei Sergio Heiterkeit: »Edwin, kein unbeschriebenes Blatt?!«, prustete er los. »Guter Witz. Ein Muttersöhnchen war der. Edwin Gallo. Wir reden auch ganz sicher von ein- und derselben Person?«

Amanda ließ sich nicht aus der Ruhe bringen. »Das hier hört sich nicht nach Muttersöhnchen an: Drogenmissbrauch, Marihuana. Eine Anzeige wegen Belästigung. Außerdem hat er seine Mutter beklaut, ist des Öfteren abgehauen, wenn sie ihn von der Schule abholte. Edwin wäre erst in einem Monat volljährig gewesen.«

»Ersteres ist in Callín kein Delikt. Stoff kriegst du an jeder Ecke. Joints rauchen die in dem Alter alle. Bei Edwin allerdings fällt das schon etwas aus dem Rahmen. Hast du dafür Belege?«

Sie zuckte mit den Schultern.

»Wenn du einen Sachverhalt dokumentierst, solltest du vorher seine Richtigkeit überprüfen«, spielte Sergio den Oberschullehrer. »Aber gut, kommen wir zum nächsten Punkt. Belästigung. Sexuelle Belästigung? Das ist schon ein Ding.« Er wollte fast wieder lachen, überlegte es sich aber anders. »Wenn ich weiter darüber nachdenke, komme ich fast noch auf die Idee, es könnte was dran sein. Hast du Details?«

»Die Mutter einer Schülerin hat Anzeige erstattet. Er wollte Fotos von ihr machen. Nacktfotos. Sie war noch minderjährig. Das Ganze war am …«

»Ist nicht wichtig. Namen und so, später.«

»Noch wer?«

Sie tippte wieder auf ihrem Tablet. »Ja.«

»Wer?«

»Eine Prostituierte.« Das klang interessant.

»Name?«

»Amalia Paltinera.«

»Amalia? Was wollte er denn von *ihr*?«

»Er hat sie belästigt. Auf der Straße. Wollte mit ihr … Na, *das* eben. Sie ist eine Prostituierte.«

»Ja ja, ich weiß schon, was man von einer Prostituierten will.« Amalia sah ihn mit strengem Blick an.

»Das weiß man doch. Als Mann, meine ich«, fügte er kleinlaut hinzu.

»Ich habe deine Allgemeinbildung nicht in Frage gestellt«, erwiderte sie frech.

Da war er wieder, der mysteriöse Blutfleck auf Floras Teppich. Bei Amandas Worten tauchte er in seiner Erinnerung auf. Arturo wollte sich um die Analyse kümmern. DNA-Abgleich und der ganze Schlamassel, durch den man jetzt durch musste, um Ergebnisse zu produzieren. Sergio war dieser *technische* Part eher lästig, weshalb er gleich zustimmte, als Arturo versprach sich der Sache anzunehmen.

»Weiß Maria von den Eskapaden ihres Sohnes?«

Amanda zog erneut ein ahnungsloses Gesicht.

»DAS wäre eine WIRKLICH interessante Information gewesen.«

Sie sah auf ihre Hände, ihre gepflegten Fingernägel.

Was wusste sie eigentlich?! Hatte sie ihr Hirn nur mit Paragraphen gefüttert. Diese oberschlaue Studentin musste noch einiges lernen, dachte Sergio. Der undankbare Teil der Arbeit blieb, wie üblich, an ihm hängen. Er musste mit Maria reden.

»Gibt es sonst noch irgendwas?« Unwirsch ließ er seinen Blick durch das neue Büro schweifen.

»Javier hat angerufen, ich meine der Bürgermeister, Javier Santorini.«

»Ja ja, schon klar. Und? Was wollte er?«

»Hören, ob hier alles zu deiner Zufriedenheit ist.«

Als ob ihn das tatsächlich interessierte. Santorini befriedigte sein schlechtes Gewissen.

»Er wollte persönlich vorbeischauen.«

»Persönlich?! Donnerwetter. Wann?«

»Heute Nachmittag.«

»Gut, bis dahin haben wir die Liste fertig.«

»Die Liste?«, fragte Amanda irritiert.

»Die Liste mit den Dingen, die wir noch brauchen. Der soll nicht denken, dass er uns hier mit dem Billigsten abspeisen kann. Das hier«, er deutet um sich, »ist bislang noch eine Zumutung.«

»Ach, na ja. Es gibt Schlimmeres«, gab sie ungefragt ihren Senf dazu, legte dabei das Tablet ab und wandte sich wieder dem Papierstapel zu. Aber nur kurz. Nach einer Weile drehte sie sich zu Sergio, stemmte die Fäuste in die Hüften und bemerkte:

»Einen zweiten Schreibtisch mit mindestens nochmal zwei Stühlen. Ein Regal und einen ordentlichen Drucker. Nicht zu vergessen, das Büromaterial! Die Liste haben wir schnell gefüllt.«

Irritiert, dabei jedoch nicht unbeeindruckt, musterte Sergio seine Assistentin von der Seite.

Zufrieden lehnte er sich zurück und nahm einen weiteren Schluck von seinem Kaffee.

Na, das war doch ein passabler Anfang.

SIEBEN

Erneut ließ Sergio den Wagen stehen und machte sich zu Fuß auf den Weg zu Marias Haus. Diesmal betrat er das Grundstück von der rückwärtigen Seite. Das Tor stand gerade offen und Sergio schlürfte geradewegs hindurch. Im Patio hatte Maria einen Pavillon eingerichtet. Darunter stand ein Tisch mit zwei Bänken. Hier führte sie ihre Buchhaltung oder gönnte sich zwischendrin einen Tratsch mit Freundinnen.

Letzteres war gerade der Fall.

Maria hockte mit zwei anderen Frauen im Schatten der Bäume, als Sergio sich ihnen näherte. In einer erkannte er Marias Schwester Erica. Sie hatte den Arm um ihre Schwester gelegt. Die andere redete unentwegt auf die beiden Frauen ein und war keine Geringere als Isabella Sanchez Roca.

Schon wieder. Isabella erschien zurzeit überall und nirgends. In Callín war sie als Kampfemanze verschrien. Wo sie aufkreuzte, machte sie Ärger. Sie stiftete die Frauen zum Kampf gegen den Machísmo an. *Weg mit so überflüssigen Dingen wie Prostitution*, so ihre Kampfansage. Orte, an denen das männliche Ego hofiert wurde – darunter Begleitagenturen, Sexshops und die Bastion der letzten Internet-Cafés – waren in ihren Augen überflüssig. Die Frauen folgten ihr. Sie hatten ja auch sonst nichts zu tun.

Natürlich aber waren nicht alle Frauen ihrer Meinung. Isabella gelang es die weibliche Bevölkerung zu spalten. Es gab die *radikale* Isabella-Fraktion und eine eher *gemäßigte* Isabella-Mitte. Wie Freiheitskämpfer rekrutierte sie ihre Anhängerinnen unter den gebeutelten, vom Schicksal gezeichneten Frauen. Was bedeutete, Maria war in ihren Fängen ein geradezu ideales Opfer.

Natürlich schleppte Isabella selbst auch irgendein Trauma mit sich. Ihre Kindheit war alles andere als rosig gewesen. Aber was interessierte Sergio Isabellas Kindheit?! Das interessierte selbst die Frauen nicht. Die waren doch im Prinzip jede mit sich selbst beschäftigt. Der gemeinsame Nenner war ausschlaggebend. Der Kampf für die gemeinsame Sache. Was auch immer *frau* darunter verstand. Es war nur noch ein kleiner Schritt bis zur Waffe, spekulierte Sergio im Stillen und betitelte Isabella bereits als die bäuerliche, vulgäre Jeanne d´Arc, eine *Juana de Arco grosera.*

Maria hatte Sergio Fabulos gerade entdeckt. Zügig trocknete sie ihre Tränen und winkte ihn heran.

»Serg! Hast du Neuigkeiten? Irgendeine Spur zum Mörder?«, überfiel sie ihn mit ihren Fragen.

»Nicht direkt.«

Isabella verschränkte bereits ihre Arme, was nichts Gutes zu verheißen hatte.

»Ist gerade einiges los …«

Juana de Arco grosera verdrehte die Augen. *Was du nicht sagst,* bedeutete dieser Blick.

»Aber wir tun unser Bestes. Meine AS-SI-STEN-TIN«, betonte er jede einzelne Silbe, »hat da was recherchiert.« Unauffällig schielte er zu Isabella. Sie ließ tatsächlich die Arme sinken. Ein kleiner Triumph.

»Deine Assistentin?«, fragte Erica ungläubig.

»Was hat sie denn recherchiert, die Gute?«, mischte die andere sich ein, bevor Erica weiterreden konnte.

»Ich würde lieber mit Maria allein sprechen.«

Der Feldwebel richtete sich etwas auf. »Weshalb?!«

»Wir sind hier vertraut miteinander«, beschwichtigte Maria.

Isabellas Körperhaltung ging in Stellung. Befehlsempfänger und Märtyrer in einer Person.

»Das ist mir egal.« Sergio ließ sich nicht beirren. »Das hier ist nur für deine Ohren bestimmt. Die Ohren einer Mutter.«

Das musste wirken. Weder Erica noch Isabella waren Mütter.

Skeptisch sah Maria von einer zur anderen. »Also gut.«

»Gehört das zu deiner Hinterrückstaktik, Sergio Fabulos?! Erst geheucheltes Mitgefühl und dann legst du einem die Schlinge um den Hals.«

»Soweit ich weiß, bist du die ungeschlagene Expertin auf diesem Gebiet.«

»Komm, lass ihn«, sagte Erica, die bereits stand und zog die angesäuerte Isabella mit sich.

»Ja, lassen wir ihn sein *Ich-bin-der-kleine-Comisario*-Spielchen spielen. Das macht ihn glücklich«, höhnte sie, ließ sich dann aber doch von Erica mitschleifen.

»Also?«, richtete Maria ihr Wort an Sergio, als die beiden Frauen verschwunden waren. »Was gibt es?«

»Es geht um Edwin. Er …«Sergio überlegte, wie er es formulieren sollte.

»Ja?«

»Kannst du dir vorstellen, dass er … na ja … sagen wir, dass er Frauen belästigt hat?«

»Edwin?! Ausgeschlossen!«

Das war zu erwarten gewesen.

»Ich meine ja auch nur. Du weißt schon, was Jungen in dem Alter eben so machen. Sie spielen sich auf, um einem Mädchen zu imponieren. Diese pubertären Dinge eben.«

»Pubertäre Dinge? Edwin?!«

Richtig, so was wie Pubertät fiel in Edwins Fall flach. Zumindest soweit er das mitbekommen hatte.

»Kannst du dich ein bisschen konkreter ausdrücken?«

»Wir haben da gerade einen Fall auf dem Tisch. Eine Prostituierte ist verschwunden. Amalia Paltinera. Hast du ihren Namen schon mal gehört?«

»Ich verkehre nicht mit Prostituierten. Da musst du Javier befragen. Aber was hat Edwin damit zu tun?«

»Angeblich soll er sie belästigt haben. Gerüchte, wie gesagt. Ich finde das auch abwegig, aber … Hat er da vielleicht mal was erwähnt? Es könnte ja auch sein, dass es nur ein Missverständnis ist. Hat er sie besucht? Vielleicht um seine Männlichkeit unter Beweis zu stellen? Du weißt ja, Jungen in dem …«

»In dem Alter?! Edwin ging aufs San Antonio de Oviedo! Er war ein guter Schüler und hat nur beste Noten nach Hause gebracht! Diese Dinge haben ihn nie interessiert. Was willst du mir unterstellen, Sergio Fabulos?! Kehren wir jetzt zurück zu den Zeiten, in denen uneheliche Kinder als Bastarde bezeichnet wurden?!«

57

Edwin war nicht Javiers leiblicher Sohn. Javier hatte ihn als Sohn akzeptiert und adoptiert. Niemand verlor ein Wort über Marias vorheriges Leben.

»Keineswegs. Keiner macht dir einen Vorwurf. Du hast in der Erziehung immer dein Bestes gegeben. Daran gibt es keinen Zweifel. Und wie du dein Geschäft führst. Du bist ein großes Vorbild für die Frauen hier in Callín.«

Es war weniger Diplomatie, die ihn zu dieser Argumentation verleitete, als vielmehr ein kurzer gehässiger Gedanke an die hysterische *Juana de Arco grosera*.

Dennoch tat das Ausgesprochene seine Wirkung, womit Sergio gar nicht gerechnet hatte.

»Und wenn er mal einer Frau ein Kompliment gemacht hat, da ist doch nichts dabei«, rutschte es ihr heraus.

»Nein, natürlich nicht. Wenn er ihr aber immer wieder Komplimente gemacht hat, mehr als sie es hören wollte …«

»Dann nennst du das schon sexuelle Belästigung?«

»Na, irgendwo muss man da eine Grenze ansetzen.«

»Und die wäre wo?«

Er überlegte krampfhaft. So genau hatten sie das gar nicht definiert. Aber da war noch diese Sache mit der Schülerin. Er musste das ja nicht vollkommen unter den Tisch kehren. Eine kleine Andeutung würde vollkommen reichen.

»Wenn man jemandem dazu überredet sich auszuziehen und zu posieren. Vor der Kamera zum Beispiel. Vor *seiner* Kamera.«

»Sie soll sich nackt von ihm fotografiert haben lassen? Das ist absurd! Sagtest du nicht, sie wäre eine Hure? Dann ist es doch ihr Job den eigenen Körper zu vermarkten.«

Sergio geriet in Erklärungsnot. »Ich meine ja nicht sie … hmn, aber gut. Eine Hure ist auch ein Mensch«, zitierte er – mehr aus Verzweiflung – irgendeine namenlose Feministin.

»Seit wann?!«

Jetzt war Sergio empört. Nicht nur, weil es um Amalia ging. »Du holst dir eine Emanze wie die Sanchez ins Haus, die hysterisch nach Frauenrechten schreit. Aber die Prostituierten, die wollt ihr bei eurer Sache ausschließen?«

»Ich sehe mich erst jetzt als Mensch. Damals war ich es nicht«, urteilte sie unerwartet hart über ihre eigene Vergangenheit. Sergio wusste, dass sie vor ihrer Ehe mit Javier als Prostituierte gearbeitet hatte. »Aber gut. Lassen wir das.«

Das kam ihm entgegen. Endlosdiskussionen waren definitiv nicht das, worauf er gerade aus war. Und hier konnte man leicht in Verführung geraten.

»*Pues*, wenn dir noch etwas zu Edwin einfällt, lass es mich wissen. Wir wollen schließlich einen Mörder fassen. Du weißt, jeder Hinweis könnte dem Ziel ein wenig näher rücken.«

ACHT

»Es ist ausgeschlossen, dass es sich um *ihre* DNA handelt«, erklärte Arturo in sein Mobiltelefon. Sergio, am anderen Ende der Leitung hörte aufmerksam zu.

»Wie bitte?«

»Es ist nicht Amalias Blut.«

Deoxyribonucleic acid, kurz DNA, ist ein allen Lebewesen innewohnendes Biomolekül, Träger der Erbinformation. Schwer aussprechbar war der Begriff, weshalb es sich durchaus empfahl eine Abkürzung zu verwenden. Diese aber erschien Sergio Fabulos nicht weniger lächerlich. Die Sprache verhalf sich selbst zur Verstümmelung. Irgendwann würde man sich nur noch in Codes unterhalten. Wofür brauchte es dann noch Poeten, wenn diese ohnehin niemand mehr verstand.

»Wessen Blut ist es dann?«

»Unklar. Das des Freiers oder das einer dritten Person.«

»Keine sonstige DN-Dingsda vom Freier? Zum Vergleich.«

»Nein. Der hat keine Spuren hinterlassen.«

»Wie geht das?«

»Frag mich nicht. Sterile Nummer oder jemand hat geputzt.«

»Na, Flora wars wohl nicht. Obwohl es ihr ähnlich sieht. Sie hat einen Putzfimmel.«

»Wenn sie geputzt hätte, hätte sie sich zuerst an den Blutfleck gemacht. Blut geht nicht leicht raus.«

Sergio war sichtlich erleichtert über die Erkenntnisse. Einerseits. Das Resultat bedeutete, dass Amalia die Flucht ergriffen hatte. Andererseits führte es in keine klare Richtung.

»Na gut, dann sehen wir uns später bei Jaime«, beendete er das Gespräch.

»Ich dachte, du wolltest in puncto Alkohol kürzer treten?«

»Na ja«, murmelte er noch irgendetwas Unverständliches.

Als er etwas später in die Straße zu seiner neuen *oficina* abbog, traf er vor dem Haus auf Amanda. Sie lehnte an Sergios Rostbeule, trug ein lässiges kurzes Spaghetti-Top. Ihre schlanken Beine lugten aus abgeschnittenen Jeans hervor. Sie kaute auf einem Kaugummi und bot einen hinreißend coolen Anblick, wie Sergio fand, sich aber keinen allzu auffälligen längeren Blick gönnte.

»Ein kleines Schätzchen hast du hier. Wo hast du den denn ausgegraben?« Sie deutete auf die Rostbeule. »Lädst du mich zu einer Spritztour ein? Ich muss zum Gerichtsmediziner nach Tres Marias. Du könntest mich hinfahren.«

»Bin ich jetzt schon dein Chauffeur?!«, brummte er und hastete an ihr vorbei. Kurz vor der Tür aber besann er sich. Amanda war ihm auf den letzten Metern gefolgt. Als er sich zu ihr herumdrehte, wäre er fast mit ihr zusammengestoßen. Sie hatte die Hände in die Gesäßtaschen gesteckt.

»Willst du mir sagen, das Teil fährt nicht?«, schlug sie nichtsahnend ein sensibles Thema an. »Oder hast du keinen Führerschein?«

Wenn Blicke töten könnten. »Das ist wohl keine Frage. Ich weiß nur nicht, ob deine Nerven stark genug sind.«

»Für deinen Fahrstil? Oh, die sind besser als Drahtseile.« Sie lachte.

Es war zu befürchten gewesen. Sie hatte auf alles eine Antwort.

»Ehrlich gesagt, er fährt derzeit nicht. Der Motor hat irgendein Problem. Und ich habe keine Ahnung davon.«

»Der Motor?«

Amanda ging zurück, näherte sich der Motorhaube. »Lass mal sehen. Ich kenne mich ein bisschen aus, habe mal in einer Werkstatt gejobbt.«

Sergio beobachtete sie misstrauisch. Studentin ohne Abschluss. Auf dem zwanghaften Vorstoß ins digitale Zeitalter. Na, das konnte heiter werden, wenn sie sich jetzt auch noch als Kfz-Mechanikerin austoben wollte.

»Jetzt mach schon. Vielleicht bring ich ihn zum Laufen. Einen Versuch ist es wert, oder? Wenn ich es schaffe ihn zum Laufen zu bringen, fährst du mich. Einverstanden?«

»Also gut.« Wenn sie sich unbedingt der Lächerlichkeit aussetzen wollte. Er schloss die Fahrertür auf und betätigte den Hebel zur Entriegelung der Motorhaube.

Amanda stand bereits in Position. Mit einem gezielten Griff hatte sie die Motorhaube hochgeklappt.

Das war schon mal nicht schlecht.

Sergio verschränkte die Arme und lugte ihr diskret über die Schultern, als ihr Kopf unter der Motorhaube verschwand.

Dort befummelte sie ein paar Kabel, prüfte den Ölstand.

»Starte mal, damit ich sehe, was er macht.«

Nicht wirklich überzeugt, trotte Sergio zurück, zwängte sich auf den Fahrersitz und kam ihrer Aufforderung nach.

Der Motor röchelte, sprang jedoch nicht an.

»Das klingt nicht gut.« Ihr Kopf tauchte erneut unter die Motorhaube. »Das Kabel hier scheint nicht ganz dicht zu sein, wie es aussieht. Aber ich habe da einen Trick.« Sie nahm ihren Kaugummi aus dem Mund, klebte ihn um das undichte Ende des Kabels. Dann überprüfte sie noch ein paar weitere Kabel, zog etwas heraus und setzte es neu ein. »So. Jetzt starte nochmal.«

Sergio startete. Kurz röchelte er erneut. Dann sprang der Motor tatsächlich an. Der Comisario war perplex.

»Wie hast du denn das gemacht?« Er reichte ihr, über die geöffnete Fahrertür hinweg, ein Papiertaschentuch für ihre Hände.

Sie reinigte sich die Finger. Dann klappte sie die Motorhaube wieder runter und steckte ihre Hände in die Hosentaschen.

»Ich kenn mich aus, wie gesagt. Also?«

Wortlos öffnete Sergio ihr die Beifahrertür.

NEUN

Verglichen mit der letzten Fahrt, fuhr die Rostbeule sich diesmal nahezu wie eine Limousine. Sie nahm die Kurve schnittig und hatte dabei diese kraftvoll-rustikale Aura. Amandas Kurzhaarschnitte mit den etwas längeren Ponyfransen flatterte wild im Wind. Sie hatte einen Arm lässig aus dem heruntergelassenen Fenster gelehnt. Sergio fühlte sich wie der Ölbaron in Begleitung seiner Ölprinzessin.

Das Gebäude des Gerichtsmediziners lag etwas abgelegen, außerhalb von Tres Marias. Die Straße war um die Mittagszeit wie ausgestorben. Ausgedörrte Böden, trockenes Gras. Roter Staub wirbelte aus den Ritzen des aufgeplatzten grauen Asphalts, schien die unmittelbare Nähe verwesender Körper anzukündigen. Die Platanen warfen breite Schatten, wirkten wie dickbäuchige unheimliche Kobolde. Der Wind klapperte mit den angelehnten Fensterläden. Seit Tagen hatte es nicht geregnet und die Zunge jedes Lebewesens klebte am Gaumen.

Vor der Eingangstür, im Schatten der Hausmauern lag ein grauer, zottliger Vierbeiner. Um seinen Kopf tanzten ein halbes Dutzend Mücken, was ihn jedoch nicht aus der Ruhe brachte. Nur wenn sie allzu übermütig wurden, das Summen seinen Gehörgang verstopfte, richtete er sich kurz auf und wirbelte mit den Schlappohren.

Kaum einen halben Meter über seinem Kopf entdeckte Amanda einen verzinkten Türklopfer, den sie in genau diesem Moment erhaschte und schwungvoll gegen die Holztür krachen ließ.

Müde unternahm das Schlappohr eine halbe Kopfdrehbewegung, ohne sich jedoch vom Fleck zu rühren.

»Es ist halb vier. Sicher, dass er schon auf den Beinen ist?«

Amanda ignorierte Sergios Frage und ließ den Türklopfer gleich nochmal gegen die Tür krachen.

Irgendwo öffnete sich ein Fenster. Ein Kopf erschien im Rahmen; dazu eine rostige Stimme: »*Correo?* Papier bitte oben auf den Stapel.«

Sergios Blick fiel auf eine randvoll mit ungeöffneten Briefen und Zetteln gefüllte Kiste am Boden.

»Na, da haben die Leichen ja alle Zeit der Welt um mit den Täterspuren zu vermodern«, muffelte er.

Amanda kicherte.

»Doktor Albién? Wir kommen aus Callín«, rief Sergio zum Fenster hoch, »wegen der Leiche. Comisario Fabulos und Amanda Crucello, polizeiliche Assistentin.« Mehr fiel ihm ad hoc nicht zu ihr ein. Ein Titel für Amanda hätte natürlich gut geklungen. Immerhin hatte sie bald ihren Studienabschluss in der Tasche.

»Fabulos? Höchstpersönlich?! Warten Sie, ich komme runter.«

Kurz darauf erschien ein rüstiger Mittsechziger in der Tür.

Das zottelige Schlappohr hatte sich mittlerweile aufgerichtet und tappte träge wenige Schritte von der Haustür weg, ließ sich jedoch gleich wieder, schwer wie ein Kartoffelsack, auf dem ausgedörrten Boden unter einer Platane sacken.

»Alles nur Werbung. Es ist ein Graus.« Er deutete auf die Postkiste.

»Sie kommen wegen Gallo? Edwin Gallo. Beziehungsweise das, was von ihm noch übrig ist.« Er lachte bitter.

Amanda und Sergio tauschten kurz irritierte Blicke aus.

»Folgen Sie mir.«. Die beiden kamen der Aufforderung nach.

Es ging eine Treppe abwärts, hinab in die Dunkelheit. Kahl und klamm war es dort, so der erste Eindruck. Der Vorhof zur Hölle, dachte Sergio.

»Warten Sie, ich mache gleich Licht.« Mit einem simplen Knopfdruck vollbrachte Albién das Wunder: Es wurde taghell. Nahezu brutal bestrahlte das grelle Neonlicht die Umgebung bis ins kleinste Detail. Über einen Gang ging es noch ein kleines Stück weiter abwärts. Eine schwere Eisentür blockierte schließlich das Weiterkommen. Lautlos steckte der Gerichtsmediziner den Schlüssel ins Schloss.

Der Raum, den sie kurz darauf betraten, war mehr als geräumig, was man kaum erwartet hätte. Ein Ort, wie gemacht für Leichen. Viele Leichen. Sergio hatte es bereits am eigenen Leib erfahren, wie es sich anfühlte in einem Berg Leichen zu liegen. Umzingelt vom stechenden Verwesungsgeruch. Es war ein Albtraum.

»Ich habe die Einzelteile obduziert. Den Bericht hatte ich Ihnen bereits zukommen lassen, über Ihre Assistentin. Aber hier ist noch was …« Er ging zu einem Metallschrank mit zahlreichen Schubladen. Sergio und Amanda folgten ihm. Letztere schüttelte sich bereits, in der Erwartung dessen, was er ihnen gleich zeigen sollte.

Der Doktor zog eine der Schubladen auf. Erschreckend routinierte wirkte er dabei, als hätte er lediglich einen Aktenschrank geöffnet. Hinter dem Metall verbarg sich jedoch mehr als staubiges Papier. Hier schloss man das weg, was gerade noch im Leben gestanden hatte. Ein Mensch, der wider Willen geopfert worden war.

Amanda schloss die Augen.

»Voilá! Es ist angerichtet.« Wieder lachte Albién.

Sergio empfand dieses Lachen mehr als unpassend. Er musste an Maria und ihr Leid denken. Dabei lachte der Gerichtsmediziner natürlich nicht über die brutale Tat oder den Verlust eines Menschen. »Ich mache nur Spaß. Glauben Sie mir, nach vierzig Jahren im Geschäft ist das so. Das hier ist nichts. Totes Fleisch. Den Menschen behalten wir bei uns. In unseren Gedanken, mit dem was er war – mit all seinen besonderen Eigenschaften, seinem Herzen. Das hier ist lediglich das Material, mit dem ich arbeite.«

Sergio und Amanda blickten starr auf die Tüte, in der Edwins Überreste steckten. Überreste eines viel zu jung verstorbenen Menschen. Ein Kadaver. Und er roch schlicht grausig.

»Gut. Deswegen aber hatte ich Sie nicht herbestellt. Sie kennen meinen Obduktionsbericht. Wie eben angedeutet, ist da noch etwas anderes.« Er ließ die Schublade offenstehen, trat ein paar Schritte zurück, in Richtung eines anderen Schrankes, wühlte etwas heraus. »Sehen Sie sich das hier mal an, Señor

Comisario.« Er legte einen Gegenstand in einem Plastiktütchen auf den wenige Schritte entfernten Seziertisch. »Das habe ich zwischen den Leichenteilen gefunden.«

»Ein Ohrstecker«, bemerkte Amanda. »Vielleicht hat er sich den gerade erst machen lassen.«

»Dieser Ohrstecker gehört nicht zu Edwin Gallo. Seine Ohren sind soweit gut erhalten. Ich habe keine Löcher für Stecker, Piercings oder sonst was in Ohrläppchen oder an anderen Körperstellen gefunden.«

»Das heißt nichts. Vielleicht hatte er sie als Geschenk dabei«, überlegte Sergio. Er musste an Amalia denken.

»Ich habe Ihnen noch nicht gesagt, *wo* ich diesen Ohrstecker gefunden habe. Ein Geschenk trüge man vermutlich in der Hosentasche oder eben in einer Verpackung.«

»Hmn.« Der Comisario betrachtete mit zusammengekniffenen Lidern das kleine silberne Schmuckstück in der Plastikumhüllung.

»Das hier aber habe ich in seinem Haar gefunden. Dort war es recht gut geschützt und leicht zu übersehen. Ich konnte Fremd-DNA feststellen.«

»Und was schließen Sie daraus?«

»Für Rückschlüsse sind Sie zuständig. Aber …« Er zwinkerte verschwörerisch, »… berechtigte Frage in diesem Fall. Wenn ich keine Theorie gehabt hätte, wäre ich nicht auf die Idee gekommen die Leichenteile erneut zu obduzieren. Die Möglichkeit bestand immerhin, dass die Leiche mit anderen – oder eben *einer* anderen Leiche in Kontakt war. Und tatsächlich.«

»Machen Sie es nicht so spannend.« Amanda fächelte sich Luft zu. Der Geruch des Todes war unerträglich stechend.

»Also, nachdem ich alles erneut obduziert hatte, fiel mir ein abgetrennter Finger auf, den ich wie selbstverständlich der Leiche zugeordnet hatte. Unserer Leiche. Allerdings schien er mir plötzlich geringfügig zu groß für das bereits Obduzierte. Beim Abgleich der DNA stellte ich dann fest, dass er nicht vom Opfer stammen konnte. So, und jetzt sind Sie dran.«

Sergio kratzte sich am Kinn.

»Noch eine Leiche?!«, übernahm Amanda das Reden.

»Das ist anzunehmen.«

»Na ja, Leichen haben wir im Umkreis immer wieder. Wir leben – noch – in bürgerkriegsähnlichen Zuständen. Auch wenn die FARC gerade den Frieden verhandeln. Blut wird nach wie vor vergossen.« Ein äußerst unangenehmer Gedanke spukte Sergio gerade durch den Kopf: Trug Amalia Ohrstecker?

»Könnten Finger und Ohrstecker auch von einer Frau stammen?«

Amanda zuckte erschrockenen.

»Möglich«, bestätigte Doktor Albién. »Der Finger ist zu groß für Edwins Hand, dazu ist er schlank, lang. Eine feingliedrige Person gehört vermutlich dazu.«

Diese Antwort war mehr als beunruhigend.

»Finden Sie mir die Leiche, dann kann ich Ihnen mehr sagen.«

Amandas Hände steckten wieder in den Gesäßtaschen ihrer Jeans.

Sergio nahm das Plastiktütchen mit dem Ohrstecker in die Hand. »Das hier nehmen wir für unsere Ermittlungen mit.«

»Bitte!«

Umständlich verstaute er das Tütchen in seiner Jackentasche.

»Wenn Sie auf weitere Hinweise stoßen sollten –«

»Ich melde mich bei Ihnen.«

»Gut, gut.«

Amanda hatte sich wieder der noch immer offenstehenden Schublade genähert, hinter der sich Edwins Leichenteile befanden.

»Dann wären wir fertig, soweit ich das einschätze«, bemerkte Sergio etwas lauter. Amanda reagierte nicht. »Darf ich den Finger mal sehen?«, fragte sie stattdessen.

Der Gerichtsmediziner warf einen fragenden Blick zu Sergio. Dieser stimmte mit genervtem Schulterzucken zu. Sie würde ja doch keine Ruhe geben.

Der Gerichtsmediziner zog sich einen Schutzhandschuh an, öffnete die Tüte. Mit einer Pipette pickte er das leblose Körperteil heraus. Angewidert sah Sergio zur Seite. Amanda dagegen wandte den Blick diesmal nicht ab.

»Der Finger ist nicht sehr gut erhalten. Nicht einmal der Fingernagel ist noch dran. Er wurde offenbar abgetrennt. Ob infolge der Hinrichtung oder bereits vorher, eventuell unter Folter, das kann man nur mutmaßen.«

Amanda beugte sich über den Finger, studierte ihn sorgfältig, ohne ihn anzufassen. »Ich denke, da kann man durchaus eine genauere Aussage treffen«, behauptete sie forsch. »Haben Sie den Finger auf weitere Spuren untersucht? Todeszeitpunkt? Wurden die beiden etwa zur gleichen Zeit hingerichtet?«

Der Doktor zog ein zerknirschtes Gesicht und fuhr sich durchs Haar. »Also das ...«

»Also nicht«, fiel Sergio ihm ins Wort. »Dann holen Sie das zügig nach. Sollten in diesem Zusammenhang weitere Leichen oder Leichenteile auftauchen, könnten wir schon einen Schritt weiter sein. Und von Callín ist es nicht gerade ein Katzensprung nach Tres Marias. Sprit ist nicht billig.«

Amanda lauschte Sergios Ausführungen amüsiert von der Seite. Dann zog sie etwas aus ihrer Handtasche. Ihr Mobiltelefon.

»Darf ich?«, fragte sie.

»Nur zu.«

Sie fotografierte den Finger von allen Seiten. Sergio fand das etwas übertrieben, sagte aber nichts. Höflich und tolerant wie er war, ließ er sie gewähren. Frauen wie Amanda fielen in eine völlig andere Kategorie als zum Beispiel eine ungebildete Isabella Sanchez. Sie begriff immerhin, worum es ging und wie man sich benahm.

»Also«, beendete er die Begegnung mit dem Gerichtsmediziner, als sie mit Fotografieren fertig war. »Ich erwarte Ihren überarbeiteten Obduktionsbericht.«

Der Doktor hatte dem nichts hinzuzufügen. Stumm griff er sich noch einmal ins Haar, das mittlerweile in alle Richtungen abstand.

ZEHN

Das Macondo war gut gefüllt, als Sergio die verrauchte, von Stimmengewirr beherrschte Bar betrat.

Arturo saß an der Theke und schwatzte mit Jaime. Der Wirt winkte Sergio heran. »Hierher *compañero!*«

Zur Begrüßung tätschelte Jaime dem Freund die Schulter.

»Aguardiente?« Der Wirt zuckte bereits die Flasche.

»Ne, lass mal. Ich bin auf Entzug.«

Arturo, der die Szene von der Seite beobachtete, schmunzelte.

»Hast du was mit weniger Promille?«

Jaime musste nicht lange überlegen. »Ha, und ob! Ich hab da was Neues.«

»Jetzt bin ich gespannt«, lachte Arturo.

Jaime stellte drei Gläser auf den Thekentisch und zauberte eine Flasche hervor.

Fragend sah Sergio auf die trübe, gelbliche Flüssigkeit, die der Wirt in die Gläser füllte.

»Was ist *das*? Willst du mich vergiften?«

»Mit gegorenen Grüßen von Amelie-Inés. Hat sie mir aus Peru geschickt.« Er zwinkerte.

»*Chicha?*«, fragte Arturo ungläubig. »Wie kommst du an *Chicha?*«

Jaime nahm bereits den ersten Schluck, als Aufforderung es ihm nachzutun. »So ein neuer Händler. Der hat mir das Zeug empfohlen. Betextet hat der mich, sag ich euch. Wie ein Gesangsbuch. Danach musste ich mir die Ohren pudern.«

Sergio grinste. Arturo probierte bereits. »Geht schon«, resümierte er, und trank noch etwas mehr.

Sergio nippte lediglich an seinem Glas, behielt seine Meinung darüber aber für sich. Gerade hatte er auch keine wirkliche Meinung. Seine Gedanken schweiften in eine andere Richtung. »Irgendwas Neues von Flora? Ist Amalia wieder aufgetaucht?«

Jaime zog ein ahnungsloses Gesicht.

»Sie hat nicht weiter nach ihr gesucht? Immerhin versaut es ihr das Geschäft, wenn sie nicht da ist.«

»Willst du sie nicht suchen lassen?«

»Du glaubst doch nicht im Ernst, das Militär stünde dafür zur Verfügung? Für eine Prostituierte?!«

»Flora kommt schon durch. Im Überleben ist sie große Klasse. Das kann die besser als wir alle zusammen«, sagte Jaime. »Im Zweifelsfall, sollte das Internet ausfallen, rekrutiert sie im Macondo. Schau dich um, potenzielle Kundschaft, soweit das Auge reicht.«

»Flexibilität nennt man das.« Arturo schlug mit der flachen Hand auf die Theke und lachte. Sergio zuckte bei dem Geräusch kurz zusammen, sagte aber nichts. Sein Blick durchforstete den Raum – und hatte bereits etwas entdeckt. An einem Tisch im hintersten Eck hockten drei Männer in Tarnanzügen und mit einer Armbinde am linken Oberarm. Darauf zu erkennen war das rot-schwarze Emblem des ELN.

»Wie kommen die hier rein?«, sprach er aggressiv das aus, was ihm augenblicklich durch den Kopf ging.

»Wer?« Arturo folgte seinem Blick.

»*Paras*. ELN. Unfassbar!«

Schuldbewusst griff Jaime zu einem Glas, fing an es zu polieren. Auffallend blass sah er heute aus. »Sie haben höflich gefragt. Sie suchen jemanden.«

»Wen suchen Sie?«

»Eine Truppenführerin der FARC. Sie ist flüchtig. Offenbar ist sie wegen einer unerlaubten Schwangerschaft geflüchtet. Die FARC duldet keine Schwangerschaften. Die wollen ihr Schutz anbieten.«

»Und so einen Mist glaubst du?! Die stecken doch alle unter einer Decke. Informationen wollen die, Lager ausfindig machen. Die interessieren sich doch nicht für ein ungeborenes Kind!« Sergio war außer sich.

»Einer von denen ist angeblich mit ihr verwandt. Außerdem …«

»Ein Verwandter beim ELN, sie bei den FARC?«

Sergio hatte sich aufgebaut. Jaime beugte sich über die Theke und flüsterte jetzt. »Den Tipp mit der Schwangerschaft hat er von jemandem hier im Ort.«

»Von wem?« Jetzt war auch Arturos Neugier geweckt.

Jaime ließ die beiden eine Weile schmoren, polierte sein Glas in aller Seelenruhe weiter, hielt es anschließend ins Licht. »Das könnte nicht unbedeutend für deine Ermittlungen sein, Serg.«

»WER, *CARAJO*?!«, schmetterte der Comisario.

Der Wirt stand im Ruf ein gehöriges Schlitzohr zu sein. Das war das eine Gesicht von Jaime Orgunzallas. Im gleichen Atemzug sprach man vom gutmütigen, gutgläubigen Barbesitzer, der keiner Fliege was zu Leide tat.

»Vom Bürgermeister höchstpersönlich.«

»Santorini?«, entfuhr es Arturo.

»Von der Schwuchtel«, ergänzte Sergio.

»So, das hast du schon mitbekommen.« Jaime stellte das polierte Glas ins Regal. »Der aber hat die Information auch nur gesteckt bekommen.«

»Von wem?!«

Der Wirt beugte sich wieder vor. »Deine Leiche wars. Musterknabe Edwin Gallo. Vielleicht hat ihn diese Information das Leben gekostet. Verwunderlich wärs ja nicht.«

»Und warum lässt du mich mit diesen Informationen so lange schmoren. *Madre de dios!*«

»Ich bin Gastronom. Das gehört zum Geschäft, Serg. Sei froh, dass der Laden voll ist. So wie du hier gerade rumbrüllst, hätten *die* auch schon ihr Waffenarsenal auspacken können.«

»Ist was dran«, gab Arturo zu bedenken. »Solange sie sich friedlich betragen, sollten wir von ihrer Gegenwart profitieren. Aber wenn du willst, rede ich mal mit dem Bürgermeister. Ich muss ohnehin wegen einer Kampagne zu ihm.«

»Kampagne?«

»Es geht um Guajilín. Neue Projekte für den Tourismus. Santorini strebt eine Kooperation an. Er hatte die geniale Idee, dass Callín doch künftig von Guajilíns touristischer Popularität profitieren könnte. Er will eine Kampagne starten.«

»Wenn er nichts Besseres zu tun hat«, nuschelte Sergio in sein Glas, das er gerade erneut zum Mund führte. Sein Gaumen war derart trocken – was ihn an den Köter vor Albiéns Haustür erinnerte.

»Gut. Dann frag ihn danach. Wie Edwin dazu kommt und überhaupt. Warum hat er das nicht gleich gesagt«, brummte er.

»Aber der hatte auch gerade nur den blanken Arsch seines Lovers im hübschen Zeus-Schädel.«

»Und die göttliche Hera bügelt brav Unterhosen fürs nächste Stelldichein, die Ahnungslose«, witzelte Arturo.

Jaime fing heiser an zu lachen. Arturo stimmte mit ein.

Sergio sah die beiden eine Weile mit verschränkten Armen kopfschüttelnd an. Mit etwas Verspätung verwandelte sich sein Zähneknirschen in ein gequältes Lächeln.

ELF

Jaime schloss den Laden gegen halb zwölf. In Callín wurden um diese Zeit die Bürgersteige hochgeklappt. Stille zog durch die Gassen. Mit ihr kam der Nebel aus den Tropen. Schlagartig verstummte das Leben, das noch vor weniger als einer halben Stunde ausgelassen durch das Macondo gefegt war.

Sergio lag bereits im Bett und pflegte seinen Schönheitsschlaf, während Arturo noch über den Nachrichten des Tages brütete. Beide hatten bereits vor zwei Stunden das Macondo verlassen. Arturos Gedanken bedienten sich erst in der Nacht seines klaren analytischen Verstands, was ihm am Tag nicht immer gelang. Bei einer Tasse Mate und an Felicias neuem runden Holztisch, konnte er entspannt den Tag revuepassieren lassen, Material zusammenfügen, Liegengebliebenes abarbeiten, schreiben. Dem Internet kehrte er zu dieser späten Stunde den Rücken. Er liebte den Geruch von Zeitungspapier. Das Rascheln der Seiten, wenn er sie umschlug.

Ähnlich war es für Jaime. Die Nacht war seine Zeit. Dann, wenn er die Tür des Macondo hinter sich geschlossen hatte, kehrte er in die wohlige heimische Welt zurück, die eigenen vier Wände.

Für gewöhnlich lag Eusebia bereits im Bett, wenn er kam. Barbeta, seine Tochter, traf er immer weniger daheim an. Sie hatte jetzt einen Freund. Emilio. Das Familienleben fuhr auf Sparflamme. Jeder widmete sich ganz den eigenen Dingen. Und wenn man zusammenkam, war das Macondo kaum noch Gesprächsthema. Jaime hielt nicht mehr die üblichen Tisch-Monologe, nicht wenn es so offensichtlich niemanden interessierte. In letzter Zeit hatten die Frauen allzu deutlich ihre Unbeteiligtheit demonstriert. Wenn Barbeta im Haus war, gab es nur noch ihr Mobiltelefon. Oder sie lungerte mit Emilio in der Küche herum, sie kochten, verbrauchten sämtliche Lebensmittel – was Eusebia nicht weiter störte, denn sie war fast immer und ausschließlich mit ihrer Diät beschäftigt.

Jaime redete nicht gerne mit sich selbst. Er wusste sich lieber in geselliger Runde. Auch traf er ungern Entscheidungen allein, ohne vorher Eusebias Zustimmung eingeholt zu haben. Und wenn sie nur nickte oder einen einsilbigen Kommentar von sich gab. Das reichte. Es war allemal besser als dieses Desinteresse, von dem er sich derzeit umringt fühlte. Schätzte man seine Anwesenheit als Familienoberhaupt nicht mehr?

Einmal beobachtete er Eusebia dabei, wie sie und die anderen Frauen vor der Kathedrale heftig diskutierten. Darunter auch Isabella, Maria und Erica Gallo. Seit dem Tod von Edwin Gallo waren die Frauen wie ausgewechselt. Maria galt vielen im Ort als Vorbild. Ihre Unabhängigkeit, ihr blühender Geschäftssinn. Man bewunderte sie für ihren Mut den eigenen Mann in den Schatten zu stellen.

Andererseits wurden auch die Konsequenzen ihrer Emanzipation spürbar. Frauen hörten plötzlich nicht mehr auf ihre Männer, sprachen immer öfter von Selbstverwirklichung.

Isabella Sanchez lieferte entsprechende Propaganda: »Nieder mit dem Machísmo!«, brüllte sie durch die Gegend – was sie am besten konnte. Dabei war sie vorher nie groß in Erscheinung getreten. Gelästert hatte man über sie. Ihre maskuline Stimme, ihr Auftreten, mit dem sie schon immer derb und hölzern dahergekommen war. Jetzt aber zog genau das die Frauen an. Man schlug Profit aus Isabellas Art. Ob man sie indessen auch als Menschen gern in seiner Nähe hatte, war eine völlig andere Frage.

Solidarität unter Frauen hatte es schon immer gegeben. Etwa in der Kinderbetreuung oder in Haushaltsdingen. Isabella war kinderlos, weshalb sie hier nie eine aktive Rolle gespielt hatte. Das änderte sich, als sie an jenem Tag unerwartet Zeuge der Lieferung von Marias Paket wurde. Zeuge des grausigen Verbrechens. Vielleicht war es ein Auslöser. Der Auslöser für eine Art Revolution, die in dem Moment, als Isabella das Zepter ergriff, bereits in die Schreckensherrschaft umschlug. Isabella, der weibliche Robbespierre. Sie wollte die Köpfe der Männer opfern. Wut hatte sie dafür genug im Bauch.

Jaime meinte es zu spüren. Es lag in der Luft. Etwas würde sich ändern. Es war über Nacht gekommen.

In Zeiten aufbegehrender Ehefrauen wurden Prostituierte wie Flora Morales plötzlich zu heimlichen Verbündeten, denn die Hure passte einfach nicht ins Bild der emanzipierten Frau. Sie war eine Verräterin und stand als solche eindeutig auf Seiten der Männer. Isabella und die anderen Frauen hielten einen scharfen Kurs gegen Flora Morales und Kolleginnen. Auch Eusebia vertrat neuerdings diese Meinung, und die Stimmen wurden einmal lauter, als Amalia verschwand. Schnell stilisierte man sie zum Opfer hoch. Dabei war die junge Frau eine Prostituierte. Nicht weniger als Flora.

Nein, dachte Jaime, wenn die Frauen ihre Sache durchsetzen wollten, mussten sie es mit deutlich besseren Mitteln und Argumenten angehen.

Der Wirt bog um die nächste Häuserecke, passierte dabei das Wohnhaus von Isabella Sanchez. Im zweiten Stock brannte noch Licht. Ihr Appartement? Wenn ja, konnte sie vermutlich nicht schlafen, vertrieb sich die Müdigkeit mit fixen Hass-Ideen, träumte mit offenen Augen von einem Callín ohne Männer. Männer, am liebsten in Ketten.

Eine ideale Wortführerin war die Sanchez nicht. Alles, was sie für die Frauen tat, war ihnen eine Stimme geben. Aber war dieser vulgäre Ton ihrer Sache wirklich würdig? Konnten sie damit auf Dauer Erfolg haben? Eher nicht.

Der Nebel hatte Jaime das ganze Stück begleitet, war wie ein Flaschengeist mit ihm gezogen.

Er pfriemelte den Schlüssel aus seiner Jackentasche und steckte ihn ins Schloss. Knarrend gab die alte Tür nach. Der Wirt warf einen letzten Blick auf die Straße. Dann verschwand seine Gestalt im Hauseingang.

GEFÄHRLICHES NACHTLEBEN

EINS

Bekleidet mit einem schwarzen Einteiler und dunkeln Strapsen stand Isabella vor ihrem Kleiderschrank, überlegte. Welche Aufmachung ihm wohl gefiele? Sollte sie die Diva spielen, die selbstbewusste Egomanin, die Deserteurin? Oder besser die Hure?

Die Auswahl an Kleidungsstücken war nicht unbedingt üppig und so entschied sie sich für ein schlichtes dunkelgrünes Kleid. Man konnte es vielleicht mit einem Gürtel oder einem edlen Schmuckstück aufwerten. Etwas Derartiges aber besaß sie nicht. Nicht einmal ein Tuch oder irgendein simples Accessoire. Ein Holzkreuz an einer billigen vergoldeten Kette, war alles, was sie hatte. Aber das wagte sie nicht umzulegen.

Unter dem Kleid würden zumindest die, mit einer roten Borte versehenen Strumpfbandhalter verführerisch hervorschimmern. Diese aber waren noch nicht einmal ihre eigenen. Laura Rojas hatte sie ihr geliehen, für ihr – damals – erstes Treffen mit *ihm*, dem großen Unbekannten. Anschließend hatte Isabella behauptet, jemand hätte sie ihr von der Wäscheleine gestohlen. In Wirklichkeit jedoch ließ sie sie klangheimlich in ihrem Kleiderschrank verschwinden. Ganz unten bei den Schuhen, in einem unauffälligen Pappkarton.

Isabella besaß ansonsten keine Reizwäsche. Der schwarze Einteiler und eben diese Strümpfe. Das war alles, und es kam nur bei seltenen Gelegenheiten zum Einsatz.

Seitdem Miguel sie verlassen hatte, war sie nie wieder mit einem Mann ausgegangen.

Sie legte nicht viel Wert auf ihr Äußeres und mochte es durchaus als verrucht und aggressiv zu gelten. Ihre Verbitterung hatte Spuren im Gesicht hinterlassen, die, wenn man sie einmal wegkratze, einen Menschen zum Vorschein brachten, den man sogar als anziehend hätte bezeichnen können, würde sie nur einmal die Spannung aus ihrem Körper lassen. Das Kleid und die Reizwäsche darunter sollten für eine Nacht eine Frau aus ihr machen, einen Vamp. Also schlüpfte sie zügig hinein, gelte ihr Haar etwas zurück. Anschließend trat sie an den Schminktisch. Ein Lippenstift? Make-up? Oder auch nur ein Hauch Farbe ins Gesicht? Sie zögerte, nahm ein paar Töpfe aus der Schublade, schraubte sie auf und tunkte einen Bestäuber hinein. Ein Klecks Rot auf die Lippen, dezent. Rouge. Etwas Puder auf die Nase. Sie betrachtete ihr Spiegelbild. Da war der Ansatz eines Lächelns. Es fiel kaum auf. Im Alltag lächelte sie nicht. Es gab auch nichts, was ihr dieses hätte entlocken können. Im Gegenteil. Das Gefühl und die Wärme, die beim Lächeln in den Kopf strömten, jagten ihr Angst ein. Im Leben von Isabella Sanchez gab es nicht viel, worüber man erfreut sein konnte. Sechsmal die Woche schob sie eine mehr als zermürbende Nachtschicht in einer Metallfabrik. Sie schraubte Einzelteile zusammen. Immer wieder die gleiche monotone Bewegung. Ihre Hände waren kaputt, arthritisch. Sie bestritt ihren Lebensunterhalt mit einem ans Äußerste gehenden körperlichen Einsatz und dem Verschleiß ihrer Gesundheit. Was dabei herauskam, reichte gerade zum Leben.

Mehr als dieser Job aber, war nicht drin gewesen. Die Eltern, einfache *campesinos,* waren mittellos. Und als einziges Mädchen an der Seite von zwei großen Brüdern, durfte sie ihre Träume hintenanstellen. Alejo und Raúl waren Streithähne. Nicht selten hatten sie derzeit ihre kleine Schwester das Fürchten gelehrt. Sie fungierte als Spielball zwischen den Machtkämpfen der Jungen. Und um etwas Gerechtigkeit und Aufmerksamkeit zu ernten, musste sie sich immer wieder beweisen, Unmögliches für ihre Anerkennung vollbringen. Da sie weder liebreizend noch niedlich oder schön gewesen war, wagte sie es nicht zu träumen. Stattdessen eiferte sie dem Verhalten der Brüder nach, wurde widerspenstig und eigen.

Das Leben bettete sie wenig liebevoll, wollte ihr partout nichts schenken. An ihrem sechzehnten Geburtstag wurde sie von ihrem Onkel vergewaltigt. Damals entsagte sich Isabella der Liebe endgültig. Und die Tür zum Glück sollte so schnell nicht wieder aufgestoßen werden.

Bis Miguel kam. Miguel, Nachkomme afrikanischer Plantagenarbeiter. Ein Außenseiter, Eigenbrötler und Nachtmensch. Tagsüber schuftete er in der Landwirtschaft. Nachts trafen sie sich in dem Restaurant, wo sie damals arbeitete. Sie sprachen nur wenig. Nahezu wortlos fing auch ihre Liebschaft an. Sie hielt einige Monate, fast ein Jahr. Immer nach Beendigung ihrer Arbeit ging er mit ihr nach Hause, verbrachte die Nächte in ihrem Bett. Sonderlich zärtlich war er nie, ein wortkarger Mensch. Nicht minder wortkarg endete es irgendwann mit ihnen. Miguel war eines Tages verschwunden.

Isabella hatte gerade den letzten Knopf zugeknöpfte, als ein Klopfen an der Tür ihre Gedanken durchkreuzte.

Da war er. Er war bereits oben. Ihr Herz machte einen kleinen Hüpfer. Seine großen Hände würden über sie herfallen, gierig; sie auf seine Art liebkosen, ihr die Strümpfe wild herunterstreifen …

Erregt durch diese Gedanken tappte sie zur Tür, schob den Riegel zurück. Ein Strauß roter Rosen ragte ihr entgegen.

»Oh!«, stieß sie verzückt aus, »Das … ist doch nicht nötig.« Sie wurde rot im Gesicht. Wann hatte man ihr das letzte Mal Blumen geschenkt.

Schon stand er mitten im Raum. Groß war er, größer als sie. Aber sie war auch nicht sonderlich groß. Isabella wagte es nicht ihm in die Augen zu sehen. Sie nahm die Rosen und drehte sich gleich wieder weg, um nach einer Vase zu sehen.

»Möchtest du etwas trinken?«, fragte sie, während sie den Schrank öffnete, eine Vase herausnahm und sie mit Wasser füllte.

Er antwortete nicht. Sie zögerte noch immer ihn direkt anzusehen. Stattdessen ging sie zum Kühlschrank, nahm eine Flasche Schaumwein heraus. Dazu zwei Gläser. Als sie sich gegen das Waschbecken lehnte, um die Flasche darüber zu öffnen, spürte sie, wie er hinter sie trat.

Seine Hände langten augenblicklich zu, griffen nach ihren Hüften, ihrem Oberkörper.

»Oh, das … nicht doch so stürmisch. Du kannst es nicht abwarten, was?« Die Erregung in ihrer Stimme ermunterte ihn einen Schritt weiter zu gehen. Er brauchte kein Vorspiel. Zielstrebig drängte er sie gegen die Spüle, fummelte dabei an ihrem Kleid herum.

»Warte«, sagte sie atemlos. Er ließ sich jedoch nicht bremsen. Ungeduldig nahm er sich, was er wollte, hielt sie dabei fest im Arm.

Sie röchelte. Fast bekam sie keine Luft, so sehr presste er sich gegen sie. Ein Schrei wollte sich lösen, was sie jedoch unterdrückte.

»Das brauchst du doch«, raunte er ihr ins Ohr. »Sag mir, dass du das brauchst, dass du nur darauf gewartet hast.«

»Ich … oooh. Ja.« Ihr eher schmächtiger Körper bebte, als seine großen Hände ihre Strapse herunterrissen. Sie wusste nicht, bis zu welchem Punkt er das Spiel treiben würde. Die Angst mogelte sich plötzlich dazwischen.

»Mach schon«, fordert er bestimmend, »zieh dich aus!«

Auf einmal versteifte sie, war wie gelähmt. Mechanisch öffnete sie die oberen Knöpfe ihres Kleids.

»Schneller!«, drängelte er. Ihre Finger zitterten, als sie langsam abwärts glitten. Er war ihr auf einmal fremd.

Sie drehte sich zu ihm, um ihm ins Gesicht zu sehen. Besser war es, wenn sie ihn jetzt ansah. Wild war sein Blick. Schaurige Kälte lag darin. Geknebelt von ihrer Panik, hielt sie in ihrer Bewegung inne.

Doch es war bereits zu spät. Sie ahnte, dass ihr *etwas* blühte. Etwas Unberechenbares. Es schnürte ihr die Kehle zu, entzog ihr die Kontrolle. Sie spürte instinktiv, dass sie keine Chance hatte. Keine Chance gegen ihn.

In einem Anfall von Lust und gleichzeitiger Zerstörungswut, griff er nach ihrem Haar, zog sie damit bis zum Tisch, drückte sie anschließend brutal auf die Tischplatte.

»Ich werds dir so richtig besorgen. Du wirst flehen und dich im Blut wälzen, – Guerillera!« Die rohe Gewalt sprach aus seinen Worten.

Der Tisch war keinen Meter von der Spüle entfernt. Dort lag ein Messer, mit dem sie vorhin noch einen Fisch zerlegt hatte. Sie tastete danach.

Er kam ihr jedoch zuvor. Mit einer groben Handbewegung stieß er ihre Hand weg, griff nach dem Messer, krallte seine sehnigen Finger um den Griff. Ein Gefühl von Macht überkam ihn dabei.

Mit wenigen Schnitten zerteilte er ihr Kleid, riss ihr anschließend alles, bis auf den letzten Fetzen Stoff vom Leib. Abgesehen von den Strümpfen. Isabella wollte schreien, aber ihre Stimme versagte. Die Angst nahm ihr den Atem.

Er stieg auf sie, hielt sie dabei fest, als wäre sie ein wildes Tier, das es galt mit vollem Körpereinsatz zu bändigen. Isabella rührte sie sich nicht. Stocksteif und mit weit aufgerissenen Augen starrte sie an die Decke, ließ alles, was dem folgte widerstandslos über sich ergehen.

ZWEI

»El Señor Alcalde ist in einer Besprechung.« Sie richtete ihre Sekretärinnenstimme an Arturo. Dabei tippte sie blind in die Tasten, gab sich beschäftigt.

Arturo stand vor ihrem Schreibtisch, zog seinen Lederhut, den er gelegentlich trug, vom Kopf und betrachtete sie mit aufmerksamem Blick. »Darf ich bemerken, dass Sie in einem atemberaubenden Tempo tippen?«

Sie tat so, als hätte sie ihn nicht gehört.

»Unglaublich. Verraten Sie mir Ihren Namen?«

Sie tippte weiter. Plötzlich aber hielt sie inne, sah irritiert auf. »Ist das wichtig?«

»Aber natürlich. Sie repräsentieren die *municipalidad*, sind die rechte Hand des Bürgermeisters. Was glauben Sie, sollte man Sie nicht mit Namen ansprechen?«

Sie spannte ihren Rücken, wuchs ein paar Zentimeter. *Aber ja*, dachte sie. »Magdalena Ferrera. Und wen darf ich anmelden?«

»Magdalena, schöner Name«, flirtete er. »Arturo Angeles. Ich habe einen Termin mit dem Herrn Bürgermeister. Ich schreibe für die *Noticias de Callín*. Es geht um seine Tourismusprojekte.« Er zwinkerte ihr zu, zog dabei eine Karte aus seiner Hemdtasche und reichte sie ihr.

Zögerlich nahm sie diese entgegen, warf einen flüchtigen Blick darauf. »Sie sind Journalist? Warten Sie, Señor Angeles. Ich werde nachfragen.«

Sie erhob sich, dackelte vor zur Tür und klopfte zaghaft dagegen. Als Santorinis Stimme dahinter erklang, trat sie ein, zog die Tür hinter sich zu. Kurz darauf öffnete sie sich wieder.

»El Señor Alcalde erwartet Sie.« Sie hielt Arturo die Tür auf.

»*Gracias* Magdalena.«

Santorini sah Arturo entgegen. Er saß an seinem Schreibtisch, erhob sich augenblicklich, als sein Besucher eintrat. »Señor Angeles!«

Das Büro war großzügig geschnitten. Über dem Schreibtisch hingen die Beweisstücke seiner fachlichen Kompetenzen, seine Urkunden. Sie zeugten von hervorragenden Leistungen als Hochschulabsolvent und Lokalpolitiker, und um – darüber hinaus – noch weiteren Glanz in die Bude zu bringen, steckten sie in vergoldeten Rahmen.

Arturo war mäßig beeindruckt. Abgestempeltes Papier besagte nichts über die tatsächlichen Fähigkeiten eines Menschen. Reine PR, nicht mehr, nicht weniger. Und der Eindruck von Santorini konnte in der Tat täuschen. Schönheit war keine Tugend, die man händeringend brauchte, um das Amt eines Bürgermeisters zu bekleiden.

»Früh sind Sie dran.« Er deutete ihm sich zu setzen. »Trinken Sie einen Cappucchino? Meine Assistentin hat mir ein hervorragendes Gerät besorgt. So einen Kaffee bekommen Sie in ganz Callín nicht.«

»Glaube ich. Aber *no gracias.* Ich habe nicht viel Zeit.«

»Gut.« Santorini räusperte sich, »dann kommen wir doch gleich zum Thema.« Er schlug einen vor ihm auf dem Tisch liegenden Ordner an beliebiger Stelle auf. Eine Geste, der eine Art Automatismus innewohnte. »Es geht um die neuen Tourismusprojekte. Mir ist zu Ohren gekommen, dass Sie mit Felicia Ródo liiert sind.

Daher wehte der Wind. Santorini wollte Profit aus seiner Beziehung zu Felicia schlagen. Felicia Rodó war eine kleine Persönlichkeit in Guajilín. Erfolgreich betrieb sie ihr bei Rucksacktouristen beliebtes Hostal, genoss dadurch gewisse Freiheiten. Darüber hinaus schätzte man sie vor allem wegen ihres Engagements für den Umweltschutz.

»Ja«, bestätigte er. »Wir werden uns in absehbarer Zeit verloben.«

»Ach ja? Wunderbar! Meinen herzlichen Glückwunsch.« Er strahlte wie auf Knopfdruck. Dann aber mäßigte er seine Bewunderung und warf einen kurzen Blick auf das Papier vor sich, als hätte er seinen Text vergessen. »Ich denke eine Kooperation mit Guajilín in Sachen Tourismus würde Callín guttun. Mir schweben da Projekte Richtung *agro turismo* vor.«

»Wenn es um die Umsetzung Ihrer Ideen geht, sollten Sie vielleicht besser mit Felicia persönlich sprechen. Sie hat auf dem Gebiet deutlich mehr Erfahrungen als ich. Mein Thema ist die Politik.«

»*Pues* … natürlich.« Santorini geriet in Erklärungsnot. Er hatte sich nur mangelhaft auf das Gespräch vorbereitet, was gerade auffiel.

»Wenn Sie möchten, stelle ich den Kontakt her.«

Der Bürgermeister wollte gerade zustimmen oder etwas bemerken, als Arturo bereits fortfuhr: »Da gibt es noch ein anderes Thema. Wie Sie wissen, berichte ich auch über aktuelle Ermittlungen, ungeklärte Verbrechen. Objektiver Journalismus stärkt das Vertrauen der Bevölkerung in die Presse. Wir wollen den Leuten keine wichtigen Informationen vorenthalten. Es bedarf einer klaren Faktenlage, Transparenz. Sie wissen, was ich meine.«

Santorini legte die Hände auf den Tisch, gab sich abwartend.

»Gestern Abend waren Einheiten des ELN im Macondo. Vielleicht haben Sie davon gehört. Sie sind hier auf der Suche nach einer schwangeren Truppenführerin der FARC. Sie wollen ihr und ihrem ungeborenen Kind Schutz vor Übergriffen durch die Guerilla gewähren. Jemand aus der Einheit ist offenbar mit ihr verwandt. Wie Fabulos zu Ohren gekommen ist, wusste Edwin Gallo davon. Er wusste, dass diese junge Frau in Callín Unterschlupf suchte. Er wusste es von Ihnen, Señor *alcalde*.«

Santorini lehnte sich entspannt zurück. Der Versuch Souveränität zu simulieren. Er ahnte, was auf ihn zukam, Routine. Es galt blütenreines Gewissen zu demonstrieren.

»Fabulos war bei Ihnen. Er hat Sie über die Fakten im Mordfall Gallo in Kenntnis gesetzt.«

»Ja, das hat er«, bestätigte der Bürgermeister.

»Und? Dabei ist Ihnen diese Begegnung entfallen. Wie auch die Tatsache, dass diese Information bei den Ermittlungen durchaus von Belang sein könnte?«

»Wir reden über Sergio Fabulos. Ich weiß nicht, wie weit Sie das schon verfolgen konnten, aber Fabulos hat in der Vergangenheit keine überragende Aufklärungsquote erzielt. Im

Vertrauen gesagt, ich habe ernste Zweifel hinsichtlich seiner Zukunft.«

Arturo wollte etwas erwidern, diesmal aber fuhr Santorini unbeeindruckt fort:»Wenn Sie es genau wissen wollen, Señor Angeles, Sergio Fabulos sitzt auf einem äußerst wackeligen Stuhl. Seine Zuständigkeit geht über die Grenzen Callíns hinaus. Seine Quote aber reicht kaum für ein 3000-Seelen-Dorf, geschweige denn für mehr. Dazu kommt, dass die Menschen hier im Ort nicht hinter ihm stehen. Und wo Misstrauen herrscht, gibt es Gründe. Da frage ich mich als Bürgermeister natürlich schon *warum*. Wenn ich jemandem Informationen anvertraue, will ich sie in guten Händen wissen. Ich übe noch nicht lange das Amt des Alcalde aus. Meine Glaubwürdigkeit ist an meine Entscheidungen gekoppelt – und daran, wem ich mein Vertrauen schenke. Fabulos habe ich im Auge.«

Arturo war sprachlos.»Ihr Ruf?!«, sprach er das aus, was Santorini nur angedeutet hatte.»Habe ich das richtig verstanden?! Sie stellen Ihren Ruf über die Sicherheit Callíns?!«

»Nein. Ne-neiiin, so war das nicht gemeint«, stammelte er.

»Wenn Sie Fabulos nicht trauen, müssen Sie ihn des Amtes entheben. Und zwar sofort! Es geht um Callíns Sicherheit. Ihr Misstrauen ist ein flammendes Risiko für die Sicherheit.«

Der Bürgermeister sah sein Gegenüber mit verkniffenem Gesichtsausdruck an.

Arturo hielt dem Blick stand.»Aber Sie misstrauen Fabulos gar nicht, stimmts? Sie sagen das, weil die Leute es sagen. Ihre Meinung ist eine andere. Sie halten sogar deutlich mehr von ihm, als Sie es zugeben wollen. Nur dürfen Sie nicht offiziell dazu stehen, weil die Bürger Ihnen im Nacken sitzen, und *die* teilen Ihre Sympathie für Sergio Fabulos nicht. Zumindest nicht offiziell.«

Santorini wirkte einen Augenblick lang verblüfft. Ohne Zweifel war seine Rhetorik gerade übertroffen worden. Verwirrt sah er von Arturo auf seine Hände, strich sich über das gegelte Haar.»Das … nun ja … wenn Sie es so ausdrücken wollen.« Er räusperte sich.»Ich wäre ja durchaus bereit Fabulos noch eine Chance zu geben.«

»Sie dürfen Sympathie nicht mit Vertrauen verwechseln, Señor Alcalde. Sergio Fabulos hat seinen eigenen Kopf, das wissen die Leute. Im Fall Rauschenberg hat er beinahe mit seinem Leben bezahlt. Misstrauen ist etwas, das grundsätzlich in den Köpfen der Menschen hier wohnt. Wir haben einen langen Bürgerkrieg hinter uns. Und schauen Sie sich die Lebensbedingungen an. Die Menschen haben allen Grund. Es braucht seine Zeit um das Vertrauen wieder aufzubauen. Das kommt nicht über Nacht. Sergio Fabulos übt seit Jahren dieses Amt aus, was seine Vorgänger schon nach kurzer Zeit geschmissen haben. Einen Ersatz für Sergio Fabulos werden Sie so schnell nicht finden. Es sei denn, Sie suchen jemanden, der das Amt nur pro forma ausübt. Und da werden Ihnen die Bürger nicht mitspielen.«

Santorini hatte mit wachsender Aufmerksamkeit zugehört.

»Mag sein, dass Sie nicht ganz unrecht haben«, räumte er ein. »Wir sollten natürlich mit vereinten Kräften für Sicherheit sorgen.« Er faltete seine Hände locker, sah Arturo geradewegs in die Augen. »Also, Señor Angeles. Was genau wollen Sie wissen?«

»Was hat Edwin Gallo Ihnen mitgeteilt?«

Der Blick des Alcalde schweifte durch den Raum. Ein Bild von seiner Frau hing über dem Schreibtisch, eine attraktive Brünette.

»Das, was Sie bereits wissen. Es ging um diese Frau. Ihr Name ist übrigens Semia Bátista. Sie bekleidet noch nicht lange das Amt einer Truppenführerin bei den FARC. Gallo hat mir keine weiteren Details verraten. Nur, dass sie sich eben aller Wahrscheinlichkeit nach in Callín aufhält, besser gesagt aufgehalten hat.«

»Warum haben Sie diese Informationen Fabulos vorenthalten?«

Santorini stand auf, trat ans Fenster.«

»Sie vermuten, dass Gallo sterben musste, weil er irgendwie mit den FARC in Kontakt stand, wie auch immer?«, beantwortete er die gestellte Frage mit einer Gegenfrage.

»Liegt das für Sie nicht auf der Hand?«

Santorini antwortet nicht.

»Es gab den Vorwurf der Belästigung gegen Edwin Gallo. Vielleicht haben Sie davon gehört.«

Das erregte die Aufmerksamkeit des Bürgermeisters. »Nein, das habe ich noch nicht gehört. Wer behauptet das?«

»Eine Schülerin. Und diese Prostituierte …«

»Amalia, die verschwundene Amalia?«, fragte er überrascht.

Arturo nickte zustimmend. Zu seiner Überraschung fing Santorini schallend an zu lachen.

»Was finden Sie daran komisch?«

»Das ist vollkommen absurd! Diese Frauen haben da irgendwas verwechselt, oder …«

»Oder?«

»Oder sie lügen.«

»Aber warum sollten sie lügen?«

Der Bürgermeister ging zurück zu seinem Schreibtisch, zog ein Tabakkistchen aus der Schublade, entnahm ihm einen Zigarillo. Arturo bot er auch eins an.

»Nein, danke. Ich versuche zurzeit kürzer zu treten.

Santorini sank zurück in seinen Schreibtischstuhl, zündete sich den Zigarillo an und nahm einen langen Zug davon. »Gallo ist homosexuell. Der hat sich nicht für Frauen interessiert. Wenn jemand so etwas behauptet, dann um die Tatsache zu vertuschen, dass es so ist – wie es ist. Gallo hat an einer angesehenen Schule studiert, das San Antonio de Oviedo. Er hat sich auf die Uni vorbereitet. Vermutlich hat man ihn als gute Partie gesehen. Seine Mutter wusste sicher nichts von seiner Neigung. Sie wissen, was man hier in Callín über Homosexualität denkt. Wir wohnen auf dem Land. Soweit sind die Leute noch nicht, dass sie Schwule und Lesben unter ihresgleichen akzeptieren. Ich erwähne diesen Umstand Ihnen gegenüber, Señor Angeles, weil ich weiß, dass Sie ein Mann von Welt sind. Mit dem nötigen Weitblick. Ich verüble es Ihnen jedoch auch nicht, sollten Sie die gängige Meinung teilen.«

Jetzt war es Arturo, der in Verlegenheit geriet. »Dazu habe ich keine Meinung. Das ist, meiner Auffassung nach, die Privatangelegenheit eines jeden einzelnen«, rettete er seinen Kopf aus der Schlinge. Ihm war klar, dass Santorini gerade auf seine eigene Homosexualität anspielte.»Das Thema ist hier ein anderes. Es geht um Mord.«

»Ich weiß. Aber hätte ich einem Sergio Fabulos gegenüber erwähnen sollen, dass Edwin Gallo sich in Homosexuellenkreisen bewegte. Fabulos wäre der Letzte, der hierüber kein abfälliges Urteil gefällt hätte.«

Da war was dran.

»Und Maria Gallo unter den gegebenen Umständen mit den Tatsachen zu konfrontieren …«

In gewisser Weise verleugnete der Bürgermeister sich gerade selbst.»Gut, das ist ein Punkt. Es erklärt aber noch immer nicht, warum Sie die Angelegenheit mit dieser FARC-Flüchtigen verschwiegen haben. Was hat das eine mit dem anderen zu tun?«

Santorini schwieg erneut.

Arturo betrachtete den Mann, dessen Attraktivität ins Auge stach. Unübersehbar für jede Frau. Noch unübersehbarer für jeden Mann, der sich in Santorinis bloßer Gegenwart als Gehörnter sehen musste. Warum war so jemand Bürgermeister? Oder vielmehr, warum war so jemand homosexuell?

Für Ersteres gab es möglicherweise eine nachvollziehbare Erklärung. Für Zweites aller Wahrscheinlichkeit nach keine. Eines aber musste man dem Bürgermeister, trotz aller Vorurteile und Bedenken lassen, es zeugte von einer gehörigen Portion Opportunismus, sich trotz all dieser unbequemen Tatsachen in ein öffentliches Amt zu zwängen. Das war durchaus anzuerkennen. Was also, wenn er gerade resignierte, weil er seine Position unterschätzt hatte; wenn ihm der Mut ausging?

Schweigend beobachtete Arturo Santorini. Betont gelassen führte dieser seinen Zigarillo zum Mund. Doch der Eindruck täuschte. Er war alles andere als gelassen. Unruhe und Furcht erkannte man in seinem Blick, wenn man etwas genauer hinsah. Angst, die schleichend wachsen und ihn auf absehbare Zeit schwächen konnte. Der Bürgermeister fühlte sich betroffen. Möglicherweise sah er sich selbst in Gefahr und als potenzielles *nächstes* Opfer.

»Also gut«, gab Arturo nach, »lassen wir das. Haben Sie eventuell eine Idee, wo sich diese Semia aufhält?«, drehte er das

89

Thema in eine andere Richtung. »Oder wer der Vater ihres ungeborenen Kindes sein könnte?«

»Der Vater des Kindes … Aber bitte, Señor Angeles, das sind nur Gerüchte. Er ist ebenfalls ein flüchtiges Ex-FARC-Mitglied und angeblich außer Landes. Semia hat in Homosexuellenkreisen Zuflucht gesucht. Aber das ist alles, was ich weiß. Wo sie jetzt steckt, keine Ahnung.«

Santorini sprach stockend. Er stützte die Ellenbogen auf den Schreibtisch, nagte an den vorstehenden Gelenkknochen seiner zu Fäusten geballten Hände. Sein Zigarillo lag im Aschenbecher. Der aufsteigende Rauch umrahmte sein schönes Gesicht. Seine Stirn lag in Falten, was ihm jedoch nichts von seiner Attraktivität nahm. Im Gegenteil.

Dennoch, Arturo spürte instinktiv, dass sein Gegenüber nahe dran war dichtzumachen. Jede weitere Frage bedeutete ein Wagnis. Santorini trug einen inneren Kampf mit sich aus, was er so nicht erwartet hätte.

»Sie verstehen, dass ich diese Informationen nicht für mich behalten kann, Señor Alcalde. Ich muss Fabulos einweihen.«

Zu seiner Überraschung stimmte Santorini zu. Dann erhob er sich ruckartig, ging um seinen Schreibtisch herum. Arturo hielt ihm die Hand entgegen. »Gut, belassen wir es dabei, fürs Erste.«

Der Raum war angefüllt mit Tabakrauch. Man hätte auf die Idee kommen können ein Fenster zu öffnen, aber Santorini ging bereits zurück zu seinem Schreibtischstuhl.

»Ich hoffe Fabulos hat sich gut in seiner neuen Arbeitsumgebung eingelebt«, warf er Arturo noch hinterher, als dieser bereits den Türknauf in der Hand hielt. »Bestellen Sie ihm einen schönen Gruß von mir.«

»Ich werde es ausrichten.«

Arturo konnte sich ein triumphierendes Lächeln nicht verkneifen, als er die Tür hinter sich zuzog.

DREI

Sergio hatte den Wagen in die Werkstatt gefahren, um die Dinge nochmal überprüfen zu lassen, die Amanda ihm aufgezählt hatte.

Als er auf dem Rückweg zu Fuß die Kathedrale San Bernardino passierte, bemerkte er ein Grüppchen von Frauen, unweit des Hauptportals der Kirche, etwa auf Höhe der Engelstrompeten.

»Sergio«, grüßte Maria, die ihn als erste bemerkte und dabei merkwürdig gequält lächelte. Ähnlich verhielt es sich auch mit den anderen Frauen. Argwöhnisch nahmen sie seine Gegenwart zur Kenntnis. Es roch nach Verschwörung.

»Gibts was Neues?«, wollte Erica, Marias Schwester, wissen.

Außer den Schwestern Gallo, entdeckte Sergio noch weitere bekannte Gesichter: Fabiola Petalán, die Frau des Apothekers; Laura Rojas, die Frau des Eisenwarenhändlers; Marie Blisovic, die Witwe des vor einem halben Jahr ermordeten Anwalts; und Eusebia Orgunzallas, Jaimes Frau.

»Wir arbeiten mit Hochdruck dran. Eure Mithilfe ist natürlich jederzeit willkommen. Ich schätze euer waches Auge, solltet ihr etwas hören oder beobachten.«

Die Frauen gaben sich ahnungslos und auffällig schweigsam, was Sergio in dieser Form nicht gewohnt war. In letzter Zeit agierten sie eher aufmüpfig, rebellisch.

»Und was machen die Geschäfte?«, wandte er sich an Maria. So schnell gab er es nicht auf.

»Laufen«, gab sie einsilbig Auskunft.

»Ja, so ist das. Das Leben geht einfach weiter. Und der Tod ist nur eine kleine Unterbrechung des Alltags«, bemerkte er, erneut in der Erwartung, dass man ihm widersprach.

Marie Blisovic legte mitfühlend den Arm um Maria. Darüber hinaus aber passierte nichts.

Die Schweigsamkeit der Frauen nervte langsam. Irgendwas war hier faul.

»Worüber habt ihr euch denn gerade so ereifert?«, versuchte er es jetzt mit direkter Nachfrage. »Ist was passiert?«

Laura tauschte einen kurzen Blick mit den anderen Frauen. »Frauenangelegenheiten«, sagte Erica knapp. Dabei aber nicht streng oder aufmüpfig. Schlugen sie jetzt einen anderen Ton an, machten ihr eigenes Ding. Oder … ? Jetzt erst fiel Sergio auf, dass *sie* nicht dabei war. Isabella fehlte.

»Wo habt ihr denn eure Wortführerin gelassen?«

»Isabella? Die schläft noch«, bemerkte Fabiola.

»Um diese Zeit?«

»Nachtschicht.« Die Frauen tuschelten. Laura grinste frech und tauschte Blicke mit Erica. Marias Gesichtsausdruck hingegen blieb ernst. Sollte Isabella Sanchez Roca einen Freund haben, eine heimliche Liebe? *Juana de Arco grosera*, die eiserne Emanze. Das Thema interessierte ihn.

»Ihr wollt mich an der Nase herumführen, was? Wer ist denn der Kerl? Ist er von hier?«

Laura kicherte. Die anderen Frauen gaben sich desinteressiert, ließen dabei aber nichts durchsickern.

»Ist *privat*«, wies Erica ihn zurecht.

»Gut gut.« Sergio machte eine beschwichtigende Geste. »Geht mich ja auch nichts an. Wenn sie ausgeschlafen hat, solltet ihr nach ihr sehen. Wir haben die Tollwut im Dorf. Jemand hat gerade *Mord*shunger.«

»Willst du uns Angst machen? Wir können gut selbst auf uns aufpassen!« Eusebia baute sich selbstbewusst vor ihm auf und stemmte die Fäuste in die gut genährten Hüften. Die Diät, von der Jaime ihm Letztens berichtet hatte, schlug offenbar nicht richtig an.

»Das bezweifle ich nicht.« Tatsächlich hatte die Emanzipation auch ihre Vorzüge.

»Na dann. Schönen Tag noch«, rang er sich ein paar höfliche Abschiedsworte ab und trabte wie ein abgewiesener Bettler weiter.

»Ich habe etwas herausgefunden«, schleuderte Amanda ihm entgegen, als Sergio gerade durch die Tür trat.

Sie saß an seinem Schreibtisch und lehnte – mal wieder – über ihrem Tablet.

»Das ist nicht gut für deine Augen, wenn du den ganzen Tag auf dieses Ding starrst«, kritisierte er, während er seine Jacke an den Nagel hängte, den er am Morgen eigens zu diesem Zweck in die Wand geschlagen hatte. Wie gesagt, war Sergios handwerkliches Geschick nicht überragend. Für einen Nagel aber hatte es gerade so gereicht.

»Also was?«, fragte er, als er auf dem kürzlich erworbenen zweiten Stuhl neben seinem Schreibtisch saß (den Schreibtisch hatte sie belegt, wie gesagt).

»Es geht um den Blutfleck und das Verschwinden dieser Prostituierten.«

»Amalia. Ja?«

»Erstens Amalia Paltinera ist nicht ihr richtiger Name. Diesen Namen gibt es nicht. Das habe ich über ihr Profil im Internet herausgefunden. Ich bin den Daten, unter denen sie registriert ist, nachgegangen, um ihren Geburtsort zu recherchieren. Ohne Erfolg. Eine Amalia Paltinera ist nirgendwo registriert.«

»Vielleicht ist es eine Art Künstlername«, mutmaßte Sergio.

Amanda zog eine Braue hoch. »Künstlername? Ist nicht dein Ernst. Eine Prostituierte?! Also, da sehe ich keinen logischen Zusammenhang.«

Sergio fühlte sich irgendwie nicht ernst genommen, was möglicherweise aber auch mit der gerade erlebten Begegnung zusammenhing.

»Sie könnte ihre Privatsphäre schützen wollen, wer weiß. Also, lassen wir das mal so stehen. Was hast du denn noch herausgefunden?« Seine Stimme klang ungeduldig, was Amanda jedoch nicht im Entferntesten aus der Ruhe brachte.

»Interessant ist vor allem, was ich über den Freier herausgefunden habe. Diesen ominösen Maskierten.« Sie richtete sich etwas auf und sah Sergio geradewegs an.

Warum nicht gleich so.

»Wie du weißt, bieten Flora und Co. ihre Dienste im Internet an. Das Ganze läuft so: Die Freier melden sich auf einer Homepage an, wo ihre Daten abgefragt und registriert werden. Name,

Alter, Ausweisnummer und so weiter. Die Prostituierten haben einen *nickname*. Amalia heißt zum Beispiel AmaME und Flora BellA. Wenn die Freier ihre Wünsche geäußert haben, bekommen sie eine Zahlungsaufforderung. Sobald das erledigt ist, werden zwei Ident-Namen vergeben. Als Sicherheitscode. Einer für die Prostituierte, einer für den Freier. Das können zum Beispiel Städtenamen oder Namen von historischen Persönlichkeiten sein. Damit ist das Treffen arrangiert. Hört sich recht sicher an, oder? Aber es gibt einen Haken.«

»Welchen?«

»Rein theoretisch könnte der Ident-Name auch weitergegeben werden, an eine namenlose, unbekannte dritte Person. Somit wüsste die Prostituierte nicht, *wer* sie erwartet.«

»Wer hinter der Maske steckt«, führte Sergio Amandas Gedanken zu Ende. »*Madre de dios*, wir leben in verkorksten Zeiten. Wenn der Homo Erectus damals schon geahnt hätte, was ihn in Zukunft erwartet, wäre er vermutlich bei der Jagd geblieben.«

»Ja, bis ihn irgendein Urzeitreptil verspeist oder ein Meteorit erschlagen hätte. Das wärs dann gewesen mit der Menschheit.«

»Das ist der Lauf der Dinge. Aber *das* …?! Wo enden wir denn *damit*?!« Sergio tastete nach seinem Lavendelölfläschchen. »Aber gut, wenn wir schon so weit gekommen sind. Hast du seine Identität gecheckt? Die des Freiers, meine ich.« Er rieb sich ein paar Tropfen Öl hinters Ohr

»*Claro que sí*. Wir kommen zum interessanten Teil meiner Ergebnisse.«

»Lass hören!«

»Der Registrierte ist ein Ibrahim Fuentes. Oberschüler am Colegio San Antonio de Oviedo. Das ist die teure Privatschule bei Santa Barbara. Fuentes war gerade volljährig. Und … er war mit unserem Toten bekannt, Edwin Gallo. Sie kannten sich von der Schule. Wobei sie unterschiedliche Jahrgangsstufen besucht haben. Fuentes ging in eine höhere Klasse als Gallo.«

»War? Ging? Du sprichst in der Vergangenheit«, bemerkte Sergio.

»Fuentes ist verschwunden. Es muss in etwa zur gleichen Zeit gewesen sein, wie auch Edwin verschwand. Es wurde nur nicht gleich bemerkt. Seine Eltern leben in Bogotá. Der Lehrer hat sein Fehlen in der Schule auf einen Vorfall im Unterricht zurückgeführt und sich daher nicht gleich gewundert. Er hatte sich auch gescheut seine Eltern deswegen zu kontaktieren.«

»Was für ein Vorfall?«

»Ein Mitschüler hat ihn wegen seiner Homosexualität vor der Klasse bloßgestellt. Zum Entsetzen des Lehrers hat Fuentes selbstbewusst gekontert. Nachdem er, wie gesagt, daraufhin ein paar Tage nicht zum Unterricht erschien, zog der Lehrer selbst los, um nachzusehen, was mit seinem Schüler war. Da er ihn in seinem Zimmer, das er in der Nähe der Schule gemietet hatte nicht antraf, hat er sich dann erst bei der Polizei vor Ort gemeldet.«

»Und die haben es natürlich verschlampt, – klar, wenn er nicht von hier ist. Aber was ist mit Fuentes und Edwin? Beide …? Dann waren sie eventuell ein Paar?«

»Sieht ganz so aus. Zumindest hatte einer der Mitschüler das vor der Klasse behauptet, so sein Lehrer. Alcides heißt er übrigens, Rafaelo Alcides. Ich habe seine Telefonnummer.«

»Soweit fügt sich alles logisch ineinander. Aber warum geht er zu einer Hure, wenn er eigentlich auf Kerle steht?!« wunderte sich Sergio.

»Das ist nicht so ungewöhnlich. Manchmal wollen junge Männer auf diese Art ihre Neigung klären. Vielleicht hatte er gerade erst sein Coming Out.«

Amanda tippte mit ihren schmalen Fingern auf die Schreibtischplatte. Sie hatte noch mehr und offerierte ihr Wissen genüsslich in kleinen Häppchen. »Es ist ziemlich unwahrscheinlich, dass Fuentes unser Mann mit der Maske ist und wirklich selbst bei der Prostituierten war«, sagte sie.

»So. Warum?«

»Zu dem Zeitpunkt war er bereits verschwunden. Und wir wissen ja, was mit Edwin passiert ist.«

»Klingt gar nicht gut. Was willst du andeuten?«

»Alcides hat mir ein Klassenfoto geschickt, auf dem auch Ibrahim Fuentes zu sehen ist. Und jetzt halt dich fest!«

»Lass es raus.«

»Hier, schau es dir selbst an!«

»Amanda schob Sergio ihr *Tablet* hin. Ein Bild baute sich langsam darauf auf. Eine Gruppe von Schülern. Sie hatte das Bild bereits an einer Stelle vergrößert, damit Ibrahim im Fokus stand. Geschickt zog sie das Gesicht des jungen Mannes mit ihrem Finger nochmal in eine vergrößerte Perspektive. »Sieh dir das hier mal ganz genau an.« Sie deutete an sein Ohr.

Sergio kniff die Augenlider zusammen. Dabei war es bereits klar zu erkennen. »Der Ohrring, *increíble*! Dann haben wir hier unsere zweite Leiche.«

Sie zögerte, nickte dann aber bestätigend.

»Wenn Fuentes nicht bei Amalia war, weil er bereits das Zeitliche gesegnet hatte, dann hat jemand seine Daten verwendet. Jemand, möglicherweise der Mörder.«

»Der Mörder«, bestätigte Amanda.

»Na ja, sicher ist das nicht. Das Eine muss nicht zwangsläufig mit dem Anderen zu tun haben. Vielleicht verwischt der Täter auf diese Art nur seine Spuren. Wir wissen auch gar nicht, was mit Amalia ist.«

»Und der Blutfleck?«

»Hmn. Der Doktor soll die vorliegenden DN-Dingsda nochmal genau …«, er gestikulierte, »na, du weißt schon, was ich meine. Alles nochmal miteinander vergleichen. Irgendwas auch zum Vergleich aus der Wohnung dieses Schülers nehmen. Ein Haar oder so. Es gibt keine Übereinstimmung mit Amalias Blut. Flora scheidet auch aus. Aber das ist mir bisher alles zu dünn.«

Amanda zuckte mit den Schultern. »Dann also erst das Blut. Und die Leiche? Wo, glaubst du, ist diese zweite Leiche?«, fragte sie halb mit sich selbst redend.

Sergio reagierte nicht. Nachdenklich betrachtete er erneut das Bild mit dem Ohrring.

»Fahr am besten gleich zu Doktor Albién. Du müsstest aber einen *chiva* nehmen. Mein Wagen ist in der Werkstatt.«

Amanda rührte sich nicht vom Fleck. Ihrem Gesichtsausdruck war zu entnehmen, dass ihr das ganz und gar nicht passte.

»Wie gesagt, soll er die Daten auch mit dem Finger vergleichen. Ich schicke einen Beamten in die Wohnung von Fuentes wegen der Haarprobe. Und vielleicht kann Albién auch noch irgendwas darüber sagen, wo dieser Finger gelegen hat. Wenn er zu Ibrahim Fuentes gehört und das Blut auch, wissen wir sicher, dass er bei den Prostituierten war. Wenn nicht, wird er vermutlich auch irgendwann als zerstückelte Leiche auftauchen.«

Amanda versuchte cool zu bleiben, was ihr nicht ganz gelang. Sergios Worte ließen sie erschaudern.

VIER

Der Comisario hatte sich am frühen Abend mit Arturo im Macondo verabredet. Als er die Bar betrat, hockte Arturo bereits da, schlürfte zusammen mit Jaime, dessen neusten Peru-Import – *Chicha*.

Beim Betreten der Bar stellte er mit Erstaunen eine Veränderung fest. Der ohnehin nicht sonderlich große Raum war in der Mitte durchbrochen. Eine Art Paravent, schwarz mit Rosenmuster – ohne Zweifel aus Eusebias Bestand – teilte ihn in zwei Teile. Im hinteren Bereich, so konnte man gerade noch erkennen, waren Stühle aufgestellt.

»Was ist denn hier los?«, wollte Sergio wissen, nachdem er die beiden Männer begrüßt hatte.

Jaime drehte sich zur Seite. »Frauenangelegenheiten«, bemerkte er. »Sie wollen eine Versammlung abhalten. Gegen sieben. Ich habe ihnen angeboten, dass sie den hinteren Teil des Raumes benutzen können.«

»Dann müssen wir hier also zusammenrücken?!« Sergio war wenig begeistert.

»Das kriegen wir schon hin«, räumte Arturo gutgelaunt ein. »Lass sie nur.«

»Es ist nur für heute. Für diese eine Versammlung«, rechtfertigte sich Jaime.

»Reichts nicht, wenn sie sich in den eigenen vier Wänden breitmachen.« Sergio musste an Amanda denken, die derzeit fast vollständig seinen Schreibtisch in Beschlag genommen hatte. Gutmütig wie er war, hatte er sie gelassen.

»Es ist eine Ausnahme«, warf Jaime ein. »Solange bis sie einen geeigneten Versammlungsraum gefunden haben.«

»Und was verhandeln sie?«

»Sie arbeiten an einer wirkungsvollen Maßnahme zur Eindämmung alles Männlichen«, interpretierte Arturo augenzwinkernd. »Schau sie dir an, das sind echte Guerilleras.«

»So, das findest du lustig. Ich würde vermuten, sie wollen uns auf die Finger schauen. Warum ausgerechnet hier?! Gehts ihnen nicht um den Kampf gegen den Machísmo? Ich zitiere nur die Sánchez.«

Jaime zuckte mit den Schultern. »Nennt es wie ihr wollt. Ich finde nichts Schlimmes daran. Sie haben Bedürfnisse, sie treten für ihre Rechte ein. Das sollte man unterstützen.«

»Schlägst du dich jetzt auf ihre Seite? Jaime, der Frauenversteher.«

Arturo amüsierte Sergios Gereiztheit. »Da wir gerade über Frauen sprechen«, versuchte er das Thema in eine andere Richtung zu bringen, »ich habe da etwas herausgefunden.«

»Danke, mein Bedarf an Neuigkeiten ist für heute gedeckt.«

Jaime hielt die Flasche *Chicha* in der Hand und wollte Sergio gerade einschenken.

»*Carajo,* schon wieder diese peruanische Pisse! Hast du nichts anderes?«, erregte er sich. Der Wirt ließ sich nicht beirren und schenkte trotzdem nach. »Das hier ist reiner und hat weniger Promille. Du solltest auf deinen Blutdruck achten, Serg.«

»Du redest ja schon wie deine Frau. Gibs zu, du wirst das Zeug nicht los. Oder hat es vielleicht schon das Verfallsdatum überschritten.«

»Mir schmeckts.« Arturo hob sein Glas und grinste.

Sergio nippte derweil nur an seinem, stellte es gleich wieder ab. »Also. Was war das jetzt mit deiner Neuigkeit?«

»Ich war bei Santorini.«

Jaime kümmerte sich gerade um neue Kundschaft. Arturo und Sergio blieben allein zurück. Arturo drehte sich so zu Sergio, dass er den Rest der Bar im Rücken hatte. Es musste ja nicht jeder mitbekommen, worüber sie sprachen.

»Edwin Gallo war in Homosexuellen-Kreisen unterwegs.«

»Ja, das habe ich heute schon gehört.«

»Du hast auch mit Santorini gesprochen?«

»Nein, meine Assistentin hat das recherchiert.«

»Ach, deine Assistentin«, wiederholte Arturo gedehnt und spielte mit dem Glas in seiner Hand. »Wenn du mich fragst, der

Mann wirkt als hätte er Angst. Santorini und Gallo haben in ähnlichen Kreisen verkehrt.«

»Das liegt wohl nahe. Und ich verstehe, dass er unruhig wird. So wie es aussieht, gibt es noch eine zweite Leiche. Ein weiterer Schüler vom San Antonio de Oviedo wird vermisst, ein Ibrahim Fuentes. Aus Bogotá. Hast du den Namen schon mal gehört?«

»Nein.«

»Möglicherweise war er der Freier bei Amalia. Er hatte sie über das Internet gebucht. Allerdings galt er zu dem Zeitpunkt schon als vermisst. Wir wissen es also nicht. Ich habe einen Beamten in seine Wohnung geschickt. Zur Spurensicherung. Falls er bei den Prostituierten war, müssten wir was zum Abgleich finden. Vielleicht sogar diese Maske. Eventuell war er mit Edwin liiert.«

»Und dann bucht er eine Prostituierte?«

»Es kann auch alles nur so aussehen sollen als ob, quasi als Tarnung.«

»Verstehe. Und jetzt? Willst du die Leiche suchen? Oder abwarten, bis die sie ebenfalls per Kurier verschickt wird?«

»Spaßig finde ich das nicht. Und ich bezweifle, dass derjenige ein Interesse daran hat, die Leiche nach Bógota zu verschicken.«

»Klingt alles nicht gut.«

Jaime erschien mit einem Telefonhörer in der Hand und mischte sich unerwartet in das Gespräch ein. »Die weiß genau, wo sie dich findet«, bemerkte er augenzwinkernd und deutete zu dem Hörer. »Es ist Amanda.«

Warum rief sie ihn im Macondo an, ärgerte er sich und erinnerte sich gleichzeitig daran, dass sie ihm vor zwei Tagen ein Mobiltelefon besorgt hatte, damit er besser erreichbar sei. Sergio hatte es noch nicht einmal ausgepackt, geschweige denn mehr als das.

»Ja?«, fragte er nicht ganz so forsch in den Hörer. »Wo steckst du und warum ist das Mobiltelefon ausgeschaltet?«

»Hört sich fast an, als wären wir verheiratet«, wetterte er zurück.

Amüsiert verfolgte Arturo die Konversation.

»Wir haben eine weitere Leiche«, kam sie ohne Umschweife auf den Punkt.

»Fuentes?«

»Nein. Die Leiche ist weiblich.«

»Weiblich …??!« Das war ein Schock. Sergio dachte augenblicklich an Amalia. »Wer … WER verdammt?«, drängelte er.

»Die Sanchez.«

Es war nicht Amalia. Gut. Aus irgendeinem Grund aber versetzten ihre Worte ihn dennoch in Panik. Er malte sich gerade den Moment aus, wenn die Frauen davon Wind bekamen, dass es ihre *Anführerin* erwischt hatte. In einer halben Stunde würden sie ihre Sitzung abhalten und umgehend das Macondo stürmen, sollten sie jetzt auch noch erfahren, was passiert war. Sergio sah ein düsteres Szenario auf sich zukommen.

»Also?«, insistierte Amanda.

»Bin gleich da.« Sichtlich aufgewühlt legte er das Mobiltelefon beiseite.

»Ist was passiert?«, fragte Jaime, der natürlich die Ohren gespitzt hatte.

»Ach …« Der Wirt würde es noch früh genug erfahren. Ein Auflauf der Frauen war um jeden Preis zu verhindern.

Sergio erhob sich, nachdem er Jaime das Telefon zurückgeben hatte. »*Pues*, ich muss dann. Die Pflicht ruft.«

Arturo quittierte Sergios plötzlichen Aufbruch mit fragendem Blick.

»Wenn du nichts anderes vorhast, darfst du mich begleiten«, flüsterte der Comisario ihm zu, als Jaime wieder anderweitig beschäftigt war. Eine Erklärung sollte er unterwegs erhalten.

Der Comisario hastete im Eiltempo über die *plaza*. Arturo versuchte mit Mühe Schritt zu halten.

»Serg, was ist los?«

Sie passierten die Kathedrale San Bernardino. Das Haus von Isabella lag in der Straße, in der auch Jaime wohnte. Eusebia kam gerade aus dem Haus.

Schnell zog der Comisario Arturo in eine Seitenstraße.

»Kannst du mir mal sagen, was das soll? Was ist denn passiert? Warum müssen wir uns hier wie Diebe verstecken?«

»Eine Leiche«, flüsterte Sergio, »wir haben *noch* eine Leiche. Die Sánchez ist ermordet worden. Wenn die Frauen das jetzt mitbekommen, ist der Teufel los. Die schlagen augenblicklich Alarm und dann habe ich die komplette Meute am Hals.«

»Die Sánchez?! *Miercoles!* Ist der Gerichtsmediziner schon vor Ort?«

»Der kommt aus Tres Marias. Das kann dauern.«

»Wenn du willst, schieße ich ein paar Fotos. Natürlich für rein polizeiliche Zwecke«, schlug Arturo vor. »Ich drucke nur ab, was du für die Presse freigibst.«

Eusebia war mittlerweile verschwunden und Sergio hastete weiter. »Gut. Wir werden sehen.«

Das Haus, in dem Isabella wohnte, wirkte von außen nüchtern und farblos. Ein Polizeiwagen stand mit etwas Abstand zum Gebäude unter einer schiefen Palme.

Im zweiten Stock trafen die Männer auf zwei Polizeibeamte und eine blasse Amanda.«

»Wo ist sie?«, war Sergios erste Frage, nachdem sie die beiden Beamten begrüßt hatten.

Amanda deutete stumm die Richtung. »Der Mörder hat erst zugestochen. Dann hat er sie enthauptet.« Sie würgte.

»Zerstückelt?«

»Nein, der Rest ist noch dran. Abgesehen vom Kopf. Wie gesagt …« Amanda fasste sich an die Kehle, als würde sie keine Luft bekommen.

»Ich gehe mal vor die Tür.« Sie deutete Richtung Balkon.

Sergio betrat das Wohnzimmer.

»Es ist ein grausiger Anblick, Señor Comisario«, überfiel ihn der jüngere der beiden Beamten. Der andere nickte zustimmend.

In der Küche deutete zunächst nicht viel auf ein Verbrechen. Die Stühle standen an Ort und Stelle. Kaum benutztes Geschirr. Nur eine geöffnete Schaumweinflasche. Zwei Gläser, unbenutzt. Ein Strauß Rosen in einer Vase. Es roch nach Fisch.

»Sie liegt dort drüben, hinter der Tür«, bemerkte der ältere Beamte.

Sergio ging ein paar Schritte in die angedeutete Richtung, öffnete vorsichtig die Tür und zog den Vorhang, der die Speisekammer abtrennte zur Seite.

Dort lag der leblose Körper. Ein Stück Fleisch.

Fassungslos starrte Sergio auf den Klumpen am Boden. Ihm wurde übel. Dabei hatte er gleichzeitig ihre Stimme im Ohr, sah sie leibhaftig im Gewühl vor Marias Geschäft stehen, wie sie sich vor den anderen Frauen aufgebaut hatte. Wie grausam das Leben doch sein konnte. Wie erbarmungslos und rachsüchtig – auch wenn es nur die Sanchez war. Die Art wie man sie zugerichtet hatte, kein menschliches Wesen hatte das verdient. Es erschütterte ihn jedes Mal aufs Neue, dem Tod auf diese Weise zu begegnen.

Sergio trat an das Regal heran. Neben Maismehl, Reis, einem halb ausgenommenen Tintenfisch, getrocknetem Koriander, Pfeffer und anderen Gewürzen, lag Isabellas Kopf. Die Augen starr. Das Haar wild zerzaust und blutverschmiert.

»Er ist aufgehalten worden«, stellte er leise und sich mühevoll beherrschend fest. »Er wollte sie sicher komplett zerlegen und in der Vorratskammer deponieren.«

Arturo, der mittlerweile ebenfalls die Küche betreten hatte, drehte sich abrupt weg, als er den Kopf entdeckte.

»Wer macht sowas?«, fragte er angewidert.

»Ein wütender Liebhaber? Eher nicht. Der Mörder muss höhere Motive gehabt haben.«

»Eifersucht ist schon ein ziemlich unberechenbares Motiv.«

Schweigend betrachteten sie ihre nähere Umgebung. Jeder sah dabei in eine andere Richtung. Sergio hatte noch immer das Regal im Visier. Der starre Ausdruck auf Isabellas Gesicht, ließ ihn nicht los. Arturo nahm bereits die restliche Umgebung in Augenschein, ging die Küche ab und schoss ein paar Fotos.

»Ich sehe mal nach deiner Assistentin«, bemerkte er, nachdem er genug hatte.

»Ist gut.«

Sergio blieb mit den beiden Beamten zurück. Der jüngere der beiden betrachtete gerade die unberührte Schaumweinflasche; der andere baute sich mit verschränkten Armen neben Sergio auf. »Böse Geschichte«, bemerkte er. »Sie war eine echte Aufrührerin, habe ich mir sagen lassen.«

Sergio reagierte nicht. Er hatte etwas am Boden entdeckt. »Er hat sie auf den Tisch gezerrt«, schlussfolgerte er.

»Woran siehst du das?«

»Hier, diese Schleifspuren führen zum Tisch. Fassen Sie hier bitte nichts an. Es müssen Fingerabdrücke gesichert werden. Wenn er sie auf dem Tisch genommen hat, müssen dort Spuren von ihm zu finden sein.«

»Aha. Na, das ist eine Theorie. Du meinst, der hat sie gebumst? *Die*, wo die doch so eine hysterische Zicke war.«

»Soll vorkommen. Auch bei hysterischen Zicken«, brummte Sergio.

»Interessant.«

»Und die Flasche bitte auch nicht anfassen«, forderte er den anderen Beamten auf. »Das soll der Gerichtsmediziner mitnehmen. Der kommt gleich. Später.«

»Später«, wiederholte der ältere der beiden Beamten, der gerade noch neben Sergio gestanden hatte. »Später fangen die Leichen an zu schimmeln. Dann kommen die Motten und Aasgeier.« Er starrte Sergio von der Seite an. »Wir kennen uns doch. Tres Marias? Damals, dieser tote Arzt. Wie hieß er doch?«

»Pañol.«

»Richtig, Doktor Pañol. Die Leiche in Tres Marias«, fiel ihm wieder ein. »Fabulos, stimmts? Comisario Fabulos.«

Sergio reagierte nicht. Er kniete am Boden, versuchte dort etwas zu erkennen. Er hatte den Typ schon beim letzten Mal nicht ausstehen können. Rigoberto Sotas und sein jüngerer Kollege Raúl Acevedo gehörten nicht zur schnellen Truppe.

»Wie siehts im Schlafzimmer aus?«, wandte Sergio sich an den jüngeren Kollegen, der sich dort bereits umgesehen hatte. »Schuhabdrücke? Irgendwelche Hinweise?«

»Nichts«, bemerkte Acevedo, der gerade das Waschbecken inspizierte. »Auch keine Tatwaffe. Die hat er wohl anderweitig entsorgt.«

Der korpulente Sotas machte keine Anstalten weiter nach Spuren zu suchen. Träge lehnte er sich gegen die Wand, sah seinem Kollegen bei der Arbeit zu.

»So, da hat die sich hier ficken lassen. Obwohl sie da draußen ihre Kampfansage an die Männer machte«, gab er seinen Senf dennoch dazu.

»Das muss nicht zwangsläufig freiwillig gewesen sein«, bemerkte Sergio bissig.

»Ach so. Na, so eine wie *die*. Die wird sich wohl auch kaum freiwillig nehmen lassen.«

»Zum Spekulieren sind wir nicht hier. Aber Klugscheißer kennen sich bekanntlich immer besser aus«, giftete der Comisario.

Sotas zuckte. Die Botschaft war angekommen. Plötzlich blieb es still in besagter Ecke.

Acevedo beförderte, mit einer Plastiktüte behandschuht, die er sich über die Finger gestülpt hatte, Gegenstände in eine Tüte.

»Das hier sollte für Obduktionszwecke reichen. Wer bringt die Leiche in die Gerichtsmedizin?«

»Gute Frage. Personell sind wir zurzeit nicht gerade üppig aufgestellt. Sie und Ihr Kollege könnten da mit Hand anlegen, sobald der Gerichtsmediziner kommt«, schlug Sergio vor.

Sotas schien nicht sonderlich begeistert.

»In Ordnung«, bestätigte Acevedo.

»Aber schön vorsichtig.« Der Comisario inspizierte noch einmal die Tür und den Eingangsbereich. Dann ließ er die beiden allein, schlug den Weg Richtung Balkon ein.

Arturo hatte seine Jacke um Amandas Schultern gelegt, als Sergio den Balkon betrat. Blass sah sie aus. »Es ist ihr erster Tatort«, erklärte er für sie. Amanda bewegte sich nicht vom Fleck, stand stocksteif da.

»Und es wird nicht der letzte sein«, fügte Sergio hinzu. Er lehnte sich neben Arturo an das Balkoneisengeländer.

Das vorherrschende Schweigen war Ausdruck tiefer Betroffenheit. Respekt vor dem Tod; Respekt *ihr* gegenüber, die das Leben gerade im Kampf verloren hatte. Wie auch immer. Arturo sah auf die Straße hinab. Als läge dort unten die Antwort auf alle ungestellten Fragen. Fragen, die den dreien gerade durch den Kopf spukten. Wer tat etwas derart Abartiges? Und vor allem warum?

»Ob es mit diesem Frauending zusammenhängt? Warum die Sánchez?«, sprach Arturo seinen Gedanken als erster aus. »Und warum hat sie ihrem Mörder die Tür geöffnet? Sie hat ihn gekannt.«

»Das wird sie uns nicht mehr verraten«, erwiderte Sergio. Arturos Blick folgte den Mücken, die um das Geländer kreisten.

»Aber vermutlich ja – sie hat den Kerl gekannt«, fuhr Sergio fort. »Sie hat ihn erwartet. Wozu sonst die Blumen und der Schaumwein? Die wollte tatsächlich ... vögeln. Dann aber muss die Situation irgendwie entgleist sein. Vielleicht hat sie einen ihrer Sprüche losgelassen und ihn damit in Rage gebracht.«

»Oder er ist bereits mit der Absicht gekommen, ihr etwas anzutun«, mischte Amanda sich ein.

»Er hat sie sich gezielt als Opfer ausgesucht und sich zu diesem Zweck an sie rangeschmissen? Möglich.« Arturo zog ein nachdenkliches Gesicht.

Wieder schwiegen sie. Auch Amanda starrte jetzt zu den Mücken. Sergio untersuchte seine Jacke nach Lavendelöl, wurde nach kurzem Herumtasten fündig. Er schraubte das Fläschchen auf und rieb sich ein paar Tropfen hinters Ohr.

»Und das hilft?«, wollte Amanda wissen, die ihn aus dem Augenwinkel beobachtete.

»Hmn«, brummte er, anstatt einer Antwort, und steckte das Fläschchen gleich wieder weg.

»Du hast doch den Gerichtsmediziner verständigt, oder?«, kam er unvermittelt zum Thema zurück.

»Er war der Erste«, bestätigte sie erneut.

»Gut. Wer hat eigentlich die Leiche gefunden?«, kam Sergio plötzlich eine Frage in den Sinn, die bisher noch keiner gestellt oder beantwortet hatte.

»Die Nachbarin. Sie gießt die Blumen, wenn die Sánchez Nachtschicht hat. Sie ist über achtzig und leicht verwirrt. In der Nacht hat sie Stimmen gehört, sagt sie.«

»Stimmen? Vom nächtlichen Besucher?«

»Das konnte sie nicht genau sagen.«

»Vermutlich hat sie geträumt. Oder ihre Katze gehört. Wenn sie nicht auch noch halb taub ist.«

»Der Schreck schafft es schon mal, dass einem die Sprache wegbleibt«, bemerkte Amanda tadelnd.

»Gut, gut«, räumte Sergio ein, und verkniff sich, was er noch sagen wollte.

Arturo fischte eine Zigarettenschachtel aus seiner Jackentasche.

»Noch jemand?«, fragte er mit der geöffneten Schachtel in der Hand, an die beiden anderen gerichtet.

»Nein, danke«, lehnte Amanda ab. Der Comisario machte ebenfalls eine ablehnende Geste.

»Was machen wir jetzt«, überlegte sie, »warten bis der Gerichtsmediziner kommt?«

»Da müssen wir vermutlich noch etwas Geduld aufbringen.«

»Also?«, wollte jetzt auch Arturo wissen.

»Du gehst nach Hause«, bestimmte Sergio, an Amanda gerichtet. »Der erste Tatort live dabei, das muss du erst mal verdauen. Leg dich hin und schlaf dich aus.«

Amanda war sichtlich irritiert. »Schlafen?! Und ihr?«

»Wir schauen uns nochmal um, machen Fotos – und so. Was man eben macht. An einem Tatort.«

Amanda verschränkte die Arme und funkelte ihn an. Er wollte sie loswerden, das war es! Die Fakten besprechen; alles Wesentliche nur unter Männern. Und am besten noch im Macondo. Sie fühlte sich ausgegrenzt. Klar, konnte sie offen protestieren, – rebellieren. Aber sie würden sie vermutlich belächeln. Sie waren zu zweit. Also schwieg sie, ließ ihre Rebellion im Inneren rumoren. Ihr würde schon noch eine Strategie einfallen, wie sie es den beiden zeigen konnte.

Arturo beobachtete sie von der Seite. Sie war ihm irgendwie zu jung für *das hier*. Der Rauch seiner Zigarette stieg in den Himmel, glich einem Nebel der Verwirrung. Die Mücken hatten es schwer sich darin zu orientieren.

»Sergio hat recht«, argumentierte er ruhig. »Du solltest das erst mal verarbeiten. Das war schon recht viel heute. Wenn du möchtest, bringe ich dich nach Hause.«

Eine Weile sah sie von einem zum anderen. Die Wut kochte erneut hoch. Natürlich hielten die Kerle zusammen. Sie war nur Assistentin, Mädchen für alles. Nicht mehr, nicht weniger. Das Ruder hatten die Männer in der Hand. Auch wenn sie in ein paar Semestern Juristin wäre. *Carajo*, dachte sie; jetzt einen lauten Fluch loslassen, ganz so wie Isabella.

»Also?«, hakte Arturo nach.

»*No gracias*«, fauchte sie. »Den Weg nach Hause finde ich schon allein. Ich brauche keinen Babysitter!«

Sergio fand es charmant, wenn sie aufbegehrte oder ihre Krallen ausfuhr. Sie hatte Persönlichkeit. Er erinnerte sich daran, wie sie die Motorhaube geöffnet und lässig ihren Kaugummi um das defekte Kabel geklebt hatte. *Diese* Amanda kannte Arturo noch nicht. Er aber kannte sie. Er wusste wozu sie fähig war. Sie hatte bereits einen Teil seines Eigenbrötler-Egos eingeweicht. Ob und wie weit ihm das schmeckte, wusste er noch nicht. In jedem Fall musste er vorsichtig sein.

Amanda wandte sich abrupt ab. Demonstrativ drehte sie sich zum Gehen, warf dabei ihre langen Ponyfransen zur Seite. Sie war geladen. »Na, dann *buenas noches!* Ab ins Bett. Wie sich das für Mädchen meines Alters gehört«, schmetterte sie und hastete an den beiden vorbei. An der Tür drehte sie sich nochmal um. »Ich hoffe nur, dass euch der Schnaps gehörig zu den Ohren herauskommt!«, pfefferte sie und rauschte durch die geöffnete Balkontür davon. Weg war sie.

Sergio und Arturo sahen ihr verdattert nach.

»Donnerwetter«, wunderte sich der Comisario.

»Nicht schlecht!«, staunte Arturo.

»Kapriziös«, stellte Sergio fest. »Sieht aus, als wäre sie irgendwie sauer.«

FÜNF

Wenig später waren Arturo und Sergio auf dem Weg zum Macondo. Amandas Verhalten ging Sergio noch durch den Kopf, als die Bar gerade vor ihnen auftauchte. In dem Augenblick fielen *sie* ihm auch wieder ein, – die Frauen. Doch da war es bereits zu spät zur Umkehr.

Die Möbel standen so dicht zusammengerückt, dass es fast kein Durchkommen gab. Das gewohnte Gewusel wurde von den Stimmen wild durcheinander schnatternder Frauen unterbrochen. Ein echtes Ärgernis.

Der Aufregung nach zu urteilen, hatte die Neuigkeit bereits die Runde gemacht. Jaime zog ein leidiges Gesicht, als die beiden Männer durch die Tür traten.

»Na, hier ist ja was los«, stellte Arturo fest.

»Ihr seid offensichtlich schon auf dem neuesten Stand«, vermutete Sergio, nachdem Arturo ihnen zwei Barhocker gesichert hatte.

»Du bist hier in Callín. Gebetet wird in der Kirche nicht. Nicht unter den Augen des Dämons Amelie-Inés, die sie verraten könnte. Und sie müssen doch irgendwo hin«, jammerte Jaime.

»Jeder Ort hat seine Bestimmung. Und man kann die Gewohnheiten anderer nicht einfach ignorieren. Aber das Macondo und die Kirche haben ohnehin nichts miteinander zu tun. Wenn man mal davon absieht, dass Ersteres seit Neuestem ein Versammlungsort für den gesellschaftlichen Umbruch zu sein scheint.«

Jaime hatte den Vorwurf herausgehört. »Wäre es dir lieber den Barhocker mit dem ELN zu teilen?« Er war wütend. »Mit denen an einem Tisch zu sitzen, die da draußen den Bauern die Waffe an die Stirn drücken, wenn sie ihnen nicht liefern, was sie wollen. Koka.«

»So, soll ich dir noch danken, dass du für uns die bessere Alternative gewählt hast. MADRE!« Sergio schlug mit der flachen

Hand auf die Theke. »Gib mir Promille, *por favor,* bevor ich noch weiter drüber nachdenken muss.«

Arturo warf Jaime einen beschwichtigenden Blick zu.

Skeptisch beäugte der Journalist das Vorgehen in der anderen Hälfte des Raumes. Der blumige Paravent als Raumteiler in der Mitte erfüllte kaum seinen Zweck.

So wie es aussah, hatte man Erica Gallo zur neuen Sprecherin erkoren. Sie stand in der Mitte, umringt von den anderen Frauen, die sich auf zwei Tische verteilt hatten. Ein paar Wenige standen im Hintergrund. Darunter auch Maria, die ihrer Schwester aufmunternd zunickte.

Ausgerechnet Erica, dachte Sergio. Schon wieder so eine eingefleischte Emanze und Außenseiterin. Sie würde ihre Aufgabe schwerlich mit der erforderlichen Autorität erfüllen.

Die Frauen verbreiteten eine Unruhe, dass man erwartete, jemand erhob die Stimme und sprach ein Machtwort. Jemand mit dem Organ einer Isabella Sánchez. Erica aber gestikulierte nur, ganz ohne dabei großen Elan zu entfalten. Sie hatte sich die Aufgabe nicht einmal selbst ausgesucht.

Die Stimmen der Frauen durchdrangen mittlerweile auch den vorderen Teil der Bar, den Teil, der von den Männern bevölkert wurde, und dort verstummten die Gespräche. Irritiert, genervt sah man in die andere Richtung. Neugierige Blicke waren auch darunter.

»SILENCIO POR FAVOR!!«, brüllte Sergio plötzlich und mit hochrotem Kopf durch den Raum. »Ja, sind wir denn im HÜHNERSTALL, CARAJO!!!«

Schlagartig wurde es still. Ein paar Frauen sahen erschrocken rüber. Andere tuscheln. Laura Rojas kicherte, wie sie es immer tat – mit ihrer Mädchenstimme.

Geht doch, dachte der Comisario, der aufgrund der durchschlagenden Kraft seiner eigenen Stimme innerlich nachbebte. Dabei ging ihm Isabellas anhaltendes Gezeter dennoch nicht aus dem Kopf. Egal wie tot sie auch war, noch immer erwartete er ihre hallenden Widerworte. Diese blieben jedoch aus.

Nach einer Weile, die die Stille in Form von Getuschel angehalten hatte, fing es langsam wieder an lauter zu werden. Man konnte einfach nicht flüsternd diskutieren. Allerdings musste *frau* sich auch unweigerlich fragten, ob sie den richtigen Versammlungsort gewählt hatten. Aber egal. Am Ende herrschte wieder das gleiche Durcheinander, wie kurz zuvor.

Verwundert registrierte Sergio den dreisten Egoismus, mit welchem die Frauen zur Tagesordnung übergingen. Die Kaltblütigkeit, die sie angesichts der Todesumstände ihrer Anführerin zum Ausdruck brachten. Wo war ihr Respekt?!

»Keine Chance«, lachte Arturo. »Da musst du schon mit einer ganzen Armee anrücken, die für Ruhe sorgt.

»Du glaubst, es ist normal, dass man sein eigenes Wort nicht versteht? Was denken die sich?! Wenn sie Frauenrechte wollen, gut. Aber sie sollen dabei verdammt nochmal nicht vergessen, dass sie nicht allein auf der Welt sind!«

»Du kannst ja einen Verweis aussprechen«, witzelte Arturo.

»Auf keinen Fall«, widersprach Jaime. »Meine Frau ist auch dabei. Da würde der Haussegen schief hängen. Was er ohnehin schon tut. Noch mehr geht nicht.«

»Eusebia?«, wunderte sich Arturo. »Will sie sich scheiden lassen?«

»So weit sind wir noch nicht. Aber sie redet kaum noch mit mir, interessiert sich nur für ihren Kram. Dieses Diätzeug und ihre Treffen mit den Frauen.«

»Und deshalb lässt du sie im Macondo antanzen? Damit du sie unter Kontrolle hast?« Sergio war in Streitlaune.

Jaime kochte. Normalerweise brachte ihn so schnell nichts aus der Ruhe. Der Wirt war im Allgemeinen ein ausgesprochen genügsamer Mensch. Jetzt gerade aber fing er an rot zu sehen. Wütend warf er das Geschirrtuch beiseite.

»Jaí, was ist los, lässt du sie jetzt den Tyrannen spielen? Einmal die Hand ausgestreckt, ist gleich der ganze Arm weg. So sind die Frauen.«

»Du schwingst hier Reden über Frauen. Dabei hast du nicht mal eine. Deine ist dir weggelaufen!«

»Und?! Glaubst du mit den Prostituierten ist das so viel anders. Aber was kümmerts mich, ich lasse mir nicht den Arm abnehmen.«

»Eben. Es kümmert dich nicht. Du holst dir nur das, was *du* brauchst, machst es dir bequem. Der Rest interessiert dich nicht.«

»Willst du mir sagen, ich würde die Frauen ausnutzen? Ich kümmere mich immerhin um ihren Lebensunterhalt! Wenn ich nicht wie du im heiligen Hafen der Ehe vor Anker liege, ist das *mein* Problem.«

Statt einer Antwort drehte Jaime sich weg.

»Sags mir nur, sags mir ins Gesicht, dass du mich für einen Schlappschwanz hältst, weil ich keine Frau an der Kette habe.«

Arturo verschränkte die Arme. Ihn amüsierte das Wortgefecht der beiden.

»Du musst nur den Mund zuhause aufmachen, Jaí, das ist alles.«

»Das sagst *du*. Hättest du nur einmal bei Mélia die Klappe aufgemacht und ihr gesagt, was sie von dir hören wollte, sie wäre dir nicht weggelaufen!«

Das traf ins Schwarze. Bei der Erwähnung des Namens seiner Exfrau, verstummte Sergio. Jaime hatte einen wunden Punkt getroffen.

Arturo bemerkte das Abdriften des Streites und griff schnell ein. »Frauen. Kniffliges Thema. Felicia macht schon seit Jahren ihr Ding. Da darf ich mich nicht einmischen. Wir tauschen uns lediglich aus. Dabei ... denkt nicht, dass das immer konfliktfrei abläuft. Nein. Wenn ich doch mal anfange ihr reinzureden, zeigt sie mir sofort die rote Karte. Sie redet mir umgekehrt auch nicht rein. Es gibt sowas wie ein persönliches Revier. Das muss man akzeptieren. Vielleicht hat Eusebia das gerade entdeckt. Aber es wäre trotzdem besser, wenn sie ihre Treffen woanders abhielten. So kommt man sich nicht in die Quere. Und du musst auch nicht ständig alles mitbekommen, was sie so treibt. Das ist auch nicht in ihrem Sinne, glaub mir. Es verbessert eure Beziehung nicht. So gesehen hat Sergio nicht ganz unrecht.«

Jaime schwieg. Sergio fühlte sich nur zum Teil bestätigt. Etwas gärte weiter in ihm.

»Aber mal was anderes«, wechselte Arturo das Thema. »Wie haben sie denn im ersten Moment auf den Tod von Isabella reagiert? Wer hat das überhaupt hier verbreitet?«

Jaime starrte in eine andere Richtung, ohne zu reagieren. Ein unmissverständliches Zeichen.

»Du warst es also«, deutete Arturo die Reaktion des Wirtes.

»Und woher hast du das schon wieder?!« Sergio baute sich erneut auf.

»Die Nichte von Isabellas Nachbarin hats erzählt. Erica saß mit Laura an der Bar. Die haben auf die anderen gewartet und es natürlich mitbekommen. Was darauf hier los war, könnt ihr euch denken. Mittlerweile haben sie sich wieder beruhigt. Sie wollen Plakate aufhängen.«

»Plakate?« Sergios Stirn stand in Falten.

»Wenn sie Aufmerksamkeit und etwas bewegen wollen, sollten sie besser zum Radio gehen. Oder einen Aufruf im Internet starten«, überlegte Arturo.

»Ach wo. Sowas brauchen die nicht. Was sie brauchen ist eine ordentliche Wortführerin. Erica ist vollkommen ungeeignet«, kritisierte Sergio.

»Und wen schlägst du an ihrer Stelle vor?«, fragte Arturo.

»Eine Frau mit Bildung. Eine, die sich auch mit Argumenten durchsetzen kann und nicht nur, indem sie hysterisch rumbrüllt. Das käme entschieden besser an.«

»Denkst du …« Arturo dämmerte, worauf er hinauswollte.

»Eine, die mit moderner Technik umgehen kann.«

»Du willst tatsächlich deine Assistentin einspannen. Was ist dein Plan, *señor comisario*, willst du die Frauen aushorchen lassen? Wegen des Mordes an Isabella?«

»Man könnte doch das eine mit dem anderen verbinden. Amanda hat studiert und sie macht einen guten Job. Für dieses Frauending wäre sie doch die ideale Kandidatin.«

»Du willst sie spionieren lassen?«

»Glaubst du denn, dass der Mörder hier aus dem Ort kommt? Der hockt vielleicht auch noch hier in meiner Bar.« Jaime zog die Brauen hoch und ließ den Blick flüchtig durch den Raum

schweifen. »Zerstückelte Leichen. Und der Täter? Ist es ein und dieselbe Person? Oder mehrere Täter? Was glaubt ihr?«
»Was wir glauben ist Ermittlerwissen; daher unter Verschluss.«
»Liegt doch nahe«, überging Arturo Sergios Kommentar, »wenn du mich fragst. Laut Santorini hat diese flüchtige FARC-Kommandantin bei den *compañeros* vom anderen Ufer Zuflucht gesucht.«
»Und die haben sich möglicherweise mit den Kampfemanzen verständigt, den Guerilleras«, fügte Sergio hinzu.
»Wer weiß. Vielleicht stecken sie gar unter einer Decke. Übrigens, ich soll dich vom Bürgermeister grüßen.«
»Schönen Dank auch«, bemerkte Sergio zynisch, starrte dabei nachdenklich auf seine Füße. Grundsätzlich hatte er nichts gegen Santorini. Gut, rechthaberisch war er und nicht immer der Zuverlässigste. Darüber hinaus aber … Im Prinzip war es auch vollkommen egal, von welchem Ufer er war.

Jaime nutzte den Moment und mogelte unbemerkt die *Chicha*-Flasche hervor. Noch bevor Sergio aus seinen Gedanken wiederaufgetaucht war, hatte er das Glas bis zum Rand gefüllt.

»Und was hat er sonst noch so erzählt, unser schöner Grieche?« Sergio griff geistesabwesend zu seinem Glas, betrachtete nachdenklich den Schaum, der sich an der Oberfläche gebildet hatte.

»Wie gesagt, wir bewegen uns im Milieu. Santorini wirkt auf mich etwas mitgenommen, was er natürlich zu überspielen versucht. Vielleicht solltest du ihn unter Polizeischutz stellen.«

»Von welchem Geld? Und woher nehme ich ordentliches Personal? Das Budget hat er selbst eingestampft.«

Jaime wischte mit dem Lappen über die Theke, verfolgte dabei aufmerksam, wie das Glas *Chicha* in Sergios Hand sich langsam seinen Lippen näherte. Schließlich trank er. *Wunderbar*, dachte der Wirt triumphierend.

Der Geräuschpegel lag mittlerweile im Grenzbereich. Die Kluft zwischen dem männlichen und dem weiblichen Lager übertrug sich quasi durch die Luft.

»*Madre de dios*, was für ein Weiberladen, war Sergios schlechte Laune bald wieder da. »Das ist ja kaum auszuhalten«, erregte er sich. »Die haben noch nicht kapiert, dass sie hier nur geduldete Gäste sind. Wenn du da nicht eingreifst, Jaí, tanzen die dir auf der Nase rum.«

»Das lass mal meine Sorge sein«, entgegnete der Wirt gelassen. »Wie man Forderungen formuliert, müssen die noch lernen. Mit dem Geschnatter wird das nur definitiv nichts. Wenn du willst, mach ich noch mal ´ne Ansage.« Sergio leerte das Glas in einem Zug und stellte es geräuschvoll ab.

Jaime zog heimlich die nächste Flasche hervor.

»Mach nur. Du kannst es ja doch nicht lassen.«

SECHS

Am nächsten Tag lag ein neuer Bericht von Albién auf Sergios Schreibtisch. Das Blut auf Floras Perserteppich stammte nicht von Ibrahim Fuentes. Ebenso wenig hatte man eine Maske in dessen Wohnung gefunden. Die neuen Ergebnisse machten Sergios noch kurz zuvor – spontan – eingeleitete Hausdurchsuchungsaktion, eigentlich sinnlos. Dennoch hielt er daran fest. Zielobjekt sollte noch einmal Floras Wohnung sein. Arturo und auch die beiden Beamten Acevedo und Sotas waren mit von der Partie. Auf ein amtliches Dokument wurde verzichtet, das fraß nur unnötig Zeit. Auch wenn Amanda bereits alles veranlasst hatte. Bis die letzte Unterschrift erteilt wäre, konnte es bereits eine neue Leiche geben. So lange durfte nicht sinnlos Zeit verstreichen, was auch in Floras Interesse sein musste.

Über Nacht war Sergio der Gedanke gekommen bei Flora anzufangen. Die zweite Leiche konnte schließlich überall sein; eine vergessene Kühltruhe in einer dunklen Abstellkammer. Zum Beispiel. Möglich, dass sie beim letzten Mal etwas übersehen hatten.

Durch die neuen Erkenntnisse allerdings, fühlte er sich erst einmal in seinem Elan gebremst.

Etwa eine halbe Stunde, nachdem Sergio bereits vor Ort eingetroffen war, stand Arturo mit den beiden Beamten in der Tür. Sotas hatte nicht auf sein Frühstück verzichten wollen, weshalb man auf ihn warten musste.

Nach Sergios Kurzeinweisung verteilten sich die drei auf die verschiedenen Wohnräume. Anschließend durchstreifte der Comisario mit den beiden Beamten Treppenhaus und Patio des Hauses, während Arturo alles genau dokumentierte.

Gegen Mittag traf man sich zur Zwischenbilanz. Die langen Gesichter bezeugten das erschütternd magere Resultat der Aktion. Außer Nippes und Prostituiertenutensilien wie Handschellen, Strumpfbänder, Liebeskugeln, hatte keiner etwas Brauchbares zutage befördert.

»Habt ihr auch die Beete vorm Haus unter die Lupe genommen?«, fragte Sergio.

»Du willst, dass wir graben?« Die beiden Beamten tauschten irritierte Blicke aus.«

»Na ja, nicht so direkt. Man sieht ja, wenn irgendwo was aufgewühlt wurde.« Sotas vergrub die Hände in den Hosentaschen und machte einen Buckel. Acevedo sagte nichts.

Arturo stand etwas abseits und hatte sich eine Zigarette angezündet. Dabei zog er gerade sein Mobiltelefon aus der Hemdtasche und tippte Felicias Nummer ein.

In genau diesem Moment erschien Flora mit zwei Einkaufstüten auf der Bildfläche. Sie war zurechtgemacht, als käme sie nicht vom Einkauf, sondern vom Ball der einsamen Herzen.

»Das ist ungeheuerlich!«, wetterte sie und presste ihre Fäuste mit den Tüten in den lila Glitzerstoff ihres engen Kleides und die gut genährten Hüften.

»Was denn?« Sergio war es gewohnt, dass Flora einem ihre Laune ins Gesicht klatschte. Und es war nicht davon auszugehen, dass die Hausdurchsuchung ihr wirklich schmeckte.

»*Das hier* habe ich gerade vor der Haustür gefunden.« Sie zog etwas aus einer Tüte, hielt es ihm entgegen. Ein dicker Umschlag, adressiert an Flora Morales. Sie hatte ihn bereits geöffnet.

»*Carajo*, warum hast du nicht gewartet?!«

»Was weiß denn ich, was da drin ist. Werbung, hab ich gedacht.«

»Und, was ist drin?«, wollte Sergio wissen.

»Siehs dir an!«

Er kam ihrer Aufforderung nach und zog den Inhalt heraus. Interessiert studierte er das Gefundene. »Fotos?«

»Fotos von *ihr*, Amalia. Jemand hat sie fotografiert. Heimlich. Stell dir das vor!« Sie zog ein empörtes Gesicht.

»Hmn.« Er durchblätterte die Bilder. Auf den Fotos war Amalia mal sehr nah, mal aus der Entfernung zu erkennen. Auf einem Bild lag sie mit Bademantel und Sonnenbrille in einem Liegestuhl. Offensichtlich schlief sie. Derjenige, der sie fotografiert hatte, war sehr nah an sie herangetreten. Fast sah es aus, als hätte er unmittelbar vor ihr gestanden.

»Weißt du, wo das ist?«, fragte Sergio. »Kommt dir irgendwas auf den Bildern bekannt vor?«

Flora blätterte alle Aufnahmen noch einmal durch. »Nein, keine Ahnung. Man sieht ja auch kaum was von dort. Der Hintergrund ist ziemlich unscharf. Das ich sicher Absicht.«

»Wenigstens wissen wir jetzt, dass es ihr gut geht.« Er befühlte den Umschlag erneut. Da war noch mehr. Er tauchte seine Hand hinein, zog etwas heraus.

»Was ist das? Plastik. Eine Karte. Aber wofür?«, wunderte sich Flora.

»Das ist ein USB-Stick. Man kann diesen Teil hier umknicken.« Sergio zeigte ihr, was er meinte. »Hast du einen PC zum Abspielen?«

»Klar.« Sie deutete den beiden ihr zu folgen.

In ihrem Schlafzimmer stand ein kleiner Laptop auf ihrem Schminktisch. Sie klappte ihn auf, steckte den USB Stick hinein.

Neugierig verfolgten Arturo und Sergio, was sich auf dem Bildschirm tat.

»Da ist ein Film abgespeichert«, stellte Arturo fest.

Ehe Sergio reagieren konnte, hatte Arturo bereits auf die Abspieltaste geklickt. Gespannt starrten alle auf den Bildschirm. Sergio verschränkte die Arme und beobachtete das Geschehen über Arturos Schultern hinweg.

Der Film startete recht wackelig. Nur wenige Sekunden lang war Amalia aus der Ferne zu sehen. Dann brach die Szene ab, eine andere folgte.

»Was ist das?!« Sergio rückte noch näher an Arturo heran, beugte sich über ihn.

Die Kamera fokussierte etwas am Boden. Baumwolle oder Leinen; ein Sack wie man ihn für den Transport von Rohrzucker, Kaffee oder Matetee verwendete. Eine behandschuhte Hand war zu sehen, hantierte mit einem Strick und verschloss den Sack damit. Dann wurde das Ganze erneut wackelig. Die Szene kam in Bewegung. Es war schwierig noch etwas zu erkennen. Man hörte nur Schritte, Rascheln ... Schließlich wurde es komplett dunkel. Die Szene brach erneut ab.

Nach ein paar Sekunden Schwärze ging es weiter. Das Kamerabild schweifte jetzt über freies Gelände, eine Tür geriet in den Fokus.

»Das ist ja ...« Sergio war entsetzt. Er erkannte das Haus. »Nein, das glaube ich jetzt nicht. Das ...«

Der Kameraführende kannte sich offensichtlich aus. Wieder erschien die behandschuhte Hand im Bild. Der dazugehörige Arm blieb jedoch ein vager Schatten. Die Person (zu der Hand) wühlte in einer randvoll mit Briefen gefüllten Kiste, zog irgendwo einen Schlüssel heraus.

Arturo erkannte das Haus jetzt ebenfalls.

Die Tür wurde geöffnet. Undefinierbare Geräusche hörte man aus dem Hintergrund. Langsam tastete die Person sich weiter, Schritt für Schritt. Der Sack schleifte dabei über den Boden. Sergio erkannte das Treppenhaus und den Gang vor dem Raum des gerichtsmedizinischen Labors. Unten im Bild eingeblendet war die Uhrzeit. Zwei Uhr vierundzwanzig, mitten in der Nacht. Es war das Letzte, was der Film offenbarte. An dieser Stelle brach die Aufzeichnung ab.

»So«, stellte Arturo, nach einigen Sekunden Schweigens nüchtern fest, »das wars also. Und das soll uns etwas sagen?«

Sergio war leichenblass. Sein Verstand stellte augenblicklich den Zusammenhang her. Der Sack. Eine Leiche. – Amalia? Aber wäre das nicht zu einfach? Wollte derjenige nur bluffen?

»Wenn du weißt, *wo* das ist, stellt sich die Frage fast nicht mehr. Das ist das Gebäude des Gerichtsmediziners.«

»Ja, das habe ich auch schon erkannt. Ich war erst kürzlich wegen eines gerichtsmedizinischen Beitrags in der *Noticias de Callín* bei Albién. Schräger Vogel. Der wohnt tatsächlich mit seinen Leichen unter einem Dach.«

»Gezwungenermaßen. Glaubst du Santorini würde Gelder für ein Forensisches Labor in Callín lockermachen? Wir müssen sparen, so die Ansage. Dass Amanda und ich uns einen Schreibtisch teilen, kann man schon einen paradiesischen Zustand nennen.«

Arturo verzog keine Miene.

Flora war derweil in eine Art Schockstarre verfallen. Die gerade abgespielte Szene hatten ihr einen gehörigen Schreck eingejagt. »Glaubt ihr, das in dem Sack ist …?«

»NEIN!«, ließ Sergio sie den Satz nicht zu Ende sprechen. »Das wissen wir nicht. Da kann alles Mögliche drin sein. Aber ich kann mir auch nicht vorstellen, dass Albién selbst damit zu tun hat«, griff er einen anderen Gedanken auf. »Der schläft um diese Zeit tief und fest.«

»Dann ist jemand in die Gerichtsmedizin eingedrungen. Jemand, der sich dort auskennt«, vermutete Arturo.

»Man muss sich nicht mal auskennen. Du brauchst den Doktor nur heimlich zu beobachten. Das Haus liegt abgelegen. Wer Leichen dorthin transportiert, kann durchaus mitbekommen, wo er seinen Kram deponiert. Schlüssel, Post. Das ist alles andere als sicher. Und der Köter schaffts nicht mal das Bein zum Pinkeln zu heben, geschweige denn einen Einbrecher zu verjagen.«

»Wir sollten uns vergewissern, was in dem Sack ist«, sagte Arturo.

»Das ist eine Leiche, WAS DENN SONST!«, schrie Flora.

»Wir sollten seine Räumlichkeiten inspizieren«, mäßigte Sergio erneut.

»Inspizieren?! Und was ist mit mir? Bekomme ich jetzt Polizeischutz?« Flora war außer sich.

»Polizeischutz? Wofür? Nur weil irgendein Irrer dir so ein Filmchen schickt. Das ist Berufsrisiko. Kauf dir Gardinen.« Sergio hatte bei weitem besseres zu tun als Flora zu bewachen.

»Du spinnst wohl«, echauffierte sie sich. »Der Irre ist bestimmt der Mörder!«

»Da will uns vielleicht auch nur jemand an der Nase herumführen. Und was die Aufnahmen von Amalia betrifft: Solange wir nichts Handfestes haben, gehen wir davon aus, dass es sich um einen Spanner handelt.«

»Dann solltest du zügig was finden, Sergio Fabulos! Sonst gehe ich zum Bürgermeister. Ich bestehe auf Polizeischutz!« zeterte Flora weiter.

Verärgert und ratlos zugleich, sah Sergio zu Arturo. Dieser zuckte nur mit den Schultern.

Als sie draußen auf der Straße standen, bemerkte der Journalist: »Das bist du nicht gerade diplomatisch angegangen. Floras Sorge ist ja nicht ganz unberechtigt. Das nächste Mal übernehme ich das mit dem Argumentieren. Glaub mir, darin habe ich Übung.«

»Meinetwegen.« Sergio war in Gedanken bereits woanders, hörte nicht wirklich zu.

»Gibts irgendwas Neues?« Mit dieser Frage stürzte der Comisario in sein Büro.

Amanda saß am Schreibtisch und sah nur kurz von ihrer Arbeit auf. Sie stapelte Akten.

»Wenn du dein Mobiltelefon eingeschaltet hättest, wärst du jetzt auf dem Laufenden«, stellte sie nüchtern fest.

»So«, murmelte er, »*pues qué*?«

»Vor nicht mal einer Minute hat Dr. Albién angerufen.«

»Albién? Und? Was hat er gesagt?«

»Er hat eine E-Mail mit einem Film bekommen.«

»Lass mich raten. Darauf zu sehen ist, wie jemand einen Sack in sein Haus schafft. Sehr wahrscheinlich mit einer Leiche darin.«

Für einen Augenblick hielt sie in ihrer Arbeit inne, sah ihn verwundert an. »Ach, du weißt es schon.«

»Flora hat den gleichen Film bekommen. Hat Albién noch etwas dazu gesagt?«

Amanda stapelte weiter Akten, gab sich kühl. Sie schien noch immer wegen der Szene vom Vortag sauer zu sein. »Er hat etwas gefunden, das zu dem Film passt.«

Ungeduldig starrte Sergio auf ihre Hände, die irgendwann ruhig auf dem Stapel lagen. »*Madre de dios*, geht das langsam. Was hat er denn jetzt gefunden? Eine Leiche?«

»… im Sack. Auf dem Seziertisch.«

»Eine zerlegte Leiche? WER ist es? Was hat er gesagt? Herrgott, muss ich dir alles aus der Nase ziehen.«

»*Ja*, ist die Antwort auf die erste Frage. *Frag ihn*, Frage zwei. Frage drei: *nicht viel*. Und Frage vier: *kannst du dir selbst beantworten*«, reagierte sie schnippisch.

»Na, geht doch. Das Letzte war übrigens keine Frage sondern eine Feststellung.«

Sie verdrehte die Augen.

Sergio sah an ihr vorbei, starrte ins Leere. Tatsächlich war er völlig von der Rolle. Blind tastete er nach seinem Lavendelöl in der Brusttasche. Als er feststellte, dass es dort nichts zu finden gab, richtete er sich ruckartig auf. »Verfluchter Mist!«, schimpfte er.

»Was denn?«

»Egal. Es ist der andere *Homo*, stimmts?«, fragte er, in der Hoffnung, dass sie zumindest das noch wusste.

»Die Leiche ist männlich.«

Ein erleichterter Seufzer entglitt ihm. »Also doch die Schwuchtel.«

»Homosexuelle sind keine schlechteren oder besseren Menschen, weißt du. Ebenso wie Frauen ein Recht auf eine eigene Meinung haben«, polterte sie plötzlich hocherregt.

Sergio wurde hellhörig.

»Du solltest deine Meinung langsam überdenken, Sergio Fabulos. Das neunzehnte Jahrhundert ist lange vorbei. Wir Frauen sind weder nur dekoratives Beiwerk, noch halten wir länger unsere Köpfe für eure idiotische Männersache hin, oder spielen Freiheitskämpferinnen für die FARC – für euch. Und verzichten dabei auf unsere Autonomie und Meinung. Frauen werden nicht dazu geboren, um ausschließlich für euch die Beine breit zu machen, für welchen Zweck auch immer!«

Sergio verschlug es die Sprache. Er musste unbeabsichtigt einen Nerv getroffen haben.

»Das mit den FARC habe ich mir nicht ausgedacht. Da beschimpfst du den Falschen. Aber wir wissen ja, dass sie gerade am Verhandlungstisch sitzen, um den großen Frieden zu beschließen. Demnächst müssen wir den Dankesgruß nach Kuba senden: *gracias señor comandante*«, spottete er. »Aber die kommen nicht ungeschoren davon. Unsere Liste lang. Viel zu lang, als dass man all das mit einer einfachen Unterschrift ausradieren könnte.«

Amanda stemmte die Fäuste in die Hüften. Hatte er ihr gar nicht zugehört, oder warum lenkte er derart vom Thema ab?!

»Ich rede nicht von den Opfern des Bürgerkrieges. Ich rede von …« Wütend stocherte sie mit den Händen in der Luft. »Ach, vergiss es einfach.«

»Vergessen? Warum?« Jetzt, wo sein Interesse geweckt war. »Ich habe schon verstanden, was du sagen willst«, räumte er ein. Und ich sage gar nicht, dass du unrecht hast. Das Eine ist genauso reif und überfällig wie das Andere. Und ich habe auch nichts gegen Homosexuelle. Ich meine, im Prinzip nicht.«

Amanda zeigte sich unbeeindruckt. »Die FARC-Kommandantin hat übrigens einen Namen«, klärte sie ihn unerwartet auf. »Semia Bátista.«

Sergio kam nicht so schnell mit. Sie wechselte das Thema wie es ihr passte. Den Namen hatte er zwar irgendwie aufgeschnappt, er löste jedoch keine große Reaktion in ihm aus.

An der Zimmerdecke krabbelte eine Spinne, was er eine Weile argwöhnisch beobachtete. »Ich unterstütze das auch nicht, was die FARC mit ihren Frauen machen«, redete er scheinbar zusammenhangslos weiter. »Wenn sie schwanger werden, haben sie ein Recht darauf ihr Kind auszutragen. Dass Frauen zur Abtreibung gezwungen werden, wie diese, hmn … Semia« – er hatte ihr tatsächlich zugehört – »nur damit sie schnell wieder an die Waffe können, halte ich für moralisch nicht vertretbar. Ich bin auf deiner Seite. Wirklich. Und …« er kämpfte mit sich, »du bist eine verdammt gute Assistentin. *Excelente!*« Er wich ihrem Blick aus. Sergio Fabulos eine Schmeichelei zu entlocken war eine Seltenheit. Vielleicht hatte auch der Wortwechsel mit Jaime einen Hebel bewegt. »Es gibt viel Arbeit und unter den gegebenen Umständen, ist mir eine tatkräftige Hand wie deine mehr als nützlich. Wie auch jede andere«, fügte er schnell hinzu, bevor sie realisierte, dass er ihr gerade ein Kompliment gemacht hatte. »Und da ist noch was. Diese Frauensache. Vielleicht kannst du da vermitteln. Du kannst das doch … reden, meine ich. Du hast studiert, du weißt wie man argumentiert.« Sergio gab sich alle

Mühe sich gewählt auszudrücken, um ihre Empfindungen nicht ein weiteres Mal zu verletzen. »Ich hätte da etwas für dich. Eine Aufgabe.«

»Was für eine Aufgabe?«

Er fühlte sich auf einmal klein, winzig – denn er brauchte sie. Was er sie keinesfalls allzu deutlich merken lassen durfte. Dann hätte sie ihn in der Hand.

»Jetzt sags schon. Soll ich sie bespitzeln?«

Amanda wusste natürlich Bescheid. Wie konnte er auch nur so dumm sein davon auszugehen, dass sie ihn nicht durchschaute.

»Isabella weilt ja nicht mehr unter uns. Beziehungsweise weilt sie nicht mehr unter den Frauen. Als Feldwebel. Sie haben ihr kraftvollstes Organ verloren und brauchen jetzt dringend ein neues, eine neue Fürsprecherin.«

»Die haben sie schon. Erica.«

»Ja, aber die taugt nichts.«

»Das sagst *du*. Haben sie *dich* nach deiner Meinung gefragt?«

»Die kriegt die Zähne nicht auseinander. Und wenn es um Rechte geht, muss man schon wissen, wovon man redet. Einfach nur irgendwas faseln, reicht da nicht. Man sollte sich schon etwas … hmn ja, artikulieren können.«

»Artikulieren?« Das musste ausgerechnet Sergio sagen. Amanda konnte sich ihr Schmunzeln nicht verkneifen.

»Im Klartext ausgedrückt: Du traust mir mehr zu als ihr?«

Jetzt hatte er sich wirklich reingeritten. Hilfesuchend glitt sein Blick Richtung Zimmerdecke, zu der Spinne. Diese webte eifrig ihr Netz. Bald schon würden sich darin ein halbes Dutzend hilflose Insekten verfangen.

»Der Punkt ist der, eine gewisse Sozialkompetenz ist in der Rolle einfach unablässig. Ich meine auch im Sinne der Dorfgemeinschaft gedacht«, wich er ihrer gestellten Frage aus. »Was hältst du davon, wenn du da mal die Führungsrolle übernimmst?«

»Ist das eine Art Beförderung? Und denkst du nicht, die Frauen müssten da ein Wörtchen mitreden? Du kannst doch nicht für sie die Personalauswahl treffen. Die wollen sich doch nicht irgendwen vor die Nase setzen lassen. Das wird demokratisch abgestimmt.«

»Frauendemokratisch? Mit Erica?! Wer hat denn die ausgesucht?! Das ist doch auf Marias Mist gewachsen, ihrer Schwester diesen *wichtigen* Posten zuzuschieben.«

»Wenn du mich von irgendwas überzeugen willst, Sergio Fabulos«, bemerkte Amanda spitz, »komm mir nicht mit solchen Argumenten. Wie auch immer es zu ihrer Entscheidung kam, da hast du dich nicht einzumischen. Das ist ihre Sache.«

»Na, dann ist es eben ihre Sache.« Er war kurz davor es aufzugeben. Dabei hatte er sich alle Mühe gegeben.

»Aber gut«, gab sie schließlich nach, als sie bemerkte, dass sie möglicherweise eine Chance vertat. »Wir versuchen das mal. Ich mische mich unter die Frauen und wir sehen, was ich so herausfinde.«

Sergio war erleichtert. Sturheit kannte er. Aus dieser Perspektive allerdings, war sie etwas ungewohnt. Aber immerhin, sie sprachen zumindest dieselbe Sprache.

SIEBEN

Nachdem Sergio den Wagen aus der Werkstatt geholt hatte, fuhr er zum Haus des Gerichtsmediziners. Es war später Nachmittag und er ging davon aus, dass Dr. Albién seine Siesta bereits beendet hatte.

Das Schlappohr lag an der gewohnten Stelle, als hätte es sich seit Tagen nicht vom Fleck bewegt. Beim Erscheinen eines Schattens erhob er kurz neugierig das Köpfchen, fiel aber gleich wieder in die gut bekannte Position und simulierte den Schlafenden.

Auch die Postkiste stand noch an derselben Stelle. Als wäre sie seid Sergios letztem Besuch nicht angerührt worden.

Der Comisario griff nach dem Türklopfer und ließ ihn schwungvoll gegen die Tür krachen.

Es dauerte eine Weile bis sich im Haus etwas tat. In der Erwartung Albiéns Kopf am Fenster zu entdecken, blickte Sergio nach oben.

Plötzlich erklang ein Geräusch unmittelbar neben ihm. Die Haustür öffnete sich quietschend und im Rahmen erschien der Gerichtsmediziner höchstpersönlich.

»Señor Comisario. Ich habe Sie erwartet.«

Sein Haar war erneut durchwühlt, als wäre er kurz zuvor erst in Seenot geraten.

»Wie stehen die Dinge in Callín?«

»Danke. Es lief schon besser.«

»Verstehe, die Leiche ... Diese neue Leiche, meine ich. Sie werden gleich alles erfahren. Folgen Sie mir.« Er hielt Sergio die Tür auf. Das Schlappohr quetschte seine Nase neugierig durch den Spalt, zog den Kopf aber gleich wieder weg, – kurz bevor die Tür hinter den beiden ins Schloss fiel.

Im Leichensaal roch es nach Desinfektionsmittel. Der Boden war frisch geputzt. Alles glänzte, als erwarte man Staatsbesuch.

Auf dem Leichentisch lag ein weißes Laken. Darunter befand sich das Grauen. Man konnte es deutlich riechen, auch wenn sich Albién die größte Mühe gegeben hatte, die grausamen Tatsachen zu *über*-desinfizieren.

»Lassen Sie uns zusammen analysieren, was ich herausgefunden habe. Das hier ist die Frau mit dem abgetrennten Kopf. Die andere Leiche ist dort hinten.« Der Rechtsmediziner deutete in eine Richtung, ging ein paar Schritte vor und schob einen, die Räumlichkeiten voneinander trennenden PVC-Vorhang beiseite, hinter dem sich ein zweiter Seziertisch befand. Sergio folgte ihm. Albién betätigte den Lichtschalter. Sofort setzte grelles Neonlicht den Mittelpunkt des Raumes in Szene.

Ganz oben auf dem Seziertisch lag der Sack aus der Videoaufnahme.

»Das habe ich heute Morgen so vorgefunden. Darin ist das, was von der Leiche noch übrig ist. Jemand muss hier eingedrungen sein. Die Tür stand offen. Es war alles vorbereitet, als erwarte man, dass ich mich gleich an die Arbeit mache. Der Tod ist schon vor einiger Zeit eingetreten. Dafür aber sind die Leichenteile noch recht gut erhalten. Sie müssen gekühlt gelagert worden sein. Zum Beispiel in einer Gefrierkühltruhe. Ich habe alles so gelassen. Sind Sie bereit?«

Sergios Hand wanderte instinktiv an seine Kehle, er unterdrückte ein Würgen.

»Es ist kein schöner Anblick. Der Mörder war wütend, hat drauflos gehackt wie ein Verrückter. Eine besonders üble Nummer.«

Er zog sich seine Latexhandschuhe an und öffnete den Sack, aus dem ein stechender Geruch aufstieg. Sergio wandte sich angewidert ab.

»Das ist ja …« Langsam drehte er sich wieder herum, warf einen vorsichtigen Blick in den Sack.

Albién hatte nicht untertrieben. Der Inhalt war mehr als gruselig. Das darin war kein Körper mehr. Das war wie beim Metzger.

Nachdem Sergio genug gesehen hatte, verschloss der Doktor alles wieder.

»Wut meinen Sie«, sagte er, nachdem er sich wieder halbwegs gefangen hatte. »Und wie lange ist das her?«

128

»Zwei Wochen.«

»Haben Sie Anhaltspunkte zur Tat? Wo ist es passiert?«

»Schwer zu sagen. Ich tippe aber auf ein Wohngebäude. Vielleicht zum Teil offen, wie ein Patio. Ein Ort, an dem nicht ständig geputzt wird. Ich konnte Staubmengen nachweisen, wie sie eher auf einem Hausflur vorkommen. Dort, wo viele Menschen vorbeikommen. Die Leiche wurde allerdings nicht am Tatort zerstückelt. Diese Säcke werden hier im Umkreis für den Transport von Reis oder Bohnen verwendet. Entweder hatte der Täter den Sack dabei oder es könnte ein Anhaltspunkt sein, denn auf jeden Fall hat er die Leiche schon vorher darin transportiert. Der Ohrring gehört übrigens zu dieser Leiche. Ebenso der Finger. Der Zeitpunkt des Todes könnte grob mit dem von Gallo übereinstimmen. Leider habe ich auch hier keine Fremd-DNA oder Ähnliches gefunden.«

»Zumindest die Identität wäre somit geklärt. Es ist Ibrahim.«

»Jemanden für die Identifizierung brauchen Sie mir nicht bringen. Das ist niemandem zuzumuten.«

Sergio nickte zustimmend. »Können Sie mehr zu dem Blut aus Floras Wohnung sagen? Es ist tatsächlich nicht das Blut von Ibrahim Fuentes?«

»Ich habe das nach dem letzten Bericht, den ich Ihnen geschickt habe nochmal überprüft. Um sicherzugehen. Und das zweite Ergebnis bestätigt leider das erste.«

»Daraus muss man dann wohl schließen, dass der Schüler nicht bei den Prostituierten war. Es gibt noch jemanden. Möglicherweise war unser Mörder …« Es fiel ihm schwer diese Option auszusprechen.

»Für Rückschlüsse sind Sie zuständig. Aber … ich habe noch ein paar Hinweise zu einem möglichen Zusammenhang mit den anderen beiden Morden für Sie.«

»Aha. Welche?«

»Die Vorgehensweise. Der Mörder hat seine Opfer jeweils mit gezielten Stichen in den Hals zuvor getötet. In allen Fällen wurde zuerst der Kopf abgetrennt. Vielleicht fühlte er sich beobachtet und wollte die Gesichter seiner Opfer nicht sehen. Womit er die Leichen zerstückelt hat, kann ich nur mutmaßen.

Ein Beil kommt weniger in Frage. Ein Schlachtermesser oder auch eine elektrische Säge. Es gibt Spuren von Metall, die beides belegen könnten. Was das betrifft sind wir nicht vollkommen sicher. Aufgrund der Zeit, die dazwischen liegt. Bei der Frau wurde der Mörder aufgehalten. So sieht es zumindest aus. Sie wurde brutal vergewaltigt. Dazu habe ich die DNA.«

»Sie könnten den Vergewaltiger anhand seiner DNA identifizieren?«

»Ja.«

»Na, das ist doch was«, freute sich Sergio.

»Ja und nein, wie gesagt. Der Vergewaltiger muss nicht zwangsläufig der Mörder sein. Sie ist in den Morgenstunden gestorben. Die Vergewaltigung würde ich auf einige Stunden davor datieren. Am späten Abend.«

»Ach, tatsächlich?« Seine Hoffnungen auf schnelle, aussichtsreiche Ergebnisse lösten sich gerade wieder in Luft auf.

»Er musste auch damit rechnen, dass man seine Spuren an ihr fand. Welcher Täter geht dieses Risiko ein?«

»Ein äußerst naiver.«

»Das ist hier nicht der Fall.«

Eine Weile standen beide da, blickten ratlos auf den Sack. Der Doktor hatte die Hände hinter dem Rücken gefaltet. Sergio kratzte sich nachdenklich am Kinn.

»Lassen Sie uns rübergehen. Zu der Frau«, schlug der Gerichtsmediziner schließlich vor und deutete die Richtung.

»Gut.«

Der Comisario ging vor. Albién folgte.

Vorsichtig zog der Mediziner das weiße Laken etwas beiseite. Er hatte den Kopf an der Stelle positioniert, wo er hingehörte. Somit sah sie nicht ganz so schaurig aus wie am Tag zuvor. Isabella wirkte fast so, als hätte sie sich nur den Hals gebrochen.

»Hat sie Angehörige in Callín? Vielleicht sollte jemand die Totenwache übernehmen.«

»Sie ist kinderlos, soweit ich weiß. Kein Mann. Bis auf der Typ, der bei ihr war. In *dieser* Nacht.«

»Wie ich an den Verletzungen erkenne, hat sie sich kaum gegen die Vergewaltigung gewehrt. Sie hat es, kann man fast sagen, über sich ergehen lassen«, gab Albién zu bedenken.

»Das klingt nicht nach Isabella Sánchez.«

Albién drehte ihren Kopf etwas. »Sehen Sie das hier, Señor Comisario, dieser Einschnitt am Hals? Auch sie ist erstochen worden. Oder sagen wir besser *ge*stochen – denn das ist das Sonderbare: Der Stich erfolgte post mortem. Gestorben ist sie durch eine Verletzung am Kopf. Hier. Sie ist auf etwas gefallen. Die Vergewaltigung fand im Liegen statt, auf dem Tisch vermutlich. Das sehe ich daran, an welchen Stellen er sie festgehalten hat. Wenn sie erst gegen Morgen gestürzt ist, war es möglicherweise auch ein Unfall.«

»Dann war es weit nach der Vergewaltigung und hat nichts mehr damit zu tun. Aber warum hätte er zustechen sollen, als sie bereits tot war?«

»Um die Tat mit den anderen Morden in Verbindung zu bringen.«

»Das bedeutet Täterwissen. Diese Details aber gingen noch nicht an die Presse. Glauben Sie wir haben einen neuen Täter?«

»Nicht unbedingt. Er kann in diesem Fall auch ohne eine Tötungsabsicht gekommen sein. Sein Hass richtet sich ja offensichtlich gegen eine Randgruppe. Wenn Sie ihre Wohnung nochmal durchsuchen?«

»Hmn. Viel mehr gibt es dort nicht zu holen. Ihr Bett war unbenutzt. Er könnte die ganze Zeit über da gewesen sein. Aber würde er das nach einer Vergewaltigung? Vielleicht bekam sie noch einmal Besuch.« Sergio wollte sich mit keinem seiner Gedanken richtig anfreunden.

»Es macht nicht viel Sinn, jemanden erst zu vergewaltigen und dann noch nett den Abend miteinander zu verbringen«, gab auch der Gerichtsmediziner zu Bedenken.

»Nein, zumal die Gläser unbenutzt waren.«

»Sie kann sie auch gespült haben.«

»Und den Schaumwein hat sie vergessen?«

Es gab kein wirkliches Weiterkommen. Albién beugte sich über die Leiche, als hoffe er, sie flüstere ihm etwas zu. Sergio hielt Abstand und hatte die Arme verschränkt.

»Er wurde beim Zerstückeln der Leiche aufgehalten«, vermutete der Gerichtsmediziner, als er sich wieder aufgerichtet hatte. »Also doch ein unerwarteter Besucher.«

Albién zuckte mit den Schultern.

Der Comisario betrachtete erneut das Gesicht der Toten. Vielleicht offenbarte ihr Ausdruck ihm noch irgendetwas. Isabella aber schwieg. Um ihre Lippen lag ein ungewohnt sanfter Zug, als hätte sie im letzten Augenblick völlig in sich geruht.

Sie würde das, was geschehen war mit sich ins Gab nehmen. Daran ließ sich nichts rütteln.

Sergio wandte sich ab und sah in eine andere Richtung. »Ibrahim Fuentes ist der Name der Leiche dort drüben. Ich werde die Eltern verständigen«, entschied er. »Sie leben in Bogotá. Auch wenn es eine Tortur für sie sein wird, wie Sie sagen. Das Gesetz will es so. Sie müssen ihren Sohn identifizieren und werden sich zu diesem Zweck direkt an Sie wenden. Einverstanden?«

»Gut.« Albién bedeckte die Leiche wieder. Dann streifte er sich die Latexhandschuhe ab.

»Haben Sie sich unter den Frauen umgehört? Mindestens eine von denen könnte doch wissen, mit wem sie so verkehrt hat«, kam er noch einmal auf Isabella zurück. »Für sich behalten hat die doch so gut wie nichts.« Der Mediziner verschränkte die Arme. »Aber gut. Ich möchte nicht die letzte Würde einer Toten beflecken.«

»Vor mir brauchen Sie sich nicht zu rechtfertigen. Ich bin kein Geistlicher. Erica Gallo hat bereits ihren Posten bei den Frauen bezogen, als Rednerin«, klärte Sergio ihn auf.

»Ich weiß. Gerissen hat sie sich nicht darum. Das weiß ich von Maria. Sie liefert mir gelegentlich Wein. Meine Frau lebt nicht mehr. Aber da wäre sie dabei gewesen. Eine Vorzeige-Feministin wäre sie gewesen.«

»Ja, die Frauen.« Nachdenklich blickte Sergio zu Boden. »Mein herzliches Beileid wegen Ihrer Frau.«

»Ach …« Er machte eine abwinkende Geste, »das ist zehn Jahre her. In zehn Jahren habe ich reichlich Ersatz gefunden. Unzählige Leichen, Bücher.« Er lachte. »Die erzählen eine Menge Geschichten.« Der Gerichtsmediziner zog den PVC-Vorhang zum Seziersaal wieder zu.

»Außer Leichen, habe ich aber auch noch einen guten chilenischen Tropfen im Keller. Wie wärs, gönnen wir uns ein Gläschen?«

Sergio überlegte kurz. Dabei sah er bereits Amandas funkelnden Augen.

»Warum nicht«, stimmte er spontan zu.

ACHT

»Señora Rodó aus Guajilín hat angerufen«, war die erste Neuigkeit, mit der Amanda ihn empfing.

»Felicia? Worum gehts?«

»Das musst du sie schon selbst fragen. Sie wartet auf deinen Rückruf.«

Als er saß, baute sie sich vor ihm auf, stemmte eine Faust in die Hüfte. Sergio sah zu ihr auf. Ihr Blick reizte, diese Mischung aus Koketterie, Unschuld und Liebreiz. Eine Mischung, die er sehr anziehend fand.

»Jetzt gib das Teil schon her!«, forderte sie ihn auf.

»Welches Teil?«

»*Carajo*, dein Mobiltelefon. Ich stelle es dir ein.«

Er fummelte verlegen in seiner Tasche herum, fand relativ schnell, was er suchte und reichte es ihr über den Tisch.

»Gut, und jetzt anrufen!« Sie deutete auf das andere Telefon auf dem Schreibtisch. »*Rápido!*«

Er gehorchte, als wäre er einzig und allein darauf programmiert Amandas Befehle entgegenzunehmen und auszuführen. Mechanisch griff er zum Hörer.

Kurz darauf hatte er Felicias Stimme im Ohr: »Felicia. Du hast angerufen, wurde mir ausgerichtet ...« Er schielte zu Amanda, zog dabei ein äußerst seriöses Gesicht. »Was gibs denn?«

»*Hola* Serg, Arturo ist nach Bógota gefahren. Heute Morgen. Es geht um die Friedensverhandlungen mit den FARC. Sie veranstalten eine größere Pressekonferenz. Außerdem ist Santos für den Friedensnobelpreis im Gespräch.« Sie stockte. »Das ist das Eine. Das Andere ...«

»Ja?«

»Ich habe hier seit gestern einen etwas merkwürdigen Gast im Hostal.« Sie flüsterte.

»Merkwürdige Gäste nerven, verstehe ich. Aber was habe ich damit zu tun?« Seine Stimme klang zunehmend ungeduldig. Er hatte genug zu tun und befürchtete unnötige Zusatzarbeit. Oft kam es vor, dass man ihn angesichts angeblicher seltsamer Vorkommnisse, Verdächtigungen oder völlig nichtiger Streitereien hinzurief. Das raubte Zeit.

»Es geht nicht darum, dass jemand randaliert oder sich nur auffällig verhält. Deswegen würde ich dich nicht anrufen.«

Sie konnte also Gedanken lesen.

»Weswegen dann?«

»Ich habe heute Morgen beim Reinigen seines Zimmers etwas gefunden. Eher zufällig, denn er hatte es unter dem Sessel versteckt.

»Was?«

»Eine Karnevalsmaske. Bis zum *Carneval de los Blancos y Negros* ist es aber noch etwas hin und wir haben auch keine anderen Veranstaltungen in der Gegend. Arturo erzählte mir von eurem Fall. Der Freier bei Flora und ihrer Mitbewohnerin.«

»Eine Karnevalsmaske? Das ist interessant. Etwa so eine mit vielen bunten Federn und einer großen Hakennase?«

»Ja, das passt. Er kann sie natürlich auch hier gekauft haben und sie ist ihm dann versehentlich unter den Sessel gerutscht. Ich dachte nur. Man muss wachsam sein. Das habe ich aus der letzten Geschichte mit der Entführung gelernt. Willst du sie dir eventuell mal ansehen? So ganz unauffällig, meine ich.«

Sergio hatte während Felicias Redefluss ungeduldig zugehört und auf seine Schuhspitzen gestarrt. Frauen konnten so unendlich viel drumherum reden. Dabei hätte ein Stichwort vollkommen gereicht: Maske mit Federn. Punkt.

»Also, was ist jetzt?«, drängelte sie auch noch, während er nachdachte. Er überlegte, ob es nicht besser wäre Amanda zu ihr zu schicken. Dann aber fiel sein Blick auf den Schreibtisch. Der Schreibtisch, der noch immer nicht seiner war. Sie hatte alles gründlich aufgeräumt und das Holz blitzblank geputzt. Sein Gesicht spiegelte sich fast darin. Was sonst noch dort gelegen hatte, war verschwunden und gegen einen simplen Notizblock und ihr Tablet eingetauscht worden. Der ungewohnte Anblick hatte etwas Ungemütliches.

»Also gut. Ich komme vorbei und schau mir das an.«

Als er den Hörer auflegte, bemerkte er wie Amanda seinen Handlungen mit neugierigen Blicken folgte.

»*Was* schaust du dir an?«, fragte sie gleich.

»Felicia hat eine Maske gefunden. Ich soll sie mir ansehen.«

»Die Maske des Freiers bei Flora Morales? Wenn du nach Guajilín fährst, könnte ich doch mitkommen. Ich meine nur, wenn du Fotos machen willst, das geht auch mit dem Mobiltelefon. Das hat eine Kamera.«

»Weiß ich doch«, erwiderte er.

Sie steckte ihre Hände in die Hosentaschen, wartete.

»Also gut. Für den Fall, dass ich vergessen sollte, wie es geht, habe ich dich als Gedächtnisstütze dabei. Und sollte der Wagen einen Aussetzer haben … kriechst du mal schnell unter die Motorhaube. *Carajo, que mujer!*«

Amanda lachte.

Es war fast dunkel, als sie in Guajilín ankamen.

Felicia war gerade mit der Tischdeko in der Cafetería beschäftigt. Sie hielt in ihrer Arbeit inne, als sie Amanda und Sergio durch die Tür treten sah.

»Felicia, *qué tal?*« Sie begrüßten sich mit Küsschen rechts und links. Dabei stellte er Amanda vor:»Amanda Crucello. Sie assistiert mir. Der heilige *Don* Javier hat sie mir geschickt.«

Felicia war Sergio Fabulos als bissig und eigen bekannt. Worin er in ihren Augen, die ideale Ergänzung zu Arturo war.

Die beiden Frauen umarmten sich ebenfalls zur Begrüßung.

»Der Gast ist gerade nicht da. Ich vermute er ist unterwegs. Guajilín hat touristisch zugelegt. Da ist er eine Weile beschäftigt. Wir können also auf sein Zimmer. Ich habe nichts angefasst. Folgt mir!« Felicia eilte bereits voraus.

Das Zimmer lag etwa auf der Mitte des Ganges im Erdgeschoss. Sie schloss die Tür auf.

Sergio und Amanda betraten das Zimmer nach ihr. Ein heller, freundlicher Raum mit roten Wänden und Holzmöbeln in einem Honigton. Das Bett war frisch gemacht und duftete nach blumigem Weichspüler. Es war unberührt. Einzig ein Buch lag auf dem Nachttischchen.

Amanda inspizierte den Titel. »Laura Esquivel. Der liest tatsächlich Liebesromane.«

»Hier«, Felicia deutete auf den Boden, »ich habe die Maske dort liegenlassen, damit er sie nicht wegräumt. Er hat sie wohl übersehen. Er ist sonst eher unauffällig, ein ruhiger und ordentlicher Gast.«

»Ja, ja, manchmal täuscht der erste Eindruck«, trällerte Amanda und ging zum Kleiderschrank, öffnete ihn.

Sergio inspizierte derweil die Maske. »Was für ein Kitsch. *Payazo, pájaro* – halb Clown, halb Vogel. Damit geht er zu einer Prostituierten! Ziemlich lächerlich.«

»Ein Clown, der Liebesromane liest«, kommentierte Amanda vom Kleiderschrank aus, »und außerdem Tarnanzüge der FARC trägt.«

»Ist nicht dein Ernst. Lass mal sehen.«

Amanda nahm besagten Tarnanzug aus dem Schrank.

»Das gibts doch nicht!« Wütend stemmte Felicia die Fäuste in die Hüften. »Der hat sich hier eingeschlichen!«

»Aber er scheint ja harmlos«, beschwichtigte Sergio. »Vielleicht ist er ein Abtrünniger.«

»Woraus schließt du das? Das Harmlose kann genauso gut Tarnung sein«, sagte Amanda.

»Er wäre trotzdem anders aufgetreten. Guerilleros in Tarnanzügen verstecken sich im Wald. Es sei denn sie haben einen Auftrag zu erledigen. Dann sind sie stolz, fühlen sich überaus wichtig«, bestätigte Felicia.

»Hat er sich mit irgendwem getroffen?«, unterbrach Sergio.

»Nicht, dass ich wüsste. Zumindest nicht hier. Was er tagsüber so treibt, weiß ich natürlich nicht. Ich spioniere meinen Gästen nicht hinterher. Aber ...«, ihr fiel noch etwas ein, »zwei Gäste haben sich kürzlich beim Frühstück über ihn unterhalten. Ich denke, dass er gemeint war. Sie haben ihn in der Homo-Bar gesehen. Die gibt es hier seit kurzem.«

»Homo-Bar?!« Sergio warf Amanda einen vielsagenden Blick zu. »Das scheint mir eine Art neuer Trend zu sein.«

Amanda stöberte weiter im Schrank. »Hier ist noch was ...«

»Was?«

»Schau mal hier, diese Tüte.« Sie zog den Inhalt der Tüte heraus. Zum Vorschein kam ein Hemd, das sie am Kragen festhielt und aufmerksam von beiden Seiten betrachtete.

»Da sind Blutflecken drauf«, entdeckte Sergio augenblicklich. »Das ist jetzt wirklich interessant.«

»*Er* war es also tatsächlich. Er war bei Amalia!«, fasste Amanda zusammen.

»Hast du gerade nicht zugehört. Er geht in die Homo-Bar.«

»Das hatten wir doch schon. Hat er vielleicht eine Verletzung?«, wandte sie sich an Felicia.

»Als er hier ankam, wollte er nur schnell ein Bett. Er wirkte sehr erschöpft. Mehr ist mir dabei nicht an ihm aufgefallen. Aber ich habe auch nicht auf alles so genau geachtet.«

»Also gut. Das reicht ohnehin, um ihn mitzunehmen. Wenn wir das Blut untersuchen lassen, wird sich schnell herausstellen, dass es seins ist. Es passt alles zusammen. Maske und Tüte mit Inhalt sind beschlagnahmt. Glaubst du, dass er bald zurück sein wird?«

»Falls ja – lasst uns lieber in die Cafetería gehen. Es wäre mir peinlich, wenn er uns hier erwischt.«

Sergio stimmte ihr zu und machte Amanda ein Zeichen das Gefundene, Maske und Hemd wieder einzupacken.

In der Cafetería hockten sie sich an einen Tisch.

»Was wollt ihr trinken?«, fragte Felicia.

»*Cerveza.*« Arturo hatte Sergio erzählt, dass Felicia hervorragendes Bier ausschenkte.

»Für dich auch?«, fragte sie an Amanda gerichtet.

»Aber klar.«

Es war bereits nach neun. Das Hostal wirkte auffallend ausgestorben.

»Was ist mit deinen Touristen? Gab es schon wieder irgendeinen Vorfall?«, wunderte sich Sergio.

»Zurzeit habe ich mehr Durchgangsreisende. Argentinier, Brasilianer, Peruaner ... Ab und zu auch mal US-Amerikaner oder Kanadier. Letzte Woche wurden zwei kanadische Studentinnen überfallen. Kameras und Mobiltelefone waren weg, weil sie angeblich – ohne es zu wissen – Fotos von einem FARC-Lager gemacht hatten. Nichts Dramatisches also. Ansonsten sind es eher die Touristen selbst, die auch mal Ärger machen. Manche von denen. Die, die nur herumtingeln und Drogen nehmen. Die versuchen schon mal ihr Zeug auch hier zu verkaufen. Wenn ich das mitbekomme, setze ich sie vor die Tür. Drogen gibt es in meinem Hostal nicht. Das bleibt sauber!«

»Hast du die Polizei wegen des Überfalls auf die Studentinnen informiert?«

»Die Polizei?! Machst du Witze? Nichts gegen deine Arbeit als Comisario, aber unsere beiden Dorf-*Sheriffs* hier ... Na, du kennst sie ja. Bis die sich in Bewegung setzen, habe ich längst selbst aufgeräumt.«

»So, du räumst hier auf.« Amanda lachte ihr sympathisches Lachen. Felicia, die Emanzipierte, die Umweltaktivistin.

»Wir haben hier unsere eigenen Gesetze. Mit den FARC gabs eine Vereinbarung. Das hat fast immer funktioniert. Wir werden sehen, was jetzt kommt; was mit dem neuen Frieden wird.«

Sie verschwand in der Küche, kam kurz darauf mit dem Bier zurück. »Jaime schenkt jetzt *Chicha* aus, habe ich gehört«, sagte sie, während sie die Getränke verteilte.

»Hat er sich aufschwatzen lassen. Wenn du mich fragst, will er nur sparen«, echauffierte sich Sergio.

»Jaime hat es raus. Egal was er den Leuten vorsetzt, sie trinken es. Einfach weil es Jaime ist, – und rechnen kann er. Aber hier in Guajilín ist seit kurzem auch was los«, rührte Felicia die touristische Werbetrommel. »Ihr glaubt nicht, was wir hier jetzt für Restaurants haben ...« Felicia hatte den Eingangsbereich die ganze Zeit aufmerksam im Auge behalten. Gerade trat jemand durch die Tür. »Seht nicht hin. Das ist er«, flüsterte sie.

Sergio sah natürlich hin. Wenn auch einigermaßen unauffällig. »Den kenne ich«, flüsterte er zurück. »Fragt sich nur ... woher.« Er drehte sich zu Amanda.

139

Der Neuankömmling war etwa Anfang dreißig. Mittelgroß, gepflegtes Äußeres.

Felicia ging ihrem Gast entgegen.

»Bier in großer Runde?«, lud der Comisario aus der Ferne ein, hob dabei sein Bierglas – für den Fall, dass der Mann ihn nicht verstanden hatte. Amanda war entsetzt.

Der Angesprochene reagierte mit Verzögerung, entdeckte den besetzten Tisch gerade erst.

»Hier ist noch Platz.« Sergio winkte ihn heran. Amanda gab ihm einen Tritt unter dem Tisch.

»*Buenas noches.* Ist das eine Einladung?« Zögernd näherte er sich. Felicia war mit ihm gekommen. »Ich hole dann mal Nachschub«, kündigte sie an, räumte ein paar Gläser ab und machte sich erneut auf den Weg in die Küche.

Unschlüssig sah der Unbekannte von einem zum anderen. Aus der Nähe betrachtet, wirkte er noch jünger als auf den ersten Blick. Schmale Schultern, schlaksige Figur. Sein schwarzes glattes Haar fiel ihm leicht strähnig ins Gesicht. Ein Gesicht, das im Prinzip ganz hübsch war. Mit großen grünbraunen Augen, dichten dunklen Augenbrauen, langen Wimpern und einem Grübchen im Kinn.

Er war offensichtlich nicht auf Gesellschaft aus. Nach kurzem Überlegen aber kam er dennoch der Aufforderung nach und setzte sich mit an den Tisch, – um, wie es schien, nicht unhöflich zu wirken.

»Victor Villas y Meriles«, stellte er sich vor.

»*Villas y Meriles? Que nombre!*«, stieß Sergio aus.

»Das ist Spanisch.«

»So hört sich das an. Hilf mir, woher kennen wir uns?«

»Ich glaube nicht, dass wir uns kennen, wüsste nicht woher.«

Sergio ließ sich nicht einfach so abspeisen. Diese Gebärden, wo hatte er den Typ schon gesehen?

»Sie sind Freunde von Señora Rodó?«, fragte der andere, nach wie vor distanziert.

»Comisario Fabulos aus Callín«, stellte Sergio sich vor. »Das ist Amanda Crucello, angehende Staatsanwältin.« Jetzt hatte er einen Titel für sie; auch wenn es vielleicht etwas hochgegriffen war. Amanda zuckte überrascht mit den Lidern.

Er schob seinen Dienstausweis, der nicht gerade im besten Zustand war, über den Tisch.

Villas y Meriles versteinerte für einen Augenblick, weshalb Sergio sich beeilte den Ausweis wieder einzustecken.

»Wir trinken ein Bier, mehr nicht. Es sei denn …« Manchmal packte ihn die spontane Lust am Fabulieren, und dieser Name inspirierte ihn. »Ob Vogel oder Mensch; Villas oder Meriles – oder auch Villas *y* Meriles, es gibt ein paar Fragen, die diesen Tisch bewegen. Diese Fragen bewegen sich insbesondere um die Dinge *unter* diesem Tisch.« Dezent deutete er nach unten.

»Ja …?« Der Mann begriff natürlich nicht. Er hielt Sergios Wortspiel für einen Scherz und überlegte gerade, ob er lachen sollte.

Sergio schnippte mit den Fingern, worauf Amanda die Tüte mit den beschlagnahmten Beweisstücken hervorzauberte und auf den Tisch legte. Sie zog Hemd und Maske heraus und breitete beides sorgfältig auf der Tischplatte aus.

»Da läuft der Hase lang«, lauerte Sergio.

Victor Villas y Meriles Gesichtsausdruck veränderte sich. Leichte Röte trat ihm auf die Wangen. Passend dazu setzte er seinen Rehblick auf.

»Blut in ähnlichen Mengen haben wir in der Wohnung von Flora Morales gefunden. Du erinnerst dich, dass du einen vergnüglichen Nachmittag mit Amalia hattest?«

»Ich? Aa-a-ch … nein«, stotterte er.

»Nicht? War er nicht vergnüglich? Warum?« Sergio musterte ihn von der Seite. Wo hatte er den Kerl schon gesehen? Die Antwort war greifbar; gleich hatte er sie.

»Es war anders. Und Amalia ist auch nicht ihr richtiger Name«, begann der andere zu erzählen.

In Gedanken befand sich der Comisario plötzlich bei einer Szene, die sich unverhofft erneut vor ihm aufbaute. Eine Szene, die sich unmittelbar nach der Besichtigung von Edwins Leiche abgespielt hatte. Im Büro des Bürgermeisters.

»Sie ist eine ehemalige FARC-Kommandantin und wegen ihrer Schwangerschaft flüchtig. Ihr richtiger Name ist Semia Bátista.«

»Und du treibst es eigentlich nicht mit Frauen«, unterbrach Sergio ihn völlig unzusammenhängend.

»Was tut das zur Sache, mit wem ich …? Das ist meine Angelegenheit.«

Der Comisario hob ergeben die Hände.

»Sie schnüffeln ungefragt in meinen Sachen?! Dafür brauchen Sie eine Durchsuchungserlaubnis.«

»Nicht bei Gefahr im Verzug.«

»Gefahr im Verzug?! Das ist ja wohl ein Witz!«

Felicia kam mit dem Bier.

»Es geht um das Blut? Oder worum geht es?«, fragte er.

»Es geht um das Verschwinden einer Prostituierten. Es geht um Blut auf Flora Morales edlem Perserteppich und es geht um drei Leichen, beziehungsweise die Einzelteile dreier Leichen.«

»Das ist jetzt nicht Ihr Ernst. Sie wollen mich tatsächlich zum Mörder machen. Wissen Sie, was Sie da sagen?! Mit den Leichen habe ich nichts zu tun!!« Villas y Meriles war hoch erregt.

»Aber mit dem Blut schon?«, fragte Amanda betont sanft. »Und was sagtest du gerade zu dem Namen?«, hakte sie nach. Somit hatte er Zeit sich wieder zu beruhigen. »Die Prostituierte war nicht Amalia Paltinera?«

Sergio realisierte gerade erst die neuen Fakten. »Bitte nochmal … Amalia ist nicht Amalia?!«

»Nein. Sie heißt Semia Bátista. Den anderen Namen hat sie verwendet um unterzutauchen.«

Sergio war aufgewühlt. »Unterzutauchen, weil sie Angst hatte die FARC würden sie sonst zur Abtreibung zwingen?«

»Das Leben bei den FARC ist nichts für ein Kind. Als Kommandantin hat sie sich dem Kampf verpflichtet. Sie kann keine Guerillera sein, wenn sie vorangig stillen oder Windeln wechseln muss.«

»Deswegen tritt man ihr einfach mal in den Bauch, oder …«

»Sie hat MIR in den Bauch *gestochen*«, empörte er sich.

»Daher das Blut? Sie hat sich verteidigt, weil sie dich erkannt hat. Dich und deine Absichten. Du solltest sie zurückholen, stimmts? Seit wann rekrutieren die FARC eigentlich Pussis? Habt ihr nicht mehr genug Nachwuchs, oder sollen die Schwanzlutscher jetzt die Frauenquote aufwerten?«

Amanda stieß Sergio mit voller Wucht in die Seite. Das war zu viel!

»Lieber ein Schwanzlutscher als ein Schwanzamputierter, wie du einer bist!«, konterte Villas y Meriles – gar nicht mal schlecht. Es führte zumindest dazu, dass es Sergio Fabulos kurzfristig die Sprache verschlug.

Schwanzamputierter. Das Wort wirkte nach.

»Und was ist mit dieser Maske? Die hast du verwendet, damit Semia dich nicht erkennt? Was war denn der Auftrag?«, wollte Amanda wissen. »Sie hätten sie doch zurückgeholt und dann zur Abtreibung gezwungen.«

»Es wäre eine Lösung gefunden worden.«

»Ja, ein Tritt in den Bauch. Zack und weg. Wäre doch nicht das erste Mal.« Sergio verschränkte die Arme. Seine Augen funkelten.

Er und Villas y Meriles tauschten böse Blicke.

Dann aber geschah etwas Unerwartetes. Der Jüngere lenkte plötzlich ein. »Glauben Sie mir, ich bin kein Mörder. Eher stehe ich selbst bald auf irgendeiner Liste, wenn *das* auffliegt.«

»Wenn *was* auffliegt?« Sergios Ton hatte sich nur geringfügig gemäßigt.

»Eigentlich hatte ich vorgehabt Semia zu warnen. Aber es kam anders. Erst hat sie mich wie einen gewöhnlichen Freier behandelt. Dann muss sie plötzlich irgendeinen Verdacht geschöpft haben, dachte es wäre eine Falle. Sie wollte partout nicht mit mir allein sein und bestand darauf, dass die andere Prostituierte dabei war. Die Idee, dass die FARC hinter meinem Besuch stecken könnte, muss ihr ganz plötzlich gekommen sein. Sie hat ein paarmal nach dieser Flora gerufen. Als sie nicht kam, ist sie plötzlich panisch geworden. Es ging alles blitzschnell und ich wollte gerade meine Maske abziehen, um sie aufzuklären, als sie bereits das Messer in der Hand hielt und zustach. Semia gehörte schon immer zu den Schnellsten, galt als sehr impulsiv bei den FARC. In dem Fall hat sie zu schnell reagiert. Hier …« Er zog sein Hemd etwas hoch. »Hier hat sie mich erwischt.« Villas y Meriles trug einen losen Verband unterhalb der Brust. »Nach dem Stich ist sie geflüchtet. Zum Glück hat sie mich nicht schwer verletzt. Die Maske muss sie nervös gemacht haben. Und die Tatsache, dass ihre Mitbewohnerin nicht kam. Ich habe mich mit der Maske nur getarnt, weil ich nicht erkannt werden wollte. Ich wollte wirklich nur mit ihr reden. Es durfte mich niemand sehen. Mit den Morden habe ich nichts zu tun, das schwöre ich. Ich kannte Ibrahim doch aus der Bar *Cheval loco* hier in Guajilín. Ich bin kein Mörder.«

Nein, das war er nicht. Sergio zweifelte plötzlich nicht mehr daran, dass er die Wahrheit sagte. Wenn auch sein Beleidigung von vorhin nach wie vor in der Luft schwebte und das Atmen vergiftete. Das aber war auch schon alles. Allein die lächerliche Karnevalsmaske erregte eher Mitleid. Wer mit sowas auf dem Kopf zu einer Prostituierten ging, konnte sie im Prinzip nicht alle haben.

Felicia hatte sich im Hintergrund gehalten.

»Gut. Aber da wäre noch ein Punkt«, fiel Sergio noch etwas ein. »Ibrahim Fuentes hatte über das Netz ein Stelldichein mit Amalia – Semia gebucht. Zu dem Zeitpunkt aber war er schon tot. Weißt du irgendwas dazu? Ihr verkehrt doch im selben *Milieu*«, betonte er insbesondere das letzte Wort.

»Du meinst das Schwanzlutschermilieu.«

Villas y Meriles hatte Biss. Das musste man ihm lassen.

Sergio verzog keine Miene.«

»Ja, im Milieu kennt man sich. Und ich kannte beide. Ibrahim und Edwin, wenn das deine nächste Frage ist. Edwin war nicht wirklich Mitglied bei den FARC. Und Ibrahim wusste auch nichts davon. Sie waren ein Paar, denke ich. Ach ja – und gelegentlich gehe ich meiner *Neigung* auch in Callín nach. Beim Bürgermeister, Javier Santorini.«

Angriff war durchaus eine Art Verteidigungsstrategie.

Bei diesem Geständnis jedoch wurde Amanda knallrot. Santorini war ihr Onkel. Natürlich hatte man in der Familie schon über ihn und sein Liebesleben spekuliert. Jetzt aber war es ausgesprochen, ganz ohne Umschweife oder verschleiernde Worte.

»Ich weiß nicht, ob es dir noch nicht aufgefallen ist, aber es sind Damen anwesend«, empörte sich Sergio.

»Pardon«, entschuldigte sich Villas y Meriles. »Ich wusste nicht, dass sie noch nie etwas von Homosexualität gehört hat, traust du ihr so viel Kompetenz nicht zu?«

»Er hat es anders gemeint«, kam Amanda Sergio unerwartet zu Hilfe.

»Gut, lassen wir das. Bleiben wir bei den Fakten«, drängelte der Comisario.

»Das Treffen mit Semia war so eine dumme Wette. In der Bar. Wir hatten getrunken, die beiden Jungs und ich, als das zustande kam. Über ein paar Wochen haben wir Prostituierte gebucht. Jeder kam einmal dran. Ibrahim hatte Prüfungen, darum ging es bei ihm nicht gleich. Er hatte Amalia im Voraus gebucht. Nur wir drei wussten davon. Zu dem Zeitpunkt ahnte ich auch noch nicht, dass Amalia und Semia ein und dieselbe Person waren. Tagsüber war sie die FARC-Guerillera, nachts die Prostituierte. Als Edwin und Ibrahim plötzlich verschwanden, bin ich untergetaucht. Ich kannte den Grund für ihr Verschwinden ja nicht. Dann gab es diese Gerüchte, Semia sei schwanger und arbeite nebenher als Prostituierte Amalia in Callín. Das war quasi zur gleichen Zeit, als der Mord an Edwin bekannt wurde. Da ich wusste, dass Ibrahim sie im Voraus gebucht hatte, nutzte ich die Gelegenheit. Bei der Buchung werden keine Namen genannt. Es wird nur ein Code vereinbart. Unsere jeweiligen Codes hatten wir untereinander ausgetauscht. Für mich war es *die* Gelegenheit mit Semia zu sprechen. Daher übernahm ich Ibrahims Buchung. Was dabei herauskam, wisst ihr jetzt.«

Sergio hatte aufmerksam zugehört. Er versuchte sich ein Bild von Villas y Meriles zu machen. Ganz so klar war es noch nicht. Schließlich aber gab er seinem Bauchgefühl nach, das dazu tendierte dem jungen Mann eine Chance zu geben.

»Gut, soweit sind wir jetzt im Bilde. Sagen wir mal, deine Geschichte stimmt so halbwegs. Darauf könnte ich mich einlassen. Das vorhin mit dem Bürgermeister habe ich mal überhört.« Er warf einen kurzen Blick zu Amanda, die kerzengerade dasaß und den Rest des Dialogs stumm verfolgt hatte. »Immerhin kennt man sich«, fügte er hinzu, in der Hoffnung ihr irgendeine Reaktion zu entlocken.

Mechanisch griff Amanda zu dem, was auf dem Tisch lag, stopfte wortlos Maske und Hemd in die Tüte.

»Das hier ist für die Spurensicherung beschlagnahmt«, erklärte Sergio, als sie weiterhin schwieg.

»Kein Problem.«

Villas y Meriles hob das Bierglas, an dem er bereits genippt hatte. »Fantastisches Bier«, lobte er. »Auch wenn ich selten Bier trinke.« Er deutete an mit Sergio anstoßen zu wollen. »Salud!«

Der Comisario, noch immer irritiert wegen Amandas anhaltender Zurückhaltung, erhob ebenfalls sein Bierglas. »Salud!«

NEUN

Amanda schloss die Wohnungstür hinter sich. Santorini hatte ihr eine kleine zwei-Zimmer-Wohnung in der *calle quinto* besorgt. Sie lang im ersten Stock eines pittoresken wenn auch hier und da renovierungsbedürftigen postkolonialen Gebäudes. Sie hatte sich noch nicht vollständig eingerichtet. Ein Teil ihrer Möbel stand noch in Cali und sie würde sie bald nachholen. Amanda war auf dem Weg zum Bürgermeister. Unterwegs ging ihr so einiges durch den Kopf. Seit kurzem beschäftigte sie sich wieder mehr mit ihrem Studium. Die Zeit saß ihr im Nacken und eigentlich wäre es dringend notwendig gewesen sich auf die letzten Prüfungen vorzubereiten. Sie war einunddreißig und hatte den Anspruch das Studium mit einem überdurchschnittlichen Ergebnis abzuschließen, was eigentlich kein Problem darstellte. Ihre Noten waren gut. Das Problem saß eher woanders; es kreiste um die Frage: Was käme danach?

Viele ihrer Freundinnen hatten ihr Studium bereits beendet. Ebenfalls mit einem guten Ergebnis. Keine von ihnen saß jedoch in einer ihren beruflichen Qualifikationen entsprechenden Position, geschweige denn ging überhaupt irgendeiner beruflichen Tätigkeit nach. Ihr Wissen lag brach, weil sie sich für Familie und Kinder entschieden hatten. Das in langen Studienjahren Erarbeitete wurde an Haushaltsführung und Kindererziehung verpulvert, – was natürlich nicht grundsätzlich zu verurteilen war. Der Punkt war, dass mit dieser Wahl ein Weg eingeschlagen wurde, der in der Regel in eine Richtung lief. Amanda kannte bereits mehrere Fälle von Depressionen. Fälle, in denen Frauen für ihren Einstieg in den Beruf in der Familie um Unterstützung gebeten hatten – und abgewiesen oder gar verurteilt wurden. Das klassische Frauenbild orientierte sich noch immer an *Machismo*, der Ehre und dem *Marianismo*, Familie über alles. Gesellschaftliche Pfeiler, die sogar noch in den neunzehnhundertachtziger Jahren gesetzliche Anwendung fanden. Wie zum

Beispiel die Straflosigkeit bei häuslicher Gewalt oder die Einschränkung der Reisefreiheit für Frauen. Ehre bedeutet für die Frau noch immer: Selbstaufopferung für die Familie, Selbstbeschränkung, Verzicht und Unterordnung, wenn es um den Wunsch des Mannes ging. Das war nicht der Weg, den Amanda für sich sah und es war Zeit das gesellschaftliche Korsett aufzubrechen.

Von ihrem Freund, einem ehrgeizigen Jungdozenten, hatte sie sich vor ein paar Monaten getrennt. Die Beziehung wäre sicher eine solide Basis für ein finanziell sorgenfreies Leben nach dem Studium gewesen. Sie aber suchte etwas anderes. Sie wollte arbeiten, finanziell unabhängig sein. Sie wollte ihr Wissen denen zur Verfügung stellen, die es dringend nötig hatten. Menschen, die Rechtsprechung mehr denn je brauchten, sich diese aber nicht leisten konnten, weil sie sozial benachteiligt wurden.

Amandas juristischer Schwerpunkt war das Strafrecht. Raub, Betrug bis hin zu Mord. Ungeklärte Verbrechen gab es zuhauf. Zu viele Fälle, die strafrechtlich nicht weiter verfolgt wurden, weil Bestechungsgelder flossen. Hier musste sich etwas ändern.

Amanda hatte sich mit Kriminalpsychologie beschäftigt, ein paar Seminare in Rechtsmedizin belegt. Jetzt wollte sie ihr Wissen anwenden. Von der Theorie in die raue Wirklichkeit. Es war ein Einstieg Sergio Fabulos zu assistieren. Eine Chance, die sie ihrem Onkel zu verdanken hatte. Hier in Callín, nicht gerade am Nabel. Doch aber an einem Ort, an dem man sie brauchen konnte. Santorini hatte die unverhoffte Tür zur Arbeitswelt für sie aufgestoßen, sie mit Fabulos zusammengebracht. Natürlich waren ihre Eltern nicht begeistert gewesen. In der Familie galt der schöne Javier als Exot. Man urteilte jedoch nicht über ihn, nicht offen. Es war schlimmer, Javier wurde schlichtweg ignoriert. Man erkannte ihm seine beruflichen Erfolge nicht an. Ein Homosexueller im Amt des Bürgermeisters; es war ihnen peinlich.

Für Amanda bedeutete der Job bei Sergio Fabulos weitaus mehr als sie erwartet hatte. Auch wenn der Comisario nicht gerade ein pflegeleichter Charakter war. Sie wollte die Chance nutzen um Dinge anzustoßen, die dringend verändert werden mussten.

Eine Herausforderung war ihre Gegenwart auch für den kauzigen Comisario. Sergio Fabulos war es gewohnt alleine zu arbeiten und dabei seine eigenen Methoden zu pflegen. Nur ungern ließ er sich aus seinem Trott reißen. Natürlich war Amanda vorgewarnt worden. Ein korrupter, machohafter Typ sei er. Eigenbrötlerisch, egozentrisch, herrisch. Ein Außenseiter.

Es war nicht ganz so. Die Einwohner von Callín verbreiteten ein – wie Amanda empfand – teilweise sehr überzogenes Bild von Sergio Fabulos. Denn hinter seiner ruppigen Art und dem Panzer steckte durchaus ein sehr empfindsamer, liebenswerter Mensch.

Amanda eilte über die *plaza*, passierte die ersten Marktstände der Hochlandfrauen, die jeden Tag kamen um Obst und Gemüse auf dem Markt zu verkaufen, ihre mitgebrachten Waren aus den Anden. Alte waren unter ihnen, genauso wie Junge. Eine junge Mutter mit Kind, platzierte Kisten mit Papayas, Mangos und Ananas. Das vielleicht ein paar Wochen alte Baby schlummerte in einem bunten Tragetuch auf ihrem Rücken. Eine ältere Frau machte sich daran einen Sack Kartoffeln zu heben, wobei ihr ein junges Mädchen zu Hilfe kam. Die Frau aber zeigte sich stur und wollte sich partout nicht helfen lassen. Ihr Gesicht war von der Sonne gegerbt. Ihre Hautfarbe erinnerte an dunkle Lehmziegel.

Amanda schlenderte weiter, vorbei an den Engelstrompeten an der Kathedrale. Jemand hatte Blumenkästen bepflanzt und sie dort aufgestellt. Vielleicht wollte man die Einwohner dazu anregen, wieder in die Kirche zu gehen. Eine Maßnahme gegen den Dämon, von dem sie glaubten, dass er noch immer das mittlere Schiff bewohnte.

Wenn junge Menschen nicht mehr in die Kirche gingen, lag das am Hebel der Zeit. Die Generation der Ältesten hingegen hielt noch immer am Aberglauben fest. Als Amanda das erste Mal die Geschichte der Mulattin Amelie-Inés hörte, fand sie diese ebenso schaurig-liebenswert wie amüsant. Eine Mulattin, die ein lasterhaftes Leben geführt und Männer von ihren Frauen wegeglockt hatte, bis sie irgendwann von der Natur bestraft worden war. Geschichten wie diese verbanden die Menschen. Man konnte sie immer wieder neu erzählen. Sie waren identitätsstiftend.

Amanda nahm die zwei Stufen bis zum Kirchenportal. Es brauchte ein bisschen Kraft, die wuchtige Tür zu bewegen. Der Wind leistete entschlossen Widerstand.

Drinnen fühlte sie sich einen Augenblick lang wie in die Falle getappt. Umgeben vom Erbe einer blutigen Epoche. Das ganze Grauen der Kolonialgeschichte klebte ihr im Nacken. Dazu war die Luft feucht und kühl – der Atem des Todes.

Das Gefühl verflüchtigte sich nach kurzer Zeit. Was sie jetzt wahrnahm, war der Geruch des Copal. Die indianischen Elemente der Kirche. Brennende Kerzen erhellten das Kirchenschiff. Irgendwer musste sie angezündet haben. Sie war nicht allein. Verstreute Blütenblätter deuteten ihr den Weg bis zum Altar; der Duft nach Rose und Nelke.

Amanda ging vorbei an Bänken, denen der Geruch der Vergangenheit anhaftete. Sie waren bedeckt mit dem Staub unzähliger versäumter Predigten.

Jetzt wurde es zur Gewissheit: Sie war tatsächlich nicht allein. Die ersten beiden Bankreihen linksseitig des Altars hatten *sie* für sich eingenommen, die Frauen. Ein halbes Dutzend Frauenköpfe reihten sich nebeneinander. Eine bunte Mischung aus Hochsteckfrisuren, geflochtenen Zöpfen, Locken und modernen Kurzhaarschnitten. Offenbar hatten sie in der Kathedrale einen neuen Treffpunkt gefunden, – ausgerechnet hier.

Auf leisen Sohlen wagte Amanda sich weiter vor. Es interessierte sie natürlich brennend, was die Frauen hier besprachen. Gab es geheime Abmachungen?

Unbemerkt nahm sie auf einer der hinteren Bänke Platz, um von dort der Szene unbemerkt beizuwohnen.

Eine der Frauen erhob sich gerade. Es war Marie Blisovic, die Witwe des verstorbenen Anwalts. Sie trat vor die anderen, unmittelbar neben den Altar. Dort hatten sie eine Art Rednerpult errichtet. Marie schlug die Bibel auf und zitierte eine, wie es aussah, vorbereitete Passage. Als sie fertig war, holte sie kurz Luft, klappte ein anderes Buch auf und blätterte bis zu einer bestimmten Seite. Dort las sie.»Jane Austen. Stolz und Vorurteil«, hörte Amanda die Ankündigung. Sie las eine Textpassage, bei der alle Frauen aufmerksam zuhörten. Als sie fertig mit Lesen war, klatschten die Frauen. Dann setzte Marie sich wieder. Jetzt trat Laura Rojas vor, die Frau des Eisenwarenhändlers. Das Ganze wiederholte sich. Auch sie zitierte erst eine Stelle aus der Bibel. Dann las sie eine Rede von Rigoberta Menchú, der guatemaltekischen Friedensnobelpreisträgerin.

Die Frauen nickten zustimmend zu ihren Worten und klatschten, nachdem Laura ihren Vortrag beendet und sich wieder gesetzt hatte.

Eine Weile geschah nichts. Amanda hielt die Luft an. Hatten die Frauen sie bemerkt? Zumindest sah keine in ihre Richtung.

Maria war dran. Maria Bello. Aufrecht schritt sie Richtung Rednerpult. Das Schweigen, das jetzt eintrat, war anders. Vielleicht lag darin Ehrfurcht. Für die Frauen war Maria eine Art Vorbild. Von der einfachen Prostituierten hatte sie es zur Unternehmerin geschafft, war weitestgehend unabhängig von ihrem Mann.

Kurz überlegte Amanda, ob der Mord an Edwin eventuell etwas mit Marias Unabhängigkeit zu tun gehabt haben könnte.

Die Frau vorne auf dem Rednerpult faltete ihre Hände zum Gebet. Als sie anfing zu reden, sprach sie ohne Vorlage, ganz so wie es ihr gerade in den Sinn kam. Dabei hatte sie die volle Aufmerksamkeit der Frauen.

»Als Frauen sind wir nicht irgendwer, zweitrangige Wesen, die sich hinter« ihren Männern verstecken müssen«, begann sie ihre Rede.»Wenn wir als Frauen mit unseren Persönlichkeiten und unseren Bedürfnissen wahrgenommen werden wollen, müssen wir aus dem Schatten unserer Ehemänner treten. Wir haben ein Recht dazu, Dinge zu entscheiden. Wir haben ein Recht dazu Nein zu sagen. Isabella hat uns einen Weg gezeigt.« Sie unterbrach sich und sah zum Altar. Die andere Maria, die Heilige stand dort, inmitten der anderen Krippenfiguren. Sie hatte sich von Josef abgewandt.

»Als ich noch eine Prostituierte war, hat ein Freier einmal zu mir gesagt: Zieh dich aus oder ich jage dir eine Kugel in den Hintern. Dabei hat er schallend gelacht. Das hat ihn angemacht, seine Art von Humor. Er hat mich wie ein Stück Dreck behandelt. Manchmal ist man so erstarrt von der Grausamkeit, dass man keine Worte findet. Worte, um sich zu verteidigen. Ich war unsagbar angewidert. Darf mich ein Mann anfassen, der mich anekelt, der mich als Mensch nicht respektiert, mich erniedrigt? Nein! Ich wollte auf keinen Fall, dass er mich anfasste. Mehr noch, ich wollte, dass er sich entschuldigte. Er aber glaubte mit mir reden zu können, wie er es wollte; das zu sagen, wozu *er* Lust hatte – ganz egal, was ich dabei empfand. Er meinte dieses Recht zu haben, weil er mich bezahlte. Aber auch Geld rechtfertigt diese Behandlung nicht. Kein Geld der Welt rechtfertigt es, dass man vergisst, wer vor dir steht: ein Mensch.«

Sie legte eine Schweigeminute ein. Dann fuhr sie fort: »Es war das Ende, weil er sich natürlich nicht entschuldigte. Im Gegenteil. Ich sagte ihm, ich wolle sein Geld nicht, worauf er sich mit Gewalt nahm, was er meinte, dass es ihm zustand. Er vergewaltigte mich. Aber es war nur mein Körper, den er missbrauchte. Brechen konnte er mich nicht, denn nie zuvor war mein Verstand so klar und das Empfinden darüber, dass es tief ungerecht war, was gerade geschah, so deutlich. Das war der Anfang. Der Anfang, auf den das Ende folgte. Mein Ende als Prostituierte.«

Wieder legte sie eine Schweigeminute ein. Die Frauen waren wie hypnotisiert von Marias Worten. Auch Amanda fühlte ein bisschen mit.

»Wovon ich hier spreche sind die banalsten menschlichen Rechte. Rechte, die jeder von uns hat. Egal, ob Mann oder Frau und egal, ob du Kinder hütest oder als Prostituierte arbeitest. Jeder darf Widerstand leisten, wenn er etwas als unrecht empfindet. Mir ging es damals so und es war der erste Schritt, mein Leben zu ändern, um mich aus dieser Situation, in der ich Dinge über mich ergehen ließ, zu befreien. Szenen wie diese habe ich sehr häufig erlebt. Dass man mich beleidigte oder erniedrigte. Aber irgendwann kommt der Moment und du sagst: Stop! Du wachst aus deinem persönlichen Albtraum auf. Wir haben alle unsere Erfahrungen gesammelt. Meine Schwester Erica …« Sie sah zu ihrer Schwester, »… war damals dreizehn Tage lang verschwunden. Entführt von den *Paras*. Man hatte sie verdächtigt für die FARC zu spionieren. Dreizehn Tage, in denen wir nicht wussten, was mit ihr war, ob sie noch lebte. Dreizehn Tage in Angst. Dann tauchte sie plötzlich wieder auf. Abgemagert, blass. Der Horror stand ihr ins Gesicht geschrieben. Bis heute kenne ich nicht alle Details darüber, was mit ihr in diesen dreizehn Tagen passiert ist. Aber ich weiß, dass ihr schweres Unrecht zugefügt wurde.«

Erica saß in der ersten Reihe. Amanda sah nur ihren Rücken. Schmächtig wirkte dieser. Von hinten erkannte man nicht, wie sie auf Marias Worte reagierte. Schlug sie die Augen nieder? Sah sie ihrer Schwester geradewegs ins Gesicht? War es ihr recht, dass Maria über diese Dinge sprach?

»Aber jede von uns kennt irgendeine Geschichte. Jede! Wenn wir uns hier für *unsere* Sache stark machen, müssen wir die Schatten der Vergangenheit hinter uns lassen. Wir müssen uns auf diese Sache konzentrieren, der wir uns verschrieben haben. Denn nur so können wir etwas erreichen.«

War das eine Anspielung? Amandas Blick forschte. Wie reagierten die anderen Frauen? Gab es geheime Absprachen unter ihnen?

»Wenn wir unsere Rechte durchsetzen wollen, müssen wir auf Aufklärung drängen. Es ist wichtig die Hintergründe für die bestialischen Morde herauszufinden. Isabella und …« Marias Stimme stockte. Sie taumelte, weil ihre Worte sie unweigerlich erinnerten. Sie legte ihre Hand aufs Gesicht, versuchte gleichzeitig sich zusammenzureißen. Erica sprang auf und kam ihrer Schwester zu Hilfe.

»Edwin. Er war doch fast noch ein Kind.« Maria schluchzte. Erica ergriff ihre Hand, hielt sie.

In diesem Moment ging Amandas Mobiltelefon. Ravels Bolero platzte mitten in die Vorstellung der Frauen.

Sämtliche Köpfe fuhren herum.

Peinlich berührt sank Amanda tief in die Bank, fummelte dabei rasch das Mobiltelefon aus ihrer Tasche. »Ja?«, flüsterte sie heiser.

»Amanda, wo steckst du?«, wetterte Sergios Stimme am anderen Ende der Leitung. »Santorini hat gerade angerufen. Du wolltest doch zu ihm, er wartet.«

»Ja doch. Bin gleich da.«

Schnell klickte sie das Gespräch weg.

Die Blicke waren noch immer auf sie gerichtet. Einmal mehr. Eisige Stille. Ein Moment, wie gemacht für die magische Stecknadel, die geräuschvoll zu Boden fällt.

Amanda verharrte unschlüssig. Dann richtete sie sich auf, schulterte ihre Tasche. Zögerlich setzte sie sich in Bewegung, trat den Weg zum Altar an, auf die erste Reihe zu, wo die Frauen darauf lauerten, dass sie sich erklärte. Sie hatten noch immer kein Wort von sich gegeben. Starr verfolgten sie jede ihrer Bewegungen.

Amanda näherte sich wie eine Verurteilte der Hinrichtungsstätte. Mit jedem neuen Schritt jedoch, gewann sie ihr Selbstbewusstsein zurück. Die Kirche war ein öffentlicher Ort. Sie hatte schließlich nichts verbrochen. Nichts, wofür sie sich schuldig fühlen musste. Im Gegenteil. Sie hatte die Frauen gewähren lassen, Rücksicht genommen.

»Hat Fabulos dich jetzt zum Spionieren auf uns angesetzt?«, fand Laura als erste ihre Sprache wieder.

Amanda blieb auf der Höhe der ersten Bankreihe stehen.

»Ich weiß wie das jetzt aussieht. Aber so ist es nicht. Die Kirche ist ein Ort für alle. Ich wollte ...«

»Wie ist es denn?«, unterbrach Eusebia Orgunzallas im zickigen Ton. »Sag jetzt nicht, der Wunsch nach christlicher Nähe hat dich hierher geführt. Das ist nicht glaubwürdig.«

»*Pues* ... ja, auch die Neugier«, erklärte sie. »Neugier auf die mystische Kirche. Das, was man sich im Dorf über sie erzählt. Das war es. Es heißt ja, die Leute gehen nicht in die Kirche, denn sie sei ...« Sie scheute sich etwas es auszusprechen, tat es dann aber doch: »Sie sei verflucht.«

154

»Ja, das ist sie. Spürst du *das* nicht«, bemerkte Fabiola Petalán, und meinte es dabei vollkommen ernst. »Ich habe euch doch gleich gesagt, dass es nicht der richtige Ort ist«, zischte sie in Richtung der Frauen.

Ein paar schüttelten verwundert die Köpfe. Andere reagierten genervt. In diesem Punkt waren sie offensichtlich nicht eins.

»*Dios mio,* wir leben im 21. Jahrhundert«, bekräftige Eusebia.

»Ja … Und?!« Laura lachte etwas gekünstelt.

»Habt ihr was Neues zu den Todesfällen?«, lenkte Maria das Gespräch in eine andere Richtung.«

»Die Ermittlungen laufen. Es gibt verschiedene Quellen. Wir gehen sie an, eine nach der anderen.«

»Und einen Verdächtigen habt ihr noch nicht?«, wollte Erica wissen.

»Nicht konkret.«

»Wie kann das sein? Ich denke Fabulos hat jetzt ein Büro und einen Gerichtsmediziner. Da sollten doch Ergebnisse produziert werden können.« Maria löste sich von Erica.

»Ergebnisse haben wir. Aber das ist noch nicht spruchreif, wie gesagt. Wir könnten natürlich auch jederzeit eure Hilfe brauchen. Wenn euch irgendwas auffällt.«

Die Frauen sahen sich an.

Amanda nutzte den Moment und fuhr gleich fort: »Ich habe euch eben zugehört. Aber wie gesagt, nicht um euch zu stören. Ich finde es sehr gut, dass ihr euch für Frauenrechte aussprecht. Die haben wir hier bitter nötig. Vielleicht könnt ihr mir auch in einer Sache helfen. Eine schwangere Kommandantin der FARC ist gerade untergetaucht. Ihre Leute suchen sie. Ich bin der Meinung, wir sollten sie schützen, wenn sie hier auftaucht. Ihr Name ist Semia Bátista. Ihr kennt sie auch als Mitbewohnerin von Flora Morales, Amalia Paltinera. Hat jemand sie gesehen? Sie könnte eine Zeugin im Mordfall von Edwin und Isabella sein.«

Fuentes erwähnte sie vorsichtshalber nicht. Sie wollte keinen Tumult auslösen, und die Wahrscheinlichkeit, dass man im Ort einen aus Bogotá zugezogenen Schüler der Eliteschule kannte, war gering.

Wieder tauschten die Frauen untereinander Blicke und schüttelten anschließend ihre Köpfe. Alle, bis auf Marie Blisovic. Diese schwieg.

»Señora Blisovic?«, fragte Amanda, die ihr Schweigen bemerkt hatte. »Wissen Sie was?«

Marie durchstöberte nervös ihre Handtasche, zog ein Erfrischungstuch heraus und tupfte sich damit über Dekolleté und Stirn.

Als sie ihre Handtasche wieder verschlossen hatte, sah sie Amanda direkt in die Augen. »Also gut. Aber es bleibt unter uns. Sie ist bei mir. Was soll ich allein in dem großen Haus. Die Schatten der riesigen Quindio-Palmen machen mir Angst. Vor allem nachts. Ich schlafe nicht gut. Und bei mir ist sie doch in Sicherheit. Sie kann sich in Ruhe auf die Geburt ihres Kindes vorbereiten. Ab und zu geht sie mir im Haushalt zur Hand. Das lenkt ab, ist eine Aufgabe für sie. Es geht ihr gut.«

»Und es weiß niemand von dem Versteck?«

Marie sah zu den anderen Frauen. »Von uns redet niemand darüber.« Die anderen Frauen stimmten ihr stumm kopfnickend zu.

»Gut. Ihr solltet auch nicht darüber sprechen. Es ist zu eurem und zu Semias Schutz. Aber …« Ihr fielen die Fotos wieder ein, die Flora mit der Post erhalten hatte. Fotos von Semia. Möglicherweise waren sie auf Maries Grundstück geschossen worden. Amanda zögerte diese Information preiszugeben. Sie war sich bewusst, dass sie damit gerade eine gewisse Verantwortung auf sich nahm. Dabei war sie keinesfalls sicher, ob sie das Richtige tat. Sie musste sich überzeugen, ob Maries Grundstück sicher war.

»Ich würde gerne mit ihr sprechen«, wagte sie sich daher vor. »Ich möchte nur sichergehen, dass wir kein Risiko eingehen, wenn Semia bei Ihnen bleibt. Ich komme morgen vorbei.«

Marie zögerte. Fragend sah sie wieder zu den anderen Frauen. Erica stand da, als hätte man sie auf einer einsamen Insel ausgesetzt. Sie hatte keine Idee, welche Rolle sie spielen sollte; ob Einwände erheben oder zustimmen.

»Also meinetwegen. Wenn es nur ein paar Fragen sind und wenn sie zur Aufklärung der Morde beitragen. Morgen Nachmittag um drei.«

»Gut.«

Amanda drehte sich zum Gehen. Sie wollte Santorini nicht länger warten lassen.

»Halt, warte …« Maria lief ihr hinterher. »Wars das schon? Hast du nicht Lust dich uns anzuschließen? Bei unseren Treffen, meine ich. Wir würden uns freuen. Es hat sich herumgesprochen, dass du dich für mehr Justiz in Callín stark machst. Wir könnten deinen Rat brauchen.«

Laura, die gerade aufgestanden war, warf Maria einen anklagenden Blick zu.

Maria aber fuhr unbeirrt fort: »Wir treffen uns jeden Mittwoch. Im Moment hier in der Kirche. Immer um dieselbe Uhrzeit. Komm doch einfach dazu.« Aufmunternd nickte sie den anderen Frauen zu.

Außer Laura reagierten fast alle mit Zustimmung.

Amanda zögerte. Dann aber erkannte sie in Marias Vorschlag eine Möglichkeit – etwas, das auch außerhalb ihres Jobs bei Fabulos von Bedeutung werden könnte. Sie wäre ganz einfach eine von ihnen.

»Also gut, warum nicht.«

Als sie das Büro des Bürgermeisters betrat, saß dieser an seinem Schreibtisch und schlürfte einen *Cortado* mit Milch. Seine Assistentin hatte ihm die Anwesenheit seiner Nichte angekündigt.

»Amanda *linda*«, begrüßte er sie mit Küsschen und Umarmung. »*Siéntate*. Möchtest du einen *Cortado*? Natürlich möchtest du.« Er eilte bereits zur Tür. »Magdalana, *otro café italiano, por favor*.« Dann saß er wieder.

»Wie geht es dir? Wie laufen die Dinge bei Fabulos? Bist du zufrieden mit dem Job?«, begann er. Amanda hatte auf einem Stuhl neben seinem Schreibtisch Platz genommen.

»Alles in Ordnung.«

»Habt ihr schon was?«, wollte natürlich auch er gleich wissen.

»Na ja.«

»Einen Verdächtigen? Wer?« Santorini trank etwas überhastet, verbrannte sich fast die Zunge dabei. Er trug ein schickes helles Hemd mit einem karierten Baumwollschal, was mit Kaffeefleck versehen zweifellos an Dekorativität eingebüßt hatte.

»Eine Zeugenaussage. Victor Villas y Meriles. Du kennst ihn«, kam sie ohne Umschweife auf den Punkt, der ihr auf der Zunge brannte.

Santorini zuckte nicht mit der Wimper. Er beherrschte das Spiel mit der Fassade. Damit hatte er tagtäglich zu tun.

»Villas y Meriles. Flüchtig.«

»Du kennst ihn mehr als flüchtig.«

»Hmn.« Santorini erhob sich, ging zum Wandschrank, zog etwas heraus; sein Tabakkistchen, dem er einen Zigarillo entnahm.

»Was willst du hören, Amanda, Liebes? Interessiert dich mein Privatleben? Spielt es irgendeine Rolle für eure Ermittlungen? Wenn es von nicht allzu großer Bedeutung für die Ermittlungen ist, würde ich das gerne bei mir belassen.«

»Es ist dir peinlich. Du hast Angst um deinen Ruf als Bürgermeister.«

Es klopfte an der Tür. Wortlos trat die Assistentin ins Zimmer, stellte Amanda einen *Cortado* auf den Schreibtisch und verschwand gleich darauf wieder.

Santorini stand etwas ratlos da. »Was würdest du an meiner Stelle tun?«, nahm er nach der kurzen Unterbrechung den Faden wieder auf. »Du kennst die Leute hier. Die Familie vor allem. Soll ich meiner Schwester, deiner Mutter, mein Liebesleben offenbaren?« Er spielte mit dem Zigarillo in der Hand, ließ es von einem zum anderen Finger gleiten.

»Demnach hast du also keinen festen Liebhaber, die Ehe ist reine Farce. Gut, das ist deine Sache. Ich nehme an, sie weiß es. Und dieser Villas y Meriles?«

Santorini setzte sich wieder, stützte einen Ellenbogen auf. Den Zigarillo hatte er auf dem Tisch abgelegt. Er versuchte eine männliche Pose, was in diesem Moment eher überzogen und ein bisschen lächerlich wirkte.

»Warum machst du es auf diese Art publik?«
»Du denkst, ich sollte meine Neigung besser verstecken? Mich verstellen? Mein ganzes Leben ist ein Versteckspiel. Dabei ist Verstecken in meiner Stellung nahezu absurd. Ich stehe im Zentrum der Aufmerksamkeit.«

Amanda sagte nichts dazu. Zwischen ihm und ihr lagen keine zehn Jahre Altersunterschied. Santorini war wie ein großer Bruder für sie.

»Du glaubst also man respektiert dich, wenn du dein Liebesleben öffentlich auslebst?«, sagte sie.

»Derzeit noch nicht. Aber ich möchte, dass sie ihre Haltung ändern.«

»Das werden sie aber nicht, wenn du das *so* angehst!«

»Gut, aber ich verstecke mich deswegen nicht länger. Ich habe hier die Regierungsgeschäfte übernommen. Man erwartet etwas von mir. Ich erwarte nur, dass man mich annimmt. Wir leben nicht mehr im Mittelalter. Ich habe die äußerliche Form gewahrt, die gesellschaftlichen Regel eingehalten. Ich habe eine Ehefrau. Sie weiß *es*. Selbstverständlich weiß sie es. Der ganze Rest ist privat.«

»Das Mittelalter hast du hier mitten im Dorf. Es wird schwierig das zu umgehen.«

»Du meinst die Kirche. Spielt das noch eine Rolle? Die Leute dürfen auch weiterhin ihre Geister haben. Das ist Kulturgut. Anderes dagegen ist überfällig, dass man es ändert. Du würdest doch auch nicht den Frauen wieder ihre Rechte absprechen. Das, worum sie gerade so verbissen kämpfen, ihre Eigenständigkeit. Die Homosexuellen gehören auch dazu. Aber gut, im Jargon der Allgemeinheit gesprochen, bleiben wir besser bei dem was immer war. Holen wir die FARC zurück und setzen den Bürgerkrieg fort.« Er verschränkte die Arme. »Willst du das wirklich? Der Neuanfang wartet nicht ewig auf uns. Wir dürfen uns nicht davor scheuen ihn anzugehen. Und zwar auf einer ganzheitlichen Ebene.«

Amanda verstummte. Natürlich war sie Santorinis Meinung. Sie stimmte ihm in jeder Hinsicht zu. Fast war sie stolz auf ihn.

In einem Javier Santorini steckte mindestens ebenso viel Sturheit wie in einem Sergio Fabulos, was ihn letztlich stark machte. »Was weißt du über diesen Villas y Meriles?«, wechselte sie abrupt das Thema. »Läuft *das* zwischen euch schon länger?«
»Wie kommt ihr überhaupt auf ihn? Nein. Nein, das ist nicht mehr als ein Flirt. Victor ist nicht auf das Geschlecht festgelegt. Er mag sie alle. Männer, Frauen. In der Szene ist er eine Art schwarzes Schaf. Nicht Fisch, nicht Fleisch.«
»Wusstest du, dass er bei den FARC ist?«
»Bei den FARC?! Nein.«
»Semia Bátista ist die schwangere FARC-Kommandantin. Anders bekannt auch als Amalia Paltinera. *Er* war der Freier bei Flora Morales, er hat spioniert.«
»Bei Amalia, der Prostituierten?«
»Genau.«
»Und sie hat überreagiert? Na ja, eine Guerillera … Dann war es also sein Blut.«
Gerade hatte Javier sie erneut an Sergio erinnert und sie war fast versucht in Fabulos-Manier zu antworten. Es fehlte nicht viel und sie fing an Sergios Vokabular zu verwenden. Eine Folge der engen Zusammenarbeit. »Sie hat sich mit einem Messer verteidigt, ihn aber nicht lebensgefährlich verletzt.«
»Na, Gott sei Dank. Dass er ein Wilderer auf dem Gebiet ist, weiß ich. Victor macht was er will. Manchmal allerdings unterschätzt er die Situation. Man kann es auch naiv nennen. Aber gut, wir schlagen uns alle irgendwie durch, auf unsere eigene Art. Abgesehen davon, muss er ja wissen, wie sie tickt. Er musste mit allem rechnen, wenn er solche Aktionen alleine durchzieht.« Santorini legte den Zigarillo wieder in die Kiste. »Und wo ist sie jetzt? Was hat er dazu gesagt? Wie sich das anhört, habt ihr ja mit ihm gesprochen.«
»Er wusste, dass sie als Prostituierte arbeitete, wusste dass sie bei Flora untergekommen war. Sie hat die Flucht ergriffen. Wegen seiner Maske.«
»Wohin sie geflüchtet ist hat er nicht mitbekommen und konnte es sich auch nicht denken?«

»Nein.« Amanda biss sich auf die Unterlippe. Ihr war bewusst, dass sie Santorini gerade die neuste Information vorenthielt, sie hatte es den Frauen versprochen.

»Gut. Dann lebt sie also. In jedem Fall ist es besser, wenn sie untergetaucht ist. Soll sie nur erst ihr Kind bekommen.«

»Kennst du Edwin und diesen Ibrahim Fuentes persönlich, – aus dem *Milieu*?«

Santorini saß vollkommen aufrecht da, die Hände gefaltet.

»Ja, sie waren ein Paar. Edwins Mutter, Maria Gallo, wollte nichts davon wissen. Nach Fabulos letztem Besuch war ich bei ihr. Ich dachte, es sei meine Pflicht ihr mein Beileid *persönlich* auszusprechen und mit ihr zu reden.«

Wieder erhob er sich. Das Thema erregte ihn. Er war selbst betroffen. »Ich sagte ihr, sie hätte unser aller Unterstützung. Und natürlich die der Polizei. Sie hat ein Recht darauf zu erfahren, wer ihren Sohn auf dem Gewissen hat. Ich habe ihr auch nochmal nahegelegt jedes Detail sei wichtig, was Edwin betrifft, und dass sie Fabulos nichts vorenthalten soll. Wenn sie sich scheut, kann ich es auch übernehmen mit Fabulos über *dieses* Thema zu reden, habe ich ihr angeboten.«

»Was hat sie dazu gesagt?«

Santorini stand am Fenster, die Hemdärmel etwas hochgekrempelt, die Hände in den Hosentaschen. Er wirkte wie ein großer Junge.

»Nichts hat sie gesagt. Sie wollte absolut nichts davon wissen.« Während er sprach, zog er eine Hand wieder aus der Hosentasche, gestikulierte.

»Sie hat Angst um ihr Geschäft; dass ihr die Kunden wegbleiben«, deutete Amanda.

»Darf sie. Aber sie sollte diese Angst, verdammt nochmal, nicht über die Sicherheit stellen. *Madre de dios*, Edwin war ihr Sohn! Vorurteile sind in dem Fall völlig unangebracht. Homosexualität ist keine Bedrohung für die Menschheit.« Santorini sprach geradeheraus. Vor Amanda musste er sich nicht verstellen.

Verwundert stellte sie fest, dass eine Wandlung in ihm vorging. Trotz – vielleicht aber auch gerade *wegen* seines so mächtigen Amtes. Als Bürgermeister hatte er Möglichkeiten Einfluss zu nehmen. Er musste die Menschen jenseits ihrer Vorurteile erreichen, ganz einfach als Mensch.

Amanda war bewegt vom Auftritt ihres jungen Onkels. Von der Persönlichkeit, die er auch jenseits der »hübschen« Fassade zu versprühen in der Lage war – wenn er es wagte, er selbst zu sein und sich nicht hinter seinem Bürgermeistertitel verschanzte.

»Callín könnte durchaus ein großartiger Ort sein. Ein Ort, an dem man sich nicht fürchten muss. Wo man sich gegenseitig vertraut und hilft. Und das, ganz egal welchen Status oder welche Neigung man hat. Die Frauen machen uns gerade vor, wie das geht.«

Amanda schwebte die Szene in der Kirche vor Augen. Dicht an dicht hatten sie auf zwei Bankreihen verteilt gehockt. Frauen aller sozialen Schichten und wie sie unterschiedlicher nicht sein konnten.

»Wir werden es angehen, das mit dem Neuanfang. Wir sind bereits mitten drin. Ich werde die Frauen unterstützen«, sagte sie.

»Das ist gut«, stimmte er zu, »sehr gut.«

Amanda trat zu ihm ans Fenster, das Kaffeetässchen in der Hand. Eine Weile standen sie nebeneinander, schweigend, ihren jeweiligen Empfindungen nachhängend.

»Dieser Fall …«

»Habt ihr sonst noch was?«, unterbrach er sie.

»Nicht konkret. Es ist diese Brutalität …«

»Ich bin das in Gedanken schon so oft durchgegangen und dabei nicht wirklich weitergekommen. Wenn es sich gegen Homosexuelle richtet, was hat Isabella damit zu tun? Hat sie Kontakte gehabt, von denen wir nichts wissen? Habt ihr da mal geforscht?«

»Ich taste mich gerade bei den Frauen vor.« Amanda nippte an ihrem *Cortado.* »Oder geht es doch vielmehr um die Frauen? Warum schickt man einer Mutter ihr Kind zerstückelt – derart grausam? Weil sie eine erfolgreiche Unternehmerin ist. Weil sie ihr Kind auf das San Antonio de Oviedo schickt. Ist das die

Handschrift der *Paras*, die irgendwas von Maria erpressen wollen?«

»Politik oder erpresserische Motive würde ich ausschließen. Der Frieden ist mittlerweile abgemachte Sache. Die FARC ist entmachtet. Die Rebellen werden sich auf kurz oder lang zurückziehen. Wart ihr schon im San Antonio de Oviedo?«, fragte Santorini. »Ihr solltet vielleicht diesen Lehrer befragen.«

»Alcides ist derzeit krank hat mir der Direktor ausrichten lassen. Angeblich hoch ansteckend. Aber er steht noch auf unserer Liste. Sobald er wieder fit ist.«

»Kannst du mich bitte über alles auf dem Laufenden halten? Es sollte auf keinen Fall eine Mordserie werden, verstehst du? Keine Mordserie.« In seinen Worten lag Nachdruck.

»Nein.« Amanda betrachtete ihren jungen Onkel nachdenklich von der Seite. Sein Selbstbewusstsein war auf einmal wieder wie weggeblasen. Die Angst raubte ihm wertvolle Energiereserven. Wie ein verwundetes Reh drehte er sich von ihr weg. Amanda wurde das Gefühl nicht los, dass es da noch etwas gab. Etwas, das er für sich behielt.

»Auf keinen Fall wird es eine Serie. Wir halten Augen und Ohren offen, das verspreche ich dir.«

ZEHN

Es war nach elf und fast düster in der Villa Blisovic. Marie schlief bereits, und vor dem Arbeitszimmer ihres verstorbenen Mannes brannte ein schwimmendes Teelicht in einer mit Wasser gefüllten Tonschale am Boden. Nach seinem Tod hatte sie ihm so, mit der Kerze vor dem Zimmer, die letzte Ehre erwiesen. Mittlerweile war das Ritual der Gewohnheit gewichen. Marie liebte die Schatten, die beim Flackern der Flamme an den Wänden tanzten. Ob Shakespeares Romeo und Julia oder Dafoes Robinson Crusoe, sie sah darin ihre Romanhelden zum Leben erweckt. Es vertrieb ihr die Gedanken an den brutalen Mord, der sich vor knapp einem halben Jahr in ihrem Haus ereignet hatte. Jemand war nachts in das herrschaftliche Anwesen eingedrungen, hatte dem Anwalt mit einer Glasscherbe die Kehle durchtrennt. Etliche Nächte danach hatte Marie nur von Blutlachen, Kadavern und schwebenden abgetrennten Köpfen und anderen Körperteilen geträumt. Sie versuchte es mit Beruhigungsmitteln und Opernmusik. Die Angstzustände aber ließen sich kaum lindern.

Bis zu dem Moment als Amalia in der Tür stand. Semia. Die Haare zerzaust, in einem verführerisch transparenten Traum von einem Kleid. Sie sah aus wie ein gefallener Engel in Schwarz. Semias Geschichte klang wie aus einem ihrer Romane. Fantastisch und beängstigend real zugleich. Dabei dem Schrecken so nahe, den sie selbst durchlebt hatte.

Die Witwe stellte der Schwangeren eins ihrer zahlreichen unbewohnten Zimmer zur Verfügung. Dort richtete sie sich häuslich ein. Einmal pro Woche kam eine Hebamme, um über Semias wachenden Bauch zu wachen. Marie hatte sie zur Verschwiegenheit verpflichtet. Die werdende Mutter sollte sich sicher fühlen.

Die junge Frau konnte noch nicht schlafen. Das Pfeifen des Windes, der durch jeden Winkel der schier unendlichen Weite der Villa fegte, hielt sie wach. Sie war aufgestanden und auf den

Flur hinausgegangen. Ein Flur wie ein langgezogener Saal. Etwa in der Mitte blieb sie stehen. Es war die Stelle, an der die Kerze am Boden stand. Sie hielt sich ihren mittlerweile deutlich gerundeten Bauch, während sie sich niederkniete. Semia war barfuß und trug eins von Maries dünnen Nachthemdchen. Mindestens drei Nummern zu groß war es und rutschte ihr immer wieder über die schmalen Schultern.

Sie griff nach der Tonschale, denn sie brauchte etwas mehr Licht, um den Rest des Flurs besser erkennen zu können. Dieser lag im Schatten der Nacht. Sie wollte das grelle Deckenlicht nicht einschalten, um Marie nicht zu wecken. Diese ließ für gewöhnlich ihre Zimmertür einen Spalt offen. Zudem hatte sie einen leichten Schlaf.

Vorsichtig richtete Semia sich mit der Schale in der Hand wieder auf. Es war eine Art Brauch in Callín, Menschen in großen Häusern mit Kerzenlicht nachts den Weg zu weisen, damit sie nicht mit Geistern zusammenstießen. Diese mochten kein elektrisches Licht. Und wenn man es die ganze Nacht über brennen ließ, wurden sie unruhig und fingen womöglich an die Bewohner zu erschrecken.

Mit der Tonschale in der Hand ging sie weiter. Das flackernde Licht erzeugte einmal mehr Winkel und Schatten, in denen sich alles Mögliche verbergen konnte. Semia war jedoch nicht abergläubisch und mittlerweile kannte sie sich im Haus aus. Am anderen Ende des Ganges lag das größte von Maries vier Badezimmern. Hinter einer edlen Akazienholztür mit vergoldeten Metallbeschlägen. Anwalt Blisovic hatte sich sein Anwesen einiges kosten lassen und einen der besten Architekten aus Bogotá verpflichtet. Viel Zeit seinen Besitz zu genießen, war ihm jedoch nicht geblieben.

Semia sah den Flur hinunter, versuchte in der Ferne etwas zu erkennen. Sie war an den Wald gewöhnt, tropisches Dickicht, freies Gelände. Hochland und Regenwald. In Zelten hatten sie dort gehaust. Das hier jedoch, dieses Haus, war ihr unheimlich. Es war einfach zu groß. Und wo Wände und Boden sich maßlos dehnten, war es zugleich leer. Es gab kein Leben. Räume schlossen den Menschen in der Stille ein. Hier drinnen musste man sich verlieren. Sie hatte verstanden, weshalb Marie unter Angstzuständen litt. Es war nicht der Tod ihres Mannes – denn sie hatte ihn nicht einmal geliebt. Es war dieses Haus. Das gigantische räumliche Ausmaß des Blisovic-Anwesens hatte etwas Unheimliches. Die riesigen Quindio-Wachspalmen vor dem Pavillon, der verräterische Schimmer auf Maries Pool. Der Garten mit seinen außergewöhnlichen Züchtungen; fleischfressende Pflanzen, Blätter groß wie ein Mensch. Das nächtliche Heulen des Windes und das Peitschen der tropischen Güsse. Semias Hand tastete nach dem Türgriff. Dabei hatte sie die Dunkelheit fest im Blick. Sie war darauf trainiert sich auf den Feind zu konzentrieren, auf die Gefahr, die sie ganz plötzlich anspringen konnte. Ihrer Meinung nach, kümmerte sich Marie noch zu wenig um die Sicherheit. Schließlich war es vor nicht allzu langer Zeit einem Mörder gelungen hier einzudringen. Was, wenn es wieder jemand versuchte. Möglich, dass man im Ort bereits wusste, wo sie sich versteckte. Wie leicht konnten Informationen in die falschen Hände geraten.

Semia drehte den Türknauf herum, schlüpfte durch den offenen Spalt ins Bad. Ein leichter Windhauch streifte ihre nackten Arme. Das Fenster stand offen und die Kühle drang ungehindert herein.

Sie stellte die Kerze auf den Wannenrand, schloss das Fenster.

Das Bad war wie alles im Haus, sehr geräumig. Neben der Badewanne gab es drei Waschbecken und ein Bidet. Samtige Läufer mit heller Spitzenborte zierten die olive-zimt-farbenen marokkanischen Fliesen. Eine mit Naturstein ausgelegte runde Wanne bildete das Zentrum.

Semia wandte sich der Wanne zu, drehte den Wasserhahn auf und ließ warmes Wasser in die Wanne plätschern. Sie gab etwas von Maries Badeessenzen in den Wasserstrahl. Grüner Tee mit Limette. Dann stellte sie sich vor den hohen Spiegel, streifte ihr Nachthemd über die schmalen Schultern und ließ es zu Boden fallen.

Eine Hand lag erneut auf ihrem Bauch, streichelte vorsichtig ihre Rundung. Carlos Enrique sollte das ungeborene Kind heißen. Sie war sich sicher, dass es ein Junge werden würde. Carlos

Enrique wie der Sohn des Sängers Carlos Vives. Sie mochte seine Locken, sein Lachen, und sie wollte einen Sohn. Vielleicht würde er dem Vater ähneln.

Sie war sich nicht sicher, ob Lecardomi wirklich der Vater war. Lecardomi, ein ehemaliger flüchtiger FARC-Kämpfer. Immerhin lag die Affäre gut ein halbes Jahr zurück. Nach ihm hatte es andere Männer gegeben. Bei den FARC war sie nie allein, und die Nächte oft unangenehm, wenn man sie sich nicht auf andere Weise vertrieb.

Lecardomi wollte nach Chile; monatelang hatte man ihn gejagt. Mittlerweile musste er sein Ziel längst erreicht haben, zäh wie er war. Auch ein Kind hätte ihn nicht aufgehalten. Sie war eine Affäre gewesen, nichts weiter. Und sie hatte gewusst, worauf sie sich einließ.

Ganz anders stand es um *ihn,* dieses kleine ungeborene Wesen, das in ihrem Bauch heranwuchs. Seitdem es existierte, veränderten sich ihre Gedanken. Sie war bereit alles für ihr Kind zu geben. Wenn es sein musste auch ihr Leben. Gleichzeitig aber fing sie an, an eben diesem Leben verzweifelt zu hängen; einzig weil sie wusste, dass ein kleiner hilfloser Mensch sie bedingungslos brauchte.

Semia betrachtete ihren Körper im Spiegel. Ihr Babybauch fiel nicht gleich auf. Tagsüber trug sie weite T-Shirts, abgeschnittene Jeans oder auch mal eins von Maries Kleidern.

Nachdem ihre Schwangerschaft bei den FARC bekannt geworden war, durfte sie keine Zeit verlieren. Es gab jemanden, der regelmäßig Abtreibungen unter den Kämpferinnen durchführte. Semia aber wollte ihr Kind behalten. Also blieb ihr nichts anderes als die Flucht. Bei Flora hatte sie bereits davor Unterschlupf gefunden, um den unangenehmen Nächten im Wald zu entkommen. Die Ältere kümmerte sich um die Junge, verpflichtete sie zum Gebrauch von Kondomen.

Jetzt war es Marie, die sich ihrer annahm.

Die Badewanne hatte sich mittlerweile gefüllt. Wasserdampf stieg aus der Tiefe des Natursteinbeckens, verbreitete sich im Raum und umhüllte Semias schmale Figur. Vorsichtig ertastete sie die Wanne, setzte ein Bein nach dem anderen in den Nebel und ließ sich anschließend langsam abwärts gleiten, bis der ganze Körper im Wasser verschwand. Abtauchen, loslassen, dachte sie und schloss dabei die Augen, schwebte in Gedanken. Eine Weile dämmerte sie vor sich hin, vergaß alles, was sie gerade noch beschäftigt hatte.

Nach einer Weile jedoch ...

Sie riss die Augen auf. Ihr Gehör war es gewohnt auf jede Kleinigkeit empfindlich zu reagieren. Ein Geräusch hatte sich in die Stille gemischt. Dumpf, kaum hörbar. Es war vom Gang gekommen. Das Kerzenlicht flackerte für einen Augenblick unruhig, als hätte sich ihr Schreck auf die Flamme übertragen.

Hastig, dabei nicht mit der üblichen Geschicklichkeit, kletterte sie aus der Wanne. Sie legte sich ein Handtuch um den Körper, überprüfte kurz den Raum. Hinter dem Fenster leuchtete ein Teil des Mondes. Die Wolken zogen schnell vorbei, malten düstere Gestalten an den Nachthimmel. Wie gebannt stand sie da, starrte hinaus. Dann drehte sie sich abrupt herum. Während sie sich das Gesicht abtupfte, ließ sie die Tür nicht aus den Augen. Sie hatte plötzlich das sichere Gefühl nicht allein zu sein. Jemand befand sich dort draußen, nur wenige Meter hinter der Tür. Auf dem endlos langen, dunklen Flur.

Sie legte das Handtuch ab und schlüpfte in Maries Bademantel, der ihr nur knapp bis zu den Knien reichte. Marie war ein paar Zentimeter kleiner als sie, dabei fast doppelt so füllig.

Vorsichtig tappte Semia bis zur Tür. Ihre Erfahrungen kamen ihr jetzt zugute. Sie wusste wie man sich dem Feind näherte. Das hatte sie im Regenwald gelernt. Und sie war eine der besten gewesen.

Der Türknauf knarrte leise unter der Drehbewegung. Schon stand die Tür offen und sie erkannte einen Teil des Ganges. Dunkel war es dort draußen. Der Flur schien so einsam wie zuvor. Die Stille aber sollte womöglich nur ködern. Mit ihrem Bauch und dem heranwachsenden Leben darin fühlte sie sich verletzbar. Wie sollte sie sich verteidigen?

Sie trat einen Schritt nach draußen. Ihre Hand tastete nach dem Lichtschalter, verfehlte ihn knapp. Drei Lichtschalter gab es. Jeweils einen an jedem Ende des Flurs. Ein weiterer etwa in der Mitte. Bis dahin aber lag noch eine undefinierbare Entfernung vor ihr. Angespannt konzentrierte sie sich auf ihre Schritte, erkannte in einiger Entfernung einen dunklen Fleck. Ein Schatten. Möglicherweise spielten ihr auch die Lichtverhältnisse einen Streich.

»Marie?«, fragte sie, »bist du das?«

Semia war mulmig zumute, was ihr nicht häufig passierte. Selten ließ sie der Mut im Stich. Im Kampf war der Gedanke das Leben zu lassen normal. Jetzt aber, in dieser Situation, unter diesen Umständen … Sie fürchtete um das Leben des kleinen Wesens in ihrem Bauch. Furcht aber, so herausfordernd sie auch war, half letztlich nur dem Gegner. Semia verharrte an einer Stelle. Sie durfte nicht die Kontrolle verlieren. »Marie?« fragte sie erneut.

Ein Geräusch kam vom anderen Ende des Flurs. Schritte. Leise aber deutlich. Jemand kam auf sie zu.

»Sag was!«, forderte sie die Dunkelheit auf. Diese jedoch schwieg. Vorerst. Dann aber bäumte sie sich plötzlich auf, fiel willkürlich über sie her. Eine Gestalt …

Semia ergriff die Flucht, hastete zurück, stützte sich dabei an den Wänden ab, – bis sie die angelehnte Badezimmertür erreichte. Derweil wurde sie sich der Tatsache bewusst, dass sie keine Waffe trug, um sich zu verteidigen. Panisch zog sie die Badezimmertür hinter sich zu, lehnte sich atemlos von innen dagegen. Eine Weile horchte sie auf das, was hinter ihr lag. Dabei tasteten ihre Hände zum Lichtschalter. Das sanfte Licht, das augenblicklich den Raum durchflutete, war eine kleine Erlösung. Wenn sie auch noch immer nicht wusste, was sie dort draußen bedrohte.

Der Nebel über der Badewanne hatte sich aufgelöst. Gespenstisch kühl fühlte der Raum sich mit einem Mal an. Semias Körper zitterte, ohne dass sie etwas dagegen tun konnte.

Kurz fragte sie sich, warum sie dieses Leben gewählt hatte. Ein Leben ganz ohne Beständigkeit. Jagen und gejagt werden. Die Nächte angefüllt mit Sex und Drogen. Sie hätte sich eine Zukunft aufbauen können; eine Zukunft, die sie jetzt brauchte – für ihr ungeborenes Kind.

Der Türknauf bewegte sich ganz von selbst. Jemand wollte ins Bad eindringen. Sie fühlte den Schrei in ihrer Kehle, hielt ihn jedoch zurück. »Was willst du?« stieß sie stattdessen selbstbewusst aus.

Die Bewegung stoppte.

Sie konnte *seinen* Atem hören. Derjenige war ganz nah.

Sie wartete darauf, dass er erneut versuchen würde die Tür zu öffnen. Vielleicht mit Gewalt. Doch es kam anders.

»Semia«, flüsterte jemand. »Ich bins. Lass mich rein.« Sie kannte diese Stimme. »Ich muss mit dir reden. Es ist wichtig. Bitte«, verlangte er erneut.

»Bist du das, Victor …? Was willst du? Woher weißt du, wo ich bin?«

»Keine Sorge, es weiß sonst niemand. Ich sage dir alles, wenn du mich reinlässt. Bitte.«

Sie zog den Bademantel etwas enger um ihren Körper. Dann gab sie die Tür frei. Diese öffnete sich augenblicklich. Jemand erschien im Türrahmen.

Es war tatsächlich Victor Villas y Meriles.

»Das …«, stammelte er. »Ich wollte dich nicht erschrecken. Ich wollte niemanden erschrecken.«

Er stand da, als hätte er sich eines Verbrechens schuldig gemacht. Eines Verbrechens, das weitaus größer war als seine unerlaubte Anwesenheit in der Blisovic Villa.

»Wie, verflucht, bist du ins Haus gekommen?« Sie zog ihn mit sich ins Bad, verschloss die Tür anschließend wieder von innen.

»Euer Gärtner.«

»Gustavo?«, flüsterte sie.

»Er hat die Tür nicht ordentlich verschlossen, als er vom Einkauf kam. Ich habe was dazwischen geklemmt, alter Trick. Er hat nichts gemerkt.«

»Gustavo ist ein hirnloser Trottel. Er himmelt Marie an. Dabei merkt sie nicht mal, dass er sonst nichts im Griff hat, ganz zu schweigen von der Sicherheit.«

»Warum stellt sie nicht mehr Personal ein? Geld hat sie doch genug. Die könnte sich ein halbes Dutzend Angestellte leisten.«

»Will sie aber nicht. Sie traut niemandem und sie will ihre Ruhe. Gustavo und Carmelia sind ihre einzigen Hausangestellten. Carmelia, das Hausmädchen. Sie kocht und putzt. Ansonsten hat sie jetzt auch mich.«

»Als Hausangestellte?«

»Ich gehe ihr ein bisschen zur Hand. Das ist mein Dank. Sie hat mich aufgenommen. Mich und ...« Sie deutete auf ihren Bauch, »ihn.«

»Es wird ein Junge?«

Misstrauisch musterte sie den jungen Mann von der Seite. »Ja«, bekräftigte sie. »Was sonst! Glaubst du ich würde ein Mädchen durchfüttern. Damit ihr es vergewaltigt oder zur Abtreibung zwingt?!« Verwundert registrierte sie ihre eigene Härte. Dabei war es ihr im Prinzip gleich, welches Geschlecht ihr ungeborenes Kind hatte. Hauptsache gesund. Ein Menschenleben lag in ihrer Hand. Es gab ihr das Gefühl wertvoll zu sein.

»Keiner will deinem Kind was.«

»Und ob. Sie wollen es töten. Sie dulden keine schwangeren Kommandantinnen bei den FARC. Das weißt du genauso gut wie ich.«

»Ich bin ausgetreten.«

»Du? Seit wann?«, wunderte sie sich.

»Noch vor den Verhandlungen. Unser Kampf ist vorbei. Die Waffen werden niedergelegt. Es hört sich zweifelhaft an, aber es ist tatsächlich so. Die FARC ist bald Geschichte.«

»Bald. Bis sie das hier im Regenwald begriffen haben, werden sie mich weiter jagen.«

»Möglich. Aber die Zukunft ist beschlossene Sache. Diesmal wird der Frieden durchgesetzt. Deshalb war ich bei dir, um dir zu sagen, dass du dich nicht mehr lange verstecken musst. Aber du hast ja gleich zugestochen.«

Semia begriff nicht. »Was willst du mir damit sagen? Du warst das, – du warst der Kerl bei Flora?«

Villas y Meriles zog sein Hemd hoch, um ihr die Stichverletzung zu zeigen. »Zum Glück warst du schon mal besser in Form.«

»Mein Gott, Victor. Warum hast du nichts gesagt?«

»Mit dem Ding auf meinem Kopf konnte ich mich nicht so schnell erklären. Wie gesagt, deine Hand war schneller.«

»Und was sollte diese affige Verkleidung?«

»Kannst du dir doch denken.«

»Du hast Flora nicht vertraut?«

»Ich weiß, dass sie ab und zu Dinge beim Schäferstündchen ausplaudert. Gegen Bares. Sowas spricht sich rum.«

»Ach was, Flora ist ein guter Mensch«, behauptete Semia.

»Die Menschen sind immer nur so gut wie der Preis, den du ihnen zahlst.«

Semia hockte sich auf den Badewannenrand, hielt sich dabei den Bauch.

»Dieser *Comisario* war bei mir«, fuhr Villas y Meriles fort.

»Fabulos. Ja, ich kenne ihn.« Sergio Fabulos gehörte zu den angenehmen Freiern, stellte keine extravaganten Ansprüche.

»Weiß er, wo ich bin?«

»Nein. Keiner weiß es. Ich habe es auch nur per Zufall aufgeschnappt.«

»Wo?«

»Spielt keine Rolle.«

Sie deutete auf ihren Bauch.

»Dein Kind ist sicher, glaub mir. Bei wem sonst, wenn nicht bei dir, einer echten Kämpferin.«

»Genau deshalb.«

»Ich habe ab sofort ein Auge auf dich. Die haben keine Ahnung. Und *deine* Leute hier werden dich nicht verpfeifen, nicht an die Guerilla. Da sei dir mal sicher. Fabulos hält die Straßen sauber. Die Leute können ihn zwar nicht ausstehen, aber sie vertrauen ihm. Señora Rodó in Guajilín hat einen Deal mit den Rebellen. Weder FARC noch *Paras* dürfen sich dem Dorf bis auf zehn Kilometer nähern.«

»Das soll mich beruhigen?!« Semia starrte vor sich hin. »Hast du was mit den Morden zu tun?«, fragte sie plötzlich, aus ihren abschweifenden Gedanken heraus.

»ICH?! Das meinst du nicht ernst. Bist du komplett übergeschnappt?!«

172

»Dein Auftritt bei Flora. Ich war mir echt nicht sicher, ob unter diesem Ding ein Mörder steckt. Es war doch einer der Tunten angemeldet. Dabei habe ich Edwin gesagt, dass ich es nicht mit Schwulen mache, will mir doch nichts einfangen. Und du, gehst du noch mit dem schönen Bürgermeister aus Callín?«

Villas y Meriles fühlte sich an das Gespräch mit Sergio Fabulos erinnert.

»Da war doch was, oder?«

»Wenn, ist es meine Sache.«

Semia musterte ihr Gegenüber. »Bist du jetzt einer von *denen* oder bist du es nicht, oder weißt du es selbst nicht?«

»Javier ist kein schlechter Kerl. Aber *mehr* ist das mit ihm nicht, falls du das meinst. Wir reden nicht von großen Gefühlen.«

»Also gibt es eine Frau?« Sie ließ nicht locker.

Eine Antwort erhielt sie nicht. Semia konnte sich vorstellen, was Männer als auch Frauen an Victor fanden. Er war keiner dieser *gewöhnlichen* Typen. Keiner, der sich aufspielte oder etwas vorgab, das er nicht war. Victor kannte weder Vorurteile noch ließ er sich von der Meinung anderer leiten. Jemand, der durchaus auch soziale Verantwortung zu übernehmen bereit war. Manchmal erinnerte er sie an Lecardomi. Lecardomi, ein paar Jahre jünger.

»Deshalb bist du hier eingebrochen, – um mir zu sagen, dass der Bürgerkrieg bald vorbei ist und dass du ein Auge auf mich hast?«

»Zwei meiner Freunde sind tot. Ich wollte dich nicht in Gefahr bringen«, erklärte Villas y Meriles.

Er hockte sich neben sie auf den Badewannenrand. Dabei berührten sich ihre Arme. »Und was ist mit dir? Weißt *du* irgendwas? Hast du sonst was mitbekommen bei Flora?«, forschte er.

»Willst du deine Freunde rächen, auf eigene Faust den Ermittler spielen? Das solltest du lassen«, riet sie ihm. »Besser, die Polizei kümmert sich darum«.

»Soll ich warten bis es mich erwischt. Oder Javier?«

»Du bist also doch in ihn verknallt«, bohrte sie erneut. Irgendwie passte es ihr nicht.

»Nein. Das sagte ich doch schon. Er ist ein Freund.«
»Nur ein Freund? Gibt er dir Geld?«
Victor antwortete nicht.
»Das ist es also. Er gibt dir Geld. Du prostituierst dich für ihn. Hat Javier Santorini das tatsächlich nötig?!« Semia schüttelte den Kopf, lachte spöttisch. »Und seine Frau? Was ist mit der?«
»Glaubst du *ich* hätte das nötig? Was mit seiner Frau ist, keine Ahnung. Sie tarnt sich vielleicht auch mit dieser Ehe.«
»Er mag keine Beziehungen; er vertreibt sich seine Zeit lieber mit *toy boys*.«
»Was machst du, wenn du bei Flora unterkommst? Es ist seine Sache.«
»Ich? Ja, was ich mache ist …« *Etwas anderes*, wollte sie sagen.
»Das ist nichts anderes«, kam er ihr zuvor. »Und die beiden Jungs waren gute Freunde, – *compañeros*. Idealisten waren sie. Zwei mit Visionen. Für Edwin war seine Mutter ein Vorbild. Der wollte die FARC von innen revolutionieren. Das war natürlich komplett verrückt.«
»Kennst du Santorini aus dieser Bar?«
»Cheval loco, ja.«
»Warum bist du bei den FARC ausgestiegen?«, wollte sie wissen.
»Ich war nie richtig drin. Vorurteile. Du warst die einzige, die nichts gegen mich hatte.«
Semia richtete sich etwas auf. Sie hatte noch immer diese unerschrockene Ausstrahlung. Jeder, der sie kannte wusste, dass sie sich auf keine Gefühlsduselei mit einem Typ einließ. Kurze Abenteuer, nicht mehr. Anschließend warf sie den Mann weg. Victor fragte sich, ob Lecardomi nicht geblieben wäre, wenn er von ihrer Schwangerschaft gewusst hätte.
Sein Blick streifte ihren Bauch. Was sich dort wölbte, war eine Chance etwas zu ändern. Semia aber würde nichts ändern. Früher oder später wäre sie wieder im Wald. Da war er sich sicher. Sie brauchte den Adrenalinkick. Eine Mutterrolle passte nicht zu ihr.
Aber vielleicht täuschte er sich auch.

174

»Ich denke der Mörder ist keiner von den FARC«, sagte Villas y Meriles. »Da dreht jemand durch. Wer und warum auch immer. Vielleicht geht es um Vorurteile gegen Homosexuelle. Vielleicht aber auch nicht.«

Er rutschte vom Wannenrand. »Wie gesagt, verlass dich auf mich. Ich passe auf. Das bin ich dir schuldig.«

»Ich bin nicht mehr deine Kommandantin. Und aufpassen kann ich auf mich selbst!«

»Bist du sicher? Du bist schwanger. Und der Vater deines Kindes ist sonstwo.«

Semia öffnete ihren Bademantel, zeigte ihm ihre Nacktheit, den runden Bauch und die vollen Brüste einer Schwangeren. Victor stand nur da, als würde in Kürze die Welt untergehen, wenn sie seine Hilfe nicht annähme. Mehr interessierte ihn gerade nicht.

»Sag«, was wolltest du wirklich dort bei Flora? Wolltest du dir beweisen, dass du ein Mann bist?«

Er wusste worauf ihre Bemerkung abzielte, ließ sich jedoch nicht aus der Ruhe bringen. »Du hast doch eben erst gesagt, du machst es nicht mit schwulen Jungs.«

»Du bist nicht schwul.«

»Woher willst du das wissen?«

»Ich weiß es einfach.« Sie schloss den Bademantel wieder, ging ein paar Schritte zum Spiegel. Dort angekommen, ließ sie den Bademantel komplett auf den Boden gleiten.

»Ich wohne in Guajilín bei Felicia Ródo«, ignorierte er ihr Spielchen. Er kannte Semia, wusste worauf sie aus war. »Wenn irgendetwas sein sollte, kannst du mich dort erreichen.«

Er wartete einen Moment. Dann hob er den Bademantel vom Boden auf und reichte ihn ihr. »Ich passe auf, dass dir und deinem Kind nichts passiert. Darauf kannst du dich verlassen.«

Sie nahm den Bademantel. Das Kerzenlicht flackerte.

Victor Villas y Meriles war bereits durch die Tür geschlüpft. Er verschwand so geräuschlos wie er gekommen war.

Semia stand noch immer wie angewurzelt da, starrte auf die offene Tür.

Sie fragte sich, was dieser Besuch zu bedeuten hatte.

FRAUENANGELEGENHEITEN

EINS

Das Macondo war noch leer. Sergio hockte neben Jaime an der Bar. Schweigend teilten sie sich eine Flasche *Chicha*, die vorletzte aus Jaimes Bestand. Bald würde er wieder Aguardiente ausschenken.

Sergio beobachtete eine Kakerlake, die hinter einer losen Bodenleiste verschwand. Der Ventilator sorgte für Frischluft und ventilierte abwechselnd in alle Richtungen. Auf einer bestimmten Höhe zielte er auf Sergios Frisur, blies ihm ein paar Strähnen ins Gesicht, worauf dieser sich selbe Strähnen jedes Mal genervt zur Seite schob. Das Ganze wiederholte sich, hatte Ähnlichkeit mit einem Sprung in der Platte.

Jaime blickte streng geradeaus, hielt dabei die Arme verschränkt, den Kopf leicht zur Seite geneigt. Er starrte auf die Wand. Ein Foto hing dort, auf dem er, Eusebia und Barbeta abgebildet waren.

Im Hause Orgunzalles hing der Segen mittlerweile schiefer als einfach nur schief. Die Frauen pflegten ihren Tagesablauf, wie es ihnen beliebte, ohne Rücksicht auf Verluste – die in diesem Fall er verbuchte, – Jaime, als der einzige Mann im Haus. Meistens war Eusebia nicht anwesend oder auf dem Sprung in der Versenkung zu verschwinden, – wo auch immer diese lag. Es war ihm ein Rätsel. Und wenn er nachhakte, ließ sie ihn unvermittelt wissen, dass es ihn nichts anging.

Ratlosigkeit war das, was ihn auf einsamer Strecke zurückließ. Er fühlte sich wie ein ausrangiertes Kleidungsstück, das nur noch im Schrank hing, weil sie noch nicht zum Ausmisten gekommen war.

Sergio dagegen plagten ganz andere Sorgen. Die Aufklärung der Morde ging nicht einen Millimeter voran. Stattdessen verbreitete sich der Schatten eines unsichtbaren Mörders, wie die Pest. Außerdem ging ihm Bürgermeister Santorini mächtig auf die Nerven. Ständig hing er in der Leitung, wollte wissen, wie die Dinge liefen. Dabei hatte er kaum Neues zu berichten, spulte immer wieder die gleiche Standardantwort ab: »Die Ermittlungen laufen.« Fraglich war, wie lange der Bürgermeister sich noch mit nichtssagenden Auskünften würde abspeisen lassen.

Der Deckenventilator vibrierte leise, während die im Takt ratternden Rädchen in Sergios Kopf neue Fäden zusammenfügten. »Könntest du dir eine Familientragödie vorstellen?«, fragte er in Jaimes Schweigen hinein.

Dieser betrachtete den Freund im Profil, überlegte wovon er sprach. »Du meinst Edwin? Du denkst, dass Javier ...? Er ist sein Stiefvater.«

»Ein Motiv hätte er. Maria ist sehr erfolgreich mit ihrem Geschäft und Edwin ist nicht sein leiblicher Sohn. Er ist arbeitslos, ein Säufer.«

»Na ja, das macht ihn noch nicht zum Mörder.« Jaime hatte die Arme noch immer verschränkt und sah wieder geradeaus.

»Nein, vermutlich nicht«, verwarf Sergio seinen Gedanken bereits wieder. »So eine Leiche zu zerlegen, da muss man schon mächtig abgestumpft und skrupellos sein.«

»Das ist er nicht. Du müsstest ihn mal reden hören. Der lässt nichts auf die Maria kommen. Der bewundert seine Frau.« Jaime überlegte. »Aber man weiß ja nie, was da zuhause läuft. Vielleicht hat sie ihn provoziert. Aber dann muss er schon sehr betrunken gewesen sein. Um Edwins Leiche zu zerstückeln, meine ich. Vielleicht solltest du dir eine Liste machen, Serg.«

»Eine Liste? Und wen schreibe ich als Verdächtigen auf diese Liste? Soll ich mit den Frauen anfangen? Den Ehemännern? Denen kann es doch nur recht sein, wenn ein Schönling wie Santorini sich nicht für die weibliche Prominenz im Dorf interessiert.«

»Alles in allem, siehts verdammt düster aus, was?«, stellte Jaime fest. »Aber wir reden ja über Ermittlerwissen.« Der Wirt zwinkerte, verzog dazu den Mund zu einem spöttischen Grinsen.

»Wer sagt denn, dass zwei Paar Augen weniger sehen, oder zwei Gehirne weniger denken als eins.«

»Ich werde dich dran erinnern, wenn du dich wieder auf deine Schweigepflicht berufst.«

»Jaí, du musst unterscheiden zwischen einem offiziellen Gespräch und einem inoffiziellen. Das hier …«, er holte Luft, »ist ein inoffizielles. Ich sammle lediglich neutrale Meinungen.«

»Aha. Du willst von meinen Kontakten profitieren und die wertvollen Dienste meines Gehirns in Anspruch nehmen, quasi ganz umsonst?! Sergio Fabulos, du bist und bleibst ein Halsabschneider!«

»Wenn du meinst.« Der Comisario lachte.

»Darauf trinken wir noch einen. Peruanische Pisse!«, forderte Sergio.

»Peruanische Pisse ist bald aus. Ich muss nachbestellen. Aguardiente?«

Sergio überlegte. Er dachte an Amanda und ihren vorwurfsvollen Blick.

»Na, ich sollte vielleicht besser nüchtern bleiben«, entschied er. »Die Frauen fordern einen klaren Kopf. Sonst nehmen sie dich nicht ernst.«

Seit wann interessiert es dich, was Frauen erwarten?«

Sergio antwortete nicht. Sein Blick schweifte gedankenverloren zu der Bodenleiste, hinter der die Kakerlake verschwunden war.

»Verstehe. Amanda. Dabei ist sie doch gar nicht dein Typ.« Jaime rollte mit den Augen. »Oder etwa doch?«

»Ach was. Nur Paragraphen im Kopf. Und dann dieses ewige Getippe auf ihrem *Handtaschenbildschirm*.«

Jaime lehnte sich zurück und grinste noch etwas breiter. Sergio überlegte, ob er vielleicht übertrieben hatte, oder ob der Freund ihm irgendetwas andichtete.

»Na ja. Zumindest versteht sie was von Autos.«

»Kannst dich glücklich schätzen, dass du dich nicht über Diäten oder Frauenrechte unterhalten musst.«

»Ach so? Beim letzten Mal hast du dich noch für *eben diese* ins Zeug gelegt, du erinnerst dich?«

Die Kakerlake war wieder aus ihrem Versteck aufgetaucht, wanderte ein kurzes Stück über die Tapete und tauchte anschließend wieder ab ins Reich der Finsternis. Sergio juckte es in den

Fingern, sie platt zu machen. Wenn er etwas ekelig fand, dann waren es Kakerlaken.

Jaime stand auf, trat hinter die Spüle.

Der Comisario wechselte die Blickrichtung. »So schnell hat der Wind sich also gedreht«, stellte er nüchtern fest.

»Sie treffen sich jetzt in der Kirche.«

»Heilige Maria, ist nicht dein Ernst.«

»Doch. Und wenn du mich fragst, nackter Protest.«

Sergio dachte daran, dass Amelie Inés ihm einmal das Leben gerettet hatte. »Vielleicht verhilft es der Kirche und ihrem Dämon zu einem Richtungswechsel, zu einer kleinen Revolution.«

»Zumindest ist der Ton jetzt ein anderer. Seitdem Isabella ins Gras gebissen hat«, sagte Jaime.

»Willst du andeuten, dass es um sie nicht schade ist, willst du dich verdächtig machen?« Sergio zog die Augenlider zu Schlitzen.

»Dann könntest du hier so ziemlich jeden Mann im Ort verdächtigen. *Die* konnte keiner leiden.«

»Einer aber muss bei ihr gewesen sein, in *dieser* Nacht. Ein Mann. Ist dir nicht irgendwann mal irgendwas zu Ohren gekommen? Hat Eusebia mal was erwähnt? Sie hatte doch auch mit ihr zu tun.«

»Du meinst, ob sie einen heimlichen Freund hatte? Dann war das jemand von außerhalb. Wenn du willst, frage ich sie; sollte ihr Terminkalender ein Gespräch zulassen.« Jaime zog ein leidiges Gesicht.

Sergio klopfte ihm aufmunternd auf die Schulter. »Lass sie nur mit vereinten Kräften die Gesellschaft umkrempeln. Wir haben ohnehin schon damit angefangen. Arturo ist gerade auf einer Pressekonferenz in Bogotá.«

»Der überfällige Frieden? Da muss er genau hinhören. Die haben sich schon mal in *Che* geirrt. Sollen wir jetzt Castro die Füße küssen? Da lachen sie uns in die Kamera, rauchen ihre teuren Havannas – die, die Jahrzehnte lang unser Blut im kolumbianischen Regenwald vergossen, unsere Kinder entführt und gefoltert haben. Wenn sie ihren Frieden auf unsere Kosten durchboxen wollen, meine Unterschrift kriegen sie dafür nicht!«

»Dabei bist du doch sonst so liberal«, wunderte sich Sergio.

»Willst du mir sagen, du siehst das anders?!«

»Da fragst du den Falschen. Ich kämpfe nicht weniger seit Jahrzehnten. Und was bringt es mir, solange sich da oben nichts ändert?! Willst du dich querstellen, wenn sie tatsächlich Frieden schaffen.«

»Ach!«, grummelte Jaime und warf das Spültuch, das er gerade genommen hatte wieder beiseite. Normalerweise war es Sergio, der die radikaleren Ansätze vertrat. Jetzt gerade aber, schien es umgekehrt.

»Die Welt spielt zurzeit verrückt«, fuhr Jaime fort. »Es geht doch gar nicht um Gerechtigkeit oder darum, dass unsere Dörfer von der Gewalt befreit werden. Sie wollen sich ihre Märkte sichern, expandieren. Und das geht nicht, wenn Regionen, in denen ihre Interessen liegen, ihre Rohstoffe, die sie gerne ausbeuten würden, von politischen Gruppen drangsaliert werden. Denen geht es nicht um soziale Gerechtigkeit oder ethnische Fragen. Wir werden alle unter eine Schablone gepresst, mit der Überschrift versehen: für den Weltfrieden – oder auch: für den Kapitalismus! Und dafür setzen sie uns jetzt Verbrecher vor die Nase. DIE bekommen jetzt Mandate im Kongress. Das sollen wir mit uns machen lassen?! *Die*, die unsere Familien ausgerottet haben, die sollen jetzt für uns Entscheidungen treffen?!«, erregte er sich.

»Sie würden sich nie freiwillig stellen, wenn die Strafen zu hoch sind. Das eine geht Hand in Hand mit dem anderen. Und vom freien Handel profitierst doch letztlich auch du.« Sergio deutete auf die Flasche *Chicha*.

»Mag sein. Aber noch weiß ich, wo das Zeug herkommt und dass es nicht mit Blut vermengt ist. Die Guerilla hat über Jahrzehnte im Namen unserer Freiheit ihr Drogengeschäft ausgebaut.«

»Ja, ich weiß. Aber wir müssen in eine andere Richtung schauen. Auch wenn es für uns ein erneutes Risiko bedeutet. Vielleicht können wir uns damit *neue* Freiheiten sichern.«

Jaime verharrte in seiner Starre. Dabei wanderte sein Blick über das, was er sich in langen Jahren seiner Selbstständigkeit aufgebaut hatte, seine geliebte Bar Macondo.

Eine Weile herrschte betretene Stille.

Sergio lehnte sich zurück und starrte auf seine Schuhspitzen.

Jaime griff wieder zum Geschirrspültuch.

»*Pues entonces,* warten wir ab, was passiert. Solange gibt es ohnehin noch alle Hände voll zu tun. Drei Morde sind keine Lappalie«, dachte der Comisario laut.

Der Wirt stellte den Teller, den er gerade gespült und abgetrocknet hatte ab, griff zum nächsten.

»Amanda wird sich unter den Frauen umhören. Und was deine Kundschaft betrifft, sollte dir irgendwas Dubioses zu Ohren kommen, lass es mich bitte wissen.«

»Hmn«, brummte Jaime. Was war nur mit Sergio Fabulos passiert, dass er plötzlich redete, als wäre er mit allem einverstanden. Irgendwie schien der Freund verändert.

Sergio richtete sich auf, fischte ein paar Pesos aus der Hosentasche und legte sie auf den Tisch.

»*Pues,* man sieht sich.«

ZWEI

Amanda fuhr mit dem Colectivo zu Marie Blisovic. Ihr Haus lag etwas außerhalb von Callín. Das Blisovic-Anwesen befand sich, leicht erhöht, am Rande des Regenwaldes, eingerahmt von malerischer Natur, Kaffeeplantagen. Die riesigen Quindio-Wachspalmen an der Eingangspforte und im hinteren Teil des Grundstücks dehnten die Dimensionen, mit denen man hier lebte. Die Wolken lagen wie Halskrausen um die Palmenköpfe. Außer dem Pavillon beherbergte der Garten einen großen Pool, in dessen Mitte eine Fontäne sprudelte. Zu sportlichen Aktivitäten allerdings verlockte er die Besitzerin eher selten. Lieber suchte sie sich ein schattiges Plätzchen, gab sich dabei ganz ihrer Lektüre hin. Besonders liebte sie die europäischen und russischen Klassiker. Von Jane Austen bis zu Leo Tolstoi und Hermann Hesse, fand man so ziemlich jeden namhaften Autor in ihrem Regal. Wenig Reiz hingegen übte die heimische Literatur auf sie aus. Die jüngeren Literaten wie Jorge Franco oder Tomás González, als auch die klassischen wie García Marquez, konnte sie allesamt nicht leiden. Deren Welten waren ihr zu schmutzig, zu *indigen*. Der magische Realismus hatte, ihrer Meinung nach, ausgedient. Es brachte die Menschheit nicht weiter, wenn sie ständig genötigt wurde auf das Elend zu starren. Marie wollte dem Leben noch etwas abgewinnen. Sie wollte ein sorgenfreies, unbeschwertes Dasein.

Der Pool, normalerweise ein unberührtes Gewässer, lag seit kurzem nicht mehr ganz einfach nur da. Er war zum Leben erweckt. Jemand badete jetzt regelmäßig darin. Semia. Jeden Morgen und erneut am Nachmittag schwamm sie ihre Runden. Bekleidet war sie dabei mit einem von Maries Bikinis, der um die Brust herum aus deutlich zu viel Stoff bestand, von den Hüften bis zum Bauch jedoch seinen Zweck halbwegs erfüllte, indem er ihren Bauch kaschierte. Es war zu einer Art Ritual geworden, dass Marie ihr Buch zur Seite schob, sobald die Jüngere den Morgenmantel lüftete und in den Pool stieg.

Schwangere Frauenkörper hatten Marie schon immer fasziniert. Wenn Semia mit ihrem Babybauch auftauchte, musste sie an ihre eigene Schwangerschaft zurückdenken. Ihr Sohn war mittlerweile erwachsen, und von den damaligen körperlichen Reizen nicht viel übriggeblieben. Deutlich zu dick waren Beine und Unterarme. Auch der Bauch, die Brüste erschlafft und das Haar hatte an Glanz verloren. All dem konnte *frau* natürlich nachhelfen. Einer Schönheits-OP aber wollte Marie sich keinesfalls unterziehen. Schon gar nicht angenehm war ihr die Vorstellung von Fremdmaterial im eigenen Körper – Silikonimplantate? Nein. Man hatte ja schon des Öfteren gehört, dass diese verrutschen, unerfreuliche Nebenwirkungen verursachen oder gar entstellen konnten. Nein, das war nichts für Marie.

Wehmütig beobachtete sie die junge Frau jetzt beim Bad. Semia wusste ihr Glück kaum zu schätzen, ihre unverbrauchte Jugend.

Die junge Ex-Guerillera war zudem eine geübte Schwimmerin, was längst nicht selbstverständlich war. Frauen auf dem Land konnten oft überhaupt nicht schwimmen. Wozu auch. Wenn ein Haus einen Pool besaß, diente dieser eher Dekozwecken. Man nutzte ihn allerhöchstens zur kurzen Abkühlung, für Gäste oder Fußplanscherei. Wohlhabende Familien schwammen im Luxus. Weniger im Wasser. Schwimmen als Sport war die Ausnahme; wie zum Beispiel wenn der Arzt es zum Abspecken verordnete – was immer häufiger vorkam.

Anders war es bei den Urwald *indígenas*. Für sie war das Baden im Fluss tägliches Ritual. Bei den Guerilleras gehörte Schwimmen sogar zum Programm, war Teil ihres Kampftrainings.

Als Amanda vor dem hohen spanischen Tor, der Einfahrt zu Maries Anwesen stand, war sie beeindruckt von der Größe und dem unübersehbaren Luxus, den das Gebäude umgab. Sie hatte sich bisher nicht vorstellen können, dass es Leute dieser Preisklasse nach Callín verschlug. Hier in idyllischer Abgeschiedenheit *hat man seine Ruhe und ist sicher vor dem Pöbel.* So hatte Marie es einmal formuliert.

Amandas Klingeln wurde gleich bemerkt.

Ein Mann in blauen Stoffhosen, mit polierten Schuhen, erschien nur wenige Sekunden darauf hinter dem spanischen Eisengatter.

»*Buenos días*, Señora. Sie möchten?«

»Zu Marie Blisovic.«

»Sind Sie angemeldet?«

»Aber ja. Amanda Crucello, Nichte des Bürgermeisters«, antwortete sie knapp. Vielleicht hörte sich das wichtig genug an.

»Sie haben einen Termin mit Señora Blisovic. *Pues adelante!*« Er öffnete das Tor, indem er einen Knopf betätigte. Das Gatter sprang auf. Amanda hatte es eilig.

»Warten Sie«, rief er hinter ihr her, als sie bereits hindurch gehuscht war und auch schon weitergehen wollte. »Ich muss Ihren Besuch anmelden.«

Sie blieb stehen.

»Sie wissen, was hier vor geraumer Zeit passiert ist? Der Mann von Señora Blisovic …« Er deutete das Unaussprechliche lediglich mit einer Handgeste an.

»Selbstmord richtig?«, stellte sie sich dumm.

»Nein Mord!«, empörte er sich.

»Oh, das ist schrecklich.« Amanda tat so, als wäre sie geschockt, was natürlich Schauspielerei war. Von Sergio hatte sie bereits gehört, welches Scheusal der Anwalt gewesen war.

Der Angestellte stand jetzt vor ihr und zog ein Mobiltelefon aus seiner blauen Stoffhose. Dabei schüttelte er den Kopf. »Es ist ganz fürchterlich …«, bestätigte er noch einmal – man wusste schon nicht mehr, wovon er sprach, und sein Mitleid schien ihr nicht weniger geheuchelt als ihr eigenes. »Die arme Señora. Jetzt ist sie ganz allein in diesem großen Haus.« Während er das sagte, tippte er eine Nummer in den Hörer.

»Ich bins«, sprach er kurz darauf hinein. Am anderen Ende wurde vermutlich eine Frage gestellt. »Ja, *sie* ist hier. Amanda Crub … ja.« Er nickte bestätigend.

»Crucello«, korrigierte sie.

»Crucello«, lächelte er, »ja. Aha, ist gut.«

Sie wartete ungeduldig, bis er das Gespräch beendet hatte. Dann wollte sie erneut los. Seine sinnlose Wichtigtuerei nervte und hielt sie nur unnötig auf.

»Nicht so eilig, Señorita! POR FAVOR! I-C-H begleite Sie!«

»*Pues, entonces*.« Amanda blieb erneut stehen, ohne sich nach ihm umzusehen. Sie ließ ihn passieren, verdrehte dabei die Augen.

Wie ein Gockel stolzierte er vor, die Pobacken zusammengekniffen.

Die Villa war nicht nur von der Straße aus riesig. Aus der Nähe betrachtet, wirkte sie noch einmal größer. Blütenweiße Reinheit ging von ihr aus. Zweifellos eine optische Täuschung, da es ein absoluter Widerspruch in sich war. Blisovic hatte zu Lebzeiten nie saubere Geschäfte abgewickelt. Seine Mandanten waren wohlhabend und korrupt gewesen. Sie konnten es sich leisten einen Anwalt zu finanzieren, der über Leichen ging, der klagte, wo kein Gewissen im Wege stand. So erzählte man sich in Callín. Hinter den hohen Mauern gab es vielleicht Sicherheit, Ruhe. Isoliert war man in jedem Fall.

Sie bogen um die Ecke und gelangten in den Garten der Villa mit Pool. Ein Garten, geschmückt mit Palmen, besonderen Pflanzen, seltenen Blumen und einem fernöstlichen Pavillon.

Marie saß auf einer Bank, im Schatten ihrer teuren Tropenhölzer, die Nase in einen Schmöker getaucht. Der Pool war leer, aber das Wasser bewegte sich noch. Jemand war gerade darin geschwommen. Ein einsames Handtuch lag auf einem Liegestuhl daneben.

Amanda blickte sich neugierig um.

»Señora, kommen Sie bitte«, forderte er streng, da sie an einer Stelle ungefragt stehengeblieben war und alles eingehend betrachtete.

Marie Blisovic erhob sich und eilte auf die beiden zu.

»*Gracias* Gustavo.« Sie lächelte ihn vielsagend an. Ob man sich einen Reim darauf machen durfte? Gustavo war als Mann und für sein Alter nicht zu verachten und noch körperlich fit. Soviel konnte man auch durch die Stoffhosen erkennen. Wenn er auch schon Mitte fünfzig war und nicht mehr in der Blüte seines

Lebens stand. Optisch wirkte er recht passabel. Unter Umständen gab er auch einen *recht passablen* Liebhaber ab.

»Schön, dass du kommen konntest«, umwarb Marie sie mit Liebreiz, nachdem Gustavo sich entfernt hatte. »Möchtest du einen Tee?«, fragte sie. »Ich habe hier eine wunderbare Sorte. Hibiskus mit Vanille.« Sie spielte mit ihrer Perlenkette und blinzelte in die Richtung, in die Gustavo verschwunden war. »Oder doch lieber einen *tinto*?«

»Danke, einen Tee trinke ich gerne.«

»Gustavo«, rief sie in besagte Richtung, als hätte sie nur darauf gewartet, ihn zurückrufen zu können. Und offenbar ging es Gustavo ähnlich. Wie ein Pfeil schoss er aus dem dunklen Winkel zurück zu Marie.

»Ja?« Er lächelte schon wieder dieses zweideutige Lächeln.

»Besorg doch bitte noch ein Tässchen für Amanda. Wärst du so lieb?«, bat sie zuckersüß.

»Aber selbstverständlich, Señora.«

Amüsiert verfolgte Amanda das Schauspiel der beiden. Gustavo war kein gewöhnlicher Hausangestellter. Vielleicht verkleidete er sich in Abwesenheit Fremder, oder man spielte hemmungslose Rollenspielchen. Irgendwie sah er danach aus. Sein schelmisches Grinsen ließ Amandas Fantasie spielen. Und offensichtlich auch die von Marie.

Als er wieder davoneilte, sah sie ihm nach, weil Marie es ihr vormachte.

»Und Semia?«, unterbrach Amanda schnell das Schweigen, rund um die Szene.

»Sie ist im Haus. Ich hole sie gleich dazu, wenn du möchtest. Heute Morgen ging es ihr nicht so gut. Die Hitze und ihre Schwangerschaft, das verträgt sich nicht immer gut. Sie hatte Kopfschmerzen. Eben erst hat sie gebadet.«

Gustavo kam kurz darauf mit einer Teetasse angedackelt und stellte sie, wie Amanda fand, mit einer etwas übertrieben eleganten Gestik auf den Tisch. Als er wieder abzog, bemerkte sie, wie Marie ihm erneut ungeniert nachsah.

Gustavo hatte einen nahezu genialen Hüftschwung. Er bewegte sich wie ein Tänzer. Ob Marie ihn wegen dieser Fähigkeit eingestellt hatte? Mit gespreizten Fingern schenkte sie ihrem Besuch Tee ein. Ihre Geste hatte etwas Arrogantes, was irgendwie zu Gustavos Hüftschwung passte.

»Mit den Projekten gibt es viel zu tun«, fing sie ein völlig anderes Thema als das Erwartete an, und setzte dabei – wie auf Kommando – einen gestressten Gesichtsausdruck auf.

»Projekte? Du meinst eure Frauenprojekte?«

»Wir wollen hier eine Schule eröffnen, nur für Mädchen. Mädchen sind zielstrebiger als Jungen. Sie wissen ganz genau, dass sie Verantwortung haben. Jahrhunderte lang haben wir uns um nichts anderes gekümmert als um das Wohl unserer Familien, haben unsere Männer aufgebaut, wenn sie in den Krieg zogen, ihre Launen ertragen, und nebenbei haben wir unsere Kinder gestillt, ihnen alles beigebracht, was sie fürs Leben brauchen. Das war gestern. Heute ist *jetzt* – und jetzt sind wir dran!«

»Du glaubst dafür ist eine Geschlechtertrennung in der Schule sinnvoll?«

»Vorläufig. Wir Frauen müssen uns erst einmal neu finden, und das können wir nicht, wenn die Männer ständig dazwischenfunken.«

Amanda musste an die gerade beobachtete Szene mit Gustavo denken. »Du glaubst, ohne Mann findest du dich schneller?«

»Wir konzentrieren uns auf das Wesentliche«, ignorierte Marie die gestellte Frage. »Wir schließen Kooperationen mit den besten Universitäten des Landes. Wir fördern den weiblichen Nachwuchs.«

»Aber nach der Uni heiraten deine Absolventinnen, kriegen Kinder, fallen zurück in die alten Rollen. Das hatten wir schon.«

Marie zeigte sich selbstbewusst. »Das ist doch alles nur eine Frage der finanziellen Möglichkeiten. Und wir Frauen sind clever. Wir wissen doch wie das geht, einen Mann für eine Sache zu gewinnen.«

Also doch nicht ohne Männer.

Amanda musste an Sergio denken. Ganz so unkompliziert wie Marie sich die Sache vorstellte, war sie nicht.

»Ihr dürft die Rollen nur nicht komplett umkrempeln, sonst werden euch die Männer zu Gegnern. Besser ist es sie zu involvieren, sie als Verbündete auf Augenhöhe zu stellen.«

»Aha. Klingt klug, was du sagst. Aber du redest von *uns* in der zweiten Person. Du gehörst doch auch dazu. Du bist eine von uns.«

Marie hatte wohl bemerkt, dass Amanda das Thema nicht mit der gleichen Euphorie aufnahm wie sie selbst. Sie wollte offenbar nicht ohne weiteres in die Rolle der Feministin schlüpfen.

»Na, wie auch immer. Ich werde mal nach Semia schauen«, wechselte sie daher das Thema und erhob sich.

Amanda sah Marie nach, wie sie den Pfad zum Haus einschlug, ihren Angestellten auf halber Strecke aufgabelte und die beiden ihre Köpfe zusammensteckten, tuschelten. Anschließend verschwanden sie im Haus.

Amanda lehnte sich zurück, ließ ihren Blick in die Weite schweifen, über das Grundstück. Der Blick in die Natur war irgendwie beruhigend, was jedoch jeden Moment auch ins Gegenteil umschlagen konnte. Jenseits des Pools lag das Hochland, umgeben von blauem Himmel, durch den immer wieder kleine *wollknäulige* Wölkchen wie die Mitglieder einer Schafsherde wanderten und in regelmäßigen Abständen über den Tropen abregneten. Hier wurde man verführt die Welt zu vergessen, oder auch der magisch-realen Literaturepoche nachzusinnen …

Semia stand ganz plötzlich da. Amanda hatte einen Moment lang die Augen geschlossen gehabt.

»He!«, kündigte sie sich an.

Amanda schlug die Augen auf.

»Was gibts?«, fragte eine junge Stimme über ihr.

Amanda blinzelte gegen das Sonnenlicht, während sie sich benommen aufrichtete.

Semia kaute auf einem Kaugummi. Sie trug ein kurzes Baumwollkleid, durch das ihr kleiner Bauchansatz etwas versteckt wurde. »Ich warte. Dabei will ich hier keine Wurzeln schlagen«, gab sie sich ungeduldig.

»Musst du nicht. Du kannst dich setzen.« Amanda deutete auf die Bank, an die Stelle, wo eben noch Marie gesessen hatte.

Semia zögerte. Nach kurzem Überlegen aber kam sie der Aufforderung nach und setzte sich.

»Ich bin Amanda. Zurzeit assistiere ich Comisario Fabulos«, schlug sie einen freundschaftlichen Ton an.

»Was interessiert mich das. Schickt er dich?«, fragte sie misstrauisch.

»Nein. Er weiß gar nicht, dass du hier bist. Und auch nicht, dass ich hier bin.« Sie musste Semias Vertrauen gewinnen. Ihre Körperhaltung signalisierte Passivität und die Fähigkeit zu vorschnellen Reaktionen.

»Wenn du mich aushorchen willst, kleine Chance. Ich verrate niemanden. Auch wenn ich nicht mehr zu *denen* gehöre.«

»Um die FARC geht es nicht.«

Semia ahnte, was der Anlass war. »Das mit Victor war ein Unfall. Ein Versehen. Ich habe ihn nicht erkannt, hab´ mich verteidigt. Ich dachte, er wollte mir was antun. Mir und ...« Sie sah an sich herunter.

»Ich weiß. Wir haben schon mit Villas y Meriles gesprochen. Darum geht es nicht.«

»Worum dann?«

»Von den Morden an den beiden Schülern hast du gehört. Du kennst die Szene. In der Zeit bei Flora, hatten die beiden dich mal gebucht. Gab es in diesem Zusammenhang irgendwelche Vorfälle? Kennst du Isabella Sánchez?«

»Langsam. Die Sánchez kannte ich nur vom Sehen. Und die Jungs aus der Szene, das sind harmlose Schlucker. Die haben genug mit den Vorurteilen zu kämpfen. Die bringen sich nicht auch noch gegenseitig um. In der Szene hatte keiner was gegen die Jungs, im Gegenteil.«

»Und bei den FARC? Edwin wollte doch beitreten.«

»Das war nur zum Schein. Der wollte nicht wirklich. Ramón hat ihn angeschleppt. Der wollte was für die Schule schreiben. Eine Hausarbeit über die Guerilla. Sein Lehrer hat sich da reingehängt.«

»Welcher Lehrer?«

»Geschichtslehrer. Keine Ahnung. Der Name war irgendwas mit A.«

»Alcides?«

»Genau. Aber mehr weiß ich dazu nicht. Ich bin ausgestiegen. Du weißt schon, wegen *ihm*.« Sie deutete auf ihren Bauch.

»Es wird ein Junge?«, fragte Amanda.

»Ja, ich spüre das. So wie er strampelt. Carlos Enrique soll er heißen, wie der Sohn von Carlos Vives. Willst du mal fühlen?« Sie wartete Amandas Antwort gar nicht erst ab, nahm einfach ihre Hand und legte sie auf ihren Bauch.

»Da, spürst du es? Gerade hat er getreten.« Ihre Augen glänzten für einen Augenblick. Augen, denen sonst ein eher düsterer Schleier anhaftete.

»Willst du es hier bekommen?« Amanda lächelte und zog ihre Hand unauffällig wieder weg.

Semia bestätigte kopfnickend. Selbst im Sitzen musste man zweimal hinsehen, um zu erkennen, dass sie schwanger war. Den einzigen Hinweis lieferte ihr Bauch. Ihre Figur war sehr schmal, so als hätte sie lediglich ein kleines Kissen unter ihrem Kleid versteckt.

»Vielleicht kann dir Marie mehr sagen. Er war doch mal hier. Dieser Lehrer, meine ich.«

»Alcides war hier? Hier bei Marie?«

»Ja.«

»Sie sind befreundet?«

»Das eher nicht. Bei ihren Partys bin ich nicht dabei. Da halte ich mich zurück.«

»Partys? Was denn für Partys?«

»Ach, sie hat dich nicht eingeladen? Marie feiert mit ihren Freundinnen doch diese Partys. Ich dachte, man redet darüber. Wohltätigkeit oder sowas.«

»Vielleicht ist es nur noch nicht bis zu mir vorgedrungen. Du meinst, sie veranstaltet Wohltätigkeitsempfänge?«

Semia wandte sich ab. Sie hatte plötzlich wieder ihre abweisende Haltung angenommen. »Ich halte mich da raus, wie gesagt. Mein Ding ist das nicht, aber die Frauen stehen drauf. Sie haben ja auch sonst nichts. Ihre klebrigen Ehemänner gehen lieber zu den Nutten.«

Nervös bewegte die Ex-Guerillera ihre Füße, starrte dabei zu den Palmen. Eine Hand lag immer auf ihrem Bauch.

»Waren sie alle drei bei dir? Edwin, Ibrahim und Victor Villas y Meriles? Du weißt, dass die drei diese Wette hatten, als sie dich als Amalia gebucht haben?«

»Ich mache es nicht mit schwulen Jungs. Das habe ich Victor schon gesagt.«

»Aber sie waren dennoch bei dir?«

Semia druckste herum. »Victor kam mit dieser Maske, wie gesagt. Und Edwin einmal, ungefragt. Der hat mich aber nur über die FARC ausgequetscht. Darum habe ich ihn vor die Tür gesetzt.«

»Hast du ihn wegen Belästigung angezeigt?«

Semia sah auf ihren Bauch. Dabei hielt sie ihn mit beiden Händen fest, als befürchte sie, er könne verschwinden. »Das war nicht ich. Das war Flora. Er kam einfach, nahm meine Zeit. Den Preis hat er auch nicht voll gezahlt. Ich habe Flora gesagt, er hätte sich nicht benommen und nicht gezahlt. Also hat sie ihn wegen Belästigung angezeigt.«

»Ein Denkzettel also.«

Semia zuckte desinteressiert mit den Schultern. »Wenn du so willst. Es ist ihre Sache. Ich war immer nur ihr Gast.«

Amanda musterte Semia. Sie traute ihr nicht.

Eine Weile schwiegen die beiden Frauen sich an.

»Victor hat nichts damit zu tun«, meldete sich Semia plötzlich wieder zu Wort. »Der ist unschuldig und vollkommen harmlos. Deshalb konnten wir ihn bei den FARC auch nicht brauchen.«

»Weshalb?«

»Er ist zu wenig parteiisch. Zu sehr *dazwischen*.«

»Warum hat er sich dann rekrutieren lassen?«

»Langeweile, Neugier. Was weiß denn ich.«

»Fällt dir sonst noch jemand im Zusammenhang mit den beiden Schülern ein? Jemand, der auch mit der Sánchez in Verbindung stand?«

»Nein, zu der weiß ich nichts, wie schon gesagt. Aber sie war auch mal hier. Sie hat sich gar nicht so gut mit den Frauen verstanden. Zumindest nicht mit allen. Manche von denen sind ganz schöne Heuchlerinnen. Die haben sich hinter ihrem Rücken über sie lustig gemacht.«

»Ach ja. Wer zum Beispiel?«

»Laura. Die ist falsch. Und Erica. Die hat irgendein dunkles Geheimnis.«

»Geheimnis?« Amanda erinnerte sich an das, was Maria in der Kirche über Erica gesagt hatte.

»Ja, aber die hat nicht nur Geheimnisse. Die ist unheimlich«, behauptete Semia.

Amanda war nicht sicher, ob Semia das sagte, weil sie einen persönlichen Zwist mit der anderen hatte. Erica, als die neue Sprecherin der Frauen hatte Sergio bereits reichlich Spott entlockt. Aber sie würde die Frauen ohnehin noch einzeln befragen müssen.

»Also wenns das war.« Semia wurde plötzlich ungeduldig.

Marie kam gerade aus dem Haus und eilte auf sie zu. Gustavo hinter ihr her.

Amanda entging Semias kurzer abschätzender Blick nicht, den sie in Richtung der beiden warf.

»Frag sie doch mal nach ihrem Typen. Ich meine, den von der Sánchez«, flüsterte Semia.

»Ach, du weißt davon?«

Dieser Punkt wurde jetzt tatsächlich interessant. Leider kamen sie nicht mehr dazu ihn weiter auszuführen. Semia hatte sich bereits erhoben und deutete an sich entfernen zu wollen.

»Also, dann viel Erfolg bei der Suche«, gab sie noch schnell irgendeine Abschiedsfloskel von sich, bevor sie an Marie vorbei hastete, die kurz ihren Arm berührte und mütterlich lächelte.

Wie naiv Marie war, dachte Amanda. Semia machte sich nichts aus ihr. Wenn ihr Kind auf der Welt war, würde sie die nächste Gelegenheit ergreifen, um wieder zu verschwinden. Sie hatte etwas Wildes, Ungezähmtes an sich.

»Ich sehe ihr habt euch nett unterhalten«, schlussfolgerte Marie, als Semia verschwunden war. Woraus sie auch diese

194

Schlüsse zog, Amanda war die junge Frau suspekt geblieben. Sie fragte sich, ob sie nicht in der Lage wäre einen Menschen zu denunzieren. Jemanden, der ihr nahestand; jemanden, der ihr Unterschlupf bot. Marie? Dabei handelte die Witwe sicher ebenso eigennützig. In einem derart großen Haus wollte man nicht allein sein müssen. Mit Semia und ihrem Kind würde sich das ändern. Doch sie sollte mit den beiden nicht umspringen können, wie sie wollte. Diese Erkenntnis aber lag noch vor ihr.

Andererseits … Amanda schweifte in Gedanken ab, – wäre Semia in der Lage einen Mord zu begehen? Noch dazu einen derart bestialischen? Sie, die die gerade ein Kind erwartete? Nein. Auch wenn sie eine Guerillera war, Amanda erlaubte sich das auszuschließen. Sie würde ihr Kind bis aufs Blut verteidigen. Aber zu mehr als das, war sie nicht in der Lage.

Marie Blisovic wirkte sichtlich gut gelaunt, als sie neben Amanda Platz nahm. Ihre Frisur war ein bisschen durch den Wind, oder sah danach aus, als hätte jemand sie durchwühlt; jemand wie Gustavo.

Der Hausangestellte beschäftigte sich gerade mit den Blumen, scharwenzelte dabei ständig um sie herum.

Marie bettete ihre Kissen neu. Dann setzte sie sich.

»Isabella hatte einen Freund«, begann Amanda.

»Hmn, ja …?«

»Du weißt, wer er ist.« Sie formulierte es bewusst nicht als Frage, wollte vermeiden, dass Marie ihr auswich. »Warum hat niemand von euch das bislang erwähnt? Und was hat es mit diesen Wohltätigkeitsveranstaltungen auf sich?«

Die Witwe zupfte verlegen an ihrem Oberteil. »Ach Isabella, ja. Davon hat sie dir erzählt? Semia? Unsere Partys … na ja, die sind für einen guten Zweck. Das ist so: Wenn wir ein Projekt ins Leben gerufen haben, veranstalten wir eine Party und stoßen auf unsere Ergebnisse an. Dabei werden Gelder gespendet für neue Projekte.«

»Neue …? Ergebnisse aber habt ihr doch noch gar keine. Projekte sind ja gut. Aber ich denke, man muss doch etwas abwarten, wie sie sich entwickeln; ob sie überhaupt angenommen werden.«

»Du glaubst gar nicht, wie viele Frauen in der Umgebung von Callín zuhause herumsitzen und sich darüber ärgern, dass sie nicht mehr Mitspracherecht haben.« Sie setzte einen wissenden Gesichtsausdruck auf. »Aber natürlich. Du hast schon recht. Man sollte etwas abwarten. Allerdings erreichen wir nur einen Bruchteil der Frauen. Sie sind es nämlich oft selbst, die ihre starren Rollen aufrechterhalten.«

Noch immer ordnete Marie ihr Haar. Dann schenkte sie Tee nach. »Und das andere, dieser Freund von Isabella; ehrlich gesagt, hatte ich ihn fast vergessen. Ich dachte das wäre vorbei«, gab sie sich naiv.

Amanda ließ Marie nicht aus den Augen. Das leichte Zucken um ihre Mundwinkel, die Art wie sie ihrem Blick auswich; sie log. Und sie tat es nicht einmal geschickt.

»Es deutete also deiner Meinung nach nichts darauf hin, dass er es gewesen sein könnte, der mit dem Mord an ihr etwas zu tun hat? Dass er sie in ihrer eigenen Wohnung kaltblütig abgeschlachtet hat?«

»Nein. Das sieht ihm ganz und gar nicht ähnlich.«

»Dann kennst du ihn also doch?«

»Na ja, sagen wir, das mit ihm und ihr war nicht so ganz offiziell. Das war *privat*. Und Isabella ist dafür bekannt gewesen, dass sie ...«

»Dass sie ...?«

»Ja, wie soll man das ausdrücken? Dass sie eben *gewisse Vorlieben* hatte.«

»Gewisse Vorlieben? Was denn für Vorlieben?! Drück dich mal etwas konkreter aus. WER ist er denn jetzt?« Amanda wurde ungeduldig.

»Glaube mir, Liebes, du würdest nur deine kostbare Zeit verschwenden.«

»Das Urteil möchte ich lieber selbst fällen.«

Marie führte ihre Teetasse zum Mund. Sie drückte die Knie zusammen. Die Anspannung ging bis in ihre Schultern.

Amanda stand unter Strom. Sollte sie ihr drohen, sie mitzunehmen und in Callín zu verhören. Sergio hätte an dieser Stelle bereits mit der Faust auf den Tisch geknallt: *Carajo, jetzt mach´*

endlich den Mund auf! Sie hatte seine Stimme im Ohr, die plötzlich ihre eigene war:»Jetzt red endlich *CARAJO*!«, donnerte sie.

Was war das? Sie hatte es sich tatsächlich erlaubt in Fabulos-Manier zu fluchen. Und es wirkte sogar. Marie sah sie erschrocken an. Dann stammelte sie:»Es ist Javier. Javier Gallo. Marias Mann.«

»Javier?! Javier, der Säufer?« Amanda war einigermaßen überrascht.»Das ist nicht dein Ernst. Sie hatte was mit Javier?! Und Maria weiß nichts davon, nehme ich an. Sie weiß nicht, dass er sie mit Isabella betrogen hat?«

Marie schüttelte den Kopf.»Nein. Und das sollte möglichst auch so bleiben.«

»Aber er hat sie übel zugerichtet, sie vergewaltigt.«

»Mag sein. Aber das wollte sie so. Es war ein Spiel. Sie suchte das Extrem, den Horror. Sie wollte gequält werden. Das gab ihr einen Kick … wenn du weißt, was ich meine. Es war eine Abmachung. Aber er hat sie nicht getötet. Das weiß ich ganz sicher. Er war bei mir, – *danach*. Er war verzweifelt. Auch wegen Maria. Er hatte Angst, dass alles herauskäme. Ganz besonders, als man Isabellas Leiche fand.«

Amanda begriff erst allmählich, worum es ging. Einzelne Puzzleteile fügten sich ineinander, ergaben einen kleinen Teil; wenn auch noch lange nicht das komplette Ganze.

»Dann war also *noch jemand* bei ihr, nach ihm. Wir werden Javier verhören müssen«, eröffnete sie Marie.

»Ich weiß.«

»Ein Geständnis kann immer auch eine Entlastung sein. Wenn er wirklich nichts verbrochen hat.«

Sie stimmte Amanda kopfnickend zu.

»Vielleicht müssen wir die anderen Frauen ebenfalls befragen. Du verstehst das. Hier läuft ein bestialischer Mörder frei herum. Wir müssen ihn aufhalten. Flora hat einen merkwürdigen Film erhalten, auf dem auch Semia zu sehen ist. Hat dein Grundstück eine Alarmanlage? Bist du dir sicher, dass hier niemand eindringen kann?«

»Bitte?!« Marie wirkte einen Augenblick lang etwas verstört. Dann aber fing sie sich gleich wieder. »Natürlich habe ich eine Alarmanlage«, stammelte sie.

»Und sie ist auch eingeschaltet?«

Die Witwe überlegte. »*Pues*, nicht immer. Ich möchte Semias Schlaf nicht stören. Sie braucht ihn. Manchmal reagiert sie auf jede kleine Bewegung. Sie ist eine Guerillera, hat im Wald gelebt.«

»Darüber solltest du gar nicht erst nachdenken. Besser du kümmerst dich um eure Sicherheit. Ein Mann allein für ein so riesiges Anwesen, das reicht nicht.« Amanda warf einen flüchtigen Blick in Gustavos Richtung, der sich gerade am Rasensprenger zu schaffen machte.

Marie schlug unruhig ein Bein über das andere, zupfte an ihrem Ärmel. »Sag mal, was für ein Film ist das, den Flora erhalten hat? Weiß jemand, dass Semia hier bei mir ist?«

»Ist nicht wichtig«, wimmelte Amanda sie ab. »Das kann alles auch ganz harmlos gewesen sein. Wir müssen dem noch nachgehen. Mach dir keine Sorgen. Aber trotzdem, schalte bitte die Alarmanlage immer ein. Ihr wohnt hier sehr weit draußen. Azevedo und Sotas sind nicht die schnellsten, wie du weißt. Und ich denke auf die Dienste des Militärs möchtest du lieber verzichten.«

Marie überlegte kurz, ob Amanda ihr etwas vorenthielt.

»Also gut«, zeigte sie sich schließlich einsichtig. »Ich sehe zu, dass sie eingeschaltet bleibt.« Die Witwe starrte auf ihre lackierten Fingernägel.

»Noch etwas«, kam Amanda ein weiterer Gedanke. »Hast du eventuell irgendwo eine alte Kühltruhe rumstehen; eine, die du nicht dauernd benutzt?«

»Eine Kühltruhe? Lass mich überlegen. Es gibt eine im Nebengebäude. Dort hat mein Mann sie gelegentlich verwendet, wenn er Besprechungen hatte. Weshalb willst du das wissen?«

»Nur so.« Sie wollte das Thema lieber erst mit Sergio besprechen. »Wir müssen sie vielleicht überprüfen. Aber das ist nur Routine. Ist eine allgemeine Anordnung. Nicht nur du bist davon betroffen.«

Marie neigte zu Misstrauen. Sie verkniff sich jedoch den Einwand, der ihr noch auf der Zunge lag. »Ich gebe übrigens nächste Woche wieder eine Wohltätigkeitsveranstaltung«, sagte sie stattdessen. »Wir sammeln Spendengelder für die Bildung von Frauen auf dem Land. Du bist herzlich eingeladen.«

War das ein Schachzug?

»Ich? Oh …«

»Du kannst doch? Ich würde mich freuen! Und die anderen Frauen auch.«

Amanda zögerte. Sie wusste nicht, was Marie von ihr erwartete. Sollte sie spenden? »Ich weiß nicht.«

»Wir machen uns einen schönen Abend. Es gibt Schaumwein und Cocktails. Maria liefert das Essen. Samstag gegen neun, in Abendgarderobe. Hiermit bist du offiziell eingeladen.«

»Also gut«, stimmte Amanda zu, »dann … gegen neun.«

Marie begleitete ihren Besuch zur Pforte. Amandas Blick schweifte noch einmal über das Grundstück. Der Rasensprenger stand jetzt auf der anderen Seite, ohne einen sich darüber beugenden Gustavo. Vermutlich war er ins Haus gegangen.

»Sag mal«, erinnerte sich Amanda an das Gespräch mit Semia, als Marie sie gerade zum Abschied umarmen wollte, »du kennst Rafaelo Alcides, den Lehrer vom San Antonio de Oviedo?«

»Alcides, ja. Er unterrichtet Geschichte und Politik, soweit ich weiß, und zeigt sich gelegentlich interessiert an unseren Projekten. Ab und zu spendet er auch. Kleine Beträge. Aber immerhin. Ein unscheinbarer Typ, etwas konservativ. Aber bei den Schülern ist er beliebt. Ich werde ihn einladen.«

»Gut. Und morgen gegen zehn kommst du mit den Gallo-Schwestern zum Verhör.«

»Mit Maria und Erica?« Überrascht zog sie ihre Hand, die gerade noch Amandas Arm getätschelt hatte, zurück.

»Du willst uns verhören? Weshalb? Hat Fabulos dir das aufgetragen?«

Amanda gab sich zäh und ließ die gestellte Frage im Raum stehen.

»Nun ja. Wir wollen ja, dass eure Ermittlungen vorankommen. Um zehn sind wir da.« Marie lächelte, wobei man ihrem

Tonfall deutlich entnehmen konnte, wie sehr ihr Amandas Vor-
ladung missfiel.

DREI

Sergio stand vor Floras Haustür. Er war sich nicht sicher, welcher Art sein Besuch sein sollte. Kommissarisch, oder doch eher privat? Fest stand: Seit der ersten zerstückelten Leiche war sein Schlaf gestört. In seinen Träumen sah er bereits das nächste Opfer. Mal war es Arturo, mal Jaime, Flora – und dann war da noch sie, Amanda. Es hatte etwas gedauert, bis er sich mit der neuen Situation – zu zweit – arrangiert hatte. Mittlerweile aber konnte er sie sich fast nicht mehr wegdenken. Und genau das war der springende Punkt. Was auch immer der Job an gefährlichen Situationen herbeiführte, Amanda würde früher oder später in Gefahr geraten, und das bereitete ihm zunehmend Sorgen.

Aber nicht nur das. Es war der neue Rhythmus, der mit ihr eingezogen war. Heimlich hatte sie alles umgekrempelt. Und das ganz ohne, dass er Einwand erhob. Bedenklich. Wenn er jetzt morgens das Büro betrat, war alles sauber. Die Ordner standen in Reih und Glied. Man fand sofort, was man brauchte; und was man nicht fand, brauchte man vermutlich auch nicht. Zugegeben, das fühlte sich ganz gut an. Und der Mensch war ein Gewohnheitstier. Sergio gewöhnte sich an die neuen Pflanzen auf der Fensterbank. An den frisch aufgebrühten Kaffee am Morgen. Und an das Tablet, anstelle eines Notizblocks. Vor allem aber gewöhnte er sich an sie. Amanda. Und das war zutiefst beunruhigend.

Der Comisario starrte auf seine Schuhe und die Fußmatte auf der er gerade stand. Ein Bunny war darauf abgebildet.

Er atmete schwer. Dann richtete er seinen Blick auf die Tür, von der bereits der Lack blätterte. Und auch der verfilzte Panda, auf dem Beistelltischchen neben einer kitschig verfärbten Blumenvase, hatte definitiv schon bessere Zeiten gesehen. Sollte er tatsächlich? Wie lange schon hatte er Floras Dienste nicht mehr in Anspruch genommen. Eventuell würde man auch einfach nur reden.

Seine eigenen Grübeleien unterbrechend, klopfte er entschlossen an die Tür.

Er kam unangemeldet, wie er es in der Regel immer tat. Dabei hätte er aller Wahrscheinlichkeit nach einen Termin machen müssen, schoss es ihm plötzlich durch den Kopf. Jetzt, wo sie sich ihre Freier im Internet suchte, war sie oft ausgebucht. Das Geschäft mit der käuflichen Liebe florierte. Es gab einen Markt für die Einsamkeit. Sobald man sich einloggte, war man nicht mehr allein. Wie viele klickten zur selben Zeit auf eben diese Seiten. Passwort, Kreditkartennummer. Im Grunde genommen war das Leben anspruchslos. Es fragte nicht mehr nach Werten; es wollte lediglich Bares. Dabei konnte man natürlich auch argumentieren: Auch Flora wollte Sicherheit und eine gewisse Vorhersehbarkeit für ihren Tagesablauf. Die Gesellschaft spaltete sich gerade an der Frage, wie es im Land weitergehen sollte – nach dem Frieden. Vielleicht war es auch eine Typfrage, weshalb der Graben nicht selten durch die eigene Familie verlief.

Außer der Waffenniederlegung, gab es noch eine weitaus beunruhigendere Entwicklung. Kleine Gruppen hatten sich von der paramilitärischen AUC abgesplittert, versuchten sich ehemalige Gebiete der FARC unter den Nagel zu reißen. Wo sie auftauchten, rekrutierten sie Zwangsarbeiter und verbreiteten Angst und Schrecken. Wer sich widersetzte, erhielt Morddrohungen. Auch die Goldgräber wurden als Arbeiter zum Kokaanbau auf ehemaligen FARC-Böden eingespannt, und mit den Goldgräbern wuchsen Kriminalität und illegale Prostitution.

Grund für die Frauen (einmal mehr) zu rebellieren? Abgesehen davon, spaltete die Friedensfrage selbst Paare in ihren Meinungen. Paare, wie zum Beispiel Jaime und Eusebia.

Flora hatte also allen Grund sich abzusichern, wenn sie ihr Geschäft sauber halten wollte.

Sergio stand noch immer vor verschlossener Tür. Flora hatte ihn offensichtlich nicht gehört. Erneut klopfte er, diesmal etwas energischer.

Drinnen waren Schritte zu hören. Mit einem Mal wurde die Tür aufgerissen, als erwarte sie den treulosen Liebhaber, um ihn auf der Stelle zu ohrfeigen.

Sergio stand da wie ein begossener Pudel; oder eben wie der erwartete Liebhaber. Ein lächerlicher Bittsteller. Unwirsch musterte sie ihn von oben bis unten. Sie war nicht so gekleidet, als erwarte sie jemand *anderen*; jemand anderen als einen unentschlossenen, mutlosen Sergio Fabulos. Sie trug lila Leggins, ein etwas zu großes T-Shirt mit Glitzeraufdruck und seitlichen Knöpfen.

»Serg«, stellte sie nüchtern fest, nachdem sie ihn ausgiebig angestarrt hatte. »Was willst du?«, kam dann auch schon die Frage, die er am meisten fürchtete. Die Frage, auf die er keine Antwort wusste. Zumindest nicht so ad hoc.

Flora stand da wie ein Feldwebel. Also, nicht weit von seiner Erwartung entfernt. Dann aber besann sie sich, setzte einen etwas milderen Gesichtsausdruck auf.

»Na, dann komm halt mal rein.«

Benommen dackelte er durch die geöffnete Tür.

Flora wusste wie Männer tickten. Ihre langjährige Erfahrung im einseitigen Metier, hatte ihr bereits sämtliche Aspekte und Facetten der Männerwelt hautnah gebracht. Und ein Sergio Fabulos war noch – vor allen anderen Männern – bestens zu durchschauen.

»Wo drückt denn der Schuh?«, fragte sie geradeheraus. »Du kommst doch nicht fürs Vergnügen.«

Nein, danach sah es nicht aus. Sergio folgte Flora in ihr Wohnzimmer. Dort nahmen sie nebeneinander auf dem Sofa Platz. Durch den Raum zog ein Hauch von Moschus und Lavendel. Die Tür zu ihrem Schlafzimmer stand offen und das Bett war frisch bezogen.

»Du erwartest jemanden? Einen Freier?«

Sie griff zu einer Schachtel Zigaretten, die auf dem Wohnzimmertisch lag, fingerte eine heraus und zündete sie sich an.

»Ich habe wieder angefangen zu rauchen. Der Stress«, rechtfertigte sie sich, ohne auf Sergios Frage einzugehen.

Stumm saßen sie eine Weile da, starrten an die Wand. Jeder an eine andere Stelle. Flora rauchte dabei.

»Das ist schon ein Kreuz mit dem Frieden«, fing sie an. »Erst haben wir ihn uns so lange gewünscht. Jetzt streiten wir nur noch deswegen.« Der Rauch ihrer Zigarette stieg langsam Richtung Zimmerdecke. Sergio starrte dem geistesabwesend nach.

»Du bist also dafür?«, fragte er, ohne sie anzusehen.

»Klar. Ich will meine Ruhe. Aber wenn sie weitermachen wollen, bitte! Sie werden schon sehen, was sie davon haben. Wir leben in einem globalen Dorf, sind transparent. Wenn wir uns nicht einigen, fragen die da draußen sich, was wir denn eigentlich wollen. Warum wir so undankbar sind.«

»Was die da draußen denken, ist mir egal. Aber ich will auch Frieden«, stimmte er ihr zu. »Jaime würde dazu jetzt sagen: Müssen wir denn aufhören wir selbst zu sein? Für den Weltfrieden?«

Flora warf ihm einen kritischen Seitenblick zu.

»Das tun wir doch gar nicht«, empörte sie sich. »Sieht er das so? Na, der Gute wird sich auch künftig nicht unterordnen. Jetzt schenkt er diese gelbe Brühe aus. Wie würde er *das* denn nennen? Stiller Protest? Ist ihm doch egal, was die Leute wollen. Solange der Einkaufspreis stimmt, diktiert er, was getrunken wird. Aber gegen die Frau im eigenen Haus kann er sich nicht durchsetzen. Die tanzt ihm auf der Nase rum.«

Sergio grinste. »Ist was dran«, bemerkte er. Es war das, was er hören wollte, damit er sich nicht ganz allein im Elend wälzen musste.

»Und bei dir?«, fragte sie wie beiläufig.

»Was meinst du?«, stellte er sich dumm. Dabei wusste er ganz genau, in welche Richtung ihre Frage zielte.

»Amanda?«

»ACH diiie«, dehnte er seine Antwort. »Na ja, sie richtet sich häuslich ein.«

»Und das schmeckt dir nicht, was?« Flora zog sich ihr T-Shirt zurecht, was ihre Oberweite in ein kurzfristiges Beben versetzte. Normalerweise hätte dies augenblicklich seine Blicke auf sich gezogen. Sergio aber sah nur stur zur Wand.

»Sie gefällt dir, stimmts?«, schlussfolgerte Flora aus seiner Re-aktion.

»Ach«, tat er ihre Frage ab, was ihr mehr Aufschluss bot, als wenn er ausführlich geantwortet hätte. Sie kannte Sergio Fabulos zu gut. Und Sergio machte sich nicht einmal mehr die Mühe, sich vor ihr zu verstellen. »Serg, du brauchst eine Frau.« Eine Aussage, die vielerlei Interpretationsmöglichkeiten bot.

Flora drehte sie sich ihm zu und begann mit einer Hand seine Schultern zu massieren. »Jetzt geh doch mal in dich. Allein das hier«, sie klopfte auf seine Schultern, »alles verspannt.«

»Das ist der Stress, die Arbeit.«

»*Anadate!* Der Stress sitzt in deinem Kopf und dort wird er noch Wurzeln schlagen, wenn du nicht mal an dich denkst.« Sie legte ihre Zigarette in den Ascher. Ihre freigewordene Hand glitt jetzt seinen Arm hinab, befand sich bereits auf Abwegen … Sergio wusste, wo sie als nächstes landen würde. Letztlich dachte sie doch nur ans Geschäft.

»Entspann dich, mein Lieber. Welchen Wunsch kann ich dir denn erfüllen?«

Jetzt erst fiel ihm auf, dass sie unter ihrem T-Shirt nichts weiter trug als ihre Nacktheit.

Schnell wandte er den Blick wieder ab und legte den Arm so auf sein Knie, dass ihre Hand kein Weiterkommen fand.

»Hast du das mit Amalia mitbekommen?«, wechselte er abrupt das Thema. »Wusstest du, dass sie in Wirklichkeit Semia heißt und ein Kind erwartet?«

»Hab ich mitbekommen.« Flora richtete sich wieder auf. Dabei zog sie ein frustriertes Gesicht. »Na ja, nicht gleich. Erst hat sie mich ja angelogen, dieses Miststück.« Sie verzog die Lippen, fischte ihre noch brennende Zigarette wieder aus dem Ascher.

»Womit hat sie dich angelogen?«

»Mit dem Kind. Ich habe ihr gesagt, sie könne nicht arbeiten, wenn sie schwanger ist. Wenn sie sich hier was holt, bringt sie sich und ihr Kind in Gefahr. Das nehme ich nicht auf mich. Sie hat behauptete, sie leide unter Blähungen. Daher der Bauch. Ich habe darauf bestanden, dass sie es nur mit Kondomen macht.«

»Du hast ihr das mit den Blähungen geglaubt?«

»Serg, siehst du hier ein Ultraschallgerät oder sowas? Und zum Frauenarzt hab ich sie nicht geschleppt. Das ist ihre Sache. Sie ist alt genug.«

Sie fummelte an den Knöpfen ihres T-Shirts herum, das man seitlich öffnen konnte, löste einen Knopf nach dem anderen. Sergio bemerkte es aus dem Augenwinkel. Und noch bevor er weiter darüber nachdenken konnte, klaffte das Stück Stoff auch schon nach vorn, gab den Blick auf ihre herunterhängenden Brüste frei. Es war ein Frontalangriff. Sie gab es nicht auf.

Er fragte sich, zum wievielten Male sie diese Show abzog, und ob es ihr überhaupt noch Lust bereitete. Derweil sprach Flora weiter als wäre nichts. »Man sagt, sie war bei den FARC. Sie war manchmal etwas vulgär. Das ist mir schon aufgefallen. So sind die da alle. Niemand ist wirklich unschuldig. Auch wenn es so aussieht.«

»Und was ist mit den Frauen? Gehörst du auch zu den *Guerilleras?*«, brachte Sergio das Thema in eine andere Richtung.

»Die Frauen und ich? Auch wo. Du glaubst doch nicht im Ernst, dass die zu mir kommen?! Ich bin die, die ihren Männern die Eier massiert, weil sie selbst sich davor ekeln. Die hassen mich.«

»Sicher.«

»Apropos Eier«, kam sie wieder auf das Geschäftliche, »was darfs denn sein? Blow-Job?«

Sergio zögerte. Normalerweise mochte er es, dass sie nicht drum herumredete und gleich auf den Punkt kam. Heute aber war alles anders. Lustlos zog er dennoch seinen Arm zur Seite, damit sie ihm die Entscheidung abnahm. Dann sollte sie eben machen.

Flora ließ nicht lange auf sich warten. Ihre geschickten Finger fummelten an ihm herum. Von da an aber ging es nur noch bergab.

»So wird das nix, Serg«, kam sie zu einer mehr als ernüchternden Erkenntnis. Der hat heute absolut keinen Appetit.«

Sie richtete sich etwas auf, lehnte sich zurück und räkelte sich auf dem Sofa.

»Es sitzt wohl doch da oben«, bestätigte er, »die Ursache.«
»War da was mit ihr?«, fragte sie. »Mit Amalia?«
»Nein.«
»Aber du hast sie angehimmelt. Mir kannst du´s doch sagen.«
»Hmn.«
»Weißt du, ich habe Augen im Kopf. Aber …« Sie zog ihre
Knie aufs Sofa. »Besser ists so. Glaub mir, sie wäre nichts für
dich gewesen. Die will hart rangenommen werden. Dafür bist
du zu weich.«
Das hörte er gar nicht gern. Zu weich. Was zum Teufel wollte
sie denn damit sagen?! »Was soll das heißen? Meinst du ich
bringe es nicht?!« Mit Flora konnte er offen reden.
»Doch doch, durchaus. Ich meine: Im Kern deines Herzens
bist du doch ein hoffnungsloser Romantiker. Mach mir nichts
vor, ich kenne dich lange genug, um mir ein Urteil zu erlauben.
Du bist keiner von der harten Sorte.«
Was auch immer sie mit dieser Aussage andeutete, es ging voll
daneben. Sergio fühlte sich in seiner Männlichkeit verletzt.
Auch wenn sie es vielleicht nicht so gemeint hatte. Dafür war es
jetzt zu spät. Der Satz schwebte durch den Raum. Schleimig,
giftig.
»Wenn ich zu weich bin, was mache ich dann in diesem Job;
willst du das damit sagen?« Es brodelte in ihm.
»Neiiin! Davon war gar nicht die Rede. Ganz ehrlich und ganz
ohne dir Honig um den Bart zu schmieren, ich kenne niemanden, der einen besseren Comisario abgäbe. Und ich kenne sie ja
so ziemlich alle hier.«
Sergio war nicht überzeugt. Der Stachel saß noch im Fleisch.
»Gerade weil du so bist wie du bist, hast du dich hier so lange
gehalten. Und was die Leute reden, – *que te importa*!« Sie gestikulierte. »Wenn sie nichts reden, hieße das nur, du interessierst sie
nicht. Aber du interessierst sie, *no lo dudes*. Die wissen schon, was
sie an dir haben. Die haben die Hosen voll, ohne dich.«
Sergio antwortete nicht.
Eine Weile saßen sie stumm nebeneinander. Ein ratloser Sergio Fabulos und eine halb entblößte Flora Morales.

»Und jetzt?«, fragte sie irgendwann. »Sollen wirs für heute aufgeben? Ich mache mir keine Hoffnung, dass da noch was geht.« Flora wusste, wovon sie sprach. »Wenn du mich fragst, solltest du das überhaupt ganz lassen, Serg«, platzte es auf einmal aus ihr raus. Verwundert sah er auf.

»Ganz ehrlich, Serg, du bist ein Mann in den besten Jahren. Du brauchst das hier doch gar nicht. Das ist was für Verheiratete. Für Männer, die schon alles durchhaben, die vom Ehefrust gezeichneten. Lass das Leben nicht an dir vorbeiziehen. Da draußen wartet noch irgendeine auf dich.«

Sergio sah Flora mit großen, fragenden Augen an. Hatte sie *das* tatsächlich gerade gesagt? Er glaubte sich verhört zu haben.

Floras Gesichtsausdruck aber verweigerte ihm jede weitere Frage. Man konnte ihr das Gesagte auch als geschäftsschädigend auslegen. Stattdessen zog sie sich das heruntergelassene T-Shirt wieder hoch.

Sergio hatte ohnehin verstanden. Es bedurfte keiner weiteren Erklärungen.

VIER

Es war bereits nach acht. Amanda war noch einmal ins Büro gegangen, um in der angefangenen Akte zu stöbern. Das Gespräch mit Marie ging ihr nicht aus dem Kopf. Javier und Isabella ... Sollte Maria das gewusst haben, konnte man ihr glatt ein Mordmotiv daraus drehen. Amanda aber konnte sich Maria schwerlich als Mörderin vorstellen. Außerdem gab es zu viele andere Ungereimtheiten.

Sie schrieb Sergio eine kurze Notiz zum geplanten Verhör am nächsten Tag. Als sie den Zettel ablegte, fiel ihr etwas auf. Auf dem Schreibtisch lag ein Umschlag. Neugierig drehte sie ihn herum. Er trug den Stempel vom Colegio San Antonio de Oviedo. Sergio hatte ihn offenbar nur hier abgelegt, ohne ihn zu öffnen.

Amanda überlegte. Sollte sie ihn vor ihm öffnen? Er würde sich sicher aufregen. Das aber wäre auch schon das Äußerste, was sie von Sergio Fabulos zu erwarten hatte. Das Gewitter zöge schnell weiter. Vielleicht wäre er ihr insgeheim sogar dankbar, dass sie ihm Arbeit abnahm.

Kurzentschlossen griff Amanda zum Brieföffner und schlitzte den Umschlag auf. Sie zog die darin verpackten Unterlagen heraus.

Die Papiere enthielten ein Anschreiben vom Direktor der Schule. Dieser hatte sich erlaubt – und das offenbar ohne das Einverständnis des zuständigen Lehrers, Rafaelo Alcides, die Hausarbeit von Edwin Gallo einzuziehen und der Polizei zu übergeben. Er sah sich in der Pflicht, so schrieb er, bei den Ermittlungen jede mögliche Hilfe anzubieten und keine Informationen, die zur Aufklärung der Morde beitragen könnten, unter Verschluss zu halten.

Amanda legte das Anschreiben beiseite und blätterte interessiert durch das Dokument, das eine Sammelmappe enthielt, in der Edwin alle Notizen und Informationen, die FARC betreffend, gesammelt hatte. Darunter tagebuchähnliche

Aufzeichnungen, Lagebeschreibungen und Pläne, die er selbst gezeichnet hatte. Alcides hatte alles abgesegnet.

Sie las eine Weile, tauchte in Fakten und Berichte, vergaß dabei vollkommen die Zeit.

Irgendwann, es war fast elf, schreckte sie plötzlich auf. Für einen Moment hatte ein Geräusch die Stille durchbrochen und sie aus ihren Gedanken gerissen.

Irritiert schweifte ihr Blick durch den Raum. Woher war das gekommen, hatte sie die Tür auch richtig verschlossen?

Eine unterschwellige Unruhe überfiel sie. Mit einer hastigen Geste schob sie die Unterlagen beiseite und stand auf. Unruhig trat sie ans Fenster.

Auf der Straße schien alles normal. Unauffällig. Amanda drehte sich wieder herum und warf einen ängstlichen Blick Richtung Tür.

Eine Weile starrte sie ins Halbdunkle. Der Türknauf zeichnete sich darin wie ein goldener Fleck ab. *Da ist nichts*, beschwichtigte sie sich.

Dann aber – auf einmal – erhielt ihre Furcht eine Berechtigung. Der Türknauf bewegte sich. Langsam, aber doch deutlich sichtbar.

Erschrocken eilte sie zurück zum Schreibtisch, löschte die Lampe und trat hinter die Tür zur Küche.

Zitternd verharrte sie an einer Stelle, wagte es kaum zu atmen, geschweige denn sich zu bewegen. Wer auch immer dort vor der Tür stand und versuchte hereinzukommen, er hatte keine Berechtigung dazu. Sie presste sich gegen die Wand, bemühte sich durch den Türspalt die Eingangstür im Auge zu behalten.

Langsam drehte der Knauf sich weiter.

»Madre de dios«, flüsterte sie und bekreuzigte sich in Gedanken. Die Tür öffnete sich.

Zunächst erkannte sie nur einen Schatten. Natürlich hatte derjenige eine Taschenlampe bei sich, die er jedoch gleich ausschaltete. Er war nicht darauf aus, Aufsehen zu erregen oder jemanden im Haus zu wecken. Leise trat er an den Schreibtisch. Wenn er jetzt die Schreibtischlampe einschaltete, würde er bemerken, dass sie gerade erst gebrannt hatte.

Amanda drückte sich fest an die Wand, schloss kurz die Augen.

Das Klicken des Schalters, veranlasste sie sie wieder öffnen. Jetzt brannte das Licht und jemand beugte sich über den Schreibtisch. Ein Mann, mittelgroß, schlank. Er war offenbar blind für seine Umgebung, nahm diese nur beiläufig wahr. Mehr konzentrierte er sich auf seine Suche. So schien es.

Amanda versuchte in der Gestalt des Anwesenden jemanden zu erkennen, eine bekannte Person. Aber da war nichts. Selbst nicht, als er im Profil zu ihr stand. Sie hatte ihn noch nie zuvor gesehen. Was wollte er?

Der Mann war etwa im Alter von Sergio Fabulos, Anfang vierzig. Vielleicht sogar etwas jünger. Er trug graue Stoffhosen und einen dünnen Rollkragenpulli, hatte etwas von einem Beamten. Schickte man Sergio Fabulos jetzt die Behörde an den Hals?

Ein Beamter aber würde doch nicht zu dieser Tageszeit hier eindringen, sagte sie sich.

Der Mann hatte schnell gefunden, was er suchte, denn *sie* lag ja noch auf dem Tisch, griffbereit: Edwins Hausarbeit. Irritiert verfolgte Amanda wie der Eindringling sie sich in seine Ledertasche quetschte.

Das war es also, weshalb er hier eindrang. Nichts sonst. Es musste wohl wichtig sein.

Er schaltete die Schreibtischlampe wieder aus. Seine Schritte entfernten sich in Richtung Tür.

Sie würde ihn gehen lassen, beschloss sie spontan. Sie wollte kein Risiko eingehen, denn sie wusste ohnehin, wo sie ihn finden würde. Sie ahnte, *wer* er war.

FÜNF

Es war kurz vor zehn, als Sergio aus der Casa Violeta schlüpfte, die seine mickrige Drei-Zimmer-Wohnung beherbergte. Auf der Straße empfing ihn ein ungewohnt frischer Wind. Es war Ende Juni. Im tropischen Hochland aber richteten sich die Jahreszeiten nach der Höhe, ungeachtet dessen, welcher Monat gerade war.

Sergio spähte abwechselnd in alle Richtungen. Am Ende der *calle quinto* entdeckte er einen Bücherstand. Ein älterer Herr auf einem klapprigen Holzstuhl hockte daneben.

Sergio ging auf ihn zu, näherte sich dem Stand und warf einen flüchtigen Blick über die ausgelegte Lektüre. Die Themen der Titel kreisten um Politik aus einer anderen Zeit, – ausgediente Politik. Geistes- und Sozialwissenschaften, so idealistisch man sie auch betrieb, auch sie hatten ein Verfallsdatum. Wer sollte sowas noch lesen.

»Interessant, interessant«, murmelte er und legte dem Mann ein paar Pesos in die Plastikschale.

»Bitte Señor, *escoge!*«, forderte der Mann ihn auf, sich einen Titel auszusuchen. Der Comisario nahm sich eins der Bücher, nickte dem Verkäufer freundlich zu und schlenderte weiter.

In der *oficina* roch es nicht – wie gewohnt – nach frisch aufgebrühtem Kaffee. Amanda war noch nicht da. Ungewöhnlich.

Normalerweise war sie weit vor ihm auf den Beinen und hatte schon einen Stapel Arbeit vorbereitet. Jedoch nicht heute.

Sergio setzte sich an den Schreibtisch, der außer seinen vor ein paar Tagen wieder aufgestellten Ablagekörben (Amanda waren selbige ein Dorn im Auge), nichts enthielt. Weder Krümel noch Flecken. Dabei …

War nicht gestern ein Umschlag von Colegio San Antonio de Oviedo angekommen, fiel ihm ein. Er lag nicht mehr dort, wo er ihn abgelegt hatte. *Madre!*, verfluchte er Amandas Ordnung.

Gereizt schob er den Stuhl vom Schreibtisch weg, lehnte sich zurück und faltete dabei die Hände.

Auf dem Boden lag ein Zettel. Sergio betrachtete ihn eine Weile aus der Entfernung, ohne sich dabei etwas zu denken. Dann bückte er sich, hob ihn auf.

Es war tatsächlich eine Notiz von Amanda. *Termin um zehn mit Marie Blisovic, Erica und Maria Gallo* stand darauf.

Interessant. Sie ließ Dokumente verschwinden, damit er sie nicht fand; sie lud Zeugen vor, ohne es vorher mit ihm abzusprechen. In Sergio Fabulos brodelte es. Was erlaubte sie sich?!

Er sah auf die Uhr. Mittlerweile war es nach zehn, und keine der angekündigten Damen anwesend. Von Amanda ganz zu schweigen.

Er griff zum Hörer und rief sie auf ihrem Mobiltelefon an. Nach ein paarmal Klingeln sprang die Mobilbox an.

Genervt stand Sergio auf, trat aus dem Büro, vor die Tür. Im Treppenhaus waren Stimmen zu hören. Zwei junge Mädchen unterhielten sich auf der Treppe, hörten Musik, lachten. Eine ältere Frau fegte vor der Eingangstür ihres Appartements. Dabei warf sie verächtliche Blicke in Richtung der beiden Teenager.

Unten ging die Tür und die Frau hielt augenblicklich in ihrer Tätigkeit inne. Das Geräusch von klackernden Absätzen …

Schnell huschte Sergio zurück in den Raum, verschloss die Tür eilig hinter sich und hockte sich erneut an den Schreibtisch. Er bereitete irgendwelche Unterlagen vor sich aus. Es sollte nicht so aussehen, als wäre er untätig.

Kurz darauf klopfte es an der Tür.

»*Adelante!*«, rief er.

Die Tür öffnete sich und die drei erwarteten Frauen traten ein. Marie Blisovic und die Schwestern Gallo.

Verflucht, ärgerte er sich erneut, dass Amanda ihn mit den Dreien sitzen ließ. Er wusste ja gar nicht, was Sache war. Vielleicht hatte sie etwas Neues herausgefunden.

»*Buenos dias*, Sergio«, grüßten die drei. Marie, die Witwe; Erica, die *Ersatz*-Anführerin und Maria, die Unabhängige. Maria trug elegante schwarze Stiefel und ein dunkles Tuch zu einem schwarzen, dünnen Strickkleid. Sie präsentierte ihre Trauer auf elegante Art und Weise.

Marie war ebenfalls zurechtgemacht. Sie trug ein blauviolett-geblümtes Kleid. Passend zum Lidschatten und zu ihren rosa angemalten Lippen.

Die unscheinbarste der drei war Erica. Sie kam in einfachen bordeauxroten Jeans und einer farblosen Bluse daher, wirkte wie ein kahler Ast zwischen zwei geschmückten Bäumen.

»Señoras«, grüßte Sergio zurück und versuchte dabei Haltung zu wahren. Die Situation rieb ihn auf, die bohrende Unwissenheit.

»Was gibts Neues aus dem Umland?«, richtete er seine Frage daher an Marie, wie um Zeit zu gewinnen. Vielleicht hatte Amanda ganz einfach nur verschlafen oder sie musste spontan an die Uni oder zu ihren Eltern.

»Keine weiteren Todesfälle. Hoffentlich. Wenn du das meinst«, kam Maria der anderen zuvor.

»Aber deswegen sind wir vermutlich nicht hier«, ergänzte Erica.

»Amanda war bei mir« eröffnete Marie ihm das, was er bereits geahnt hatte. Nur kannte er den Ausgang dieses Treffens nicht. Er hatte den Nachmittag bei Flora verbracht, was ihm fraglos gerade einen Wissensrückstand einbrockte. Möglicherweise hatte sie vermutet, wo er war. Sie wollte Sergio Fabulos für seine perversen Anwandlungen strafen. Das sah ihr ähnlich.

»Wollt ihr vielleicht einen Kaffee?«, fragte er höflich. Die Kaffeemaschine war eigentlich Amandas Revier, aber er würde das schon hinkriegen.

»Warum nicht.« Maria machte es sich auf einem der (mittlerweile) zwei zur Verfügung stehenden Stühle bequem.

Sergio verschwand in der Küche, griff zur Kaffeedose im Regal, öffnete sie und füllte ein paar Löffel in die Maschine, goss Wasser hinzu und drückte auf den Knopf.

Ein Ohr war ganz bei den Vorgängen im Nebenraum. Die Frauen verhielten sich verdächtig still. Hatten sie sich nichts zu sagen? Oder lag *etwas* in der Luft?

Er kratzte sich am Kopf, überlegte. Derweil gab die Kaffeemaschine Geräusche von sich. Sergio drehte sich weg und schielte um die Ecke. Er konnte den anderen Raum gerade so einsehen. Maria und Erica saßen. Die Witwe stand noch immer am selben Fleck. Etwas gährte in ihr.

»Ich muss dir was sagen«, hörte er plötzlich ihre Stimme, die zu Maria sprach. Dabei klang diese typische *Marie-Arroganz* mit, wie Sergio fand.

Erica sah zu Boden.

Maria schlug ein Bein über das andere. Ihre Mimik war nicht viel zu entnehmen. Seit dem Tod ihres Sohnes hatte sie eine Art Protesthaltung eingenommen, war gegen alles und jeden. Ihre Welt drehte sich fast ausschließlich um ihr Geschäft. Den ganzen Rest hielt sie auf Distanz. Dann wieder gab es diese Momente, in denen sie völlig in sich gekehrt war. So wie jetzt gerade, als Marie sie ansprach.

»Was willst du mir sagen?«, fragte sie mit einer Stimme, als ahnte sie bereits, worum es ging.

Marie druckste herum, was irgendwie kindisch wirkte. »Es geht um Javier.«

»Ja?«

»Er hat dich betrogen.«

Erschrocken sah Erica geradewegs in das Gesicht ihrer Schwester. Diese aber schien von Maries Worten nicht sonderlich überrascht.

»Ich weiß«, sagte sie nur.

Sergio spitzte die Ohren.

»Und du weißt auch mit *wem*?«

Erica warf Marie einen scharfen Blick zu. *Sprich nicht weiter!* schien dieser zu sagen.

Marie aber sprach bereits weiter, da Maria nicht auf ihre Frage reagierte. »Er hat dich mit Isabella betrogen«, flüsterte sie.

Sergios Ohr klebte an der Tür, so dass er trotz Maries Flüstern jedes Wort verstand. Vor Schreck fiel ihm fast die Dose aus der Hand, die er gerade zurück ins Regal stellen wollte.

Maria saß nach wie vor vollkommen ungerührt da.

»Weiß ich doch«, wiederholte sie nur kühl.

Erica lief derweil knallrot an.

»Das ist nicht euer Ernst?!«, platze Sergio unangemeldet in die Unterhaltung der drei. Der Kaffee war augenblicklich vergessen.

Verwundert sah Marie ihn an. »Amanda hat es dir noch nicht erzählt?«

»Na ja, ich habe sie gestern nicht mehr gesehen«, gab er sich zögerlich zu erkennen.

»Ach«, Marie zupfte an ihrem Ausschnitt herum, »dann weißt du gar nicht, dass sie uns herbestellt hat.«

»Doch doch«, versuchte er schnell die Situation zu retten. »Sie hat mir eine Nachricht hinterlassen.«

Erica hatte sich etwas abgewandt und starrte angestrengt auf den Boden; derart, dass man nicht erkennen konnte, ob sich ihre Gesichtsfarbe wieder normalisiert hatte.

»Wo ist sie denn, die Gute?«, frage Marie freundlich-spitz. »Warum ist sie denn noch nicht da?«

»Wenn ich das wüsste.«

»Sie ermittelt sicher auf eigene Faust«, äußerte sich Erica. »Einem Comisario, der sich die Zeit lieber mit Nutten vertreibt, traut sie vermutlich nicht allzu viel zu«, urteilte sie; dabei vollkommen emotionslos. Aus ihren Worten sprach die pure Abneigung.

Jetzt war es Sergio, der rot anlief. Woher wusste sie …?

Bevor er jedoch reagieren konnte, kam ihm Maria unerwartet zu Hilfe. »Mit Nutten. Und wenn es so ist, geht es dich nichts an«, widersprach sie ihrer Schwester. »Das tun sie doch alle. Dabei hätte Sergio es gar nicht nötig.«

Was wurde denn hier gespielt?, fragte er sich irritiert. Da traute die eine der anderen nicht. Das zumindest war sein Eindruck. Und wenn er von Marie zu Maria und dann wieder zu Erica sah, verstärkte sich dieser Eindruck nur noch.

Maria hatte einen eisigen Schleier vor dem Gesicht. Marie trug giftige Arroganz in der Stimme. Und Erica? Ja, was war mit Erica? Sie schien komplett undurchsichtig.

Frauenintrigen. Das hatte ihm gerade noch gefehlt, war definitiv nicht sein Ding. Sergio fühlte sich wie der Büffel im Ententeich. Jeder Schritt konnte zum tödlichen Fehltritt werden. »Woher weißt du denn das mit Javier?«, konzentrierte er sich daher lieber auf die neuen Fakten. »Er war bei mir.« Marie schielte zu der Betrogenen. »Er hat es mir erzählt. Nachdem der Mord an Isabella passiert war, musste er *das* loswerden.«

»*Er* hat sie also abgeschlachtet.« Ericas Gesicht war voller Furchen, durch die sich ihre unterdrückten Gefühle einen unsichtbaren Weg bahnten.

»Nein!«, hielt ihre Schwester erneut dagegen. »Sowas würde er nie tun. Sich mit ihr vergnügen, ja. Aber er könnte keinen Menschen töten. Dazu ist Javier nicht in der Lage.«

Erica schwieg. Wie es aussah, war sie ihrer Schwester irgendwie hörig und wagte es nicht zu widersprechen.

Marie nahm die Fakten mit einer Gelassenheit auf, als würden sie ihr, ganz im Gegenteil zu den anderen beiden Frauen, ein gewisses Vergnügen bereiten. Sergio verstand nur nicht, worin dieses *Vergnügen* bestand. Vielleicht war es die bloße Tatsache, dass Marie sich jetzt nicht mehr als die einzige Betrogene unter den Frauen fühlen musste (ihr verstorbener Mann hatte sie regelmäßig hintergangen), und Maria dasselbe Schicksal ereilte. Ausgerechnet Maria! Maria, die derzeit in fast allen Dingen als Vorbild fungierte. Mit ihren fast fünfzig war sie außerdem noch immer äußerst attraktiv.

»Hast du denn mitbekommen, um wieviel Uhr er an *diesem Abend* nach Hause kam? Das könnte ihn ja entlasten.«

Maria schwieg.

»War er die ganze Nacht weg?«

»Ich kann es dir nicht sagen. Wir haben getrennte Schlafzimmer«, gab sie widerstrebend Auskunft. »Und wenn er trinkt ... Ich kann diesen Gestank nicht ertragen. Aber wenn er unbedingt saufen muss, ist das seine Sache. Ich will damit nichts zu tun haben. Ich habe mich lange genug durch ein unwürdiges Leben gequält.«

»Aber er war an besagtem Abend bei Isabella, hat sie vergewaltigt. Traust du ihm das zu?«

Wieder schwieg sie. Diesmal vermutlich weniger wegen Javier, als vielmehr wegen der Toten. Maria war gläubig. Und über eine Tote urteilte man nicht. Auch wenn sie nicht freiwillig aus dem Leben getreten war.

Die Witwe sah das anders, weshalb sie sich erneut einmischte: »Isabella hatte besondere Vorlieben. Wenn du verstehst, was ich meine.«

»Was denn für besondere Vorlieben?« Tatsächlich verstand Sergio kein Wort.

»Sie ließ sich gerne quälen«, mischte sich jetzt auch Erica ein. »Sie mochte es, wenn man sie hart rannahm, sie folterte. Ihr die Seele aus dem Leib … Darauf stand sie.« Ericas Gesichtsausdruck war hart. Als könne sie mit ihren Worten Gerechtigkeit erzeugen. Maria sah ihre Schwester mit vorwurfsvollem Blick an, was diese zunächst ignorierte. Dann aber erwiderte sie den Blick der Schwester, griff dabei nach ihrer Hand. Eine Weile ließ Maria es zu, dass Erica ihre Hand hielt. Dann jedoch entzog sie sie ihr wieder.

Sergio nahm all das interessiert zur Notiz, machte sich jedoch keinen Reim daraus. Die Gallo-Schwestern waren allgemein dafür bekannt, dass sie wie Pech und Schwefel zusammenhielten. Erica aber war trotz dieser Symbiose mit ihrer Schwester, schon immer eine Einzelgängerin gewesen. Darin glich sie der verstorbenen Isabella. Allerdings einzig darin.

»Warum hat sie sich dann ausgerechnet Javier für ihre Spielchen ausgesucht. In die Opferrolle hätte er doch viel besser gepasst.« Sergio konnte sich diesen Kommentar nicht verkneifen. Dabei schielte er zu Maria, die auf diesem Ohr jedoch gänzlich taub zu sein schien. War der Mann ihr so vollkommen egal?

»Eben darum«, mischte Marie sich ein. »Die wollten beide das Gegenteil von dem, was sie selbst waren. Verrückt, aber so ist unsere Welt im Allgemeinen, komplett verrückt.«

»Unsere Welt ist nur so verrückt, wie wir sie machen. Javier hat sich zum Werkzeug ihrer Unbefriedigtheit machen lassen«, verteidigte Maria unerwartet ihren Mann. »Und dafür steht er jetzt unter Mordverdacht, was ich persönlich für lächerlich halte.«

Marie zog ein zickiges Gesicht. Das Gespräch lief nicht in die erhoffte Richtung.

»Mein Mann hat seine Schwächen«, legte Maria nochmal nach, »aber er ist kein Mörder!«

Sergio sah das ähnlich. Aber als ein Beamter, dessen Auftrag es war, ein Verbrechen aufzuklären, durfte er die Umstände natürlich nicht ignorieren.

»Ich denke, dass es so ist, wie du sagst. Aber ich muss ihn natürlich verhören. Du wirst das verstehen.«

Maria stimmte kopfnickend zu.

Die Witwe nahm dies wiederum genussvoll zur Kenntnis. Es war ihr deutlich anzusehen, dass sie ihren Einsatz als Erfolg verbuchte.

Schweigen trat ein. Maria hatte wieder ihre Protesthaltung eingenommen. Erica saß wie eine gefesselte Hyäne da. Ihre linke Hand umspannte den rechten Oberarm. Ihre Fingernägel gruben sich tief in den blass-beigen Stoff ihres Blüschens. Man konnte fast meinen, dieses müsste sich jeden Moment blutrot verfärben, so sehr drückte sie ihre Nägel ins Fleisch.

Marie war ans Fenster getreten, zog sich, ihr Spiegelbild in der Scheibe betrachtend, die Lippen nach.

»War das alles, was ich hiermit zu Protokoll nehme, oder gibt es sonst noch irgendwas, das ich wissen müsste?«, fragte Sergio in die Runde.

Die drei Frauen gaben keinen Ton von sich. Es herrschte mit einem Mal wieder stille Einigkeit. Darin lag ihre Stärke. In den entscheidenden Momenten hielten sie zusammen. Wenn es sonst noch etwas gab, behielt *frau* es für sich. Jede für sich genommen, hatte ihre Geheimnisse. Was das größte Geheimnis darunter war, darüber durfte der Comisario weiter rätseln.

Vielleicht wusste Amanda mehr. Er warf einen flüchtigen Blick auf die Uhr.

»Du bist übrigens auch eingeladen«, kam Maries Stimme plötzlich vom Fenster. Sie drehte sich herum. »Am Samstag. Ich veranstalte eine Wohltätigkeitsveranstaltung. Amanda habe ich bereits eingeladen. Du darfst sie gerne begleiten.« Marie unterstrich ihre Worte mit Gönnerblick.

Sergio war verwirrt. Wozu lud sie ihn ein? War das eine spontane Intrige, Berechnung; womit sie – was auch immer – bezweckte.

Ericas Blick ging an Marie vorbei. Es sah aus, als hörte sie gar nicht zu was diese erzählte.

Maria schwieg. Es war ihr vermutlich egal, wen die Witwe einlud, und ob Sergio mit oder ohne Amanda kam.

»So, eine Wohltätigkeitsveranstaltung? Wem oder was willst du denn Gutes tun?«, fragte Sergio, nicht ganz ohne ironischen Unterton – welchen Marie jedoch gepflegt überhörte. Ihre Rechnung war bereits aufgegangen, denn jetzt konnte sie sich in den Mittelpunkt rücken und ausschweifend über ihre Pläne berichten. »Also, wir veranstalten diese Partys zum Wohle …«

»Ist schon gut«, fiel er ihr abkürzend ins Wort, »ich komme.«

Marie starrte mit offenem Mund. Von Höflichkeit hatte Sergio Fabulos offensichtlich noch nichts gehört.

Sie unterdrückte was ihr noch auf der Zunge gelegen hatte, suchte stattdessen die stumme Zustimmung der anderen beiden Frauen, fand diese jedoch nicht.

Das Gespräch steckte an dieser Stelle endgültig in der Sackgasse und war somit beendet.

SECHS

Nachdem die drei Frauen gegangen waren, blieb Sergio allein zurück; dabei ratlos. Mehr noch als die Szene, die sich hier gerade abgespielt hatte, beunruhigte ihn Amandas Abwesenheit. Allmählich wurde es auffällig. Er überprüfte sein Mobiltelefon. Meistens schickte sie Kurznachrichten. In diesem Fall jedoch schwieg auch die Technik. Spontan wollte er sie erneut mobil anrufen und griff zum Hörer. Das Telefon kam ihm jedoch zuvor – es klingelte.

»*Sí?*«, fragte er erwartungsvoll in den Hörer.

»Comisario Fabulos?« Eine fremde, männliche Stimme.

»Ja.«

»Salvador de Berguer, Direktor des Colegio San Antonio de Oviedo. Señor Comisario, ich hatte Ihnen die Hausarbeit von Edwin Gallo zukommen lassen. Haben Sie sie erhalten?«

»Ja, habe ich«, bestätigte er gedankenverloren und fing bei diesem Stichwort erneut an die Umgebung des Schreibtisches weiträumig zu durchsuchen. Als nächstes fiel ihm die Schublade ein. Er zog sie heraus, wühlte darin. Vielleicht hatte Amanda …

»Und? Können Sie damit was anfangen?«

Sergio verschloss die Schublade wieder, nachdem er nichts gefunden hatte.

»Ähm … Ich denke schon.«

»Es ist nämlich so«, fuhr der Schuldirektor bereits fort, »Alcides hat bei diesem Thema ohne mein Wissen oder Einverständnis gehandelt. Ich weiß nicht, wo Ihre Ermittlungen im Todesfall von Edwin Gallo stehen, aber ich wollte ausschließen, dass unsere Schule Schaden nimmt. Ich nehme an, Sie haben bereits einen Blick auf die Ausführungen geworfen.«

»Ich …« Sergio kam nicht zu Wort. Der Direktor fuhr erneut fort: »Ich habe gestern Nachmittag mit ihm gesprochen, ihn darüber aufgeklärt, in welche Gefahr er den Schüler mit diesem Thema gebracht hat – ein Bericht über die FARC. Ausgerechnet jetzt! Ich werde ihn entlassen müssen. Dabei ist er ein guter Lehrer.«

»Entlassen? Nein.« Nur langsam erfasste Sergio die Zusammenhänge.

»Er hat also eine Hausarbeit über die FARC verfasst, tatsächlich? Sie meinen Edwin hat darin Geheimnisse der Guerilla ausgeplaudert? Das ist interessant. Ich konnte sie leider noch nicht einsehen. Sie ist … na ja. Alcides ist der Lehrer, sagten Sie?«

»Rafaelo Alcides.«

»Sagt mir was. Er stand bereits auf unserer Liste. Meine Assistentin hatte auch schon versucht ihn zu erreichen«, rekonstruierte Sergio aus seiner gerade lückenhaften Erinnerung. Amandas Abwesenheit überschattetet einfach alles.

»Alcides war ein paar Wochen erkrankt. Wie gesagt, hatten wir gestern ein Gespräch. Ich klärte ihn darüber auf, dass ich die Unterlagen, Edwins Hausarbeit, der Polizei übergeben habe. Darüber hat er sich sehr erregt. Ich habe Alcides noch nie so wütend erlebt. Er ist zwar ein strenger, aber auch ein geschätzter Lehrer bei den Schülern. Alcides hat eine sehr dramatische persönliche Geschichte. Als Teenager musste er miterleben, wie seine Eltern vor seinen Augen von Paramilitärs erschossen wurden. Tragisch. Ich schätze ihn jedoch sehr. Ich …« Der Direktor verhedderte sich, verstrickte sich in Widersprüchen. Einerseits hörte es sich an, als wollte er den Lehrer anzeigen. Gleichzeitig aber kämpfte er — andererseits — mit seinen persönlichen Empfindungen.

»Gut«, kürzte Sergio das Gespräch daher ab. »Ich werde mit ihm reden. Heute noch. Ich werde dieses Telefonat nicht erwähnen. Ist das in Ihrem Sinne?«

»Ich danke Ihnen, Señor Comisario.«

SIEBEN

Sergio war mit seinem Fahrzeug unterwegs. Nachdem die Rostbeule in der Werkstatt überholt worden war, stotterte der Motor nur noch leise, was weitaus weniger unangenehm war, als das laute Röcheln von vor ein paar Wochen. Der Mechaniker hatte die letzten Reserven aus ihm herausgeholt.

Es war früher Nachmittag. Der Comisario fuhr bis zum Wegkreuz, an dem es seit kurzen einen Imbiss gab. Eine einfache Hütte mit bunt bemalten Werbetafeln davor. Darauf warb der Inhaber für *empanadas* und *arepas*.

Sergio stellte das Fahrzeug am Straßenrand ab und trat auf die Imbisshütte mit hübschem Akazienholz-Vordach zu. Ein Dach, das bei Regen knapp zwanzig Personen schützen konnte, maximal. Dann aber stand man bereits gedrängt.

Gerade war Sergio der erste Gast. Der Geruch nach Hackfleisch, Kreuzkümmel und Bohnen stieg ihm angenehm in die Nase, als er unter das Vordach trat. Anabel, die Tochter von Imbissbesitzer Antonio Vigas, bediente ihn. Sergio bestellte *empanadas guerilleras*. Teigtaschen mit Hackfleisch, Bohnen und Käse gefüllt, was Anabel ihm kurz darauf mit ihrem strahlenden Lächeln servierte.

Sergio wollte gerade heißhungrig in seine Teigtaschen beißen, als er seinen Namen hinter sich hörte:»Serg?«

Wenig erfreut darüber beim Essen gestört zu werden, drehte er sich zur Seite. Im nächsten Augenblick hellte sich seine Stimmung auf.»Arturo! *Miercoles*, wo hast du gesteckt?«

Wenn irgendwer ihn beim Essen stören durfte, dann Arturo. Die beiden umarmten sich.

»Ich komme gerade aus Bogotá.«

»Die Pressekonferenz. Hab davon gehört. Felicia hat es erzählt. Und was tut sich im Zentrum der Macht? Was machen die Verhandlungen?«

»Nach dem gescheiterten Referendum stellen sie jetzt ein neues Angebot auf die Beine. Sieht so aus, als würden sie jetzt unter sich im Kongress abstimmen, wie unsere künftige Regierung aussehen wird. Wir wollen ja den Frieden, aber die Bedingungen müssen stimmen.«

»Ohne Kompromisse wird es kaum gehen. Wie oft sind die Verhandlungen in den letzten Jahren gescheitert. Wir müssen dem Feind wohl oder übel einen Schritt entgegen gehen, sonst hört das nicht auf.«

»Sagt das ein getretener Sergio Fabulos, der sonst so rebellische Sheriff von Callín?«

»Man kann nicht immer nur gegen den Strom schwimmen. Irgendwann erfasst dich die Menge und dann reißt sie dich mit.«

»Wir riskieren Straffreiheit für diejenigen, die unsere Frauen vergewaltigt und Familienangehörige entführt haben«, gab Arturo zu bedenken.

»Das ist bitter, ich weiß. Aber wie viele werden noch unschuldig umkommen, wenn es weitergeht wie bisher.«

Arturo war ein Gerechtigkeitsfanatiker und Idealist. Allein aus seiner politischen Überzeugung heraus, konnte er diesen Standpunkt nicht verteidigen. Es würde seine jahrelange Aufklärungsarbeit mit einem Schlag zunichtemachen. Daher wechselte er, diplomatisch wie er war, das Thema. »Gibts was Neues bei den Ermittlungen?«

»Ich bin gerade auf dem Weg zu diesem Lehrer, Rafaelo Alcides. Edwin hat eine Hausarbeit über die FARC verfasst, unter Alcides Aufsicht. Der Schuldirektor hat uns die Unterlagen geschickt. Amanda hat sie ...« weiter kam er nicht. Die Erwähnung ihres Namens erinnerte ihn erneut an seine nagende Sorge.

Arturo bestellte derweil sein Essen, wodurch eine Unterbrechung des Gesprächs stattfand. Während Sergios Gedanken weiter um Amanda kreisten, beobachtete er den Freund dabei, wie er mit der Tochter des Imbissbesitzers flirtete. Anabel lachte.

»Was hat Amanda?«, wandte Arturo sich wieder an Sergio, als er seine *empanada* in der Hand hielt und diese genüsslich zum Mund führte.

»Sie hat die Unterlagen irgendwo abgelegt. Ich habe sie noch nicht einsehen können.«

»Es geht doch nichts über Kommunikation.«

»Du sagst es. Wenn die Dame mal auftauchen würde.«

»Du hast sie heute noch nicht gesehen? Ruf sie an!«

Auf die Idee bin ich auch schon gekommen. Ihr Mobiltelefon ist ausgeschaltet.«

»Oh …« Arturos Gesichtsausdruck veränderte sich. »Wie lange schon?«

»Seit heute Morgen. Normalerweise ist sie schon um acht im Büro.«

»Aber heute nicht?«

»Nein. Sie hatte Marie und die Gallo-Schwestern zum Verhör vorgeladen. Die drei waren da …«

»Aber sie nicht?«

Sergio bestätigte kopfnickend.

»Klingt nicht gut. Aber das muss nichts heißen«, versuchte er schnell auf den Freund einzugehen, ihn nicht zu sehr zu beunruhigen.

»Muss es nicht.« Gerne würde Sergio dem zustimmen. Das Gefühl, das sich dazwischendrängte, flüsterte ihm jedoch eine Alternative ins Ohr, die er nicht wagte auszusprechen oder weiterzudenken. Es waren die Nachwirkungen seiner eigenen Erlebnisse, weshalb er gelegentlich zu Schwarzmalerei neigte.

»Ob es etwas mit der Hausarbeit zu tun hat?«, überlegte Arturo. »Du sagst doch, dass du sie nicht finden kannst. Vielleicht hat sie sie mit zu sich nach Hause genommen.«

»Um sie zu lesen? Möglich. Aber dann würde sie sich melden.«

»Vielleicht hat sie die Zeit vergessen. Hast du ihre Adresse?«

»Klar.«

»Was hältst du davon, wenn ich dich zu diesem Lehrer begleite, und auf dem Rückweg schauen wir bei deiner Assistentin vorbei?«

Arturos Vorschlag brachte etwas Erleichterung. Es gelang Sergio für einen Augenblick die düsteren Gedanken zu verdrängen. »Einverstanden«, stimmte er zu.

»Gut, dann bestellen wir jetzt noch eine Runde *arepas!*«

Die Umgebung in der Rafaelo Alcides wohnte, wirkte auf den ersten Blick deprimierend. Die Häuser waren zwar hier und da ganz hübsch, bunt – aber nicht eben modern.

Fast eine Ausnahme bildete dagegen das Haus, in dem der Lehrer selbst wohnte. Zumindest von außen. Haus Nummer achtundzwanzig erfreute sich eines freundlichen petrolfarbenen Anstrichs. Der Eingangsbereich war hell gefliest. Kakteen zierten den winzigen Vorgarten. Ein Drahtzaun bremste den Zugang zum Haus.

Arturo folgte Sergio, der bereits durch das Gatter hindurchgetreten war und den Hauseingang ansteuerte.

Es war ein Einfamilienhaus, das sich der Lehrer offenbar mit weiteren Familienmitgliedern teilte. Der Name Alcides erschien gleich zweimal auf den Hinweisschildern über der Klingel.

Ein nervtötender Summton erklang.

Kurz darauf erschien jemand in der Tür. Ein Mann, etwa um die vierzig. Dem Kleidungsstil und dem Metallgestell von Brille nach zu urteilen, entsprach der Unbekannte ganz dem Bild eines Lehrers.

»Rafaelo Alcides?«

»Ja.«

»Comisario Fabulos aus Callín.« Sergio zückte seinen zerknitterten Ausweis. »Mein Kollege und ich …«, er deutete zu Arturo, den er besser nicht mit Namen vorstellte (manche Leute reagierten empfindlich auf die Presse), »kommen wegen …«

»Ich weiß schon, weswegen Sie kommen«, unterbrach Alcides ihn. »Ich habe Sie viel früher erwartet.«

Sergio fühlte sich ertappt. Tatsächlich hatte Alcides ganz oben auf der Liste gestanden. »Sie waren erkrankt, habe ich gehört. Meine Assistentin hatte bereits versucht Sie zu erreichen.«

»Ein Virus. Nichts Ernstes.« Der Mann trat einen Schritt zur Seite. »Aber bitte, kommen Sie herein.« Er hielt ihnen die Haustür auf und wartete, bis sie drinnen waren. Dann verschloss er die Tür wieder.

Drinnen roch es nach frisch geschnittenen Zwiebeln, Bohnenkraut und gekochtem Reis.

»Wir stören Sie doch nicht beim Essen?«, fragte Sergio, dem der Geschmack von Bohnen noch auf der Zunge lag.

»Nein, nein.«

Alcides führte sie in ein beengtes Wohnzimmer, spärlich möbliert. Die Wände waren hellgrün, leicht fleckig. Auf einem Holztisch im Hintergrund lag eine altmodische Tischdecke mit Häkelrand. Die drei Stühle mit ausgefransten olivgrünen Sitzkissen wirkten, wie auch der ganze Rest, wie vom Trödler. Für einen Lehrer, der an einer teuren Privatschule unterrichtete, lebte Alcides alles andere als üppig.

»Setzen wir uns hierher«, deutete er zum Tisch. »Kann ich Ihnen etwas anbieten?«

»Nein, danke«, lehnte Arturo ab. Einen Mann, der sich derart sparsam einrichtete, wollte man nicht auch noch um das Wenige, das er besaß, erleichtern.

»Vielleicht ein Dessert. Meine Cousine macht den besten *bocadillo*.« Kurz zeigte sich ein Leuchten in seinen Augen, was aber schnell wieder verschwand. Alcides Blick war allgemein eher trüb. Wie konnte jemand mit seiner Ausstrahlung Schüler unterrichten, fragte sich Sergio.

»Danke. Wir haben gerade erst gegessen.«

»Na dann.« Der Lehrer zog sich den dritten Stuhl heran, setzte sich mit an den Tisch, an dem Arturo und Sergio bereits saßen.

Arturos Blick wanderte durch den Raum. Er betrachtete die fleckigen Wände. Deprimierend, so konnte das Urteil nur ausfallen. »Arbeiten Sie schon lange als Privatlehrer am San Antonio de Oviedo?«, erlaubte er sich eine erste Frage.

»Acht Jahre.«

»Eine lange Zeit«, stellte Sergio fest, der sich auf die Mimik seines Gegenübers konzentrierte. Alcides war angespannt. Er fühlte sich unwohl, was er jedoch zu überspielen versuchte.

Aus der Nähe betrachtet, schätzte Sergio den Lehrer fast als etwas jünger ein als sich selbst.

»Das Colegio bereitet auf die Uni vor, richtig? Sie unterrichten Geschichte?«

»Sozialwissenschaften und Geschichte. Ja, wir bereiten auf die besseren Universitäten des Landes vor. Schüler, die von unserer

Privatschule kommen, schaffen in der Regel den verkürzten Abschluss. Dazu haben Sie ein breites Allgemeinwissen. Das ist das Ziel der Schule. Vielerlei Kompetenzen zu vermitteln. Viele Studenten sprechen zum Beispiel zu schlecht Englisch. Wir vertiefen die Fähigkeiten in allen Fächern.« Alcides schob seine Brille die Nase hoch. Eine Geste, hinter der sich ebenso ein Massenmörder verbergen konnte.

»Aber Sie sind wegen Edwin hier«, verkürzte er die Einleitung. »Was kann ich für Sie tun?«

»Wann haben Sie Edwin das letzte Mal vor seinem Verschwinden gesehen?«

Der Lehrer überlegte nicht lange. Er hatte sich auf die Fragen vorbereitet.»Das war an dem Tag, als Ibrahim sich eine Provokation vor der Klasse erlaubte.«

»Provokation? Wegen seiner Homosexualität? Oder wegen Edwin?«

»Ersteres. Er hat regelrecht damit geprahlt.«

»Er hat sich tatsächlich offen geoutet?«, hakte Arturo ungläubig nach.

Alcides lehnte sich etwa zurück. Dabei legte er die Hände auf den Tisch, die er gerade nicht ruhig halten konnte. Er sprach zögerlich weiter:»Ibrahim wurde in der Klasse von seinen Mitschülern verspottet. Sie haben ihm Briefe geschrieben. Liebesbriefe. Sie verstehen, was ich meine? Es war zum Spott.«

Sergio fühlte sich peinlich berührt. Bis vor kurzem hatte er sich ähnlich abfällig zum Thema geäußert. Dabei war Santorini in den letzten Wochen äußert kooperativ gewesen. Ein paarmal schon hatte er Sergio über Amanda Grüße bestellen lassen, zusammen mit dem Angebot, dass er jederzeit für jede Hilfe verfügbar sei. Das war – zugegebenermaßen – ein vollkommen neues Gesicht des Bürgermeisters.

»An dem Tag«, fuhr Alcides fort, »hatte Fuentes einen regelrecht verbalen Ausfall.«

»Ach ja?« Arturo war ganz Ohr. »Was hat er denn gesagt?«

Alcides plötzliches Zögern verwunderte ihn. Vielleicht war das auch der Grund, weshalb er den toten Schüler plötzlich lieber mit Nachnamen nannte.»Er sagte, er und Edwin seien ein

Paar. Er wollte ihn heiraten, mit ihm leben, und nichts und niemand sollte ihm das verbieten. Er wollte ein durch und durch positives Vorbild für sämtliche Mitschüler abgeben, die ihre Freundinnen betrügen.«

Eine Weile herrschte verhaltenes Schweigen. Jeder dachte sich seinen Teil. Rechtfertigungen und Vorurteile lagen in der Luft, die man leicht aussprechen konnte. Das aber lieferte keine Lösung. Die beiden jungen Männer waren tot. Und der Tod flößte Respekt ein.

»Und was denken Sie? Kann eine Hausarbeit mit dem Tod der beiden Schüler in Verbindung stehen? Oder vielmehr diese Szene in der Schule, von der Sie sprechen?«, wagte Sergio sich vor.

»Weder das eine noch das andere.« Alcides klang unerwartet streng und abweisend.

»Haben Sie beide Schüler unterrichtet? Sie waren nicht in einer Klasse, wie sich das anhört«, schlug Arturo einen anderen Weg ein.

»Ja, ich habe beide unterrichtet. Ibrahim war eine Klasse höher.«

»Kann es sein, dass Sie den Schüler mochten, unabhängig von seiner Neigung?«

Die Brille auf Alcides Nase war erneut etwas heruntergerutscht. Jetzt aber schob er sie nicht hoch. Er nahm sie ab und legte sie auf den Tisch.

»Ich habe mich etwas um Ibrahim gekümmert. Er ... Seine Eltern leben in Bogotá. Sie haben ihn hierher geschickt, weil sie geschäftlich oft im Ausland sind. Ibrahim hat seinen Bruder verloren. Er wurde bei einem Hauseinbruch getötet.«

Das also war der Punkt. Eine Gemeinsamkeit. Alcides sah in dem Schicksal des Schülers eine Ähnlichkeit mit seinem eigenen. Ibrahims Eltern hatten zwar keine Zeit für ihren Sohn, aber sie waren am Leben.

»Sie haben nicht viel von der Verbindung mit Edwin gehalten, Sie fanden es kritisch, dass die beiden sich als schwules Paar geoutet haben?«

Alcides spielte mit einem der beiden Brillenbügel. »Ibrahim war ein guter Schüler. Exzellenter Notendurchschnitt.«

»Edwin auch, soweit mir das zu Ohren gekommen ist«, ergänzte Sergio.

»Ja, aber Edwin hatte Flausen im Kopf. Anfangs war er gut in der Schule. Dann hat er nachgelassen. Er hat Ibrahim zu vielem angestiftet.«

»Sind Sie sicher, dass *er* das war? Im Dorf galt Edwin als Musterschüler.«

»Das war wie gesagt so. Bis er sich auf diesen Alba eingelassen hat. Ramón Alba. Der Name sagt Ihnen sicher was. In der Hochphase rekrutierte er für die FARC.«

»Alba wurde vor zwei Tagen in Medellín verhaftet«, warf Arturo ein.

»Aha. Woher weißt du das?«, fragte Sergio überrascht.

»Er stand auf meiner Liste für Menschenrechtsverletzungen. Ich bin schon eine Weile an ihm dran. In Medellín hat man ihn jetzt aufgespürt. Die Beweise gegen ihn haben seine Verhaftung ermöglicht.«

»Und was hatte Edwin mit ihm zu schaffen?«

Alcides druckste herum. Es war ihm sichtlich unangenehm Sergio Fabulos an dieser Stelle Rede und Antwort stehen zu müssen.

»Wie es aussieht, hat Edwin ihm Informationen zugespielt. Alba war an zwei Schülern vom San Antonio de Oviedo interessiert. Zwei Computerexperten. Er wollte ihr Wissen für die FARC gewinnen. Edwin stand mit den beiden auf Kriegsfuß, hat sie sozusagen gerne ausgeliefert. Dafür hat Alba ihm begrenzt Einsichten in die internen Abläufe bei den Rebellen gewährt.«

»Was er für seine Hausarbeit verwertet hat?«, fragte Sergio.

Alcides zögerte mit seiner Antwort. »Sie finden dort kein Mordmotiv. Alba ist weit vor dem Verschwinden von Edwin und Ibrahim untergetaucht.«

»Geflohen, weil er seine Leute verraten hat. An einen Schüler?!« Sergio zog die Stirn in Falten und warf Arturo einen Blick zu. »Trotzdem«, überlegte er weiter, »wer sagt denn auch, dass

Alba der Täter ist. Wer weiß, wer noch alles von dieser Arbeit wusste.«

Alcides schwieg.

»Serg, für die FARC ist das viel zu banal. Wegen so einer Arbeit bringen die doch keinen um«, ergriff Arturo unerwartet Partei für den Lehrer. »Erst recht keinen Schüler.«

»Wir spekulieren nicht. Meine Assistentin ist seit heute Morgen verschwunden«, wandte er sich wieder an Alcides. »Mit ihr diese mysteriöse Hausarbeit, die Sie genehmigt haben.«

Der Lehrer schien von dieser Nachricht erschrocken. Seine Gesichtsfarbe bekam plötzlich einen kränklichen Anstrich. Die Mundwinkel sackten nach unten. »Oh, das tut mir leid«, stammelte er, »aber damit habe ich nichts zu tun!«

Irritiert registrierte Sergio Alcides scheinbares Entsetzen. Er hatte eigentlich nur seine Reaktion testen wollen. Diese fiel jetzt heftiger aus als erwartet.

»Direktor Berguer sagte mir, Sie hätten sich auffallend darüber erregt, dass er den Bericht der Polizei übergeben hat.«

Fahrig setzte der Lehrer sich die Brille wieder auf. »Ich ...«, begann er, ohne ein weiteres Wort herauszubringen.

»Ich denke, dass ich Sie vorladen muss, Señor Alcides«, entschied Sergio spontan.

Arturo warf ihm einen zweifelnden Seitenblick zu. Dieser deutete ihm erst einmal abzuwarten.

»Nein, ich bitte Sie Señor Comisario, *por favor*, bitte nicht! Ich gebe es ja zu ...«, flehte Alcides plötzlich.

Überrascht sahen die beiden Männer sich an.

»*Was* geben Sie zu? Die Morde?«

»NEIN! Von mir aus werfen Sie mir alles vor. Aber bitte keinen Mord. Und auch mit dem Verschwinden Ihrer Assistentin habe ich nichts zu tun.«

»Sondern?«

»Ich habe mir die Hausarbeit zurückgeholt. Ich war in Ihrem Büro.«

»BITTE?! Wie sind Sie denn dort reingekommen? Das ist nach Dienstschluss abgeschlossen.«

»Es war aber offen. Ich dachte auch, ich müsse mir den Schlüssel irgendwo beschaffen oder die Tür knacken, aber sie war offen.«

Sergio überlegte. Sollte Amanda noch einmal dort gewesen sein, und hatte sie tatsächlich die Tür vergessen?

»Das ist Einbruch!«

»Señor Comisario, mein Job steht auf dem Spiel. Diese Arbeit, glauben Sie mir bitte, ich habe nichts mit dem Tod der beiden Jungen zu tun. Es war nicht meine Absicht Edwin mit der Hausarbeit in Gefahr zu bringen. Ich wollte lediglich einem Schüler einen Gefallen tun. Er hatte sich dieses Thema in den Kopf gesetzt. Ich weiß, dass ich das nicht hätte genehmigen dürfen.«

»Wo ist die Arbeit jetzt?«, fragte Arturo. »Übergeben Sie sie besser dem Comisario. Dann gerät sie nicht in falsche Hände.«

Schuldbewusst sah Alcides auf seine Hände, biss sich nervös auf die Unterlippe.

»Die Hausarbeit!«, forderte jetzt auch Sergio in einem etwas schärferen Ton.

»Einen Teil habe ich bereits verbrannt.«

»Das ist nicht Ihr Ernst«, erboste er sich. »Das ist Vernichtung von Beweismitteln!«

»Aber nicht alles«, beeilte der Lehrer sich hinzuzufügen. »Den Rest habe ich hier …« Alcides stand auf und verschwand im Nebenraum.

Kurz darauf kam er mit ein paar Papieren in der Hand zurück.

»Hier haben Sie den Rest. Das ist alles, was ich noch habe.«

Sergio nahm die Unterlagen entgegen, die aus kaum mehr als drei beschriebenen Seiten bestanden. Er durchblätterte das Erhaltene. Seine Laune sank rapide – sank bis auf den Nullpunkt.

»Gut«, bemerkte er deutlich angesäuert. »Ich werde mir das genau ansehen. Ganz genau. Halten Sie sich zu meiner Verfügung. Sie dürfen die Region derzeit nicht verlassen.«

»Versprochen.«

»Was hältst du davon?«, brummte der Comisario noch immer schlecht gelaunt, als Arturo und er auf dem Rückweg zu ihren Fahrzeugen waren.

»Mit den Morden hat er nichts zu tun«, antwortete Arturo. »Der Mörder ist doch ein- und dieselbe Person. Das steht wohl außer Frage. Und Alcides mochte den Schüler. Diesen Ibrahim, meine ich. Der hat in erster Linie Angst um seinen Job.« Arturo lehnte sich gegen sein Fahrzeug, zog dabei sein Mobiltelefon aus der Hosentasche. »Ich werde kurz Felicia anrufen. Dann fahren wir zu Amandas Wohnung. Einverstanden?«

»Mach nur.«

Sergio saß in seinem Fahrzeug. Sie hatten vereinbart, dass er voranfuhr, da er den Weg zu Amandas Wohnung kannte. Arturo folgte ihm mit etwas Abstand. Es ging über eine schlecht befestigte Straße durch den Wald. Ein kleines Stück urwüchsiger Regenwald.

Sergio umklammerte das Lenkrad, als würde er auf das Weltende zusteuern. Draußen dämmerte es bereits, und er war kein Nachtmensch. Nicht mehr. Wenn die Umrisse der Bäume und Wolken an Schärfe verloren, fühlte er sich in der Bredouille. Dann fuhr man in etwas hinein, das nur noch wenig an die vertraute Welt bei Tag erinnerte. Denn tatsächlich veränderten sich die Dinge bei Nacht. Die Nacht diente all denen, die etwas zu verbergen hatten. Verbrecher konnten ungesehen ihre Leichen verscharren. Schatten und Geister ungehemmt ihr Unwesen treiben.

Darüber hinaus war die Dunkelheit lüstern, blutsaugend, heimtückisch. Insekten suchten sich ihre Opfer. Überall flatterte und krabbelte es. Ganze Schwärme flogen Sergio ins Scheinwerferlicht.

Nervös prüfte er, ob die Fenster auch wirklich verschlossen waren, warf einen Blick in den Rückspiegel.

Das Fernlicht von Arturos Fahrzeug verschwand immer wieder im Dickicht der Äste und Bäumen. Das Straßenbild wechselte von breiter zu schmaler Fahrbahn, und umgekehrt. Sergio fuhr mit zunehmender Geschwindigkeit, ohne sich dessen bewusst zu sein. Noch war es nicht vollständig dunkel und er hatte die Chance dem Wald zu entkommen. Ganz so wie *damals,* als man ihn lebend auf einen Leichenwagen geworfen hatte; als Amelie-Ines ihm das Leben rettete. Der Gestank von verwesenden Körpern war schier unerträglich gewesen. Lange danach noch hatte er den Geruch der Fäulnis an und in sich geglaubt. Das nackte Grauen aus toten Augen. Die gefolterten Seelen. Schaurig. Körper, die nur noch aus gebrochenen Rippen und Hautfetzen bestanden. Blut, das bereits getrocknet war oder auch noch frisch aus eitrigen Wunden lief, tropfte, klebte. Und das von überall her. Er war in der Hölle gewesen. In einer Hölle, der er nie wieder lebend begegnen wollte.

Sergio lief der Schweiß. Er zitterte. Gleichzeitig drückte er das Gaspedal langsam immer tiefer und tiefer. Der Motor wimmerte, wurde lauter. Schatten rasten an ihm vorbei. Schatten der Bäume. Sie kamen näher, stellten sich ihm in den Weg. Düstere Gestalten. Er musste ausweichen. Die Rostbeule gab alles und lief doch Gefahr an ihre Grenzen zu stoßen.

Erneut warf er einen Blick in den Rückspiegel. Wo blieb Arturo? Da war kein Licht mehr hinter ihm zu sehen.

Er drehte sich im Fahrersitz herum.

Plötzlich hörte er es unter sich krachen, rumpeln.

Wie gelähmt vor Schreck sah er wieder nach vorn, starrte mit weit aufgerissenen Augen gebannt auf das, worauf er zusteuerte …

ANGST

EINS

Als Amanda aufwachte, war sie allein. Um sie herum war es kühl und dunkel. Sie lag auf etwas. Eine Matratze. Sicher aber nicht *ihre* Matratze. Diese hier roch leicht säuerlich, abgestanden, fremd. Der Umstand, dass sie nichts sehen konnte, war beunruhigend. Möglich, dass es Nacht war. Es gab jedoch keine Hinweise dafür. Kein künstliches Licht von irgendwoher.

Sie drehte sich zur anderen Seite. Dort musste die Wand sein. Wer auch immer sie hierher gebracht hatte, er hatte sie nicht gefesselt. Sie lag da, wie nach einem friedlichen Schlaf. Dabei konnte das, was passiert war, kaum friedlich gewesen sein. Sie forschte in ihrer Erinnerung, versuchte sich der Einzelheiten zu entsinnen.

Nachdem der Lehrer die Unterlagen an sich genommen und das Büro verlassen hatte, wollte sie ihn einen Moment lang einfach gehen lassen. Dann aber hatte sie sich anders entschieden, war ihm gefolgt. Spontan, aus einem Impuls heraus. Besser, sie stellte ihn gleich an Ort und Stelle zur Rede.

Als sie hinter ihm das Gebäude verließ, war er jedoch plötzlich in der Dunkelheit verschwunden.

Draußen kreuzten wenige Passanten ihren Weg. Sehr vereinzelt. Ein paar Jugendliche, Frauen. Dann dieses Scheinwerferlicht. Es kam geradewegs auf sie zu, blendete. Amanda wollte ausweichen, blieb jedoch wie versteinert stehen. Jemand stieg aus und zog sie von der Straße. Derjenige wollte sie vielleicht vor einem Unfall bewahren. Aufgrund des grellen Lichtes aber konnte sie nichts erkennen.

Plötzlich dann drückte dieser Jemand ihr ein Taschentuch auf die Nase. Zu spät realisierte sie, dass es mit einem Narkosemittel getränkt war. In Sekundenschnelle wurde ihr Körper willenlos, ihr Reaktionsvermögen setzte aus und sie sank zu Boden.

Derjenige musste ihr aufgelauert und sie hierher gebracht haben. Wer?

Der erste, der ihr dazu in den Sinn kam, war Gerichtsmediziner Albién. Wenn jemand an Narkosemittel kam, dann er. Und das Gebäude, in dem sie sich befand, konnte durchaus die Gerichtsmedizin sein. Welches Gebäude sonst verfügte über stillgelegte Keller.

Bei diesem Gedanken erinnerte sie sich an den Leichengeruch, der ihr beim letzten Besuch jene Übelkeit verursacht hatte. Sie meinte etwas von diesem Geruch wahrzunehmen. Es lag in der Luft – etwas, das sie unweigerlich mit Albién in Verbindung brachte. Nur: Warum sollte der Gerichtsmediziner sie gefangen halten?

Sie dachte weiter an das Video, das man Flora geschickt hatte. Und wenn er es doch gewesen war? Wenn er der Täter war, den sie suchten? Die Vorstellung schnürte ihr die Kehle zu, nahm ihr den Atem.

Sie hatten ihn nicht wirklich unter die Lupe genommen. Aber es hatte auch keinen Anlass gegeben.

Langsam richtete sie sich in der Dunkelheit auf.

Wenn man längere Zeit in den Raum starrte, erkannte man doch irgendwo einen schwachen Schatten. An der Wand stand möglicherweise ein Schrank. Ein Fenster gab es offensichtlich nicht. Dennoch musste es irgendwo eine Lichtquelle geben. Woher sonst kam der Schatten?

Amanda wollte den Moment nutzen und versuchen einen Ausgang zu finden, ehe derjenige, der sie hierher verschleppt hatte zurückkam. Vorsichtig tastete sie sich durch den schwarzen Raum. Nach wenigen Schritten stand sie bereits vor der Wand, streckte ihre Hand nach ihr aus und befühle sie. Nackt, unverputzt fühlte sie sich an. All das sprach dafür, dass sie sich in einer Art stillgelegtem Gebäude befand. Wieder kam ihr dazu die Gerichtsmedizin in den Sinn. Sie hatte die Szene aus dem Film vor Augen. Dabei war es vollkommen unlogisch, dass Albién sich selbst filmte. Es sei denn er genoss. Er genoss und zelebrierte.

Aber traute sie dem Mediziner so viel düstere Energie zu?

Eindeutig verneinen konnte sie das nicht. Sein Humor hatte durchaus düstere Züge. Vermutlich aber brachte der Job das mit sich.

Amanda tastete sich schon eine Weile an der Wand entlang. Plötzlich stieß sie an einer Stelle auf ein oberhalb verlegtes Kabel. Sie folgte dem Kabel, welches tatsächlich nach einer Weile zu einer Steckdose führte, und von dort in die andere Richtung zu einer Lampe. Erfreut und zugleich mit zittriger Hand betätigte sie den Lichtschalter.

Wie durch ein Wunder wurde der Raum hell. Nicht taghell, dafür war die Lampe zu klein. Aber das Licht reichte zumindest so weit, dass sie ihre nähere Umgebung jetzt erstmalig erkennen konnte.

Im Eck stand die Pritsche, auf der sie gerade noch gelegen hatte. Die Matratze war nicht ganz so alt und abgenutzt wie vermutet. Auf dem Tischchen daneben befand sich eine Zwei-Liter-Flasche Wasser und ein Glas dazu. Der riesige Wandschrank im Hintergrund war verschlossen. Es gab keinen Schlüssel. Dem gegenüber lag die Tür. Drei Schritte bis zum Ausgang. Allerdings steckte auch dort kein Schlüssel, und Amanda ging nicht davon aus, dass sie offen war. Der Schlüssel steckte sicherlich von außen. Niemand würde jemanden entführen und einfach in einem offenen Zimmer zurücklassen. Dennoch griff sie augenblicklich zu dem Messingtürknauf, stellte verwundert fest, dass er sich widerstandslos drehen ließ.

Amanda hatte tatsächlich nicht erwartet, sich so einfach aus ihrer Lage befreien zu können. Ihr Verstand wollte nicht gleich begreifen, weshalb man die Tür zu ihrem Gefangenenlager offen ließ. Das entbehrte jeder Logik.

Als sie auf der Schwelle stand, war die Furcht schnell wieder da. Es konnte natürlich eine Falle sein. Jemand wartet dort draußen auf sie. Sie durfte also keine Zeit verlieren. Dem Mörder für den Fall, dass er sich hier versteckte, nicht zu viel Zeit lassen, sie bei ihrer Flucht aufzuspüren. Nur weg.

Auf dem Flur versicherte sie sich noch einmal, dass sie allein war und niemand sie beobachtete.

Sie verdrängte den Gedanken an jene Horrorszenarien, mit denen sie bereits konfrontiert worden war. Zwei zerstückelte Leichen. Der abgetrennte Kopf von Isabella Sanchez. Konnte Albién tatsächlich so grausam sein, ging es ihr erneut durch den Kopf. Ein bisschen versponnen war der Gerichtsmediziner schon, aber ein kaltblütiger Mörder …?

Auf dem Gang war die Luft auf einmal feucht, was sich jedoch nach wenigen Schritten legte. Licht drang jetzt herein. Der Ausgang musste ganz in der Nähe liegen. Vage erkannte sie, aufgrund der Umrisse, Bilder an den Wänden. An eins davon rückte sie ganz nah heran. Anatomische Zeichnungen. Es wurde allmählich eindeutig. Wieder stahl sich dieses Geruchsgemisch in ihre Nase. Sie meinte die Nähe des Todes riechen zu können. Es musste ein Nebengebäude der Gerichtsmedizin sein. Vielleicht der Trakt, in dem Albién wohnte. Es gruselte ihr bei der Vorstellung, dass tatsächlich er es war, der sie entführt und eingesperrt hatte.

Das Licht kam von einer Außenlampe. Draußen war es dunkel. Die Hauseingangstür war beleuchtet gewesen, erinnerte sie sich. Vorsichtig tastete sie sich über den Flur, orientierte sich an der Lichtspur. Am Ende des Ganges gab es eine Tür. Sie musste nach draußen führen.

Erneut fiel ihr auf wie spärlich Albiéns Vorsichtsmaßnahmen waren; wie wenig er sich um Sicherheit scherte. Leichen konnten verschwinden, ebenso wie Menschen. Das war nicht neu. Der Mediziner aber schien diese Tatsache zu ignorieren.

Amanda stand jetzt im Freien. Ihr gegenüber brannte eine Laterne. Daneben lag das Gebäude, in dem der Gerichtsmediziner wohnte. Schräg über ihr im ersten Stock entdeckte sie ein erleuchtetes Fenster. Stimmen kamen von dort. Der Doktor hatte Besuch. Eine Frau musste bei ihm sein. Amanda hörte ihre Stimmen.

Leise schlich sie um das Gebäude herum. Auch wenn sie liebend gern ihre Neugier gestillt und einen längeren Blick zum Fenster geworfen hätte, weil sie sich natürlich fragte, wer den Gerichtsmediziner um diese Zeit besuchte, trieb es sie weiter.

Immerhin hatte man sie gegen ihren Willen hier festgehalten und Vieles deutete darauf hin, dass Albién *derjenige* war.

Nachdem sie den Hof hinter sich gelassen hatte und entlang der Mauern zum Haupteingang des Hauses gelangte, saß ihr die Angst plötzlich wieder im Nacken, war wie ein Würgegriff, der ihr das Atmen erschwerte. Ein plötzlicher Gedanke war der Auslöser: Was, wenn nun der Gerichtsmediziner und die Frau dort oben von all dem gar nichts wussten? Wenn noch jemand …? Der Mörder. Er konnte sich hier verstecken. An diesem Ort, ohne dass Albién davon wusste, dachte sie plötzlich. Und er beobachtete sie womöglich die ganze Zeit.

Kurzentschlossen schlug Amanda den Weg zur nahegelegenen Landstraße ein, fing an zu rennen. Sie rannte so schnell sie konnte. Vielleicht erwischte sie noch den *chiva*, oder ein Taxi fing sie auf halber Strecke ab. Sie rannte, ohne sich umzusehen. Zum Glück war sie zu Schulzeiten eine gute Läuferin gewesen. Die Panik mobilisierte außerdem zusätzliche Kräfte. Sie lief bis zur nächsten Abzweigung. Dabei bemerkte sie zu spät, dass sie die falsche Richtung gewählt hatte und geradewegs in den Wald hineinlief.

ZWEI

Albién stand am Fenster. Er sah ihr nach, wie sie ihr Fahrzeug bestieg, sich an der Tür nochmal umsah und ihm eine Kusshand zuwarf. Verführerisch sah sie aus. Elegante schwarze Stiefel; das hauteng Kleid schmeichelte ihrer Figur, die noch immer jugendlich frisch wirkte. Grazil bewegte sie sich vorwärts. Geschmeidig rieben ihre Beine beim Gehen aneinander. Wohlgeformte Beine, umhüllt von anthrazitfarbenen Nylons. Eine Frau, die nicht nur wusste, was sie wollte und wie sie es bekam. Sie ernährte eine Familie, hatte sich ihr Wissen in Betriebswirtschaftslehre und Marketing selbst erarbeitet. Klug war sie, mit einem Gespür für Menschen. Es war diese Kombination, die sie wahnsinnig sexy machte.

Gerichtsmediziner Albién aber hielt mit seinen zweiundsechzig auch noch recht gut mit. Seine außergewöhnliche körperliche und geistige Fitness waren sein Kapital. Der Doktor gehörte zur Bildungselite von Tres Marias. Er hatte seinen Studienabschluss in Humanmedizin mit Auszeichnung bestanden, verfügte über umfangreiche Kenntnisse in Anästhesiologie und Intensivmedizin. Man konnte sogar sagen: Er war eine Koryphäe auf seinem Gebiet. Darüber hinaus war sein Allgemeinwissen breit gefächert. Womit man ihm zuletzt vor rund zwanzig Jahren große Anerkennung verlieh. Damals baute er zusammen mit seiner Frau das Gerichtsmedizinische Institut in Tres Marias auf. Studenten und Studentinnen wurden dort gleichermaßen zugelassen. Albién war für die Gleichbehandlung der Geschlechter. Hierin und in vielen anderen Fragen war er seiner Zeit voraus. Das Gerichtsmedizinische Institut als Bildungsstätte erzielte schnell herausragende überregionale Erfolge, was jedoch dem einen oder anderen ein Dorn im Auge war. Insbesondere nach *jenem* Vorfall: Mit einer äußerst gewagten Protestaktion, gab Albién sich damals selbst den KO-Schlag. Studentinnen, angemalt mit blutroter Farbe, ausgestattet mit Spruchbändern und Protestplakaten, demonstrierten gegen die zunehmenden Menschenrechtsverletzungen unter Guerilla und Paramilitärs. Viele Menschen verschwanden damals oder wurden Opfer von Folter, Mord und räuberischer Erpressung. Die FARC-Rebellen wollten Tres Marias als ihr Operationszentrum einnehmen. Das Institut für Rechtsmedizin wurde – ausgelöst durch den Protest – zum blutigen Schauplatz der Auseinandersetzungen.

Zwar gelang es den Bürgern letztlich die Rebellen unter Kontrolle zu bringen und größtenteils zu vertreiben, das Misstrauen jedoch blieb. Einen Teil der Verantwortung schrieb man dem Gerichtsmedizinischen Institut zu. Albién hätte leichtfertig junge Menschen geopfert und außerdem Frauen auf entwürdigende Art und Weise zur Schau gestellt.

Auf Druck der Bevölkerung verlegte er seine Tätigkeit, bezog ein einsames Grundstück außerhalb von Tres Marias. Auch kehrte er der Bildungsarbeit den Rücken und bot nur noch freiberuflich seine Dienste als Gerichtsmediziner an.

Maria und er lernten sich über ihren Partyservice kennen, als Albién anlässlich der Geburt und Taufe seines ersten Enkelkindes eine große Feier veranstaltete. Sie lieferte das Festessen höchstpersönlich aus. Eine folgenschwere Begegnung, denn fortan häuften sich ihre Treffen.

Maria war gerade abgefahren. Der Gerichtsmediziner zog die Vorhänge wieder zu, wobei er den Schatten bei den Mauern nicht bemerkt hatte. Ebenso überhörte er das leise Knurren des Vierbeiners, der sich von der Haustür weg- und auf seinen vier Pfoten bis zur nächsten Hausecke fortbewegt hatte.

Ahnungslos trat der Doktor wieder an den Tisch, schenkte sich noch etwas von dem Tee nach, den sie eben getrunken hatten. Ihr Becher war noch lauwarm, und er meinte ihre zarten Finger durch das Porzellan zu spüren. Gedankenverloren hielt er ihn sich an die Wange, roch ihr Parfüm, das noch in der Luft lag. Dabei entglitt ihm ein seliger Seufzer.

Die Zeit würde irgendwann eine Entscheidung bringen. Sobald Maria die Scheidung von Javier beantragt hatte. Er wollte sie nicht drängen. Die Liebe war eine Blüte; eine Blume, die nur so lange ihren Duft verbreitete, wie man sie nicht nötigte.

Derweil genoss er ihre heimlichen Treffen. Die Momente, wenn sie sich ihm mit allen Sinnen hingab. Es war wie ein zweiter Frühling, eine verspätete Entschädigung für die Jahre in Abgeschiedenheit und sozialer Isolation.

Die Dörfler redeten viel. Es waren bereits zahlreiche Gerüchte über ihn kursiert. Albién, der Gerichtsmediziner, der seine Kompetenzen gelegentlich überschritt, Leichenbefunde manipulierte oder sterbliche Überreste ganz verschwinden ließ. Arbeitete er für die Paramilitärs? Sann er nach Rache, weil seine bildungspolitischen Pläne damals gescheitert waren? All das hatte man ihm nachgesagt. Er seinerseits, hatte nie irgendeine Anstrengung unternommen, die Gerüchte aus der Welt zu schaffen.

Der Doktor stellte Marias Becher wieder auf den Tisch, nahm stattdessen seinen. Mittlerweile war der Tee etwas abgekühlt.

Er wollte gerade zum Trinken ansetzen, als ein Geräusch ihn ablenkte. Kam das von draußen? Hatte er vergessen die Außentür zu schließen?

Albién verharrte, trank. Dabei horchte er in die Ferne, ob er die Außentür klappern hörte. Es blieb jedoch still. Vermutlich hatte er sich getäuscht.

Er leerte seinen Teebecher in einem Zug. Ein kurzer Windzug ging durch den Raum, als wäre irgendwo ein Geist eingedrungen. Dem Gerichtsmediziner war das Gefühl nicht neu; er nahm den Tod fast gar nicht mehr wahr, empfand keine Furcht. Seine Hände hatten so viele Leichen berührt und Körperteile obduziert. Der Tod war immer da, sah heimlich über seine Schulter, mit ihm in den Spiegel oder hockte neben ihm auf der Bettkante. Er redete mit ihm, wie ein guter alter Bekannter.

Der Gerichtsmediziner trat noch einmal ans Fenster, schob die Gardine etwas beiseite und sah in den Hof hinunter.

Nachdem die Stille eine Weile angehalten hatte, war das Geräusch plötzlich wieder da. Etwas war zu Boden gefallen … draußen vor der Tür? Albién fuhr herum. Oder kam es aus der Küche?

Der Gerichtsmediziner horchte.

Leise bewegte der Wind die Tür. Er hatte das Fenster offengelassen. Das war es.

Dennoch irritiert haftete sein Blick weiter an der Tür. Da war noch etwas – oder jemand. Maria? War sie zurückgekommen?

»Bist du das, Maria?«, fragte er.

Das Schweigen, das ihm antwortete, war gespenstisch.

Hinter der Tür lag der Wintergarten. Eine Treppe ging von dort hinab in den Hof.

Albién fürchtete sich nicht in seiner selbsterwählten Einsamkeit. Einbrecher waren bislang kein Thema gewesen. Wer interessierte sich für Leichen. Auch sonst gab es nicht viel bei ihm zu holen.

Entschlossen trat er auf die Tür zu, verharrte im selben Augenblick und starrte zur Türschwelle. Was war das?

Eine Stiefelspitze schob sich durch den geöffneten Spalt hindurch.

Maria. *Gott sei Dank,* dachte er und ging auf die Tür zu. »Hast du was vergessen?« Er lächelte.

Der Stiefel stand jetzt komplett in der Tür und diese öffnete sich langsam. Erschrocken wich Albién zurück, starrte auf das nicht ganz entblößte Knie, auf die schwarzen Nylons, und weiter aufwärts zu dem im Schatten verborgenen Kopf der Person, die dort stand. Das war nicht Maria.

Zu spät begriff er … was hier geschah.

DREI

Sergio hatte eine Vollbremsung eingelegt.

Der Ford stand und der Motor kochte. Er hatte ihn überhitzt. Das aber war nur halb so schlimm wie das, was sich Sekunden vorher vor seinen Augen abgespielt hatte.

Eine raubtierähnliche dunkle Gestalt stürzte sich auf eine andere. Sergio erkannte den Lichtreflex einer gewaltigen Klinge, mit der man einen Bären hätte erlegen können. Oder noch weitaus mehr als das.

Beim Aufblenden der Scheinwerfer aber blieb der Angreifer plötzlich stehen, sah dem Fahrzeug entgegen, das durch die Unebenheiten der Straße von der Spur abgekommen war. Aus dem Augenwinkel erkannte Sergio, wie der Angreifer sich abwandte und im letzten Moment die Flucht ergriff.

Zurück blieb ein Häuflein Mensch. Ein völlig verängstigtes Wesen. Amanda.

Sergio riss augenblicklich die Fahrertür auf, sprang vom Sitz und stand kurz darauf neben ihr auf der Straße. Er sammelte sie vom Fleck weg auf – dort wo sie saß, die Arme um die Knie gepresst.

»Amanda!« Er drückte sie sachte an sich, ihren zitternden Körper. Ihre Ponyfransen klebten an seinem Hals, durchweicht von Schlamm und Nieselregen. Als sie seine Stimme erkannte, schluchzte sie leise.

»Was um Himmels Willen ist passiert? Wer ...?« Er stand noch immer unter Strom. Selbst nachdem er sie vorsichtig aufgerichtet und ihr die Haare aus dem Gesicht gestrichen hatte. Als wäre sie aus Porzellan.

»Ich weiß es nicht«, stammelte sie. »Plötzlich war etwas hinter mir. Ich bin einfach nur gerannt.«

»Hast du jemanden erkannt?«

»Es war so dunkel ... und ...«

»Ja?«

Ein Scheinwerferlicht näherte sich ihnen von hinten. Sergio drehte sich herum. Amanda fing wieder an zu zittern.

Er ergriff ihre Hände, ihre feingliedrigen, zarten Finger. »Das ist nur Arturo. Keine Sorge, du bist in Sicherheit.«

Amanda starrte gebannte in die Dunkelheit. Sergio überlegte, dann lockerte er seinen Griff, sodass sie sich von ihm befreien konnte, wenn sie wollte.

Amanda aber rührte sich nicht.

»Er wird nicht entkommen«, sagte Sergio, als Arturo gerade aus dem Fahrzeug stieg.

»Und wenn doch?«, fragte sie leise. »Der Mörder …«, stammelte sie erneut. »Es ist … er ist … eine Sie«, korrigierte sie sich dann. »Es ist eine Frau.«

VIER

Marie steckte in den letzten Vorbereitungen für ihre Wohltätigkeitsveranstaltung. Es war Samstag. Marias Partyservice sollte das komplette Menü anliefern. Leider jedoch war bis zum Moment noch kein Kleintransporter mit dem Logo ihrer Firma vorgefahren. Die Auffahrt zur Villa erfreute sich der düsteren Leere, wie sie sonst Friedhöfe ausstrahlen. Und das, wo die ersten Gäste in kaum mehr als einer halben Stunde eintreffen sollten.

Am Nachmittag war ihr Erica zur Hand gegangen, hatte mit Gustavo die Rosen geschnitten und anschließend Carmelia bei der Vorbereitung der Gästezimmer – für Besucher, die über Nacht blieben, geholfen.

Jetzt stand sie neben Marie, sah konzentriert auf die Einfahrt zur herrschaftlichen Villa und fragte sich, vermutlich ebenso wie die Gastgeberin, wo ihre Schwester blieb.

»Begreifst du das?«, fragte Marie, ohne die andere dabei anzusehen. »Sie sollten doch längst hier sein. Kann es sein, dass sie den Termin vergessen hat?«

»Nein. Niemals würde Maria etwas so Wichtiges vergessen«, bekräftigte Erica und musterte dabei die Gastgeberin kritisch von der Seite.

Marie hatte sich übermäßig zurechtgemacht. Ihre Lippen leuchteten pink. Sie trug ein Kostüm, das sie regelrecht einquetschte. An den Hüften zeigte sich das überschüssige Fett besonders unappetitlich, wie Erica leicht angewidert feststellte und unbemerkt in Maries Gegenwart die Nase rümpfte.

Als hätte sie ihren Blick gespürt, sah Marie plötzlich zur Seite, blickte nicht weniger kritisch zu der anderen. »Willst du tatsächlich *so* auf die Feier gehen? Soll ich dir nicht was leihen?«

Erica antwortete nicht, richtete sich stattdessen etwas auf.

An der Hauswand huschte ein Schatten in Richtung Pool. Marie hatte ihn nicht bemerkt. Erica war er indes nicht entgangen. Forschend folgte sie der Gestalt mit Blicken, wie sie mit einem

Hauch von Nichts bekleidet und deutlich schwangeren Rundungen um die Hausecke verschwand.

»Kommt *sie* etwa auch zur Feier?«, fragte sie in besagte Richtung deutend.

»Wer?«

»Na diese Guerillera.«

»Ach, du meinst Semia. Nein, sie wollte sich lieber zurückziehen. Die letzten Monate sind immer die anstrengendsten einer Schwangerschaft.«

»Will sie ihr Kind denn hier bekommen? Hier in dieser Abgeschiedenheit? Was, wenn es zu Komplikationen kommt?«

»Wir sind auf den Ernstfall vorbereitet.«

Erica schabte mit den Schuhspitzen im roten Sand, sah dabei zu Marie. »Kann man auf den Ernstfall wirklich vorbereitet sein?«, fragte sie mit ungewöhnlich dunkler Stimme.

Marie reagierte nicht. Sie war mit ihren Gedanken schon wieder woanders. Besorgt hielt sie jetzt nach Gustavo Ausschau. Gustavo aber war nirgendwo zu sehen, ebenso wenig wie Carmelia. Merkwürdig.

Beunruhigt und ohne ihr Gegenüber dabei anzusehen, drehte sie sich wieder zu Erica, die ihrerseits die andere nicht eine Sekunde aus den Augen ließ. Es lag eine unheimliche, bedrohliche Kälte in ihrem Blick. Was Marie jedoch entging, weil sie ihr nicht genügend Aufmerksamkeit schenkte.

»Lass uns ins Haus gehen«, beschloss die Witwe schließlich und zog die andere mit sich mit.

FÜNF

Amanda stand vor dem Spiegel. Sie trug ein schwarzes Kleid mit Spitzeneinsatz, an Hüften und Taille eng zusammenlaufend. Darüber ein transparentes hellblaues Tuch über die nackten Schultern. Am Morgen hatten sie sich noch einmal über ihre Entführung ausgetauscht, die Details analysiert.

Gegen Mittag fuhr Sergio nach Guajilín und von dort weiter zu Gerichtsmediziner Albién. Er wollte sich Amandas vermeintliches Gefangenenlager ansehen.

Nachdem er jedoch eine Weile vergeblich vor der Tür gestanden hatte – niemand öffnete ihm – fuhr er unverrichteter Dinge wieder ab, denn die Zeit saß ihm im Nacken.

Später ging ihm die Sache nicht aus dem Kopf; die Umstände waren durchaus merkwürdig. Da die Party jedoch bald beginnen sollte, lohnte es sich nicht noch ein weiteres Mal dort vorbeizuschauen.

In der *oficina* hockte er sich an seinen Schreibtisch, beobachtete Amanda, die gerade vor dem Spiegel posierte. Ihr zerbrechliches Wesen fiel ihm dabei ins Auge. Es war plötzlich das einzige, was er sah. Jemand hatte ihr Gewalt antun wollen. Sie war die Perle im wütenden Ozean. Er hatte sie gerade noch vor der reißenden Flut bewahrt.

Dabei war Amanda entschlossen. Sie hatte sich, was das Berufliche betraf, bewusst für diesen Weg entschieden. Und egal wie oft sie in wilden Gewässern treiben würde, Sergio konnte sie nicht jedes Mal retten.

Gedankenverloren befühlte Sergio die Krawatte, die er zur Feier des Tages angelegt hatte.

Marie hatte das halbe Dorf eingeladen. Die Zeichen standen auf Versöhnung. Frieden mit den FARC. Frieden zwischen Männern und Frauen. Frieden für alle Andersdenkenden, Homosexuelle, Einzelgänger wie Victor Villas y Meriles – oder auch Sergio Fabulos. Frieden möglichst im ganzen Land. Auch wenn noch ein ganzes Stück Arbeit vor ihnen lag. Keine Folter mehr, keine Entführungen oder Morde. Stattdessen wollte man feiern. Teuren Schaumwein vergießen und mit Marias edlen Häppchen ein ganzes Dorf verfüttern. Niemand sollte zu kurz kommen, niemand.

Auch Sergio Fabulos nicht.

Bei diesem Gedanken sah er wieder zu Amanda. Sie tuschte sich gerade die Wimpern. Sicher hatte sie seine Blicke längst bemerkt.

Der schrille Klingelton seines Mobiltelefons unterbrach die Szene. »*Si? Qué pasa?*«, fragte er unwirsch in den Hörer.

»Serg …« Das war Jaimes Stimme, die anders klang als wäre er in freudiger Partystimmung.

»Wo brennts denn?«

»Maria hat gerade hier angerufen. Sie hatte deine Nummer nicht bei sich.«

»Maria?«

»Du musst unbedingt zum Haus des Gerichtsmediziners fahren. Etwas stimmt dort nicht, meint sie. Sie steht vor der Tür und wagt sich nicht rauf. Sie befürchtet Schlimmes. Du sollst dich beeilen.«

Sergios Blick fiel auf Amanda, die an seiner Reaktion bereits bemerkt hatte, dass irgendetwas nicht in Ordnung war.

»Ist gut. Ich fahre gleich los«, erwiderte er, ihrem Blick ausweichend. »Kannst du Amanda abholen? Ihr geht doch zu Maries Party, Eusebia und du?«

»Aber sicher«, bestätigte Jaime. Wir nehmen sie mit. Verlass dich auf mich.«

Amanda warf Sergio einen tadelnden Blick zu. Natürlich würde sie ihn jetzt zum Haus des Gerichtsmediziners begleiten wollen. Und natürlich wünschte er sich auch gerade nichts mehr als mit ihr an seiner Seite auf Maries Wohltätigkeitsveranstaltung zu erschienen. Das Schicksal aber war gegen ihn.

Und die Strenge seines Blicks untersagte ihr jede Frage, jeden möglichen Einwand.

SECHS

Das Licht vor dem Hauseingang zur Gerichtsmedizin flackerte, als Sergio seine Rostbeule vor dem Eingang parkte.

Maria saß neben Albiéns Vierbeiner auf der Stufe zur Eingangstür, kraulte nervös seine langen Schlappohren. Dabei ließ sie das Fenster zu seinen Wohnräumen nicht aus den Augen. Dort oben brannte kein Licht. Beide Gebäude, bis auf das flackernde Licht am Hauseingang, waren stockduster.

»Was ist so merkwürdig?« fragte er, als er auf sie zukam. »Er ist nicht da?«

Fröstelnd zog sie die Schultern hoch, deutete nach oben. »Alles hier ist merkwürdig. Es brennt kein Licht. Die Tür oben steht offen. Sein Fahrzeug ist in der Garage; es ist kalt. Und er hat die Post heute Morgen nicht sortiert.«

Sergio blickte zu der Postkiste, die augenscheinlich überquoll. Briefe und Zeitungen lagen kreuz und quer. Wollte sie sagen, dass er *das* gelegentlich sortierte?

Er sah wieder zu Maria. Was hatte sie überhaupt hier zu suchen. Sie sah nicht danach aus, als hätte sie den Doktor gerade mit ihrem Partyservice beliefern wollen. Ihr Besuch war privat.

Maria bemerkte seinen fragenden Blick, wich diesem jedoch aus. Der Hundekopf lag auf ihrem Schoss.

»Siehst du das, wie er zittert«, lenkte sie die Aufmerksamkeit auf das Tier. »Er ist vollkommen verängstigt.«

Während sie den Hund weiter kraulte, sah sie bittend zu Sergio auf. »Hier ist was passiert, Serg. Ich spüre das. Aber ich kann da nicht hochgehen, du verstehst das. Es ist wegen Edwin.« Tränen liefen ihr über die Wangen. Sie bemühte sich sie schnell abzutupfen.

»Jetzt lass uns mal nicht vom Schlimmsten ausgehen.« Er überlegte. »Du meinst also, *jemand* hat die Tür offengelassen?«

»Das meine ich nicht nur.«

Merkwürdig, dachte er. Als er vor ein paar Stunden hier gewesen war, hatte er nichts Auffälliges bemerkt.

Aufmerksam näherte er sich der Tür, inspizierte sie von außen.

Ausgestorben schien es hier bereits am Vormittag. Aber war dieser Eindruck nicht ganz natürlich? Albién lebte mit seinen Leichen unter einem Dach.

Sergios Blick huschte über die Hauswände. In der Nacht musste man die Schatten der Bäume für tanzende Geister halten.

Er ging ein paar Schritte zu dem hinter der Gerichtsmedizin liegenden Privatgebäude, stieg die Treppenstufen hinauf und passierte den Wintergarten. Auch Albiéns Appartement lag im Dunkeln. Der Wind spielte mit der Eingangstür, die tatsächlich nur angelehnt war. Eventuell war ein Fenster geöffnet. Aber was war das für ein Geruch? Leichengeruch war es nicht. Es roch vielmehr nach ...

Sergio stand jetzt unmittelbar vor der angelehnten Tür, trat dagegen, wobei sie deutlich hörbare Geräusche von sich gab – sie quietschte.

Der Raum dahinter war jedoch leer.

Auf dem Esstisch fand er eine Kanne abgestandenen Matetee und zwei Becher daneben.

Mate. Das war es, was er gerochen hatte. Auf einem Regal nahe der Tür stand ein ganzer Sack voller Mateteeblätter. Offenbar verarbeitete der Doktor seine Blätter selbst zu Tee.

Sergio trat ans Fenster, ein Schiebefenster. Es war, wie vermutet, eine Hand breit geöffnet. Er zog es vollständig auf, sah zu Maria runter, die noch immer vor der Tür zur Gerichtsmedizin hockte.

»Und?«, fragte sie hoch. Das Schlappohr richtete sein Köpfchen auf.

»Nichts«, antwortete Sergio. »Hier oben ist niemand.«

Nachdenklich sah er zurück in den Raum. Irgendwas stimmte dennoch nicht.

Kurz darauf stand Maria in der Tür.

»Fällt dir irgendwas auf?«, fragte er. Sergio ging mittlerweile wie selbstverständlich davon aus, dass sie sich öfter hier aufhielt. Aber das war ihre Privatangelegenheit, ging ihn nichts an.

Maria trat an den Tisch, an dem sie zuletzt Tee getrunken hatten. Irritiert berührte sie die Tassen, die noch immer dort standen, als hätte der Doktor sie seitdem nicht angerührt. »Das hier ist merkwürdig«, bemerkte sie. »Wir haben hier gestern Tee getrunken. Er hat das Geschirr nicht abgeräumt. Normalerweise frühstückt er hier, isst zu Mittag.« Fragend sah sie Sergio an. Sie brauchte eine Antwort, die ihr die Sorge nahm, welche in ihrer Stimme mitklang.

Sergio legte seine Hand auf ihre Schulter. »Das muss alles nichts heißen. Vielleicht hatte er einen dringenden Auswärtstermin. Oder einen Notfall.«

»Dann hätte er mir eine Nachricht geschickt.«

An der Tür blieb Sergio stehen, betrachtete den Boden. Schleifspuren fielen ihm auf. Er fuhr mit dem Schuh darüber. Staub wirbelte auf.

»Hier in seinen Privaträumen ist normalerweise alles ordentlich«, bemerkte Maria hinter ihm. »Das mit der Post ist so eine Macke. Er will sie nicht im Haus. Papier, das bereits durch etliche Hände gewandert ist.«

»Ein Gerichtsmediziner hat Angst vor Viren?! Interessant. Und wie handhabt er es mit seinen Büchern?«, fragte Sergio.

»Ich sehe hier keine.«

»Sein Antiquariat ist im Keller.«

»Im Keller?«

»Ja. Zum Lesen geht er in den Keller.«

»Zu seinen Leichen?«

»Nein, der Keller ist im Nebengebäude.«

Dazu passten Amandas Ausführungen zu ihrer Entführung, dachte Sergio.

»Weißt du, wie wir dort hinkommen? Und wo er den Schlüssel deponiert?«

Maria zögerte. »Also gut«, gab sie sich schließlich einen Ruck. »Komm mit.«

Sergio folgte ihr über den Hof.

»Den vorderen Eingang lässt er normalerweise offen. Dort liegt auch der Schlüssel zum Bücherzimmer«, erklärte sie unterwegs.

»Aha.« Sergio wusste noch nicht recht, was er von der Sache halten sollte. Auch fand er die Umgebung insgesamt wenig einladend. Ständig meinte er den Leichengeruch in der Nase zu haben.

Marias Hand tastete hinter die Tür nach dem Lichtschalter. Ein schwaches Licht erhellte kurz darauf den vor ihnen liegenden Flur. Das Gebäude verfügte über zwei Stockwerke. Kaum vorhandene Fenster und dementsprechend wenig Licht, was die düstere Atmosphäre noch einmal unterstrich.

»Dort, ganz am Ende ist das Zimmer, wohin er sich zum Lesen zurückzieht.«

Maria ging vor. Nachdem sie das Ende des Ganges fast erreicht hatten, schaltete sich das Licht automatisch wieder aus.

»Was für ein nutzloser Automatismus«, regte Sergio sich auf.

»Das macht nichts. Wir haben es gleich.« Geschickt ertastete Maria ein Regal oberhalb des Türrahmens, und griff nach einem Schlüsselbund.

Sergio hatte den Türknauf bereits in der Hand. »Es ist offen«, stellte er fest.

»Tatsächlich?«, wunderte sie sich. »Das ist merkwürdig. Das Zimmer ist sein Heiligtum. Normalerweise schließt er es immer ab.«

Sergio stand bereits mit einem Fuß im Raum, der stockdunkel war. Maria tastete über den Boden, suchte nach dem Kabel, das zu der Lampe führte. »Gleich haben wir Licht«, versprach sie.

Und so war es.

Das Licht erhellte jedoch keinen beeindruckenden Raum, wie Sergio enttäuscht feststellte. Es gab eine Pritsche und einen riesigen Wandschrank. »So, das ist also sein Heiligtum. Das hatte ich mir etwas gemütlicher vorgestellt.«

»Ich zeige dir gleich, was der Schatz dieses Raums ist. Man erkennt es nicht gleich.«

Maria durchsuchte den Schlüsselbund nach einem bestimmten Schlüssel.

Sergio studierte derweil das Nachttischchen, auf dem eine Wasserflasche und ein Glas standen. Sein Blick streifte auch das

Bett, ging darüber hinaus. »Und was ist das dort hinten?«, fragte er, auf etwas am Boden deutend. »Sind das *deine?*«

Maria steckte den Schlüssel, den sie ausgewählt hatte ins Schloss des Wandschranks, drehte ihn jedoch nicht gleich herum, sondern trat neugierig neben Sergio. »Was meinst du?«

Der Comisario näherte sich der Pritsche. Maria folgte ihm.

»Stiefel«, stellte sie nüchtern fest.

»Stiefel«, bestätigte er.

Maria starrte darauf, als wäre sie sich ihrer Sache nicht sicher.

»Was schaust du mich so an!«, erregte sie sich plötzlich. »Meine sind das nicht. Die sehen zwar fast so aus, sind es aber nicht.«

»Aber du kennst dich schon verdammt gut hier aus«, konnte er sich einen Kommentar trotzdem nicht verkneifen.

»Ist schon gut«, kam er ihr zuvor, bevor sie sich rechtfertigte. »Mir brauchst du das nicht zu erklären. Erklär es lieber Javier. Aber das gehört jetzt nicht hierher.«

Mit trotzigem Blick stellte sie die Stiefel wieder ab, die sie an sich genommen hatte, um sie sich genauer anzusehen.

»Sie erinnern mich ein bisschen an die, die Erica sich kürzlich zugelegt hat«, bemerkte sie.

Erica. Dieser Name erzeugte in Sergio von jeher ein Gefühl, unter dem sich ihm die Nackenhaare aufstellten. Eine Abneigung, die er sich nicht wirklich erklären konnte. Wenn man ihr sonderbares Verhalten nicht ständig mit den Erlebnissen aus irgendeiner Entführung rechtfertigte, würde er sich nicht einmal dazu herablassen, sie als Opfer zu betrachten. Für ihn war sie ganz einfach *niemand.* Eine Frau ohne Gesicht. Ohne Charakter, den er den anderen Frauen durchaus zugesprochen hätte.

Das Schweigen, das eingetreten war deutete an, dass es in Marias Kopf ebenfalls arbeitete, sie sich möglicherweise ähnliche Fragen stellte, wie er es tat.

Ein hohles Klopfen durchbrach unerwartet die Stille.

»Was war das?« Maria trat erschrocken einen Schritt zur Seite.

»Es kam aus dem Schrank«, vermutete Sergio. Er stand bereits vor einer der drei Schranktüren, nur knapp von der Stelle entfernt, an der Maria den Schlüssel hatte stecken lassen.

»Vorsicht«, mahnte sie. »Darin sind seine Bücher.«

Sergio drehte den Schlüssel herum, öffnete vorsichtig die Tür. Ein paar Bücher purzelten ihm bereits entgegen.

»Bücher«, bestätigte er trocken. Worauf sie einen Schrei ausstieß.

Sergio begriff nicht gleich, weshalb sie schrie. Er sah zu den herausgefallenen Büchern. Dann aber erkannte auch er, was sie erregt hatte: »*Madre*«, entfuhr es ihm, »Doktor!«

Albién saß geknebelt und mit einer Augenbinde in seinem eigenen Bücherschrank.

Während Sergio noch fassungslos auf seinen Fund starrte, legte Maria bereits Hand an, entfernte die Augenbinde und machte sich daran Hand- und Fußfesseln zu lösen.

»Mein Gott, was ist hier nur passiert.«

Nachdem der Doktor sich wieder etwas strecken konnte, half sie ihm aus dem Schrank. Gott sei Dank lebte er. Maria war unendlich erleichtert. Sergio zückte sein Taschenmesser, um den Gerichtsmediziner von den restlichen Stricken zu befreien.

Derweil wich Maria nicht von seiner Seite, sah der Befreiung des Mannes entgegen, für den sie ganz offensichtlich große Zuneigung empfand. Sobald er frei war, nahm sie seine Hand.

Verwundert stellte Sergio fest, dass sie dabei Tränen in den Augen hatte.

Albién schüttelte sich nur kurz, wirkte aber ansonsten erstaunlich gefasst. »Das war knapp«, bemerkte er und fuhr sich durchs Haar. »Die Luft da drinnen war verdammt dünn.«

»Wer hat dich dort eingesperrt?«, wollte sie wissen.

Er war noch nicht soweit Fragen zu beantworten, schnappte nach wie vor nach Luft. »Einen Moment lang dachte ich, es wäre vorbei.«

»Hast du was gesehen?«, wollte sie wissen.

Sergio konnte sich ebenfalls nicht zurückhalten. »Eventuell gehen wir von einer Mörderin aus«, formulierte er etwas vorschnell seine Vermutung. Dabei sah er Maria nicht an.

Zu seiner Überraschung jedoch protestierte sie nicht.

Der Doktor überlegte. »Möglich … was sich mir dort oben in den Weg gestellt hat, sah nach einer Frau aus. Es kann aber auch eine Verkleidung gewesen sein. Ich habe den Angreifer so gut wie nicht sehen können. Es war dunkel und er hatte was vor dem Gesicht. Was mir auffiel waren ...« Albién zog die Stirn in Falten,»diese Stiefel. Ich habe wohl eine Weile darauf gestarrt. Derweil hat er – oder sie – mir eine Spritze verpasst. Ein Betäubungsmittel. Es hat relativ schnell gewirkt. Erst war es nur der Schock, der mich außer Gefecht setzte. Dann war ich vollkommen benommen. Woran ich mich erinnere: Da war ein furchterregendes Messer – so eins, wie Schlachter es verwenden. Dann würde es schwarz vor meinen Augen. Als ich wieder zu mir kam, waren meine Augen und Hände verbunden. Ich könnte mich gerade so aufrichten. Dann hat diese Person mich vorwärts getrieben. Die Stimme war verstellt. Aber es klang weiblich ... ja. Fast bin ich die Treppe herunter gestürzt. Sie stieß mich immer wieder vorwärts, sobald ich stehenblieb, weil ich einfach keine Kraft hatte, drängelte sie. Mir war übel und schwindelig. Hier unten dann drängte sie mich in den Schrank, wo sie mir dann auch noch Fußfesseln angelegt hat. Sie wusste offensichtlich, wo alles war. Sie kannte sich aus. Mein Gott, einen Augenblick lang dachte ich tatsächlich, du wärst das ... Maria.« Er sah sie an. Sie hielt seine Hand noch etwas fester.

»Ich benutze dieses Zimmer kaum. Manchmal komme ich her zum Lesen. Manchmal. In letzter Zeit jedoch selten. Ich bin meistens zu müde. Sie muss an meinem Medizinschrank gewesen sein. Ich vermute sie hat Sevofluran verwendet. Ich rieche das.«

Sergio hatte die Stiefel bereits herangetragen und stellte sie vor dem Gerichtsmediziner auf den Boden.

»Haben Sie diese Stiefel hier gesehen?«

»*Pues* ... Ja.«

»Gut. Wir werden Sie unter Polizeischutz stellen. Ich meine, vorsorglich werde ich auch ein paar Beamte auf Maries Party postieren.«

»Ich denke die Feier ist abgesagt?«, fragte Maria verwundert.

»Abgesagt? Wer hat sie abgesagt?« Sergio drehte sich zu ihr. »Weshalb sollte sie abgesagt sein?«

»Ich kenne den Grund nicht. Ich sollte das Essen liefern. Ich habe mich schon geärgert. Gut, die Sachen kommen jetzt einem Kinderheim zugute. Ich habe das Essen gespendet. Bis auf den Schaumwein.«

»Also hat Marie selbst die Feier abgesagt? Sie hat dich angerufen?«, forschte Sergio.

»Ja … das heißt nein. Nicht sie persönlich. Erica rief mich an, um in Maries Namen abzusagen. Ich fragte nach dem Grund. Sie wich mir aus, sagte nur, sie hätte gerade keine Zeit es mir zu erklären, da sie noch das halbe Dorf anrufen müsse. Dann ist es also noch nicht bis zu dir durchgedrungen?«

»Nein.«

»Nein?«, wiederholte sie, wie um sich selbst klar zu machen, was dieses *Nein* bedeutete. Ihre Gesichtsfarbe veränderte sich. Warum hatte sie sich nicht gewundert oder nachgehakt? Warum war sie nur so blauäugig gewesen. Nackte Angst stieg in Maria hoch. »Aber dann …« Sie brachte den Satz nicht zu Ende. Krampfhaft drückte sie Albiéns Hand, ohne ihn dabei anzusehen. Stattdessen starrte sie auf die Stiefel.

»Denkst du, was ich auch schon die ganze Zeit denke? Genau genommen, seitdem du ihren Namen hier das erste Mal erwähnt hast«, fragte Sergio und suchte ihren Blick. Der Gerichtsmediziner hatte jetzt auch verstanden, worum es ging.

»Ich … mein Gott. Nein.« Sie vergrub ihr Gesicht in ihren Händen. Als sie wieder aufsah, waren ihre Augen glasig von ihren Tränen. »Bitte nicht!«, stieß sie leise aus.

SIEBEN

Maria hatte ihren Wagen stehenlassen und saß neben Sergio auf dem Beifahrersitz. Der Doktor fuhr mit etwas Abstand hinter ihnen her.

Sie hatte letztlich darauf bestanden den Comisario zu begleiten. Wenn sich die Verdächtigungen auch – wider Erwarten – nicht bestätigen würden, immerhin ging es um jemanden, der ihr sehr nahestand. Es ging um ihre Schwester.

»Weißt du, Serg«, fing sie nach einer Weile an, »an dem Tag als Edwin verschwand, bat ich Erica ihn von der Schule abzuholen. Sie hat mein Auto genommen. Ich ... mein Gott, ich hätte selbst fahren sollen.« Die Tränen liefen nur so über ihre blassen Wangen.

Sergio hörte ihr schweigend zu. Er konzentrierte sich auf die Straße.

»Sie ist mit meinem Wagen gefahren«, fuhr Maria fort. »Sie kam ohne ihn zurück und sagte, sie hätte ihn nicht angetroffen und dass er vermutlich den Bus genommen hätte.«

Maria starrte in den Wald, während sie sprach. Der Wald, der Sergio beim letzten Mal diesen Schrecken eingejagt hatte. Diesmal jedoch konnten weder Bäume noch Schatten ihn in Panik versetzen. Das Grauen lag noch ein paar Kilometer weiter. Er mochte es nicht aussprechen, aber er befürchtete Schlimmes. Gerade hatte er versucht Amanda auf ihrem Mobiltelefon zu erreichen. Erfolglos. Auch Jaime ging nicht ans Telefon. Arturo wollte erst in einer Stunde zur Feier kommen, da er noch einen Termin hatte.

Insgeheim betete er, dass der Wirt seine Assistentin noch nicht abgeholt hatte; dass irgendeine höhere Macht die Katastrophe verhindern würde.

»Ich habe ihr geglaubt, weißt du«, sprach Maria weiter. Ihre Stimme wurde eindringlich.

Sergio schwitzte.

»Ein paar Tage später bin ich im Kofferraum auf etwas gesto-
ßen. Da lag so einer von Edwins Hemdknöpfen. Ich habe mir
nichts dabei gedacht.«
»Das ist jetzt nicht dein Ernst. Und das hast du uns verschwiegen?!«
Maria schluchzte. »Als Erica damals für einige Zeit verschwand, hat jemand von *denen,* von den Paramilitärs …«, sie
sprach abgehackt, weil sie immer wieder schluchzen musste, »jemand von denen hat einmal behauptet, die hätten sie ihre Leichen zerlegen lassen. Leichen *zerlegen.* Erica! Keiner von uns hat
das geglaubt.«
Sergio musterte sie zweifelnd von der Seite, überlegte, ob er
richtig verstanden hatte.
»Und wir haben nie wieder darüber gesprochen. Niemand hat
sie noch einmal gefragt. Wir sind von Vergewaltigung oder
sonst was ausgegangen. Wir wollten es nicht wissen, Serg. Meine
Eltern nicht. Ich nicht. Wir wollten die Wahrheit nicht wissen.«
Sergio wusste nicht, was er dazu sagen sollte. Er war fassungslos. Konnte man wirklich so ignorant sein – gegenüber der eigenen Schwester?
»Sie hat Isabella gehasst. Das hat sie einmal gesagt. Ja.«
Wieder schluchzte Maria. Dann klappte sie den Spiegel über
dem Beifahrersitz herunter, betrachtete ihr Spiegelbild und versuchte zittrig etwas an ihrer verschmierten Wimperntusche zu
richten. »Ich weiß auch, dass Javier und sie was hatten. Und du
wirst es nicht glauben, es war mir egal. Vollkommen egal.« Sie
klappte den Spiegel wieder hoch, starrte erneut aus dem Fenster.
»Wir alle sind schlecht. Wir belügen und betrügen uns. Aber
Erica? Nein, sie doch nicht. Ich glaube es einfach nicht. Meine
eigene Schwester.« Erneut liefen ihr die Tränen über die Wangen.
Sergio langte ins Handschuhfach, zog eine Packung Papierta-
schentücher heraus und reichte sie ihr.
Während sie sich die Augen trocknete, trat Schweigen ein.
Marias Worte gingen ihm durch den Kopf. Natürlich war es
schwer zu akzeptieren, dass derjenige von dem man glaubte ihn
zu kennen, plötzlich jemand anderes war, eine Fremde.

Vielleicht gab es Momente, in denen die Schwester ihr Hinweise geliefert hatte. Sie war jedoch darüber hinweggegangen, hatte sie ignoriert. Sie wollte sie ganz einfach nicht sehen, – so wie sie war. Denn diese *andere* Erica, war ihr fremd. Sie wusste nicht, wie sie dazu geworden war und was dem zugrunde lag. Sie wollte es nicht wissen, weil es sie abgestoßen hatte.

»Ich wusste das von Edwins Freund«, fing Maria wieder an zu reden. »Ich wusste, dass er homosexuell war. Ich habe ihn einmal mit ihm gesehen. Mit diesem Ibrahim. Er hat ihn mir sogar vorgestellt. Ein netter Kerl. Ich ... Serg, ich habe doch keine Vorurteile gegen Homosexuelle. Auch wenn alle das sagen. Es ist okay. Ich meine, wir Menschen fühlen uns zu etwas hingezogen, zu einer bestimmten Charaktereigenschaft, einer Aura. Die Art, wie jemand denkt, fühlt. Etwas, das dich mit ihm oder ihr verbindet. Das ist doch ganz einfach zu erklären. Ganz ohne Vorurteile. Siehst du das nicht auch so?«

Sergio blickte auf die Straße.

»Aber so sind wir Menschen. Voller Vorurteile. Wir bilden uns schnell eine Meinung über jemanden, ohne wirklich zu wissen ...« Sie seufzte. »Natürlich war ich nicht begeistert«, räumte sie schließlich ein. »Ich bin eine Mutter. Ich wünsche mir Enkelkinder. ACH!« Sie machte eine abwinkende Geste. »Aber jetzt habe ich weder das eine noch das andere.« Sie rieb sich über die Stirn. »Das alles hätte nicht passieren dürfen. Und es wäre auch nicht passiert, wenn ich nur einmal ...«

»Fang jetzt bitte nicht an dir Vorwürfe zu machen«, griff Sergio unerwartet ein. »Das ist ein Teufelskreis. Aus dem kommst du nicht raus. Jeder ist für sich selbst verantwortlich. Ob es deine Schwester ist, Javier mit seinen Geschichten, Edwin und sein Liebesleben. Du kannst nicht überall dazwischenfunken und möglichen Schaden abwenden. Das müssen die selbst machen – die, die es verbockt haben. Glaub mir, ich weiß wovon ich spreche. Ich habe auch schon mal was verbockt. Aber ich versuche ... na, du weißt schon.«

Maria schwieg und starrte nur vor sich hin.

Sergio kurbelte das Fenster herunter. Er brauchte frische Luft. Der Wald lichtete sich langsam.

Unterhalb der Straße erkannte man die Dächer von Callín.

Er lehnte den Arm aus dem offenen Fenster und trat aufs Gaspedal.

ACHT

Vor dem Haus von Marie Blisovic standen drei Fahrzeuge. Jaimes grüner Chevrolet zwischen dem blauen Mercedes vom Bürgermeister und Arturos altem dunkelroten Ford. Von den Besitzern keine Spur.

Sergio parkte seine Rostbeule neben Arturos Rotem. Während sein Blick über die Szene streifte, fühlte er wie die Anspannung sich erneut bemerkbar machte. Er dachte augenblicklich an Amanda.

»Glaubst du, dass die da drinnen sind?«, fragte Maria ängstlich.

»Wir werden es gleich wissen.«

»Mein Gott«, flüsterte sie. Es fiel ihr schwer sich zusammenzureißen.

Er zog den Zündschlüssel aus dem Schloss.

Sie stiegen gerade aus, als das Fahrzeug vom Doktor auf den Parkplatz fuhr und neben ihnen zum Stillstand kam.

Nachdem Albién ausgestiegen war, stürzte Maria gleich auf ihn zu. Er nahm sie in seine Arme.

Sergio hatte sich derweil der Pforte genähert, inspizierte sie. Sie schien nur angelehnt. Der Hausangestellte, der für solche Momente anwesend sein sollte – für den Empfang von Besuchern, und dafür diese zu überprüfen, war weit und breit nicht zu sehen.

Sergio machte Maria und dem Doktor ein Zeichen zurückzubleiben. Dann jedoch entschied er sich anders und winkte den Gerichtsmediziner heran.

»Ich schaue lieber erst einmal alleine nach. Tun Sie mir bitte einen Gefallen.« Er sprach leise, damit Maria ihn nicht verstand. Diese wirkte mehr als aufgewühlt. »Wenn ich nach zwanzig Minuten nicht zurück sein sollte, verständigen Sie bitte über den Notruf die Polizei.«

»Ist gut«, bestätigte der Doktor. »Was ist mit Ihrer Waffe?«

»Waffe?« Sergio starrte schon wieder zum Grundstück.

»Na, Sie brauchen doch eine Waffe.« Albién wurde versehentlich etwas lauter. Maria sah kurz auf, hatte ihn jedoch – glücklicherweise – offensichtlich nicht verstanden.

»Ach ja, die Waffe.« Verlegen kratzte Sergio sich am Kopf. »Die ist auf dem Kommissariat. Ich meine …«

»Wie zum Teufel wollen Sie jemanden überwältigen, ohne Waffe?«

Albién ging mit festen Schritten zu seinem Fahrzeug zurück, öffnete den Kofferraum und zog einen Gegenstand, der in eine Decke eingerollt war, heraus. Sergio war ihm gefolgt. Vor den Augen einer augenblicklich panisch reagierenden Maria, rollte er die Decke aus. Zum Vorschein kam ein Revolver. Kleinkaliber, Modell unbekannt, aber allem Anschein nach noch einsatzfähig. »Sie ist geladen.«

Maria wollte einen Schrei loslassen, als sie sah, was die beiden Männer untereinander austauschten, riss sich jedoch zusammen. »Bitte … nein«, stammelte sie. »Ihr werdet ihr doch nichts antun?!«

»Das ist nur zur Sicherheit.« Albién legte den Arm um sie.

Sergio hielt die Waffe in der Hand, steckte sie umgehend weg. »Wir brauchen Sie hier in Callín, Señor Comisario. Und ich dürfte Sie eigentlich nicht allein gehen lassen. Das Ding habe ich immer für Notfälle bei mir. Im Hochland weiß man nie.«

Dem Gerichtsmediziner standen schon wieder die Haare zu Berge. Ganz so frei von Furcht war er nicht.

Von der anderen Seite des Parkplatzes waren plötzlich Stimmen zu hören.

Sergio ließ die Waffe unter seinem Hemd verschwinden, steckte sie in den Hosenbund.

Hinter den Platanen, die entlang des Parkplatzes die Sicht versperrten, sah man vier Gestalten. Stimmen. Auch Maria hatte sie mittlerweile bemerkt und sich umgedreht.

Zwischen der korpulenten Figur von Barbesitzers Jaime Orgunzallas; dem großen, sportlichen Arturo und der schlanken Silhouette des Bürgermeisters, schritt Amanda wie ein junges Mädchen. Arturo hatte sie eingehakt, damit sie in ihren hohen Stöckelschuhen nicht umknickte.

Wie gern wäre Sergio ihnen in diesem Moment entgegen gestürzt und vor Erleichterung allen um den Hals gefallen. Ein unglaublich riesiger Stein fiel ihm vom Herzen. Er verkniff sich jedoch jede Gefühlsregung.

»Sergio. Da bist du ja.« Santorini war der erste, der ihn begrüßte.

Amanda hatte ihn gerade entdeckt, lächelte ihm entgegen. Sie sah einfach bezaubernd aus in ihrem Kleid.

»Wir mussten der Dame auf die Sprünge helfen«, erklärte Arturo, »diese modischen Accessoires.«

»Mein Schal ist durchs offene Fenster ... Weg war er«, ergänzte sie.

»Ihr seid gerade erst gekommen?«

Jaime hatte derweil bereits bemerkt, dass etwas nicht stimmte. Außerdem wusste er Sergios Mimik zu deuten. Niemand kannte den Comisario so gut wie er.

»Was ist los Serg? Du wirkst angespannt.« Jaime stand bereits neben dem Freund.

Arturo trat ebenfalls zu den beiden, während Amanda und Santorini Maria und den Doktor begrüßten.

»Alles in Ordnung?«, fragte jetzt auch er.

»Wie man´s nimmt. Die Party ist angeblich abgesagt. Das sagt zumindest Maria.« Er deutete in ihre Richtung.

»Ach.« Arturo zupfte an seiner Krawatte, die er für den festlichen Anlass angelegt hatte. Er sah verstohlen zum Gebäude der Blisovic-Villa. »Wir haben uns schon gewundert, dass wir die ersten sind. Wir waren davon ausgegangen zur späten Truppe zu gehören.«

Es war halb zehn. Die Party hätte bereits um halb neun beginnen sollen.

»Merkwürdig.«

»Wo sind denn eure Frauen?«, fragte Sergio erneut in Sorge.

»Felicia fühlte sich nicht wohl. Außerdem wollte sie das Hostal nicht allein lassen. Ihre Aushilfe ist im Urlaub«, erklärte Arturo.

»Und Eusebia?«, richtete er sich an Jaime.

»Sie wollte mit Erica fahren.«

»Mit E-Erica?!«, stammelte Sergio.

»Serg, wir sollten das Militär hinzurufen.« Javier Santorini hatte gerade von den anderen erfahren, was los war. Der Bürgermeister im hellgrauen Flanellanzug mit dunkellilarfarbener Seidenkrawatte, zog jetzt ebenfalls ein besorgtes Gesicht. »Wir wissen ja nicht, wer schon dort drinnen ist. Ob Marie allein ist oder …«

»Du musst was tun«, forderte jetzt auch Amanda.

Sergio sah zu Arturo. Die Waffe unter seinem Hemd drückte gegen seinen Bauchnabel. Sein Herz pochte derart laut gegen das Metall, dass er meinte, sie müsse es hören. »Ja«, sagte er nur.

Arturo zog ihn zu Seite. »Lasst uns das kurz besprechen.« Er wies die anderen an zurückzubleiben und ging mit Sergio vor zur Pforte.

»Ganz konkret, was sagst du? Dein Gefühl, meine ich. Gefahr im Verzug?«

»Gefahr im Verzug«, bestätigte er ohne Umschweife. »Hast du eine Waffe?«

Arturo deutete zu seinen Schuhen. »Im Gegensatz zu dir. Immer auf den Ernstfall vorbereitet. Du hast deine Begegnung von damals am Wegkreuz anscheinend vergessen.«

»Sicher nicht.« Sergio deutete auf seinen Hosenbund. Die Umrisse der Waffe waren gerade so durch das Hemd zu erkennen.

»Besser so. Also?«

»Erica ist unsere Verdächtige. Sie hat die Party für Marie abgesagt. Vermutlich wundert die sich gerade schon, wo ihre Gäste bleiben. Wenn sie …« Sergio warf einen besorgten Blick zum Haus.

Arturo öffnete bereits die Pforte. »Wartet hier!«, rief er den anderen zu.

»Zwanzig Minuten«, ergänzte Sergio. Der Doktor machte ihm ein Zeichen, dass er verstanden hatte.

Sie betraten das Grundstück.

»Was wolltest du gerade sagen?«, hakte Arturo nach.

»Ich hoffe, dass sie der Witwe noch nichts angetan hat. Ich denke, dass es einen Grund dafür gibt, weshalb sie die Party absagt. Sie will vielleicht mit den Frauen abrechnen.«

»Denkbar«, bestätigte Arturo. »Jaime hat gerade erzählt, Marie hätte vorgeschlagen Erica durch Amanda zu ersetzen. Das weiß er von Eusebia. Sie haben mehr oder weniger über Erica abgestimmt. Allerdings ohne Maria. Und die Mehrheit hat entschieden, Amanda wäre die bessere Kandidatin. Wenn sie davon Wind bekommt, wird sie entsprechend reagieren.«

Sergio hatte bereits die Hauswand erreicht.

»Was Düsteres hat die schon an sich. Ich wäre aber nie darauf gekommen, dass sie unsere Mörderin ist.« Noch immer skeptisch schüttelte Arturo den Kopf.

»Denkst du ich? Das sind ein paar Weiber, die lediglich ihre Rechte fordern. Wer von denen würde deshalb zum Metzgermesser greifen?«

»Eine offenbar schon«, sagte Arturo.

»Aber das hat andere Gründe.«

»Welche?«

»Das werden wir gleich von ihr hören …«

»Du willst sie wirklich *hier* stellen, willst das alleine durchziehen, ohne militärische Hilfe? Und was ist mit ihrer Schwester da draußen? Weiß sie Bescheid?« Arturo zweifelte.

»Die letzten Unsicherheiten hat sie gerade selbst ausgeräumt. Sicher ohne sich dessen bewusst zu sein. Sie ist ihre Schwester.«

»Was für eine Tragödie«, stellte Arturo fest.

»Allein wegen Maria sollten wir auf das Militär verzichten. Die würden nur unnötig noch mehr Blut vergießen.«

Sergio ging bereits weiter. Vor ihnen lag der Garten mit Maries Pavillon, den riesigen Quindio-Wachspalmen und dem Pool.

»So viel überflüssiger Luxus«, kommentierte Arturo. »Und sie wohnt hier ganz allein, *madre!*«

Unter dem Pavillon waren Tische mit Besteck, Gläsern und Geschirr aufgebaut. Auf dem Rasen standen überall Stehtische, auf denen Kerzen verteilt waren. Unten rum trugen sie riesige Schleifen in Pastell. Eine Girlande ging von einer Palme zur nächsten. Ein kleiner Podest, der für die Musikband angedacht gewesen war, stand nur halb aufgebaut im Schatten der Bäume. Die Band dazu fehlte. Musik und Glanz für den Festakt waren offenkundig abbestellt.

»Nicht eine Menschenseele«, wunderte sich Arturo.

Sergio wagte sich bereits weiter. Arturo folgte ihm, sah sich dabei immer wieder suchend um. »Wo sind denn ihre Hausangestellten? Sie muss doch Hausangestellte haben.«

Sergio antwortete nicht. Er hatte den Pavillon bereits erreicht und warf einen prüfenden Blick in Richtung Pool. Dieser schimmerte geheimnisvoll im Nebel. Der Dunst vom Regenwald zog über Maries Garten, verwandelte ihn in einen mystischen Ort.

Sergios Blick schweifte in die andere Richtung, entlang der Rosenbüsche und wieder zurück.

»Im Pool gegenseitig ertränkt, haben sie sich offensichtlich nicht«, bemerkte Arturo ironisch, als er neben Sergio stand und mit ihm auf das Wasser starrte.

»Nein. Aber ob das jetzt ein gutes Zeichen ist … Lass uns im Haus nachsehen.«

Zu ihrer Verwunderung stand die Haustür sperrangelweit offen. Sergio zog seine Waffe aus dem Hosenbund – vorsichtshalber, und legte den Finger an den Abzug. Er hasste Szenen wie diese. Szenen, bei denen er den Held spielen musste. Ihm war ganz und gar mulmig zumute. Äußerst ungern wollte er Gebrauch von einer Waffe machen. Er hasste Waffengewalt. Selbst wenn Erica eine brutale Mörderin war. Er wollte Marias Schwester nicht erschießen. Gerade erst hatte sie ihren Sohn verloren, sie hatte genug gelitten. Und ob Ericas Tod ihr, selbst wenn sie Edwin tatsächlich auf dem Gewissen haben sollte, Befriedigung verschaffte, wagte er zu bezweifeln.

Nervös blickte er zurück zur Eingangspforte. Die anderen sollten bloß nicht auf die Idee kommen ihnen zu folgen. Derartige Dummheiten traute er Amanda ohne weiteres zu.

»Ich denke wir können es wagen. Schauen wir uns die Wohnräume an«, forderte er Arturo mit einem Handzeichen auf, ihm zu folgen.

Drinnen war es ähnlich ausgestorben. In der Küche roch es nach Likör, Tee und Kaffee. Alles stand servierfertig auf einem Beistelltisch. Berge von Tellern, Besteck, Gläsern. Zum Tee hatte sie Obst, verschiedene Gewürzmischungen und zuckrige *dulces* vorbereitet. Marie mochte es international. Tee aus Europa und Indien. Nichts war ihr zu teuer, – oder auch teuer genug.

Sergio ging weiter, näherte sich dem Wohnzimmer, während Arturo die andere Richtung einschlug.

Das Wohnzimmer vermittelte ein ähnliches Bild wie die Küche. Auch hier hatte Marie einiges vorbereitet. Gestapelte Kissen. Körbe mit Servietten, Kerzen, Rosenblätter, Räucherstäbchen, wilde Orchideen. Alles war partyfertig.

»Hier ist niemand«, rief Arturo von der anderen Seite.

Kurz darauf trafen sie sich auf dem Gang wieder.

»Wir müssen die Zimmer durchsuchen«, entschied Sergio.

»Aber Vorsicht. Sie könnte hier irgendwo sein.« Er sprach leise. »Es ist gut möglich, dass sie uns längst bemerkt hat. Sie wartet einen günstigen Moment ab.«

»Wir nehmen uns die Zimmer nacheinander vor«, entschied Arturo.

Die ersten beiden Zimmer waren verweist und offensichtlich lange nicht benutzt worden. Das dritte Zimmer musste Maries eigenes Schlafzimmer sein. Sergio hielt bereits den Türknauf in der Hand.

Der Raum, den sie vorfanden, war riesig. Es roch nach Rosenblättern und Lavendel. Letzteres kam von der Bettwäsche. Das Bett war scheinbar frisch bezogen. An der Schranktür hing ein in Zellophan verpacktes neues Sommerkleid. Entweder war sie noch nicht dazu gekommen es anzuziehen – oder sie hatte sich spontan für ein anderes entschieden. Kleidung hatte sie genug. Der monströse Wandschrank bezeugte das.

Arturo näherte sich dem geöffneten Fenster. Die Schwüle des Tages klebte noch zwischen den Wänden. Mit dem Nebel kamen die Stechmücken, wurden angezogen durch das Licht.

»Oh, mein Gott«, hörte Sergio plötzlich die Stimme seines Freundes, hinter sich. Arturo stand in unmittelbarer Nähe des Fensters.

»Was denn?« Sergio warf gerade einen prüfenden Blick auf den Gang hinaus.

»Serg, die ist komplett wahnsinnig. Die ist …« Arturo stand unter Schock, was Sergio augenblicklich an seiner Stimme erkannte.

»Ich komme.« Der Comisario trat neben den Freund.

Als er sah, worauf Arturo schon eine Weile gestarrt hatte, hätte er laut schreien können. Schreien vor Wut. Schreien, weil sie zu spät waren. Die Situation erforderte jedoch, dass er sich zusammenriss. »Dieses Weib«, stammelte er. »Ich wusste doch, warum ich sie nie leiden konnte.« Vor ihnen lag eine Leiche. Die Leiche einer jungen Frau.

»Das ist Carmelia. Pater Benjamín nannte sie Carmelita. Man könnte meinen, ihr war in ihrem jungen Leben einfach kein Glück vergönnt.« Sergio erinnerte sich nur ungern an die Szenen, die er im Hause des Geistlichen erlebt hatte. Ein alter Mann, der sich ein junges Mädchen für seine persönlichen Bedürfnisse ins Haus geholt hatte. Sergio selbst hatte ihr – nach dem Tod des Geistlichen – die Stelle bei Marie besorgt, was er gerade bereute. Denn irgendwie schien ihm Carmelias Tod vorbestimmt gewesen zu sein. Jetzt war sie einer Wahnsinnigen zum Opfer gefallen. Erica hatte sie eiskalt abgeschlachtet. Das Schlachtermesser hatte ihr Herz durchbohrt. Vermutlich war sie beim Betten machen von der anderen überrascht worden.

Die Waffe in Sergios Hand zitterte. Nebel schlich durch das offene Fenster. Er wollte um sich schlagen, aber das hätte niemandem genützt, und er durfte nicht noch mehr Zeit verspielen.

»Sie muss hier irgendwo sein. Wenn ich sie in die Finger kriege. Das wird sie bereuen!«

Arturo schloss gerade das Fenster, als Sergio bereits aus dem Raum stürzte. Er eilte ihm nach.

Der Comisario wollte das ganze Haus auf den Kopf stellen und hastete von einem Zimmer zum nächsten ... bis ein schriller Schrei vom Ende des Ganges ertönte. Lautes Poltern folgte. »Was war das?«, fragte Arturo.

Sergio verharrte in seinem Eifer, ließ die Stille für einen Augenblick zurückkehren. Dann schlug er umgehend die Richtung ein, aus der das Geräusch gekommen war. Arturo und er näherten sich dem letzten Zimmer auf dem Gang. Offensichtlich war es das Bad. Eine neben der Tür hängende Tonfigur deutete das an.

Mit der Waffe in der Hand, wartete der Comisario nicht lange ab, stürmte augenblicklich den Raum.

Arturo hatte ebenfalls seine Handwaffe aus dem Schuh gezogen.

Im Halbdunkel des Raumes sah ihnen ein Paar weit aufgerissener dunkler Augen entgegen. Sie stand nur wenige Schritte von der Tür entfernt, hielt Ericas Schlachtermesser in der Hand. »Amalia ... Ich meine, Semia!«

Auf dem Boden, vor ihren Füßen lag eine zerbrochene Schale. Das Fenster stand offen. »*Madre de dios*!«

»Ist das alles, was dir dazu einfällt«, fauchte Semia, die sich mittlerweile wieder gefangen hatte.

»Wenn man euch braucht, seid ihr nicht da. Und deine Mutter Gottes kannst du dir sonstwo hinstecken. Die hätte mir nicht den Hals gerettet!«

Arturo verzog den Mund zu einem angedeuteten Grinsen.

Sergio war nicht zum Lachen zumute. »Du bist also okay«, deute er ihre Reaktion.

»Ja doch«, erwiderte sie, sowohl zitternd als auch gereizt. »Sie ist mir entwischt, diese Irre!!« Sie deutete auf das offene Fenster und legte gleich schützend ihre Hand auf den Bauch.

»Hast du gesehen, wo sie hin ist?«

»Zwischen diesem und dem anderen Gebäude gibt es einen Patio. Davor liegt das ehemalige Büro des Anwalts. Von dort kommt man in die Räume, wo das Personal wohnt. Vielleicht versteckt sie sich dort.«

»Und wo ist Marie?«, fragte Arturo.

»Ich weiß es nicht.«

»Bleib du hier bei ihr und gib dem Gerichtsmediziner wegen der Leiche Bescheid«, sagte Sergio zu Arturo.

Er wartete die Reaktion des anderen gar nicht erst ab, eilte wieder auf den Gang hinaus, hetzte bis zum anderen Ende und von dort zurück in den Garten, durchstreifte noch einmal die andere Seite des Grundstücks. Verflucht, wo steckte sie nur?!

Auf den ersten Blick wirkte das zweite Gebäude weitaus weniger geräumig und luxuriös als das Haupthaus. Er fragte sich, ob Erica sich bewaffnet hatte – in der Küche gab es Messer; ob sie wegen der Auseinandersetzung mit Semia verschreckt oder in aggressiver Bereitschaft war, weitere Morde zu begehen. Wenn sie diese nicht bereits gegangen hatte. Er musste in jedem Fall auf der Hut sein.

Ein dicht bewachsener und mit Gehplatten ausgelegter Pfad führte seitlich um das Nebengebäude herum. Schnell fand Sergio das erwähnte ehemalige Arbeitszimmer des Anwalts, ein etwas vorgelagerter Raum mit großen Fenstern. Die Gardinen waren von innen zugezogen und an der Tür baumelte ein Kreuz. Sergio erinnerte sich die Räumlichkeiten damals bei Tageslicht inspiziert zu haben. Bei Dunkelheit betrachtet, war vieles anders. Er hätte sich nicht mehr ausgekannt.

Dennoch fand er schnell in den Patio, schaltete dort das Licht an. Hier war es damals passiert, hier hatte der Mörder dem Anwalt mit einer Scherbe die Kehle durchtrennt.

Schnell verdrängte Sergio die Bilder aus der Vergangenheit, konzentrierte sich auf das Hier und Jetzt. Erica konnte jede Unaufmerksamkeit seinerseits für sich nutzen und ihn in einen Hinterhalt locken. Und noch einmal würde er sie ganz sicher nicht unterschätzen.

Das Licht ging aus.

Erschrocken fuhr er herum, umklammerte dabei seine Waffe. Warum musste das verfluchte Licht gerade jetzt ausgehen?! Mit einer Zeitschaltung hatte er nicht gerechnet.

Er tastete sich durch die Dunkelheit zurück.

Dann aber … Was war das?

Da war jemand. Sergio spürte die Gegenwart einer anderen Person. Jemand musste gerade den Patio betreten haben. Er war nicht mehr allein. Leise Schritte hallten von der anderen Seite. Dann erkannte er einen Schatten.

Sie ist hier, dachte er.

Er legte den Finger auf den Abzug, bereit jeden Moment abzudrücken. Seine andere Hand war nur noch wenige Zentimeter vom Lichtschalter entfernt. Er musste gleichzeitig agieren. Wenn er daneben griff, oder schoss, konnte die Situation schnell aus dem Ruder laufen. Doch ganz egal, in welcher Form sie ihn angriff, er würde sie überwältigen. Sie war eine Frau, beruhigte er sich. Warum sollte sie stärker sein als er? Möglicherweise war sie nicht einmal mehr bewaffnet. Sie konnte also kaum stärker sein als er. Nur grausamer. Unendlich viel grausamer.

Sergio ertaste den Schalter, fand ihn jedoch nicht schnell genug. Es wurde bereits hell, noch bevor er ihn hätte betätigen können. Eine flinke Hand war ihm zuvorgekommen.

Der Klos in seiner Kehle verursachte ihm einen kurzen Atemstillstand. Dann aber löste er sich augenblicklich – als er *sie* erkannte …

»Amanda!«, entfuhr es ihm mit einem Seufzer der Erleichterung.

»Serg.« Sie schien nicht weniger erleichtert.

»Was treibst du hier, verflucht?! Du solltest dort draußen warten«, erregte er sich. Auch wenn es sich in gewisser Weise besser anfühlte, sie hier bei sich zu haben. So konnte er sie im Auge behalten, auf sie aufpassen.

Amanda wirkte unerschrocken, was sie jedoch auf den zweiten Blick nicht war. Sie hatte ganz einfach etwas gegen ihre Angst tun wollen, sich verteidigen. Dennoch konnte sie, jetzt in Sergios Gegenwart, eine erleichterte Träne nicht unterdrücken. Wohl wissend, dass es gerade denkbar unpassend war, wischte sie sie gleich wieder weg, was sie in Sergios Augen nur noch liebreizender machte. Natürlich war er sich bewusst, dass sie an ihre Grenzen kam.

»Wir haben eine Leiche im Garten gefunden«, sagte sie leise. »Hinter den Rosenbüschen.«

»Marie?«

»Nein, es ist der Hausangestellte. Gustavo.«

»Himmel! Ich habe es befürchtet.«

»Serg, diese Menschen sind unschuldig. Die haben niemandem etwas getan. Warum tut sie das?!«

»Kann ich in die Seele einer Psychopathin schauen? Nein. Ich möchte es auch nicht.«

Irgendwo klapperte eine Tür. Dann ging das Licht erneut aus. Sergio nutze den Moment, um Amanda zu sich zu ziehen. Ihr Kleid raschelte und ihr Haar streifte dabei seine Wange. Ein Duft wie frischer Apfel umschwirrte seine Nase.

Ihre Hand wollte wieder zum Lichtschalter, was er jedoch verhinderte.

»Da kommt jemand«, flüsterte er.

»Ob sie uns sucht?«

»Ich denke sie sucht Marie«, kam Sergio auf einmal ein Gedanke. »Sie ist ihr entwischt. Und dort drüben im Haupthaus sind sie mit der Leiche beschäftigt. Sie hat vielleicht das Licht hier im Patio gesehen. Marie ist irgendwo in der Nähe. Sie kennt sich aus. Es ist ihr Zuhause.«

»Du glaubst, sie lebt?«

»Sie kann sie nicht gehen lassen. Und den Hausangestellten muss sie gerade erst erledigt haben. Eben war da noch nichts bei den Rosen. Da bin ich mir sicher. Es wäre uns aufgefallen. Ich vermute, sie hatte die beiden in ihrer Gewalt. Marie und den Hausangestellten.«

»Und Marie ist ihr entkommen. Dann muss sie irgendwo hier sein. Sie hat es noch nicht bis zum Haupthaus geschafft.«

»Durch die Tür dort drüben geht es in den Bereich für die Angestellten.« Amanda nahm Sergios Hand und deutete mit ihr in die gemeinte Richtung. Er genoss die Berührung, auch wenn er ihr gerade nicht in die Augen sehen konnte. Es war dunkel. Und die Situation erlaubte keine Ablenkung. Er musste aufmerksam bleiben. Nicht nur wegen ihr; auch wegen Marie, deren Leben er nicht auch noch aufs Spiel setzen durfte.

Nach einer Weile löste Amanda sich von ihm.

Kurz darauf nahm er sie nicht mehr neben sich wahr. Panisch tastete er in die Richtung, wo sie gerade noch gehockt hatte. »Amanda?«

Auf der anderen Seite zeichneten sich die Umrisse einer Person ab. Doch es war nicht Amanda.

»Hierher Serg!«, hörte er auf einmal ihre Stimme. Sie war irgendwo hinter ihm. Vage erkannte er den Rahmen einer Tür. Er zögerte nicht lange, steckte die Waffe in den Hosenbund und rannte darauf zu. Dort angekommen, verharrte er erneut, blickte irritiert um sich. Wo war sie jetzt?

Eine Hand aus der Dunkelheit griff nach seiner. Sergio war verwirrt. War das Amandas Hand? Sie fühlte sich anders an. Er tastete nach ihrem Arm, versuchte ihren Schal aus der Luft zu fischen. Aber da war kein Schal.

»Serg, hierher!«, zischte es aus der Dunkelheit, von weiter entfernt. Die Hand, die ihn hielt, schien ihn jedoch in eine andere Richtung zerren zu wollen. Schlagartig wurde ihm bewusst, dass er einen gravierenden Fehler begangen hatte.

Doch es war bereits zu spät. Eine Tür schloss sich hinter ihnen. Er war mit dieser anderen Person in einem Raum.

Für einige Sekunden stand die Zeit still. Die Hand hatte ihn losgelassen. Er tastete nach seiner Waffe, setzte sie instinktiv dort an, wo er die Umrisse eines Kopfes erkannte.

Deutlich spürte er jetzt den fremden Atem in seinem Gesicht.

»Wenn du mich jetzt abknallst, Sergio Fabulos, bist du geliefert.«

Beim Klang ihrer Stimme atmete er erleichtert auf.

»Marie! Gott sei Dank. Wir haben schon das Schlimmste befürchtet.«

»Dann hast du richtig befürchtet. Das hier ist das Schlimmste. Ich erkenne Erica nicht wieder. Sie ist eine andere. Sie ist TOTAL verrückt!«

»Und jetzt hast du sie gerade ausgesperrt und mit Amanda allein gelassen«, befürchtete Sergio.

»Amanda ist hinten raus. Mach dir keine Sorgen. Sie hat den richtigen Ausgang nach draußen erwischt. Und die Verrückte will mich.«

Sergio fischte ein Feuerzeug aus seiner Jackentasche, entfachte eine kleine Flamme. Für einen Augenblick konnte er Maries verheultes Gesicht erkennen. Der obere Teil ihres Kleids war schmutzig und teilweise zerrissen. Über einer ihrer beiden Augenbrauen klaffte eine offene Wunde.

Die Flamme erlosch wieder. Sergio hatte derweil den Lichtschalter hinter Marie entdeckt und tastete in diese Richtung.

»Sie ist also bewaffnet.«

»Sie hat eins meiner Steakmesser, nachdem Semia sie um das Schlachtermesser erleichtert hat. Es ist das Schlachtermesser von einem Metzger aus Tres Marias. Hugo Tozal. Er ist einer von Marias Lieferanten. Sie muss es ihm gestohlen haben. Mit meinem Steakmesser kommt sie nicht ganz so weit. Aber scharf ist es auch. Sie hat damit Gustavo …« Marie schluckte ihre Tränen herunter, zeigte sich stattdessen entschlossen. Es war die Wut, welche in ihr ungeahnte Kräfte mobilisierte. Sergio war überrascht von der Kämpferin, die in ihr steckte.

Inzwischen hatte er den Lichtschalter gefunden und betätigt. Der Raum wurde hell. Sie befanden sich im ehemaligen Büro des Anwalts. Wenn Erica sich noch im Patio aufhielt, wusste sie jetzt wo sie waren.

»Wir lassen das Licht an. Du läufst durch den hinteren Ausgang zurück zum Hauptgebäude«, entschied Sergio. »Keine Angst«, er deutete auf seine Waffe, »ich habe ja noch *die* hier. Ich gebe dir Rückendeckung und knüpfe sie mir vor, wenn sie auftaucht. Sobald sich hier was bewegt, ist sie dran. Ich möchte nur, dass du und Amanda in Sicherheit seid. Ich muss sichergehen, dass sie in diesem Gebäude bleibt und nicht auch noch drüben ein Blutbad anrichtet. Sie scheint komplett die Kontrolle verloren zu haben. In diesem Zustand ist sie ein Risiko.«

Marie biss die Zähne zusammen und stimmte zu.

»Also. Los jetzt!«, gab er ihr das Startsignal. Marie tat, was er sagte und rannte augenblicklich los; auf die Tür zu und hinaus. Sie schoss über den Hof, um von der anderen Seite um das Gebäude herumzulaufen. Sie rannte so schnell sie konnte. So schnell wie sie vermutlich nie zuvor in ihrem Leben gerannt war.

Sergio sah ihr nach.

276

Wie erwartet, blieb ihre Flucht nicht unbemerkt. Erica ließ nicht lange auf sich warten.

Sergio hatte sich noch nicht vollständig wieder umgedreht, als sie bereits dastand.

»*Madre* ...« Weiter kam er nicht. Der Schreck schnitt ihm augenblicklich das Wort ab. Erica war Maries Flucht nicht entgangen. Und jetzt stand sie hier, breitbeinig wie ein Mann – vor Sergio Fabulos, streckte ihm Maries Steakmesser entgegen. Dabei sah sie ganz und gar nicht aus wie ein Mann. Im Gegenteil. Sergio musste zweimal hinsehen. Und auch beim zweiten Mal glaubte er noch immer seinen Augen nicht zu trauen.

Unscheinbar, blass, so war sie ihm noch vom Verhör in Erinnerung. Er hatte ihr weniger Aufmerksamkeit geschenkt als den anderen beiden Frauen. Weniger Beachtung, weil sie weder optisch anziehend noch sympathisch war. Er hatte sie nicht einmal als Frau wahrgenommen. Jetzt aber ...

Erica trug ein knallenges, tief ausgeschnittenes rotes Kleid und ein Paar Stiefel. Ähnlich dem Paar, das sie bei Dr. Albién gesehen hatten. Sie war stark geschminkt und ihr schwarzes Haar fiel offen auf ihre Schultern. Die Frisur musste zuvor noch mehr zurechtgemacht gewesen sein, denn sie hatte ganz offensichtlich beim Kampf gelitten. Nichts desto trotz hätte man sie auf den ersten Blick nicht erkannt. Erica hatte sich von der grauen Maus in einen Vamp verwandelt. In einen mörderischen Vamp. Somit blieb nichts von der gewohnt unscheinbaren Frau. Sie spielte eine Rolle. Und sie spielte sie bis hin zu brutaler Perfektion, ausschließlich um zu töten. Vielleicht tat sie es, um dem Horror ein anderes Gesicht zu geben – als ihr eigenes.

»Erica ...?« Sergio zweifelte noch immer. Fast erwartete er, dass sie ihm widersprach. Langsam ließ er die Waffe in seiner Hand sinken. Sie würde ihn sicher nicht angreifen. Er vertrat das Gesetz.

Und tatsächlich ließ sie ihr Messer sinken.

»Du kommst spät, Sergio Fabulos. Du hättest sie retten können. Aber das hast du nicht. Niemand hat sie gerettet. Ich habe dir Arbeit abgenommen.«

War sie geistesgestört, fragte sich Sergio – oder eine gespaltene Persönlichkeit? »Was haben dir Gustavo und Carmelia getan ... und vor allem die beiden Jungs? Sie alle waren unschuldig.«

»Nein, waren sie nicht. Niemand ist unschuldig. Auch du bist es nicht, Sergio Fabulos. Du bist da, damit du dir alles anhörst. ALLES. Du bist für das Schlimmste bestimmt. Dafür, ewig damit zu leben. Mit dem Horror, lebenslang. Das ist deine Strafe. Du wirst kein Glück mehr finden, Fabulos. Wenn du es einmal miterlebt hast, wie sie zugrunde gehen. Abgesehen davon, all das hier ist pervers. Diese Menschen hier sind es.« Das Messer in ihrer Hand zuckte bei jedem ihrer Worte.

Sergio trat einen Schritt auf sie zu. Dann bückte er sich vorsichtig, legte die Waffe auf dem Boden. Er musste sie anders entwaffnen. Auf seine Art.

»Anwalt Blisovic hat schmutzigen Geschäfte mit den Paramilitärs gemacht«, fuhr sie fort. »Sie sollten für ihn Leichen entsorgen. Menschen, die er durch die *Paras* hat verschwinden lassen. Und dafür hatten sie mich. Der *comandante* der Truppe wollte lediglich eine Frau, um sie an seine Leute weiterzureichen. Damit sie sie vergewaltigten konnten. Ich war nicht sein Typ, war ihm zu blass, wie er es nannte. Dafür hat er mich bestraft. Ich sollte den Job für seine Truppe machen. Sie wollten sich daran aufgeilen, wollten mir dabei zusehen, wie ich es nicht schaffte, ihre Leichen zu zerstückeln. Dann aber haben sie sich gewundert. Ich habs ihnen gezeigt!« Sie warf den Kopf nach hinten. »Damit haben sie nicht gerechnet.«

Sergio wartete ab, bis ihre Erregung etwas nachließ. Er ließ sie reden.

»Das aber war nicht alles. Weißt du warum er das tat? Warum dieser *comandante* mich *dazu* zwang?! Er tat es, weil er Frauen hasste. Stockschwul war das Arschloch, ein perverser Schwuler! Aber niemand durfte das wissen. Das Perverse ist das größte Übel von allen! *Die hier werden ein zweites Mal sterben*, hat er zu mir gesagt, *durch deine Hand. Das ist der richtige Job für dich. Und vergiss nicht aufzuschreiben, wie viele du zerlegt hast!*«

»Das ist grausam. Unglaublich grausam«, bestätigte Sergio. »Aber es wäre gut gewesen darüber zu sprechen. Deine Schwester hätte dir jederzeit zugehört. Wenn du jetzt andere dafür bestrafst, macht es das nicht besser.«

»Die wollten es doch nicht anders. Die haben nichts verstanden. Gar nichts. Isabella brauchte diese Frauensache nur für ihre Perversion. Obendrein hat sie meine Schwester hintergangen, hat es mit Javier getrieben. Und diese Frauen …«, ihre Stimme bebte vor Wut, »die wissen absolut nichts! Die wissen nicht, was dort draußen läuft. Die hocken zuhause und langweilen sich. Sie wollen Aufmerksamkeit, und dabei haben sie gar keine Ahnung, worin das Elend besteht. Keine von denen.«

»Du willst sagen: Keine, außer Maria und dir?«

Sie ignorierte ihn. »Isabella war nicht die richtige für diese Sache. Sie hat alle betrogen. Und Marie, sieh sie dir an! Fett ist sie, vollgefressen vom Luxus. Ausgerechnet sie will sich für Frauenrechte einsetzen.«

»Sie hat ihren Mann verloren.«

»Ja, das Scheusal von einem Anwalt, der ganze Abschaum der Menschheit.« Aus ihren Worten sprach die pure Verachtung.

»Er ist bereits bestraft worden. Aber warum musstest du deiner Schwester den Sohn nehmen? Und ihn ihr auch noch zerlegt per Kurier schicken?«

»Weil die beiden pervers waren, nicht normal. Und weil ihr Geschäft Schuld daran war. Sie hat ihn in diese Schule geschickt, weil sie keine Zeit mehr für ihn hatte. Und dort ist er umgedreht worden. Ihr Geschäft ist an allem schuld! Diese *andere* Neigung, verstehst du nicht, das ist das Böse. Wenn es wächst, wird es noch böser. Die wären auch *so* geworden. Er und sein Freund, sie hätten andere gequält, weil sie ihr Anderssein nicht ausleben können, und Maria hat genug gelitten. Für Menschen wie sie gibt es keinen Platz in der Gesellschaft.«

»Du hast Schlimmes erlebt. Aber dafür kannst du nicht alle anderen zur Rechenschaft ziehen. Du bestrafst Menschen, die keine Schuld trifft und die jetzt keine Chance mehr haben dir das Gegenteil zu beweisen.«

Erica zuckte, warf nervös die Haare zurück. Ihre Augen funkelten wie die eines wilden Tieres.

»Was weißt du schon, Sergio Fabulos. Du verbringst deine Nächte im Macondo, lässt dich volllaufen. Moral ist für dich ein Fremdwort. Was weißt du von dem, was dort draußen vor sich geht?!«

»Oh, und ob ich das weiß!«, fuhr Sergio sie mit einem Mal aufrichtig erbost an. Es war ihm plötzlich völlig egal, ob sie durchdrehen würde. Sie hatte einen wunden Punkt getroffen. An exakt dieser Stelle saß der Stachel; seine tragischen Erfahrungen, die sie ihm gerade absprechen wollte, indem sie sie als nichtig hinstellte. »Du kannst dich nicht über die Erlebnisse anderer stellen. Hast du schon mal in einem Berg von Leichen gelegen? Weißt du, wie sich *das* anfühlt?!«

Krampfhaft umspannte Erica das Messer in ihrer Hand.

»Nein! Das hast du nicht. Du weißt nicht, wie sich das anfühlt. Lebendig begraben unter Leichen. Ich werde den Geruch und das Gefühl niemals vergessen. Ihre leeren Augen. Das Gewicht des Todes. Ich wäre vielleicht einer von denen gewesen, die du zerhackt hättest, lebendig zerhackt. Hast du dich einmal auf die andere Seite gestellt, um zu begreifen, was mit den Menschen passiert?«

»SEI STILL!«, schrie sie. »Es reicht! Wer hat MIR denn eine Chance gegeben?!« Sie war knallrot angelaufen. Es brodelte in ihr. Ein Vulkan, kurz vor dem Ausbruch. Das Messer war wieder in die Höhe geschellt.

Sergio begriff, dass er einen Fehler begangen und ihre Wut nur herausgefordert hatte. Erica wuchs schlagartig zu einem neuen Risiko. Obendrein zu einem gänzlich Unberechenbaren. Somit blieb ihm nichts anderes als zu retten, was noch zu retten war – seinen Hals.

»Wenn du jetzt einfach nur zustichst, hast du deine Probleme weiterhin an der Backe. Und noch eins mehr, denn das Schlimmste dabei sind die Folgen. Deine Schwester Maria wird leiden. Dabei braucht sie dich. Sie braucht eine starke Erica. Die, die du einmal gewesen bist. Wenn du mich jetzt auch noch tötest, tötest du das Gesetz. Dann tragen die den Sieg davon, die dir das angetan haben und du wanderst für sehr lange Zeit in den Knast, lässt Maria allein. Willst du das?«

Sergio rechnete mit allem. Er hatte eine Szene wie diese schon einmal erlebt. Eine Szene, in der er dem Tod gegenüber stand. Damals allerdings hatte er weniger Zeit für Worte gehabt.

»Hör sofort auf, halt deine Klappe, Fabulos! Du kannst mich nicht einschüchtern. Ich gebe nichts auf dein Wort.«

»Aber du gibst etwas auf mein Wort«, erklang plötzlich eine Stimme aus der anderen Richtung. Irritiert fuhr Erica herum. Das war Marias Stimme. In Tränen aufgelöst stand sie in der Tür, sah ihre Schwester bittend an. Hinter ihr folgten Amanda und Arturo.

Sergio wusste instinktiv, dass das *die* Chance war, vielleicht die einzige. Blitzschnell trat er gezielt gegen ihren Ellenbogen, sodass sie im Reflex das Messer fallen ließ. Marias Auftritt war es zu verdanken gewesen, dass sie kurz unaufmerksam gewesen war. In diesem Augenblick schnappte die Falle zu. Erica reagierte zu spät, bäumte sich noch einmal vergeblich auf und Sergio erhielt eine Kostprobe ihrer unglaublichen Kräfte. Wild schlug sie um sich. Er griff jedoch entschlossen zu. Arturo war sofort zur Stelle, um ihm zu Hilfe zu kommen. Zu zweit schafften sie es die wild gewordene Frau zu bändigen und schließlich zu überwältigen.

281

NEUN

Wenn der Wind von einem zum anderen Moment wie ein wütender Schlächter über Straßen und Dächer fegte, wenn sich Palmen wie auf dem Feld kniende Arbeiter bogen, zitterten, war das ein Zeichen. Ein Zeichen dafür, dass etwas im Argen lag. Ein Zeichen dafür, dass irgendwo Gewalt losbrach. Gewalt, wie man sie seit Jahrzehnten gewohnt war und erduldet hatte. So wurden die Zeichen gedeutet. Jetzt aber ... Vielleicht brachen tatsächlich neue Zeiten an. Vielleicht. In jedem Fall würde es Zeit brauchen. Zeit fürs Vergessen.

Eusebia stand vor dem Macondo und starrte auf die Straße. Sie wartete auf ihren Mann. Ein tropischer Regenguss zog gerade über Callín, streifte die Rosenknospen hinter ihr und ihr Gesicht, verwischte etwas von ihrem Make-up, das sie für die Feier aufgetragen hatte.

Glücklicherweise war das Taxi, das Erica ihr hatte schicken lassen wollen, um sie abzuholen, niemals angekommen. Jaime rief sie von der Blisovic Villa aus an. Die Party fiele aus, sagte er und mahnte sie sich nicht vom Fleck wegzubewegen. Eusebia ahnte natürlich nicht, was los war. Wie hätte sie sich das auch zusammenreimen sollen. Noch weniger verstand sie, weshalb Jaime derart abgehackt sprach, sie nahezu hysterisch anschrie, sie solle bloß vor dem Macondo auf ihn warten und zu niemandem – wirklich *niemandem* – ins Auto steigen.

Gut, das tat sie. Und da stand sie nun. Durchnässt, zurechtgemacht, auf unbequemen hochhackigen Schuhen. Sie wartete. Im Regen. Der Wind pfiff ihr um die nassen Ohren, und das Wasser, das von ihren Haaren auf die teure Kleidung tropfte, ging bereits bis auf die Haut, ließ sie vor Kälte schlottern.

Sie hatte sich darauf gefreut, mit den Frauen auf ihre Erfolge anzustoßen und bedauerte Maries kurzfristige Absage. Vermutlich gab es einen triftigen Grund, weshalb sie sich umentschieden hatte. Irgendetwas musste vorgefallen sein. Ein privates

Anliegen. War einer ihrer Sponsoren abgesprungen? Oder Schlimmeres? Eusebia hatte keine Vorstellung davon, was vorgefallen war. Ungeduldig ging sie vor dem Eingang zum Macondo auf und ab. Die Rosen unter den großen Fenstern leuchteten rosa-violett und zitronengelb. Zu ihren Füßen sammelte sich der Regen in kleinen Pfützen. Darin spiegelten sich die verwaschenen Farben der Blüten.

Eusebia sah erwartungsvoll zum Ende der Straße, die vollkommen im Dunkeln lag.

Ein merkwürdiges Bauchgefühl beschäftigte sie seit dem frühen Morgen. Seitdem sie Erica zugesagt hatte, mit ihr zu fahren. Dabei konnte sie nicht mal sagen, dass Erica diese Unruhe ausgelöst hatte. Auf die Idee, dass Marias Schwester eine kaltblütige Mörderin sein könnte, wäre sie nie gekommen. Und noch wusste sie es ja auch nicht.

Dabei ...

Etwas hatte sie irritiert. Es war am Vortag gewesen. Die Frauen hatten sich noch einmal in der Kirche getroffen, um die letzten Vorbereitungen für das Fest zu besprechen. Anschließend räumte sie gemeinsam mit Erica das Geschirr und die abgebrannten Kerzen ab. Eusebia bot der anderen an, sie nach Hause zu fahren. Erica lehnte jedoch ab und behauptete Maria würde sie mitnehmen. Maria aber war bereits abgefahren. Ihr Fahrzeug stand nicht mehr da. Wenig später sah sie Erica in einen Colectivo steigen, der in entgegengesetzte Richtung fuhr. Das Ganze war ihr merkwürdig vorgekommen, weshalb sie sich spontan entschied, dem Fahrzeug zu folgen. Der Colectivo fuhr stadtauswärts, hoch ins Gebirge. Kurz vor dem Ende des Regenwaldes, stieg Erica aus und schlug einen Feldweg ein. In den Wirren der Äste und Bäume verlor sie die Frau schnell aus den Augen. Eusebia fuhr weiter. Das Grundstück von Gerichtsmediziner Albién lag keine hundert Meter entfernt. Dort wollte sie wenden. Als sie das Grundstück des Doktors erreichte, stand dort Marias Lieferwagen in der Einfahrt.

Einen Moment lang hatte sie sich darüber gewundert. Dann jedoch entschied sie dem keine Bedeutung beizumessen und schleunigst zur Straße zurückzukehren. Sie wollte gerade wieder auf die Landstraße abbiegen, als sie Erica von hinten um das Gebäude schleichen sah. Sie hatte Eusebia offenbar nicht bemerkt oder vielmehr ihr Fahrzeug nicht erkannt. Sie ging zügig, verschwand bald hinter dem Gebäude.

Später auf der Landstraße, waren Eusebia diese Zufälle weiter durch den Kopf gegangen. Die Witwe hatte einmal erwähnt, dass Maria ein *besonderes* Verhältnis zu Albién unterhielt. Dabei hatte sie gezwinkert. Sollten die beiden eine Affäre haben? Und wenn ja, spionierte Erica ihnen hinterher?

Erica vergötterte ihre Schwester. So zumindest erweckte es immer den Eindruck. Sie half ihr bei allen erdenklichen Problemen. Ob ihm Geschäft oder in der Erziehung. Ob bei Eheproblemen oder zeitlichen Engpässen. Erica sprang immer ein, wenn Maria gerade nicht konnte. Sie sah zu, wie ihrer Schwester alles zuflog und sie selbst fast alles entbehrte. Hätte sie nicht rebellieren oder Hass empfinden müssen, hatte Eusebia sich schon ein paarmal gefragt. Oder tat sie nur so, als sei alles eine Selbstverständlichkeit. Ertrug sie ihre Rolle nur deshalb, weil sie Maria so abgöttisch liebte?

Wenn es so war, dann erwiderte Maria diese Liebe offensichtlich nicht. Im Gegenteil. Oft schien es sogar so, als würde ihr die Schwester auf die Nerven gehen. Erica hatte ihre Geschichte. Maria erwähnte es des Öfteren. Doch was es mit dieser Geschichte auf sich hatte und was während Ericas Entführung damals geschehen war, kam niemals zur Sprache. Ob Erica selbst sich in Schweigen hüllte und Maria sie mit ihren Worten nur aus der Reserve locken wollte, sie provozierte, um etwas zu erfahren, was sie freiwillig nicht preisgab. Vielleicht aber wusste Maria auch ganz genau, was passiert war und sie stichelte lediglich. Beides war denkbar. Sie traute auch Maria eine gewisse Biestigkeit zu.

Der Regen hatte nachgelassen. Eusebia sah in die Ferne.

Sanftes Scheinwerferlicht drang plötzlich durch den Nebel, erhellte nach und nach die gesamte Straße. Ein Fahrzeug kam auf sie zu. Eusebia starrte in die Nacht, ging davon aus, dass es der Chevrolet ihres Mannes war, der sich ihr langsam näherte.

Sie trat auf die Straße, ging dem Fahrzeug entgegen. Das Scheinwerferlicht blendete, weshalb sie nicht gleich erkannte, dass es nicht Jaimes Wagen war, der in Schrittgeschwindigkeit auf sie zurollte.

ZEHN

Der Parkplatz vor der Blisovic Villa war leer. Einzig die Rostbeule von Sergio Fabulos stand noch da.

In der Villa herrschte angeschlagene Stimmung. Semia, Marie und Amanda saßen stumm um den Küchentisch. Marie hatte Tee gekocht. Derweil wagte es keine der drei Frauen ihre Tasse zu heben. Der Schrecken saß allen noch in den Gliedern. Ähnlich hatte Marie die Stimmung unmittelbar nach dem Mord an ihrem Mann empfunden. Das Erlebte kehrte noch einmal zurück, brachte neuen Schrecken mit sich.

Dabei hatte die Witwe gerade erst begonnen sich ihr neues Leben einzurichten. Semia war bei ihr eingezogen und sie freute sich auf baldiges Kindergeschrei im Haus. Carmelia hatte schon fast zur Familie gehört. Und Gustavo − nein, sie wollte lieber nicht an Gustavo denken, es war schlimm. Sehr schlimm. Maries Herz war ein einziger Trümmerhaufen. Die Bilder in ihrem Kopf würden sie so schnell nicht loslassen. Sie wusste, dass die kommenden Nächte fürchterlich werden würden. Selbst Jane Austen und William Shakespeare würden das nicht ändern.

Sergio hatte die Frauen kurz allein gelassen, um noch eine Runde durch das Haus zu drehen. Nachdem die Polizeibeamten Sotas und Acevedo Erica in Gewahrsam genommen hatten und ein Leichenwagen mit Dr. Albién an Bord, Gustavos und Carmelias leblose Körper abtransportiert hatte, waren auch die anderen abgefahren. Maria hatte den Wagen des Gerichtsmediziners genommen.

Als Sergio die Küche betrat, traf er die Frauen schweigend und noch immer zutiefst ergriffen an. Er setzte sich neben Amanda. Semias Hände lagen auf ihrem Bauch. Amanda betrachtete sie schweigend, fragte sich, ob das Kind gespürt hatte, was hier vor sich ging.

»Wir haben draußen auf die anderen gewartet«, fing Marie an zu erzählen. Sie musste das Erlebte jetzt loswerden. »Erica und ich. Maria wollte das Essen anliefern. Aber sie kam nicht.« Jetzt endlich konnte sie ihren Gefühlen freien Lauf lassen. »Wir sind dann wieder reingegangen und ich wollte gerade telefonieren, nachhören, wo Maria blieb. Erica sagte, ihre Schwester würde nicht kommen. Ich fragte sie, wie sie darauf käme. Ihr wäre bestimmt etwas dazwischengekommen. Da fuhr sie mich plötzlich an: *Hast du nicht gehört, was ich gesagt habe, sie kommt nicht! Ich habe sie abbestellt. Ich selbst!* Sie sagte das in einem Ton. Ich … ich … Das war unheimlich. Ich dachte, ich hätte mich verhört und sie meinte das sicher anders. Aber sie hatte plötzlich diesen Ausdruck im Gesicht. Es hat mir Angst gemacht. So kannte ich Erica nicht. Ich habe mich abgewandt. Ich dachte, ich sollte ihr Zeit lassen, damit sie sich wieder beruhigte. Dann ging plötzlich alles sehr schnell. Sie drückte mir etwas auf die Nase, ein Taschentuch … ein Betäubungsmittel.«

Amanda erinnerte an das, was ihr passiert war.

»Sie hat mich betäubt. Aber die Betäubung hat nicht lange angehalten. Als ich wieder zu mir kam, hatte sie mir die Arme auf den Rücken gebunden und mich in eins der Gästezimmer gezerrt. Dort hatte sie ihre Abendgarderobe in einer Schachtel unter dem Bett deponiert. Sie zog sich vor mir um, schminkte sich, machte sich zurecht, während ich gefesselt war. Immer wenn ich sie anstarrte und ihr mein Blick nicht passte, gab sie mir einen Tritt. Einmal traf sie mich am Kopf. Sie trat mich, während sie sich das Haar kämmte. Ich habe ihr Komplimente gemacht, ihr gesagt, dass sie es nicht nötig hätte sich zu verstecken, wie sie es immer tat; dass sie schön wäre. Das war wohl falsch. Sie wurde aggressiv, schrie mich an, ich sollte still sein. Dann plötzlich hatte sie dieses Ding in der Hand. Dieses riesige Schlachtermesser.«

»Das hatte sie nicht lange«, warf Semia ein. »Ich habe es ihr abgenommen. Damit hätte sie ein Massaker angerichtet.«

Sergio sah von Marie zu Semia. Und wieder zurück. Dabei kreuzten sich seine und Amandas Blicke. Sie sah ihn auf eine Art an, als wolle sie sich dafür entschuldigen, dass sie nicht hatte einspringen können. Dass eine Schwangere das Schlimmste verhindert hatte, und nicht sie. Sie alle hätten früher eintreffen müssen.

»Das war später, oder?«, versuchte Sergio die Szene zu rekonstruieren.

»Ja, später«, fuhr Marie fort und konzentrierte sich wieder auf den Punkt, bei dem sie stehengeblieben war. »Als sie sich fertig zurechtgemacht hatte, öffnete sie das Fenster. Ich stand mit dem Rücken am Fenster. Als Carmelia klopfte und ins Zimmer kam, konnte sie nicht sehen, dass ich gefesselt war.« Marie kämpfte mit den Bildern. Der Film, der zeitgleich vor ihren Augen ablief. »Carmelia wollte nur sehen, ob sie noch etwas tun konnte. Ich sagte ihr, es sei alles gut. Sie solle nur wieder gehen. Aber …«

»Aber?«, fragte Amanda leise.

Marie schnappte nach Luft. »Sie ging einfach nicht. Sie blieb dort in der Tür stehen, fragte, ob alles in Ordnung sei, ob es mir gut ginge. Und ich wiederholte es nochmal. Sie stand weiter da, bewegte sich einfach nicht vom Fleck; verstand nicht, was los war. Wie auch. Sie musste es ja merkwürdig finden, Erica in dieser Aufmachung zu sehen. Es war wie eine Verkleidung.«

Sergio wollte Marie nicht unterbrechen oder ihr Fragen stellen. Er ließ sie einfach reden.

»Carmelia hatte schon immer einen Instinkt dafür, wenn etwas nicht stimmte. Pater Benjamín hat sie damals missbraucht. Ich habe dafür gesorgt, dass sie einen Selbstverteidigungskurs machte. Sie sollte nie wieder in eine derartige Situation geraten. In eine Situation, in der sie sich nicht wehren konnte.«

»Sie war so jung«, bemerkte Semia.

»Dann aber passierte es, Erica ging zu ihr«, fuhr Marie fort. »Ich habe versucht ihr ein Zeichen zu geben, aber sie starrte nur zu Erica. *Hast du nicht gehört, was deine Herrin dir gesagt hat, du dummes Kind,* sagte sie zu Carmelia. *Weißt du nicht, was man mit so jungen Dingern macht, die nicht hören? Weißt du nicht, dass man sie bestrafen muss.* Carmelia hatte nicht einmal mehr Zeit zu antworten. Erica stand vor ihr. Sie stach einfach zu. Einfach so«, schluchzte sie mit erstickter Stimme.

»Ich hörte ihren kurzen Schrei«, fuhr Semia an Maries Stelle mit dem Erzählen fort. »Ich war gerade im Bad und bin sofort raus auf den Flur. Sie muss wohl die Tür gehört haben. Sie stand plötzlich da. Am anderes Ende des Flurs, mit dem Messer in der Hand. Ich fragte, was denn los sei. Ich habe das Messer erst nicht richtig gesehen. Wer kommt denn gleich auf die Idee, dass sie in dieser Aufmachung … ich meine, im Dschungel tragen wir Tarnanzüge, wenn wir jemanden angreifen. *Was machst du da?*, fragte ich sie. Dann erst sah ich das Messer und sie kam auch schon damit auf mich zu. Ich bin zurück ins Bad, habe mich hinter die Tür gestellt, sie zugedrückt. Marie muss in der Zeit rausgerannt sein.«

Die Witwe bestätigte kopfnickend.

»Sie war auf der Hut, als sie dort an der Tür mit mir gekämpft hat. Sie wusste ja, dass ich bei den FARC war. Sie hat versucht eine Hand durch den Türspalt zu bekommen. Ich habe sofort zugedrückt und sie eingequetscht. Dabei hat sie keinen Ton von sich gegeben. Irgendwie hat sie es dann geschafft, die Hand wieder rauszuziehen. Diese Frau hat unglaubliche Kräfte. Sie hat es geschafft die Tür aufzubekommen. Es gab nur diese Tonschale, mit der ich mich verteidigen konnte, daher nahm ich sie und schlug zu. Sie taumelte. Dabei konnte ich ihr das Messer entwenden. Sie griff natürlich sofort wieder an. Es sah schlecht für mich aus, ich bin unbeweglich … mit *ihm*.« Sie deutete auf ihren Bauch. »Meine Rettung wart ihr, eure Stimmen. Sie hat euch gehört. In dem Moment ist sie geflüchtet.«

»Ich habe mich drüben im Nebengebäude versteckt«, nahm Marie den Faden wieder auf und löste somit Semia beim Erzählen ab. Ich hatte euch noch nicht gehört, sonst wäre ich nach vorn gerannt. Das Nebengebäude lag näher und mein Mann hatte immer eine Waffe in seinem Büro. In der Dunkelheit aber habe ich den Schlüssel nicht so schnell gefunden, weil ich mich nicht traute das Licht anzumachen. Dann war sie auch schon da. Sie sprach in die Dunkelheit, ohne mich zu sehen. Sie hat mich beschimpft. Ich wäre die Witwe eines Verbrechers. Ich verdiene den Tod. Die ganze Familie verdiene den Tod. Sie war völlig von Sinnen. Sie hatte es gar nicht auf die anderen abgesehen gehabt. Nicht auf Gustavo oder Carmelia, sie wollte mich.«

»Wann kam Gustavo dazwischen?«

»Er muss sie draußen abgefangen und sich ihr in den Weg gestellt haben, als sie auf dem Weg zum anderen Gebäude war. Ihr wart schon im Haus«, sagte Semia. »Sie muss sich ein Messer aus der Küche mitgenommen haben und ist dann hinten raus. Kurz bevor ihr das Haus betreten habt.«

»Dann hat sich das alles in nur wenigen Sekunden abgespielt«, überlegte Sergio. »Es klingt, als hätte sie das Ganze nicht unbedingt geplant. Vielleicht war der Gedanke da, aber dass sie deine Party absagen lässt, klingt danach als …« Sergio suchte nach der passenden Erklärung. Amanda kam ihm zu Hilfe. »Du meinst, sie war plötzlich panisch. Ihre Stimmung ist wegen irgendwas gekippt.«

»Die war nicht in Partylaune. Ganz bestimmt nicht. Auch wenn sie plötzlich so zurechtgemacht war. Das passte irgendwie nicht«, mischte Semia sich ein. »Die hatte plötzlich so einen Blick drauf. Da konnte einem nur der Spaß vergehen.«

»Vielleicht war das auch der Grund, weshalb sie sich umgezogen hat. In den anderen Klamotten konnte sie eine komplett andere sein«, vermutete Amanda.

»Sie wollte mir bei den Vorbereitungen helfen«, erklärte Marie. »Dann sagte ich ihr, dass sie … na ja, wir hatten uns überlegt, dass sie vielleicht doch nicht die Richtige für unsere Frauenprojekte ist. Als Sprecherin, meine ich. Das war ja auch eher wegen Maria. Sie wollte das mit Erica. Wir aber dachten, wir bräuchten jemand anderen. Eine Person, die jünger und vielleicht auch ein bisschen emanzipierter wäre. Mit emanzipiert meine ich eine Frau mit Wissen, Bildung. Eine Frau, die sich ausdrücken kann und weiß, wovon sie spricht. Jemand wie Amanda zum Beispiel«, räumte sie zögerlich ein.

»Ich?« Amanda war überrascht.

»Ich wollte es ihr einfach schonend beibringen, dass wir …«

»Dass ihr sie abgewählt habt. Aber gut. Wir können nur vermuten, dass das der Auslöser war«, sagte Sergio.

»Ihre Reaktion war auf jeden Fall sehr merkwürdig. Sie tat so, als hätte sie mich überhaupt nicht gehört. Sie hat einfach das Thema gewechselt. Ich habe natürlich versucht, das Thema wieder aufzugreifen. Sie redete mir einfach rein. Jedes Mal, wenn ich ansetzte. Irgendwann wurde sie richtig wütend. Von da an entgleiste die Situation.«

Schweigen trat ein. Amanda ergriff ihre Teetasse und trank hastig. Semia tat es ihr nach.

Marie sah aus dem Fenster. »Weißt du, Serg«, fuhr sie nach einer Weile fort, »im Prinzip haben wir alle sie auf dem Gewissen. Wir haben über sie geredet, gelästert. Ständig. Niemand kannte Erica wirklich. Und wir wollten manchmal wissen, woran wir bei ihr sind. Einerseits. Andererseits, wollten wir es vielleicht auch nicht. Wir haben uns über ihren Stil lustig gemacht, sie war so hölzern, so grau, so wenig weiblich. Vielleicht wollten wir sie aus der Reserve locken. Wir wollten, dass …«

»Ihr wolltet, dass sie sich blamiert?«, ergänzte Sergio, »deshalb habt ihr sie zu Isabellas Nachfolgerin gemacht. Isabella konntet ihr genauso wenig leiden. Aber sie hat euch Aufmerksamkeit gebracht.«

»Nein. Nein, so war das nicht. Wie gesagt, wir wollten Erica nicht als Isabellas Nachfolgerin, keine von uns. Maria wollte das. Sie bestand darauf. Andernfalls wollte sie aussteigen. Und wir brauchten Maria, sie war unsere Vorzeigeemanze. Maria hatte es doch schon geschafft mit ihrer Unabhängigkeit.«

»Aber zu welchem Preis hat sie es geschafft?«, fragte Semia. »Ihr Typ hat sie eiskalt hintergangen.«

»Maria wollte ihrer Schwester sicher einen Gefallen tun«, überging Amanda Semias Bemerkung.

»Einen Gefallen. Im Prinzip nicht mal das. Erica ging ihr auf die Nerven. Sie war ihr viel zu anhänglich. Eher wollte sie, dass sie sich von ihr löste, etwas Eigenes hatte«, sagte Marie.

»Und Erica hat ihre Wut darüber woanders abgelassen. An Edwin, Ibrahim … Isabella«, zählte Sergio auf.

Marie bestätigte kopfnickend. Bis Isabellas Name fiel. An dieser Stelle verharrte sie plötzlich, zögerte.

»Sie hat einen nach dem anderen umgebracht«, fasste Amanda zusammen. »Vielleicht war der erste Mord noch spontan, aus der Situation heraus. Danach wurde es auf einmal eine Serie. Es hat sich plötzlich …«

»Nein«, sprach Marie aus ihren Gedanken heraus.

»Nein?«

»Das mit Isabella, – das war sie nicht.«

»Wie meinst du das?« Sergio war irritiert.

»Edwin und die anderen, ja. Vermutlich hat Erica alle getötet. Aber Isabella nicht.«

»Wie kommst du jetzt darauf?« Sergio wurde plötzlich ganz anders bei dem Gedanken, doch einen Fehler begangen zu haben.

»Sie kann es nicht gewesen sein. Sie war hier in der Nacht, als Isabella ermordet wurde. Sie hat hier übernachtet. Es ging ihr nicht gut. Sie hatte irgendwas Blödes gegessen, musste sich ein paarmal übergeben. Ich habe sie ins Bett gesteckt und sie hierbehalten.«

»Bitte?! Das ist nicht wahr!!« Sergio war außer sich. »Warum hast du das nicht viel früher gesagt?!«

»Du hast mich nicht gefragt. Und ich habe auch nicht daran gedacht ... erst jetzt gerade. Außerdem stand Erica bislang unter keinem Verdacht.«

»Wer war noch da an dem Abend?«

»Alle anderen Frauen. Laura, Fabiola, Eusebia, Maria ...«

»Und sie sind auch über Nacht geblieben?«

»Nein, nur Erica.«

»Dann hat Erica als einzige ein Alibi«, bemerkte Amanda.

»Ja, aber das ist merkwürdig«, überlegte Sergio.

»Warum?

»Sie hat den Mord zugegeben.«

»Vermutlich hat sie sich gedacht, ein Mord mehr oder weniger spiele auch keine Rolle mehr«, spekulierte Semia.

»Das glaube ich irgendwie nicht«, widersprach Amanda.

»Ich auch nicht«, stimmte Sergio ihr zu.

Ein Lächeln huschte um Amandas Mundwinkel.

»Natürlich hat sie Isabella nicht sonderlich gemocht und fand es abstoßend, was sie hinter dem Rücken ihrer Schwester mit Javier, Marias Mann, trieb. Aber es konnte ihr egal sein. Denn Maria hat längst einen anderen. Und das wusste sie.«

»Ja, sie ist mit Gerichtsmediziner Albién liiert«, bestätigte Marie. »Wir wissen das noch nicht lange.«

»Wenn sie den Mord auf ihre Kappe nimmt, kann das nur einen Grund haben«, schlussfolgerte Sergio.

Amanda traute sich kaum es auszusprechen, tat es dann aber doch: »Sie schützt jemanden.«

»NEIN! Nein, nein …« Marie schüttelte energisch den Kopf. »Nein, das kann nicht sein. Warum sollte *sie* Isabella. Dafür gab es keinen Grund. Andererseits …« Die Witwe überlegte und offenbar kam ihr ein ähnlicher Gedanken wie Sergio.

»Maria ist ehrgeizig«, führte dieser den Gedanken weiter. »Sie hat sich mit viel Mühe von ihrer Vorgeschichte befreit, von ihrer Vergangenheit als Prostituierte. Und dann hat sie sich aus eigener Kraft dieses Geschäft aufgebaut, ist damit erfolgreich. Ihr Mann trinkt …«

»Das ist soweit nicht ungewöhnlich«, fuhr Marie fort. »Damit ist er in guter Gesellschaft. Schau dir die Männer hier an. *Das* ist es nicht. Javier hat auf andere Art Schande über sie gebracht. Mit seinem Verhältnis zu Isabella. Wenn die Details dazu öffentlich geworden wären, hätte das ihrem Ruf geschadet. So sieht sie das. Sie war eine Prostituierte. Vorher. Und Javier ging zu einer, die sich ebenfalls prostituierte; für seine und ihre abartigen Fantasien. Das konnte Maria doch nicht tolerieren.«

»Vielleicht war es aber auch nur ein Unfall«, überlegte Amanda. »Sie könnten auch gestritten haben.«

»Und der abgetrennte Kopf?«, fragte Semia.

»Der passt allerdings nicht dazu. Und schon gar nicht zu Maria. So viel Brutalität traue ich ihr nicht zu.«

Sergio lehnte sich über den Tisch, sein Blick streifte seine Assistentin. Amanda verschränkte die Arme und wich seinem Blick aus.

»*Pues basta.* Wir können hier noch so viele Theorien aufstellen. Weißt du, wohin sie gefahren ist? Ist sie nach Hause gefahren? Oder ist sie beim Doktor?«

Marie zuckte mit den Schultern.

»Sie ist auf jeden Fall allein gefahren«, mischte Semia sich ein. Das habe ich gesehen. Sie hat das Auto von Albién genommen.«

»Gut. Wir werden ihr einen Besuch abstatten.« Sergio machte Amanda ein Zeichen.

Somit war der Abend offiziell beendet.

Die Nacht war wie schwarze Tinte. Der Regenwald, durch den sie gerade fuhren, führte noch tiefer ins Dunkle. Das Dunkle, von dem sie nicht wussten, wo und wie es enden würde. Irgendwann hatte man in der Schule gelernt, die Erde sei eine Kugel. Folglich müsse man immer wieder auf einen Anfang stoßen.

Sergio suchte in dieser Nacht nach dem Anfang. Das Ende hatte er bereits einmal nur knapp verfehlt. Er hatte also allen Grund an den Neuanfang zu glauben.

Für einen Moment erlaubte er sich einen Wachtraum. Er träumte davon mit Amanda zu tanzen. Tanzen, anstatt Menschen hinter Gitter zu bringen. Tanzen, gegen die Verbrechen. Gegen den Hass, der andere dazu trieb Menschen Leid anzutun. Tanzen für die Liebe, nach der er sich heimlich so unendlich sehnte.

Er hatte das Gaspedal nur leicht gedrückt. Amanda saß neben ihm auf dem Beifahrersitz. Seitdem sie in sein Fahrzeug gestiegen war, hatte sie kein Wort gesagt. Die dunklen Schatten der Bäume rauschten an ihnen vorbei. Diesmal jedoch jagten sie ihm keine Angst ein, denn sie war ja hier drinnen. Bei ihm.

Die Mörderin war gefasst. Der Rest wäre nichts weiter als eine simple Erklärung. So dachte er, – sah dabei heimlich zu *ihr*. Ihre Wangen waren gerötet. Ihre Stirn lag in Falten, sie dachte nach. Eine Denkerin war sie. Nicht weniger als er. Es interessierte ihn, *was* sie dachte. Aber er wollte sie nicht einfach danach fragen, ihre Gedanken unterbrechen.

Es interessierte ihn insbesondere, was sie über ihn dachte. Hielt sie ihn für einen Versager, weil er den heutigen Tag nicht verhindert hatte? Überhaupt wollte er nicht weiter darüber nachdenken, ob es jetzt endlich Frieden gäbe. Endgültig Frieden mit den FARC. Tatsächlich?

Sergio drückte aufs Gaspedal. Er musste zügig weiter. Er wollte den Anfang nicht warten lassen – egal in welcher Form er näherkam. Er wollte ihn auf keinen Fall verpassen.

ELF

Sie fanden Maria bei Eusebia. Sie war nicht, wie geplant, nach Hause gefahren, sondern zu der einzigen Frau, der sie unter all den Frauen wirklich vertraute; der Frau von Barbesitzers Jaime Orgunzallas.

Diese hatte sich den Anweisungen ihres Mannes, bei niemandem ins Fahrzeug zu steigen, widersetzt, war zu Maria ins Auto gestiegen und mit ihr nach Hause gefahren. Dort beichtete sie ihr alles, wie Eusebia später berichtete.

Maria erzählte Folgendes über die verhängnisvolle Nacht für Isabella:
Sie war auf dem Heimweg gewesen. Als sie das Haus, in dem Isabella wohnte passierte, sah sie gerade noch, wie Javier in ein Taxi stieg. Es war kurz nach Mitternacht. Maria parkte vor dem Haus.

Kurz darauf riss Isabella, nur mit einem Morgenmantel bekleidet, die Tür auf und begrüßte sie mit den voreiligen Worten: »Was willst du noch …?«

Gespenstisch war die Stille, die eintrat, als Isabella Maria vor der Tür entdeckte.

»Du? So spät noch. Möchtest du nicht reinkommen?«

Maria betrat die Wohnung, in der noch kurz zuvor eine heftige Szene getobt haben musste. Der Tisch war verschoben, ebenso der Teppich, die Stühle … Isabellas Kleid lag zerrissen am Boden.

»Was war denn hier los?«, fragte sie irritiert.

»Das …«, stammelte Isabella, »nichts. Ich bin im Dunkeln …, bin gestolpert.«

»Und *das*?« Sie deutete auf das Kleid.

»Ich habs zerrissen. Es ist einfach scheußlich, hat nicht gepasst. Deshalb.«

Isabella musste an Marias Blick bemerkt haben, dass sie ihr nicht glaubte. »Aber … lass nur. Ich räum schnell auf. Setz dich doch.« Sie schob den Tisch gerade, stellte die Stühle wieder auf und stopfte das Kleid tief in den Müll.

Sie kam mit einer Flasche Schaumwein und zwei Gläsern an den Tisch, an dem Maria Platz genommen hatte.

»Danke«, lehnte sie gleich ab. »Ich möchte nichts trinken.« Isabella setzte sich, schob Gläser und auch die Flasche beiseite.

»*Pues*, dann nicht. Möchtest du was essen?«

»Nein, mach dir keine Umstände. Ich bin nur zufällig hier vorbeigefahren.«

»Na ja, es liegt auf dem Weg«, rutschte es Isabella raus.

»Allerdings.« Maria ließ ihren Blick durch den Raum schweifen. Sie hatten es offenbar kaum bis ins Schlafzimmer geschafft und gleich hier (…), dachte sie.

Isabellas Haare waren zerzaust und sie hatte Lippenstiftreste auf der Wange verschmiert. Am Hals sah man ein paar Schrammen.

»Ihr scheint ja mächtig Spaß zu haben«, bemerkte Maria distanziert. »Kenne ich ihn?«

»Nein«, antwortete Isabella schnell, auf ihre gewohnt barsche Art. Dabei musterte sie Maria, die wie immer hübsch zurechtgemacht war. Fast wie ein Püppchen.

»Ich denke auch nicht, dass ich ihn kenne«, bemerkte Maria auf einmal giftig. Dabei holte sie Luft. »Ich kenne es nicht – das Tier, das du aus ihm herausgeholt hast. Diese vulgäre bestialische Seite an ihm. Heraufbeschworen, damit er DICH befriedigt. Das ist nicht Javier. Nicht der Javier, den ich kenne und mit dem ich unter einem Dach lebe, aber schon lange nicht mehr das Bett teile. Das ist der noch einmal um sich selbst geschrumpfte Javier, der sich von einer Schlampe hat prostituieren lassen!«

Es war ein regelrechter Gifthagel, den Maria über Isabella ergoss.

Diese aber fühlte sich nicht angegriffen. Zumindest gab sie sich gelassen und betont gleichgültig.

»Du denkst, du kennst deinen Mann. Nicht die Spur kennst du ihn. Du hast doch nur dein Geschäft im Kopf. Wenn Javier

296

auch ein Trinker ist, in *deinem* Hirn regieren die Pesos. Du siehst gar nicht mehr worum es geht! Das Geld und die Karriere machen dich einsam und verbittert.«

Das sagt die Richtige, dachte Maria.

»Es geht doch immer nur um dich. Du erkennst nicht, dass Javier leidet. Er leidet wie ein vernachlässigter Hund.«

»Und weil er so leidet, nimmst du dich seiner an, saugst auch noch das letzte Tröpfchen Würde aus ihm heraus, benutzt ihn für deine perversen Spielchen. Wie würdest du das nennen? Nächstenliebe?«

»Ja«, behauptete sie frech. »Das ist Nächstenliebe! Ich gebe ihm das, wozu DU nicht in der Lage bist. Sei froh, dass er mich hat. Du kannst ihn ohnehin nicht ertragen. Außerdem vermisst er seinen Ziehsohn. Er …«

Bei diesen letzten Worten hatte sich Marias Haltung verändert. Sie sank plötzlich in sich zusammen. Isabella, die grundsätzlich eher unsensibel war, gelang es tatsächlich sich zusammenzureißen. Weitere Beleidigungen lagen ihr auf der Zunge. Aber sie erinnerte sich daran, wie sie im Namen Edwins für die Frauensache eingetreten war. Es wäre einem Verrat gleichgekommen. Also ließ sie sich dazu herab auf Maria einzugehen.

Die Wut mündete in ein Gespräch, ein relativ ruhiges Gespräch. Über Edwin und die Schule, landeten sie bei Frauenthemen, Politik und untreuen Ehemännern. Mal waren sie einer Meinung. Dann wieder diskutierten sie heftig.

Die Konkurrenzsituation blieb jedoch unterschwellig vorhanden und durch eine beiläufige Bemerkung Isabellas, heizten sie sich langsam wieder gegenseitig auf.

Gegen frühen Morgen eskalierte die Situation. Isabella konnte es sich nicht verkneifen der anderen zu demonstrieren, wie Javier sie auf dem Küchentisch genommen hatte. Maria und Isabella hatten die Schaumweinflasche bis dahin nicht angerührt. Es waren die Müdigkeit und die angestauten unterdrückten Gefühle. Die Stimmung kippte plötzlich und mündete unmittelbar in der Katastrophe.

Isabella hielt Maria ganz bewusst ihre Vergangenheit unter die Nase, was dieser nur einen Moment lang eine unkontrollierte

Handlung entlockte. Sie gab Isabella einen heftigen Stoß. Dabei schlug sie mit dem Kopf so heftig gegen die Tischkante, dass sie das Bewusstsein verlor. Maria versuchte es mit Wiederbelebung, suchte ihren Puls, fand jedoch keinen.

Als sie sich dessen bewusst wurde, *was* sie angerichtet hatte und Isabella sich nicht mehr bewegte und auch nicht zurück ins Leben holen ließ, war sie verzweifelt, panisch.

In dieser Situation rief sie ihre Schwester an.

Erica kam gegen sieben Uhr morgens. Und vor den Augen einer völlig aufgelösten, entsetzen Maria, zog sie ein Messer hervor, das Maria einen gehörigen Schrecken einjagte. Sie sagte, sie müsse der Toten die Kehle durchtrennen, damit es so aussähe, als hätte der Mörder von Callín noch einmal zugeschlagen. Zuvor stach sie ihr in den Hals. Maria vergrub ihr Gesicht in den Händen »Oh, mein Gott!«, rief sie immer wieder, während ihre Schwester konzentriert und ganz ohne die geringste Gefühlsregung Isabellas Kopf vom Rest des Körpers abtrennte.

Vielleicht wäre Maria ein Verdacht gekommen, hätte sie Ericas Blick gesehen, die Unbeteiligtheit, mit der sie die Tat beging. Aber sie konnte bei der Szene einfach nicht zusehen.

Doktor Albién nahm eine erneute gerichtsmedizinische Untersuchung vor und korrigierte seine erste Version, nach der Isabella bereits durch den Sturz auf die Tischkante gestorben war. Der Zeitpunkt ihres Todes wurde um ein paar Stunden nach hinten datiert. Somit platzte Ericas Alibi, die nach Maries Aussage die Villa nach dem Auskurieren ihrer Übelkeit, gegen halb sieben Uhr morgens verlassen hatte.

Vielleicht hatte Albién das Ergebnis verfälscht, um Maria zu entlasten. Aber wie dem auch sei, niemand stellte weitere Fragen. Die Mörderin war gefasst und alles andere … Nebensache.

Frühling in Callín

Es war elf Uhr Vormittag. Die Sonne blinzelte durch die Äste und Blätter der Platanen. Sergio und Arturo saßen auf einer der Bänke, die Jaime seit kurzem vor dem Macondo aufgestellt hatte; eigentlich auf Anraten Eusebias – und eigentlich für die Frauen. Was anfänglich als Frauending angedacht gewesen war, begeisterte schnell auch die Männer. Und seit neuestem fanden sich Arturo und Sergio regelmäßig zum Vormittagskaffee dort ein. Arturo, der seine Recherchen für eine halbe Stunde unterbrach. Und Sergio, der, wie er Amanda anfänglich gegenüber argumentierte, so das Dorfgeschehen besser im Auge behielt.

Gerade war der Wagen des Getränkelieferanten mit einer neuen Lieferung *Chicha* vorgefahren. Der schnauzbärtige Händler stieg aus. Jaime stand bereits in freudiger Erwartung da, rieb sich die Hände. Schnell entwickelte sich ein Gespräch. Die Verhandlungen über Rabatte und Mengen begannen bereits vor der Eingangstür. Seit dem letzten Besuch hatte der Händler deutlich an Bauchumfang zugelegt. Die Geschäfte liefen offensichtlich ganz gut.

Es dauerte nicht lange, bis Jaime die gewohnte Chefpose einnahm, die Arme verschränkte und seine Augen zu Schlitzen zog. Der andere aber war nicht weniger vorbereitet.

»Auf in den Kampf«, kommentierte Arturo. Die beiden verfolgten alles aus nächster Nähe.

»Stier oder Matador? Wer ist wer? Und wer erlegt den anderen?«, fragte er.«

»Jaí natürlich. Er ist der Stier. Ich wette mit dir, dass er fünfzig Prozent raushaut.«

»Fünfzig Prozent?!«, wiederholte Arturo skeptisch. »Das wäre ein verdammt guter Tag. Aber machen wir uns nichts vor, der Typ lässt sich nicht lumpen; der macht das jeden Tag. Die Prozente hat der schon mit einkalkuliert.«

»Und du denkst Jaí merkt das nicht? Nicht mit Jaime Orgunzallas«, flüsterte Sergio.

»Arturo!« Eine Frauenstimme aus der anderen Richtung unterbrach das Gespräch. Die Männerköpfe fuhren nahezu gleichzeitig herum.

Felicia schlenderte mit Amanda im Schlepptau die Straße herunter, geradewegs auf die beiden zu. Zu ihrer Rechten trug sie ihre Einkäufe in einer modischen Tasche mit *artesanía*-Applikation und dem Logo eines bestimmten Geschäftes. Beide in bunten Sommerkleidern und luftigen Sandalen.

»Schau sie nicht so an, Serg«, flüsterte Arturo Sergio zu. »Das hat Methode. Sie kann es einfach nicht lassen. Und ich sage dir, es ist nicht die Tasche. Es ist das, was darin ist. Feinkost. Sie denkt immer nur ans Essen.«

Sergio grinste. Sein Blick blieb jedoch unauffällig bei der anderen hängen, der jungen Frau mit den langen Ponyfransen. Amanda. Sie war kurz davor ihr Studium zu beenden, bereitete sich auf die Prüfungen vor. Derzeit kam sie nur nach Absprache. Mit dem bestandenen Examen aber wollte sie voll einsteigen. Man hatte sich nur noch nicht geeinigt, zu welchen Bedingungen. Santorini schwebten ein paar Modelle vor. Callín brauchte in jedem Fall eine juristische Fachkraft wie Amanda.

Felicia drückte Arturo einen Kuss auf den Mund und ließ sich neben ihm auf der Bank nieder. Amanda nahm neben Sergio Platz. Dieser warf ihr einen flüchtigen Seitenblick zu, sagte jedoch kein Wort.

»Und, wie läufts?«, fragte sie, nachdem er sie nur kopfnickend begrüßt hatte.

Sergio sah verlegen auf seine Schuhe. Sie mussten dringend geputzt werden.

»Es läuft«, gab er irgendwann kurz angebunden Auskunft.

»Und bei dir, die Prüfungen? Alles bestanden?«

»Aber ja«, antwortete sie und warf ihre Ponyfransen zurück.

Sergios Körpersprache sandte eindeutige Signale.

Amanda blinzelte in die Sonne. »Und das Blechmonster läuft auch noch?«

»Läuft auch.«

Ein flüchtiger Blick zu Arturo und Felicia; vielleicht konnte er sich dort was abgucken.

»Wann kommst du denn wieder?«, brachte er durch zusammengebissene Zähne heraus.

»In zwei Wochen. Nach der letzten mündlichen Prüfung.«

»Aha.«

Es amüsierte sie, dass er allzu offensichtlich nicht wusste, was er sagen sollte.

»Was ist?«, nuschelte er, gespielt gereizt, als er es bemerkte. Wollte sie sich über ihn lustig machen?

»Nichts.« Amanda lehnte sich zurück, sah zum Himmel, verfolgte dort die Spur eines Fliegers. »Ich habe gehört, du fühlst dich einsam in deiner *oficina*«, sagte sie wie beiläufig.

»Wer sagt denn so was«, empörte er sich gespielt.

Jaime und der Händler drehten sich gerade zur Tür. Sie waren derart in ihr Geschäft vertieft, dass sie im Gehen gestikulierend verhandelten. Sergio schaute ihnen mit verschränkten Armen nach. Dabei hätte er gerade überall hingesehen. Nur nicht zu ihr.

»Jetzt komm schon, Sergio Fabulos. Gib dir einen Ruck, und sieh mich nur einmal an. Schenk mir ein Lächeln«, kokettierte sie.

Sergio rang mit sich. Er wusste, dass Blicke verräterisch waren. Mehr als verräterisch. Er versuchte sich zu entsinnen, wie er Flora für gewöhnlich ansah. Oder Felicia, Eusebia. Oder ... Irgendeine x-beliebige Frau. Aber es fiel ihm nicht ein, *wie*. Und Amanda war nicht irgendeine x-beliebige Frau. Sie war ganz einfach Amanda.

Aus diesem Grund konnte er nicht anders als ihrer Bitte nachkommen. Weil sie es eben war, die ihn bat. Und natürlich konnte er noch weniger umhin, den Schimmer in ihren Augen zu bemerken und zu bewundern, der ihm *ihre* Gedanken zurückspielte, – und in aller Deutlichkeit formulierte: *Sergio Fabulos, du bist ein hoffnungsloser Fall.* Oder auch: *Sergio Fabulos, du bist hoffnungslos verloren.*

Glossar

adelante	Vorwärts, herein.
aguardiente	Kolumbianischer Anisschnaps.
alcalde	Bürgermeister.
arepas	in Kolumbien eine Art Brotersatz, aus Maismehl hergestellt.
AUC	*Autodefensas Unidas de Colombia.* Vereinigte Bürgerwehren Kolumbiens, rechtsgerichtete paramilitärische Gruppierung, seit 1997, mit dem Ziel die Guerillabewegung militärisch zu besiegen; Finanzierung u. a. durch Kokainhandel; Gewalt gegen Zivilbevölkerung, der sie das Anwachsen der Guerilla zuschreiben.
bocadillo	traditionelle Süßigkeit, hergestellt aus dem Fruchtfleisch der roten Guave und Panela (auf natürliche Weise aus Zuckerrohrsaft gewonnenes Süßungsmittel).
calle dieciocho/ carrera quinto	
	Straßenbezeichnung; in vielen kolumbianischen Städten nummeriert.
campesino	Landbewohner, Landarbeiter.
Carajo!	Verdammt(er Mist)!
Casa Violeta	»violettes Haus«.
Che	*Che Guevara*, oder: Ernesto Guevara, geboren in Argentinien; von 1956 bis 1959 war er *Comandante* einer Rebellenarmee, wichtige Symbolfigur der Kubanischen Revolution.
chicha	Maisbier, traditionelles Erbe der Inka (Peru).
chiva	In Zentralamerika weit verbreitetes Transportmittel, Überlandbus; kastenartige Form, oft bunt bemalt.
cobarde	Feigling.
colectivo	Sammeltaxi.
compañero	Kumpel, ähnlich auch *compadre*.
comunidad	(ländliche) Gemeinde.
de Almagro, Diego	Zusammen mit Francisco Pizarro eroberte er das Inkareich im heutigen Peru. 1536 erkundete er das heutige Chile, weshalb er als Entdecker Chiles gilt. 1538 wurde er von den Brüdern Pizarro in Cuzco gefangen genommen und hingerichtet.
dulces	Süßigkeiten.
ELN	*Ejército de Liberación Nacional.* Nationale Befreiungsarmee; marxistisch orientierte Guerillabewegung; 1964 gegründet. Sie finanzieren

	sich durch Steuereinnahmen in kontrollierten Gebieten, Entführungen und Schutzgelderpressung.
Empanadas	mit Gemüse oder Fleisch gefüllte Teigtaschen.
FARC	*Fuerzas Armadas de Colombia.* Revolutionäre Streitkräfte Kolumbiens, Volksarmee, bis 2008 kommandiert von Manuel Marulanda. Linksgerichtete marxistische Guerillabewegung, seit 1964 im bewaffneten Kampf gegen den Staat. Viele Länder bezeichnen die FARC als eine terroristische Organisation. Die Finanzierung läuft hauptsächlich über Lösegeldzahlungen und Drogenhandel; Amnesty International klagte derzeit über schlimmste Menschenrechtsverletzungen durch die FARC, darunter Entführung, Mord, Landminen. Seit 2016 gibt es eine – durch Kuba – vermittelte Friedensvereinbarung mit den FARC.
Juana de Arco grosera	Jeanne d`Arc oder Johanna von Orléans (*grosera* = ordinär).
¡miércoles!	In Spanien: Mittwoch; in Kolumbien: Scheiße!
milicia	Einheit der Armee, Miliz.
mulato, mulata	Mulatte/in, Sohn/Tochter aus einer afrikanisch-europäischen Beziehung.
municipalidad	Rathaus, Gemeindesitz.
oficina	Büro.
Paras	Kurzform für Paramilitärs; Militäreinheiten, die ursprünglich zum Kampf gegen die Guerilla eingesetzt wurden.
plaza	Platz, zentraler Marktplatz.
pues, pues entonces	dann, also dann.
Quindio-	Wachspalme, höchste Palmenart der Welt, wird bis zu 60 Meter hoch, ist in Kolumbien beheimatet.
reclutador	Rekrutierer (hier: im Zusammenhang mit den FARC).
relájate	Entspann dich.
tinto	Kurzbezeichnung für schwarzen Kaffee oder Rotwein (*vino tinto*).
Yupanqui Huaylas, Inés	Tochter des letzten Inkakönigs Huayna Cápac. Halbbruder Atahualpa übergab sie, in eigener Gefangenschaft, dem Konquistador Francisco Pizarro. Als Doña Inés Yupanqui, bekam sie zwei Kinder von dem Spanier. Später wurde sie mit Francisco de Ampuero verheiratet und lebte mit ihm im kolonialen Lima.

K. Westerbeck
WEGKREUZ IN DEN ANDEN
Sergio Fabulos erster Fall

Kolumbien-Krimi

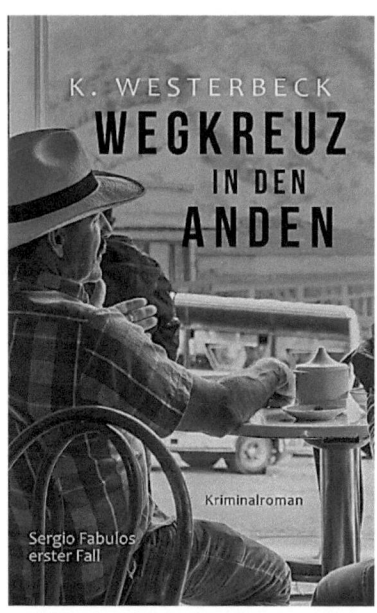

Die Region um Callín ist ein Pulverfass. Zwischen kolonialen Bergdörfern, Anden und tropischem Regenwald lagern Rebellen der FARC.

Eine Nummer zu groß, resümiert Comisario Sergio Fabulos, als der korrupte Anwalt Blisovic aus Callín ermordet wird. Was hat der Mord mit dem Unfall der deutschen Journalistin Judith Rauschenberg zu tun? Wurde sie Opfer politischer Interessen, und wo im dichten Urwald liegt ihr Leichnam?

Rätselhafte Zeugen, verschlüsselte Botschaften und eine abenteuerhungrige Touristin lotsen den Comisario auf gefährliche Abwege – derweil der Mörder erneut zuschlägt. Fabulos verliert sich immer tiefer in einem Dickicht aus Geheimnissen und kriminellen Machenschaften, was ihn schließlich dem Mörder in die Arme treibt.